국어국문학 연구의 문화론적 전망

국어국문학 연구의 문화론적 전망

국제어문학회 편

보고사

서문

이 책은 1990년대 이후 점차 관심이 고조되고 있는 국어국문학에서의 문화론적 전망을 담은 여러 연구자들의 글을 모은 것이다.

21세기의 어문학 연구는 이제 더이상 20세기의 어문학 연구에서 지향해 왔던 순수학문의 틀을 그대로 유지할 수는 없다. 오늘날의 어문학은 하나의 '문화' 현상으로 이해될 정도로 그 의미의 확대를 요구받고 있다. 우리 사회는 빠른 속도로 변해가고 있으며, 그 변화의 핵심에는 디지털이 있다. 디지털에 의해 새로운 패러다임이 나타나고 있는 것이다. 이로 인해 문화와 기술, 예술과 상업, 일과 여가, 삶과 예술, 고급문화와 대중문화 같은 20세기 어문학 연구의 한 축을 이루어온 이분법도 점차 무너지며 새로운 유형의 패턴들이 나타나고 있다는 점에 우리는 주목해야 할 것이다.

이제는 어문학 그 자체의 미학과 독점적 가치에 중점을 두고 죽은 담론만을 확대 재생산하는 연구에 머물 것이 아니라 동시대인이 추구해온 '삶의 현장과 교호(交互)하는 문화 연구'를 해야 할 필요가 있다. 교육도 마찬가지고 학문도 마찬가지이다. 오늘날의 어문학 연구는 이제까지 안주해 왔던 정신적 가치 추구의 틀을 어느 정도 유보하고, 보다 적극적으로 다른 영역의 학문들과 결합하면서 새로운 패러다임을 창출해내지 않으면 안 된다. 그 동안 한국어문학을 공부해왔던 연구자들이 이 책에 수록된 논문을 통해 순수 어문학 연구를 넘어서 인터넷

문화, 출판, 그림, 음악, 영화, 만화, 애니메이션, 연극, 문화콘텐츠 등에 관해 논의를 하는 까닭이 바로 여기에 있다. 이 지점에서 우리는 "학문과 일상생활, 철학과 일상사의 범주 구분은 커다란 문학 연구의 실천 속에서 재탄생한다."는 안토니 이스트호프(Antony Easthope)의 주장을 되새겨볼 필요가 있다.

이 책에는 지난 몇 년간 국제어문학회의 학회지 『국제어문』에 게재된 논문 중 국어국문학에서의 문화론적 전망을 담은 11편의 논문들과 학회 회원이 타학회지에 수록한 글 중 같은 범주로 포함할 수 있는 논문 2편을 회원들의 동의를 받아 수록하였다. 이 논문들은 기본적으로 21세기 한국어문학이 지향해야 할 문화론적 전망을 담은 것이지만, 그 전망이 일치하지 않는 부분도 다소 있다. 이 부분은 우리 한국어문학 연구자들이 지속적으로 관심을 가지고 토의하고 보충해 나가야 할 부분이라고 생각한다. 모쪼록 이 책이 우리 어문학 연구의 문화론적 전망을 확산시키는 데 다소나마 도움이 되기를 기대한다.

이 책이 나오기까지 국제어문학회 회원들의 많은 협조와 조언이 있었다. 모든 분들께 두루 감사의 말씀을 전한다. 아울러 이 책의 출판을 맡아준 보고사 관계자 여러분에게도 깊이 감사드린다.

2007년 4월

국제어문학회

차례

인터넷 통신언어 속의 외계어에 대한 고찰 | **신호철** ························ 9

이동전화 대화 연구 | **전은진** ························ 35
: 대화 진행 단계에 따른 수행 양상을 중심으로

네 칸 시사만화에서의 언어유희 | **손세모돌** ························ 63

현대 한국인의 이메일 아이디에 대하여 | **이복규** ························ 101

옥소 권섭의 음악경험과 18세기 음악환경 | **신경숙** ························ 124

『高山九曲詩畵屛』의 구성상 특징과 所載 詩文에 대한 검토 | **이상원** ························ 158

안성의 방각본 출판 입지 | **최호석** ························ 185

축제콘텐츠의 '나비 상징'에 대한 인문학적 고찰 | **최민성** ························ 214
: '함평 나비축제'를 중심으로

소설의 각색 과정에 나타나는 문제 | **이영미** ······························ 237

애니메이션의 미디어 교육 활용 방안 연구 | **박기수** ······················ 265
: 애니메이션 텍스트 읽기를 중심으로

매체 전환으로 변화된 정치성 | **강윤주** ····································· 295
: 희곡 「이(爾)」에서 영화 〈왕의 남자〉로

스팀펑크의 장르적 성격과 서사 담론 | **박 진** ·························· 321
: 〈스팀보이〉와 〈신비한 바다의 나디아〉를 중심으로

디지털 서사의 서사 구성 원리 | **장노현** ···································· 346
: 99인의 최종전차

인터넷 통신언어 속의 외계어에 대한 고찰

•

신호철

1. 서론

인터넷 통신언어[1)]의 역사는 그리 오래 되지 않았다. 그러나 짧은 역사를 가진 통신언어이지만, 지구상 존재하는 언어 가운데 통신언어보다 짧은 역사에 다양한 변화를 거친 언어도 존재하지 않을 것이다. 이렇게 단사(短史)와 다변(多變)을 그 특성으로 가지는 통신언어이기에 그만큼 사용자들이나 연구자들이나 통신언어의 유행과 실체를 따라가고 파악하기에 어려움이 있음을 짐작케 한다.

급변하는 통신언어의 실체 파악을 더욱 어렵게 만든 하나가 바로 '외계어'[2)]이다. 외계어의 등장으로 인해 통신언어는 난해함으로 더욱

---

1) '인터넷 통신언어'란 용어는 다양하다. 각 논자들마다 개개의 개념을 설정하고 있는데, "통신언어(이정복:2000), 전자말(임규홍:2000='통신언어'), PC 통신 언어(송민규:2001), 사이버 언어(시정곤·송민규:2002), 컴퓨터 통신언어(안태형:2003='통신언어'. '통신어', 정진수:2003='인터넷 통신언어'), 인터넷 통신언어(이정복:2003)" 등 다양한 용어를 사용하고 있다.

그러나 다양한 용어에 대한 다양한 정의라 할지라도, 거의 유사한 영역과 개념을 달리 표현한 것이라 생각한다. 따라서 본고에서는 이 용어에 대한 정의와 개념 설정은 지면 관계상 따로 하지 않으며, 편의상 '인터넷 통신언어(이하 통신언어)'라는 용어를 사용하겠다.

치닫고 나아가 한글 파괴의 주범으로 급부상되었다. 뿐만 아니라 외계어의 출현으로 인하여 '전기(前期)' 통신언어들에서 나타났던 재치와 유머 등과 같은 통신언어의 긍정적인 요소들에마저도 반감(反感)을 가져 그 긍정적 요소들을 반감(半減)해 버리는 결과까지 초래하였다.

그동안 이러한 통신언어에 대한 연구들은 통신언어 초창기에서부터 연구되어 왔다. 초창기 통신언어에서 보이는 현실 언어와의 괴리 때문에 이에 대한 실태 보고와 이를 순화하는 방안을 모색하고, 그 방법으로 올바른 국어교육의 방법론에 대한 연구들이 주를 이루었다.[3] 그러면서 통신언어에 대한 다양한 국어학적 접근이 시도되고 있다.[4]

이 통신언어의 연구들 중에서 외계어란 용어가 등장하기 시작한 것은 그리 오래지 않다. 2001년 하반기 무렵부터 신문 등 언론에서 '외계어'란 말이 유포되면서부터 일반인들은 '외계어'란 용어를 접하게 되었고, 안태형(2003)과 정진수(2003), 강옥미(2003) 등에서 외계어에 대한 이론적 논의가 시작된다. 안태형(2003:135-142)에서는 통신언어의 특성을 입말과 글말에 대비하여 분석하고 그 표기 실태를 분석하면서 외계어를 소개하였고, 정진수(2003:157-162)에서는 통신언어와 '일상언어'의 차이점을 컴퓨터 통신의 언어 환경에서 그 특성을 접근하여, 통신언어의 어휘와 텍스트를 형태소분석기를 통한 통계적인 방법으로 새롭게 분석하였다. 또한 통신언어의 긍정적인 측면과 부정적인 측면, 이들에 대한 극복 방안을 제시하였다. 이 중에서 통신언어의

---

2) '외계어'란 용어는 현재 그 명확한 정의는 내려진 것이 없다고 할 수 있지만, 현재 온라인이나 오프라인 세계 속에서 통념적으로 사용되고 있는 용어이기에 일차적으로 이 용어를 사용한다. '외계어'에 대한 정의는 2장에서 후술한다.

3) 이정복(1997); 이정복(2000); 백경녀(2001); 김주덕(2002); 정무사(2002) 외.

4) 권연진(1998); 송민규(2000); 전은진(2001); 백미혜(2002); 안태형(2003); 정진수(2003); 강옥미(2003) 외.

부정적인 측면의 하나인 '언어 변질'로서 외계어를 소개하였다. 이 두 연구에서는 외계어에 대한 한글 파괴의 한 단면으로 '언어 변질'의 사례들과 해석들만을 기술하고 있는 아쉬움이 있어 외계어의 실체에 접근하기에는 부족한 면이 없지 않다. 강옥미(2003)에서 '외계어'란 용어로 외계어를 대상으로 발표된 연구물이다. 강옥미(2003)은 통신언어의 발달과 특성에 대하여 개략적으로 살피고, 외계어의 표기 유형으로 7가지를 제시하고 표기법의 일탈로서 8가지를 제시하여 외계어의 표기적 특성에 대하여 접근한 연구물이다. 그러나 이 연구에서는 '제1세대 통신언어'와 '제2세대 통신언어=외계어'란 용어에 대한 개념 정리에 미흡한 면이 있어 아쉬움이 있다.

본고에서는 현재 문제가 되고 있는 통신언어 중에서도 외계어에 대하여 고찰해 보겠다. 2장에서는 외계어의 정의에 대하여 살펴보겠다. 더불어 '외계어' 용어와 개념에 대해서도 살펴보며, 통신언어와의 구별에 대해서도 살펴보겠다. 3장에서는 외계어의 그 기원을 추정해 보고, 외계어가 어떠한 변화를 거쳐 왔는가를 살펴보고 이를 바탕으로 외계어의 변화 시기를 구분하면서 외계어의 역사를 살펴보겠다. 4장에서는 외계어의 표기 방식에 대하여 논의하겠다. 외계어의 표기 방식으로 음차(音借), 훈독(訓讀), 상형(象形), 상징, 기호 삽입 등 다섯 가지 방식을 설정하여 이에 대한 예들을 제시하며 설명하겠다. 결론에서는 본고를 정리하며, 외계어에 대한 앞으로의 전망을 조심스레 추정하면서 본고를 마치겠다.

2. 외계어의 정의와 범위

2.1. 통신언어의 정의와 범위

통신언어의 범위를 이정복(2000:1-4)에서는 “컴퓨터 통신, 인터넷, 휴대전화에서 쓰이고 있는 문자로 표현된 언어”를 포괄하는 것으로 정의하였고, ‘인터넷 홈페이지 및 통신망 운영자 언어’, ‘인터넷 통신 게시판 언어’, ‘인터넷 및 통신 대화방 언어’, ‘휴대전화 문자 전송 언어’의 네 영역으로 구분하였다. 여기에 이정복(2001:125)에서는 ‘전자편지 언어’를 추가하되 ‘휴대전화 언어’를 그 속에 포함한다고 기술하고 있다. 따라서 통신언어의 범위를 정리하면 ‘운영자 언어, 게시판 언어, 대화방 언어, 전자편지 언어’ 이렇게 네 가지 영역으로 그 범위를 설정하였다. 그러나 여기서 ‘전자편지 언어’에 ‘휴대전화 언어’를 포함시켰는데, 전자우편과 휴대전화 문자 메세지는 새로운 정보나 소식 등의 전달이라는 면에서 편지와 같은 기능상에서 동일한 것이지, 통신언어란 언어적인 관점에서는 이들은 구분할 필요성이 있다. 이는 전자우편과 휴대전화 문자 메세지는 입력체계가 다르기 때문이다. 전자우편은 컴퓨터 키보드로 입력이 용이하지만, 휴대전화 문자 메세지는 입력체계도 까다로울뿐더러 입력 버튼도 작아서 입력 방법이 키보드보다 상당히 어렵다. 입력체계의 차이로 전자우편에서의 통신언어와 휴대전화 문자 메세지에서의 통신언어 사이에는 차이가 발생한다고 볼 수 있다. 일례로 전자메일이나 휴대전화 문자 메세지에서는 모두 통신언어의 축약과 탈락이라는 언어적인 특성을 보이지만, 전자우편에 사용되는 외계어는 휴대전화 문자 메세지에는 나올 수 없다. 또한 휴대전화 문자 메세지는 용량의 제한으로 장문(長文)의 메세지를 전달할 수 없기에 전자우편보다 축약과 탈락의 가능성이 짙다.

(1) 전자우편의 편지 내용 예[5)]

전자우편의 편지 내용(외계어)	해 석
ⓔ뻥 뒈긔=스進아.. 앙령홰쌰..? 나얍.. 혤의믜... ^▽^ⴰⴰ -_-)/ 水뒨아... ㈏ 듸금 텅쉰영어모드르 쓴돠. 긍뒈 늬과 괄켜쥰 그 통쉰5췌반大사2트 가봐 썰;;;;	이뻐뒈긔는(예쁜-_-;) 수진아.. 안녕? 나야.. 혜림이.. 수진아 나 지금 통신어체로 쓸게 네가 가르쳐 준 그 통신어체 반대 사이트 가 봤어.
Ha듸뫙.. 날5썽= 도저희 2해가 no 가더락5 얼은드른..와2 통쉰영어릉 싀로화꽈? 뉴_뉴뮤_뮤너武 ⓔ뻥닥으 생곽하듸 앙릐..? 늬과 못㈔㈑들5더 할수업쑤5~~ -ㅂ-; ⓔ거승 ㉯의 介성의늬꽈~~~ 암宇틍..!! 일언 김나뻥 얘긔능 금안학5 울2의 1상생할에 대하요오오오5555 톨온해보쟈골... 오케희? 5늘응 日요1이어스 해피만땅스했눙뒈 ⴰⴰ 내휠붙5 떠핵겨르 go할쌩곽을 하늬 앞길의 뫅뫅홰쥐능거과톼~~~ 오예~~ⴰⴰ 눠 슉뒈 DA 햏릐? ^ㅁ^; 구럴릐과... 모퇘쯰..? me2me2~~ 암5통 텅쉰영5머드능 앞을5도 계石되꾸돠!! 망쉐~~~~~~마앙쉐~~~~~~ ㅂㅂㄴㅂㅂㄴ ㈗알의쒀야 홰~~~~~~~ 겅강홰~~	하지만 난 도저히 이해가 안 가더라 어른들은 왜 통신어체를 싫어하는 걸까? 너무 예쁘다고 생각하지 않니? 네가 못 알아들어도 할 수 없어. 이것은 나의 개성이니까 아무튼 이런 기분 나쁜 이야기는 그만 하고 우리의 일상 생활에 대하여 토론해 보자고.. 괜찮지? 오늘은 금요일이어서 기뻤는데 내일부터 또 학교를 갈 생각을 하니 앞길이 막막해지는 것 같아. 너 숙제 다 했니? 못 했지? 나도 못 했어. 통신어체 모드는 앞으로도 계속될 거야. 만세! 만세! 안녕(빠빠) 잘 있어야 해 건강해

위의 (1)의 예에서 볼 수 있듯이 전자우편에서는 한자 등 다양한 특수문자 표기가 가능한 데 비하여 휴대전화 문자 메세지에서는 이러한 한자 표기 등이 불가능하다. 여기서 입력 방법의 차이로 인해 표기가

5) http://www.idoo.net/?menu=broke&sub=broke&mode=read&no=144, 2001. 8.27 9:38:
14pm에 실린 글에서 부분 발췌하여 편집한 것임.

달라짐을 알 수 있다.

따라서 본고에서는 통신언어의 범위를 '운영자 언어, 게시판 언어, 대화방 언어, 전자우편 언어, 문자 메세지 언어' 이렇게 다섯 개의 범위로 한정하고 여기에 사용되는 문자 기호로 표현되는 언어를 바로 통신언어라 한다.

2.2. 외계어의 정의와 범위

위에서 통신언어의 범위를 다섯 개의 하위 영역으로 설정하였다. 그렇다면 외계어는 통신언어와 다른 언어인가? 외계어는 통신언어 내의 다섯 개의 영역 속에 모두 포함되는 통신언어의 또 다른 하위 부류다. 위에서 분류한 다섯 개의 영역은 통신언어의 매체에 따른 하위 분류라 할 수 있겠고, 외계어는 통신언어의 표기 방식에 따른 하위 분류라 할 수 있다. 즉 표기 방식에 따라서 통신언어의 일반적인 특성을 유지하고 있는 언어를 편의상 '일반 통신언어(이하 '통신언어')'라 하고, '일상언어'는 물론 통신언어를 파격(破格)하여 문자의 독해에 무리가 있는 경우를 '외계어(파격(破格) 통신언어)'[6]라 한다. '일상언어'나 통신언어를 파격(破格)하는 방법으로는 '음차(音借), 훈독(訓讀), 상형(象

---

6) '외계어'라는 일상 사회에서 사용하는 용어를 학문적 담론 과정 없이 그대로 사용하는 데에는 문제가 있다. 본문에서 외계어를 통신언어의 형태를 파격(破格)하여 독해의 어려움이 있는 것으로 정의한 것에 의거하여, 인터넷 통신언어를 형태의 변형에 따라 '일반 통신언어'와 '파격(破格) 통신언어'로 분류한 것이다. 즉, '외계어'란 용어를 본고의 고찰에 따라 '파격(破格) 통신언어'란 용어로 갈음할 수 있다는 것이다. 그러나 '외계어'란 용어가 사회 깊숙이 사용되고 있고, 참고로 교육인적자원부(2005:11)에서도 '외계어'란 용어를 사용하고 있다는 점을 미루어 볼 때, 본고에서는 사회적 인식을 고려하여 '파격(破格) 통신언어'란 학문적 고찰을 통한 용어보다는 보다 사회성이 강한 '외계어'란 용어를 일단 사용하겠다.

形), 상징, 기호 삽입' 등이 있다. 즉, 인터넷 통신 상에서 파격의 방법 등을 이용하여 의사소통에 어려움을 초래하는 통신언어가 바로 외계어(파격(破格) 통신언어)이다.

'외계(外界)'는 사전을 찾아보면, "사람이나 사물 등을 둘러싸고 있는 모든 것. 환경."과 같은 주된 의미와 "지구 밖의 또 다른 세계"를 의미하는 부차적인 의미가 있다. 하지만 통신언어에서 말하는 '외계어'의 '외계'는 사전적 의미에서 '외계'의 부차적 의미보다 더 나아간 의미, 즉 '사이버 세계 밖의 또 다른 사이버 세계'를 의미하는 것으로 생각된다. 외계어는 소수의 인터넷 사용자들에게서만 사용되는 '소수의 통신언어'라 할 수 있고, 통신언어의 부정적인 면을 부각시키고 있는 주된 요소가 바로 외계어이며, 사이버 세계 내에서도 외계어에 대한 반대 운동이 확산되고 있다. 따라서 '외계어'란 용어에는 사이버 세계 자체에서도 '정통(?) 사이버 세계'와 '외계(?) 사이버 세계'를 차별하여 구분하려는 의미가 담겨져 있지 않을까 짐작한다. 즉, 현실 세계에서나 사이버 세계에서나 '외계'를 두 세계와 동질적인 세계가 아닌 이질적인 세계로 생각하여, 이질적인 세계의 언어 곧 '외계어'란 명칭을 붙이지 않았나하는 생각을 가능케 한다.

이 '외계어'란 용어가 등장하기 시작한 것이 정확히 언제인지는 알 수 없다. 하지만 그 출현 시기는 대략 2001년 이전으로 추정할 수 있다. www.idoo.net에서 "언어파괴 이제 그만"이라는 캠페인이 시작된 것이 2001년 8월 22일이고, 네이버의 신문 기사 검색 결과 한국일보 2001년 11월 6일 인터넷판 기사에 "네티즌 말 통역해드려요"란 기사문에서 '외계어'가 처음으로 등장한다. 따라서 대략 2000년부터 '외계어'란 용어가 등장하였을 것이라 생각한다. www.idoo.net에 실린 글들에서 보면 일부 네티즌들 사이에서는 외계어를 대신하여 '통신어, 통신체, 통신어체'란 용어로 사용되기도 하였다. 이러한 '통신어, 통신체, 통신어체'란 용어는 2002년도까지 쓰여지다가 현재는 일반적으로 '외계어'라 용어를 사용한다.

(2) 네티즌의 '외계어', '통신어, 통신어체, 통신체'의 혼용 예[7)]

가. 해석하기약간어렵네여..그런데 그게 보통으로쓰이다니 ㅡ_ㅡ;; 그리고 해석한곳에서 틀린글도있을거에요 너무많이 통신어를쓰다보니.(위에있는글보다는 안심각하게);;;틀린부분꼭나올거에요;;;그럼~ (2002.5.12 12:21:20pm)

나. 뭐..저도 통신어체 안쓰지만도. 꼭 싸잡아 욕할것은 아니라고 보는데.. 따지고 보면 하2,방가 이런거서부터 ┏鉉⑨ㅇㅇ②ㅃⓔ△4ⓤ ㅇㅇ┛ 까지 전부 통신어체인데 뒤에껀 좀 심각하지만 앞에껀 특별히 문제가 되느냐..는 것이죠. 그리고 이사이트는 본래목적상 그렇겠지만 좀 과장되지 않은가 싶군요. 전 이사이트 대문에 있는 '예시' 만큼 심한 통신체는 본바가 없습니다. 게다가 통신어체를 쓰는사람들이 한글을 몰라서 통신어체를 쓸까요? (2002.5.13 12:29:10am)

위 예문(2)를 보면 네티즌들 사이에서도 '외계어'란 용어 대신 '통신어, 통신체, 통신어체'를 구별하지 않고 사용하고 있음을 알 수 있다. 특히 '통신어'란 용어는 일반적으로 인터넷 통신에 사용되는 통신언어를 지칭하는데, 위 (2.가)에서는 이를 구별하지 않고 있다. 마치 일상언어와 통신언어를 구별하지 않고 인터넷 통신에서 사용하는 통신언

---

7) 예문 (2)는 http://www.idoo.net/?menu=broke&sub=broke&mode=read&no=9418에 실린 댓글의 일부를 발췌한 것임. 밑줄은 필자가 친 것임.

어를 일상언어로, 외계어를 '통신어'로 구별하는 것으로 보인다. 이는 일부 청소년들에게 통신언어가 그만큼 일상언어와 구별되지 않는 보편적인 언어로 자리잡고 있음을 입증하는 예라고 볼 수 있다.

3. 외계어의 역사

1986년 한국데이타통신(현 데이콤)의 H-MAIL 서비스를 출발로 국내의 PC통신이 시작하여, 20년이 지난 현재 통신언어는 우리 현실과 밀접한 관계를 맺으며 서로 영향을 주고받고 있다. 20년이 지나면서 정보통신 분야의 눈부신 기술 발전이 거듭되면서 인터넷 기술의 변화와 함께 통신언어 또한 많은 변화를 겪었다. 이 장에서는 통신언어의 변형인 외계어의 기원을 추정해 보고, 외계어가 어떠한 변화를 거쳐 왔는가에 대한 외계어의 역사를 살펴보겠다.

3.1. 외계어의 기원

앞에서 외계어는 대략 2000년 즈음에 발생하였다고 기술한 바 있다. 그 표기 형태가 기존 통신언어의 표기와는 사뭇 다르게 변질되어 의미는 물론이거니와 형태 또한 알 수 없을 정도로 변형되어 표현되고 있는 것이 현 외계어의 실태다. 하지만 외계어의 기원은 2000년 이전으로 거슬러 올라갈 수 있다. 통신언어 '전기(前期)'[8] 때의 자료에서

8) 안태형(2003:8)에서는 시대구분을 전화선 사용 시기(1980년대 후반-1999), 인터넷 전용선이 보급된 시기(2000-2001), 그리고 인터넷 전용선이 보편화된 시기(2002-현재)를 임의로 구분하고 있으며, 그 자료를 해당 시기에 각각 '전기, 중기, 현재'라 지칭하였다.

외계어의 기원을 찾아 볼 수 있다.

초창기 통신언어는 통신비를 절감하기 위해서 빠른 의사전달을 목적으로 '방가(반가워요), 안냐세요(안녕하세요), 설(서울), 셤(시험)' 등 탈락과 축약어들이 많이 사용되었다. 그러다가 모뎀을 이용한 컴퓨터 통신이 인터넷 전용선(LAN)의 보급을 통해서 통신비의 부담을 덜게 되었고, 이 통신 매체의 변화에 따라 통신언어는 빠른 의사전달의 목적보다는 개인의 표현 욕구를 충족하기 위한 목적으로 바뀐다.

이렇게 통신언어의 사용 목적이 바뀜에 따라 그 표기도 다양해졌다. 외계어는 통신언어가 다양하게 변형되면서부터 그 기원을 찾을 수 있다.

(3) '전기(前期)'에 사용되던 통신언어의 예[9)]

가. 20000(이만), 1004(천사), 10102353535(열열이 사모해)……

나. 감4(감사), 밥5(바보), 하2(Hi)……

다. !25=I=you(느낌이 오는 아이는 너), 10C미(열심히), R겠G(알겠지), RG(알지)……

(3.가)는 '삐삐'라고 불리던 무선호출기 사용 시대에 사용되던 통신 표기들이다. 무선호출기는 숫자만을 가지고 상대방의 전화번호를 주고받던 것이었는데 인터넷 통신언어에까지 계속 쓰였다. 이러한 통신 표기들은 표기의 단순함을 극복하기 위해 음성적 유사성에서 착안해 낸 통신언어들이다. (3.나)는 한글로 적던 것을 숫자와 혼합하여 표기한 통신언어들이다. '하2'의 경우 '안녕'이라는 인사말에서 파생되어 나온 것으로 그 이형태는 '하이, 하이루, 하이룽, 하이염, 하이요……' 등 상당히 다양하다. (3.다)는 기호에 숫자, 영어 알파벳, 한글 등 다

9) 이정복(2000)과 강옥미(2003)에서 인용한 예들임.

양한 표기 수단을 이용하여 표기한 통신언어다.

(3)의 예를 보면 한글을 기본으로 전달하던 의사표현의 표기 형태들이 달라졌음을 알 수 있다. 앞에서 외계어의 표기 방법으로 음차(音借), 훈독(訓讀)등을 들었는데, 이러한 표기 방법들이 위의 (3)의 예에서도 엿볼 수 있다. 물론 현재의 외계어와 같이 급격한 의미와 형태의 난해함과 다양함은 보이지는 않고 전기(前期) 통신언어로서의 특성을 가지지만, 외계어의 표현 방법 등을 (3)과 같은 전기(前期) 통신언어에서도 찾을 수 있음을 알 수 있다.

3.2. 외계어의 변화

2001년 외계어가 본격적으로 쓰여진 시기에는 그 의미나 표기형태를 알아볼 수 없을 정도로 파격(破格)이었다.

(4) 2001년 외계어 표기

가. ♬뽀샤시♬ ⓒㅐ의왕부곡 中』뱅大富谷中ㆀⓔ뱅女‡ 男뱅 └ⓔ뱅해 됴효^^ㆀ┐

→ 뽀샤시 대의왕부곡중 ??????? 대부곡중 이쁜 여남 이뻐해죠요

〈www.idoo.net 2001.8.23 7:16:13pm〉에서 일부 발췌

나. さい★ⓔ뻥뭔솽★

→ 하! 이쁜 면상

〈www.idoo.net 2001.8.25 10:16:18pm〉에서 일부 발췌

다. http://idoo.net/board_read.php3?table=broke&no=329

외계어 원문	해석문
앙용..싊각항 파괴 게싀믈얼릐르와쌰흌...ㅡ.	안녕..심각한 파괴 게시물 올리러 왔어요
ㅡㅋ	나 이뻐디지겠지요? 죽겠지요?
나ⓔ뱅ⓓⓖ개쬐흌??	나는 채팅을 많이 해서
Me능...쳇팅을마늬훼서...	이런거 같아요. 음트트 친구따라서..
ㅡ믜高같아흌..음트트⌒⌒γ틩그따라쇩..	오마(오마이러브)몇번 한거 뿐인데..
5馬몇번 항고쁘닝둬...긴양말하능궤...	그냥 말하는게.. 이렇게 돼버렸네요..
日케돼쁘쓰흌..ㅡ. ㅡ	왜이럴까? 나두 잘 몰라..
왜日올까??나둥달믈락...ㅡㅡㅋ	그냥 심심하고..글애서..여기다가..글올려
긔냥싊싊학흐..글애싀...여땩하...글올릐흌..	요..
쩝..메인게싀에올라쓰믕조퀘똵...ㅡㅡㅋ	쩝..메인게시판에 올렸으면 좋겠다.
ㅇㄴㅇㄱ..믜릐게끙...그믕..글..의망씈흐..	아어..모르겠고..그러면..글..이만써요..
이쳌..꼬딜꿰흌...⌒⌒oo	이제 꺼질게요(사라질께요)..^^
나철옴..말쓰능..칭그 그훼흌..ㅡ.ㅡ;;	나처럼 말쓰는 친구 구해요..
Yo자칭그믕 더 저크...ㅡㅡㅋ	여자친구면 더 좋구..
암통..뱌뱟쉨...~	아무튼 안녕히 계세요~

위 (4)와 같이 2000년대의 외계어들은 의미와 표기형태의 난해함과 다양함이 극에 달한다. 이것은 본고에서 본격적인 외계어의 기점을 2000년으로 설정한 것에 맞지 않을 수도 있다. 하지만 그만큼 인터넷이란 매체를 통한 외계어의 변화와 파급의 속도가 빠르다는 것을 입증하는 예라 하겠다.

다음은 2002년의 외계어의 예들이다.

(5) 2002년 **외계어 자료**10)

가. 〈www.idoo.net 2002.4.1 11:39:40am〉에서 발췌

외계어 원문	해석문
ㅎㅣ- 0ㅣ ~~G은0ㅣ - ㅋㅋㅋ you.. 낵하_ 쓴글일글쮸윘꿿쬬??	하이~~지은아 크크크 너..내가 쓴글읽을수 있겠어??

10) 밑줄 그은 부분은 해석자가 '해독불가'라고 한 것을 필자가 해석한 것임. 이하의 예문들도 같음.

일붙롯_낵하_이롷게_쑤는구얌..쿠구구구궄쿠쿠	일부로 내가 이렇게 쓰는거야..쿠구구구궄쿠쿠
군뎁모ㅑㄹ야... 눠_웨_뗼_돱좡 0ㅏㄴ홰줭???	군데말이야... 너 왜 답장않해줘??? 나는 열심
ㄴㅏ 는_우ㅕㄹ띠미_보내주는데..ㅎㅎㅇㅇ	히 보내주는데...
왭 안핻줩??ㅋㅋ_규뤼구_y0u도_쒸봥...	왜 않해줘??크크 그리고 너도 써봐... 너
넘~~~~쳄있쪄~	무~~~~잼있어~
도ㅑㄴ지 익는쏴람이.. 店_그렅다는궈G뫈,,,	<u>단지 읽는 사람이 좀</u> 그렇다는거지만,,,
멋일겠쓰面_낼_핵구ㅕ웨서_뮬어봥.._격얻왙	못읽겠으면 내일 학교에서 물어봐.. 적어와
떠..._구럽말야..	서... 그러면말이야..
낵하_海石_解줄꿰....	내가 해석 해줄께....
r겠g??????쿄퍽퍽...궅규_왜듈이_구러는	알겠지??????쿄퍽퍽...그리고 애들이 그러는
뎅....me를_죟꽈하눈_쏴뢈이_엄靑놔궤_만태..	데....나를 좋..하는사람이 엄청나게 많데..
퍽퍽퍽,,, 놘_위뮈_임自家있눈뎅... 놔중에_나	퍽퍽퍽,,, 난 이미 임자가있는데... 나중에 나
웨궤_좌히몬_쥥뫌로_上처_뱟을텐뎅..	에게 차이면 정말로 상처 받을텐데..
어쮜낭..〉ㅅ〈ㅇㅇ 웅...	어쩌나..〉ㅅ〈ㅇㅇ 웅...
거뮌이당.._음.._구럼_20000..安녕~~퍽퍽	고민이다.. 음.. 그럼 이만.. 안녕~~퍽퍽

나. 〈www.idoo.net 2002.4.21 9:39:19am〉에서 발췌

외계어 원문	해석문
: 으 흐 흐 흐	(웃음)
: 괴도ㅋ1드씨1..보ㅅ1라	괴도키드씨(?) 보시라.
: 옷 토끼싯 종나 맘에들어썽 ㅡ ㅋ	<u>오! (괴)도키(드)씨</u> 매우 마음에 들었어
: 내홈픠를 위해 그렇게 힘써주다닝 ㅡ ㅜ	내 홈페이지를 위해 그렇게 힘써주다니..
: 얼릉얼릉 시간내서.. 홈픠 업하켕 ..^ㅡ^ㅋ	얼른얼른 시간내서 홈페이지 업데이트 할게
: 괴도킷흐 겁아봉 ㅡ *	괴도키드 고마워

다. 〈www.idoo.net 2002.5.12 12:21:20pm〉에서 발췌

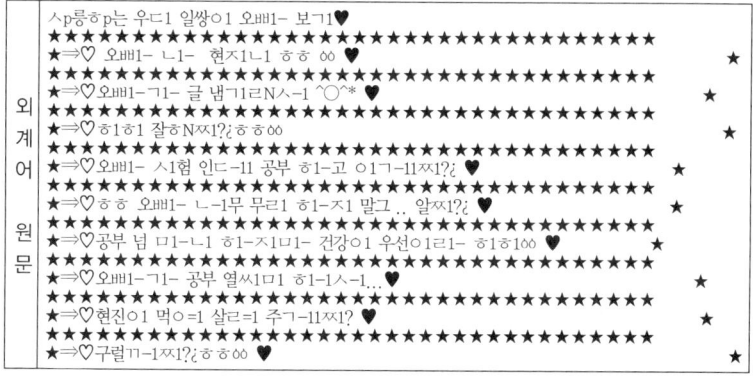

외계어 원문	ㅅp릉ㅎp는 우ㄷ1 일쌍ㅇ1 오ㅃ1ㅡ 보ㄱ1♥ ★★★★★★★★★★★★★★★★★★★★★★★★★★★★★★★★★★★★ ★⇒♡ 오ㅃ1ㅡ ㄴ1ㅡ 현ㅈ1ㄴ1 ㅎㅎ ㅇㅇ ♥ ★ ★★★★★★★★★★★★★★★★★★★★★★★★★★★★★★★★★★★★ ★⇒♡오ㅃ1ㅡㄱ1ㅡ 글 냄ㄱ1ㄹNㅅㅡ1 ^○^* ♥ ★ ★★★★★★★★★★★★★★★★★★★★★★★★★★★★★★★★★★★★ ★⇒♡ㅎ1ㅎ1 잘ㅎN쯔1?¿ㅎㅎㅇㅇ ★ ★★★★★★★★★★★★★★★★★★★★★★★★★★★★★★★★★★★★ ★⇒♡오ㅃ1ㅡ ㅅ1험 인ㄷㅡ11 공부 ㅎ1ㅡ고 ㅇ1ㄱㅡ11쯔1?¿ ♥ ★ ★★★★★★★★★★★★★★★★★★★★★★★★★★★★★★★★★★★★ ★⇒♡ㅎㅎ 오ㅃ1ㅡ ㄴㅡ1무 무ㄹ1 ㅎ1ㅡㅈ1 말그 .. 알쯔1?¿ ♥ ★ ★★★★★★★★★★★★★★★★★★★★★★★★★★★★★★★★★★★★ ★⇒♡공부 넘 ㅁ1ㅡㄴ1 ㅎ1ㅡㅈ1ㅁ1ㅡ 건강ㅇ1 우선ㅇ1ㄹ1ㅡ ㅎ1ㅎ1ㅇㅇ ♥ ★ ★★★★★★★★★★★★★★★★★★★★★★★★★★★★★★★★★★★★ ★⇒♡오ㅃ1ㅡㄱ1ㅡ 공부 열씨1ㅁ1 ㅎ1ㅡ1ㅅㅡ1...♥ ★ ★★★★★★★★★★★★★★★★★★★★★★★★★★★★★★★★★★★★ ★⇒♡현진ㅇ1 먹ㅇ=1 살ㄹ=1 주ㄱㅡ11쯔1? ♥ ★ ★★★★★★★★★★★★★★★★★★★★★★★★★★★★★★★★★★★★ ★⇒♡구럴ㄲㅡ1쯔1?¿ㅎㅎㅇㅇ ♥ ★

	★★★★★★★★★★★★★★★★★★★★★★★★★★★★★★★★★★★★ ★⇒♡진짜1- 오빠1- 보그 ㅅ1포 ≥○≤* ♥ ★ ★★★★★★★★★★★★★★★★★★★★★★★★★★★★★★★★★★★★ ★⇒♡ㅎㅎ ㆅ ㅇ1ㄹ-1ㅋ-11 ㅆ-1ㄸ1-그 누ㄱ1- 욕ㅎ1-믄 ㅇ-1ㅉN ? ¿ ♥ ★ ★★★★★★★★★★★★★★★★★★★★★★★★★★★★★★★★★★★★ ★⇒♡오빠1- 셤 ㄷ1-ㅊ1면 현진ㅇ1랑 ㅁ1-ㄴ1 노ㄹ1- 줄끄ㅈ1 ? ¿ ♥ ★ ★★★★★★★★★★★★★★★★★★★★★★★★★★★★★★★★★★★★ ★⇒♡안 노ㄹ1- 주믄 ㅁ1ㅂ-1 할끄ㄹ1- 알찌1잉?ㆅ ♥ ★ ★★★★★★★★★★★★★★★★★★★★★★★★★★★★★★★★★★★★ ★⇒♡ㅂ1도 오ㄴ1ㄲ1- 진짜1- 오빠1- 생각 ㅁ1-ㄴ1ㄴ1- ♥ ☆ ☆☆☆☆☆☆☆☆☆☆☆☆☆☆☆☆☆☆☆☆☆☆☆☆☆☆☆☆☆☆☆☆☆☆☆☆ ★⇒♡ㅇ-1ㅉN ..오빠1- 보고 ㅅ1포소 ≥○≤* ♥ ☆ ☆☆☆☆☆☆☆☆☆☆☆☆☆☆☆☆☆☆☆☆☆☆☆☆☆☆☆☆☆☆☆☆☆☆☆☆ ★⇒♡오빠1- 얼굴 빨ㄹ1 볼수 ㅇ1쓰면 죠ㅋ-11ㄸ1-, ㅎ1ㅎ1ㆅ ♥ ☆ ☆☆☆☆☆☆☆☆☆☆☆☆☆☆☆☆☆☆☆☆☆☆☆☆☆☆☆☆☆☆☆☆☆☆☆☆ ★⇒♡ㅇ1ㄹ-1ㄷ1- 오빠1- 보고 ㅅ1포 병ㄴ1-면 어ㅉN ? ¿ㅠ_ㅠㆅ ♥ ☆ ☆☆☆☆☆☆☆☆☆☆☆☆☆☆☆☆☆☆☆☆☆☆☆☆☆☆☆☆☆☆☆☆☆☆☆☆ ★⇒♡상ㅅ1-병~ ㅎㅎㆅ ♥ ☆ ☆☆☆☆☆☆☆☆☆☆☆☆☆☆☆☆☆☆☆☆☆☆☆☆☆☆☆☆☆☆☆☆☆☆☆☆ ★⇒♡오빠1- 공부 열ㅆ1ㅁ1 ㅎ1- 그 현ㅈ1ㄴ1 생각두 ㅁ1-ㄴ1ㅎN .알찌1?¿♥ ☆ ☆☆☆☆☆☆☆☆☆☆☆☆☆☆☆☆☆☆☆☆☆☆☆☆☆☆☆☆☆☆☆☆☆☆☆☆ ★⇒♡류일상 ㅂ1-브 멍충ㅇ1 ㅎㅎㆅ ♥ ☆ ☆☆☆☆☆☆☆☆☆☆☆☆☆☆☆☆☆☆☆☆☆☆☆☆☆☆☆☆☆☆☆☆☆☆☆☆ ★⇒♡오빠1- 진짜1- ㅅ1-릉후-11 ~ 알ㄹ1-뿅 ♥ ≥○≤* ☆ ☆☆☆☆☆☆☆☆☆☆☆☆☆☆☆☆☆☆☆☆☆☆☆☆☆☆☆☆☆☆☆☆☆☆☆☆ ★⇒♡우ㄹ1 진짜1- 오ㄹNㄱ1-ㅈ1- ㅇ1-ㄹ1-ㅉ1 ? ¿♥ ☆ ☆☆☆☆☆☆☆☆☆☆☆☆☆☆☆☆☆☆☆☆☆☆☆☆☆☆☆☆☆☆☆☆☆☆☆☆ ★⇒♡『류일상』 ←ㅇ1놈 현진ㅇ1ㄱ1- 침발ㄹ1-쏘효 ~투-11투-11~♥ ☆ ☆☆☆☆☆☆☆☆☆☆☆☆☆☆☆☆☆☆☆☆☆☆☆☆☆☆☆☆☆☆☆☆☆☆☆☆ ★⇒♡우ㄹ1 오빠1- 건들ㅈ1 ㅁ1-효 ♥ ☆ ☆☆☆☆☆☆☆☆☆☆☆☆☆☆☆☆☆☆☆☆☆☆☆☆☆☆☆☆☆☆☆☆☆☆☆☆
해석문	오빠 나현진이 오빠가 글남기래서^ㅇ^ 히히 잘했지? ㅎㅎ 오빠 시험인데 공부하고 있겠지? 오빠 너무 무리하지말고 알았지? 공부 너무많이 하지마 건강이 우선이야 히히 오빠가 공부 열심히 해서 현진이 먹여 살려주겠지? 그럴꺼지? ㅎㅎ 진짜 오빠 보고싶어 ㅎㅎ 이렇게 썼다 그 누가 욕하면 어떡해? 오빠셤 다치면 현진이랑 많이 놀아줄꺼지? 안 놀아주면 미워할꺼야 비도 오니까 진짜 오빠 생각 많이나 어떡해...오빠 보고싶어서 오빠 얼굴 빨리 볼수 있으면 좋겠다 히히 이러다 오빠 보고 싶어 병나면 어떡해? ㅠ_ㅠ 상상병~ ㅎㅎ 오빠 공부 열심히 하고 현진이 생각두 많이 해 알았지? 류일상 바보 멍충이 ㅎㅎ 오빠 진짜 사랑 해 아이 러브 유 우리 진짜 오래 가자 알았지? 류일상 <- 이놈 현진이가 침발랐 어요 퉤퉤 우리 오빠 건들지 마요

예 (5)와 같이 2002년 외계어 자료에서는 2001년 자료와 마찬가지로 의미가 난해해지고 표기형태가 다양해지는 것이 계속된다. 하지만 이러한 난해함과 다양함의 정도는 약간 수그러든다. 또한 (5.다)와 같이 특수기호들을 사용하여 외계어 텍스트 전체를 편집하여 꾸미는 표현들도 발견된다.

다음은 2003-2004년도의 외계어 자료들의 예이다.

(6) 2003-2004년 외계어 자료

가. 〈'Prёттy Lαй đ☆' cafe.daum.net/lovelyletter03 2004/01/14 18:10〉에서 발췌

외계어 원문	해석문
① ĐЯⓐëM§	①dreams
② ♧행운ⓜΓㅇㅇ	②행운아
③ ⓢłŊξこ.ご	③서니
④ 〃ㅂI밀…♡	④비밀
⑤ 『커ㅍI쟌』	⑤커피잔
⑥…ㅇΓㅂ ㄱㅈI♡	⑥아버지
⑦ 『호Γ신으I ㅂI밀…	⑦화신의 비밀
⑧…벌乙ㄱ ㅣ…☆	⑧벌레
⑨ バΓ乙Бあн♡	⑨사랑해
⑩ 『げΓぃΓぃΓĐ	⑩바나나

나. 〈외계어 배우기뿅〆cafe.daum.net/aemtZWEQ 2004/03/03 21:48〉

외계어 원문	해석문
—‥—‥—‥—＝＝＝ε♡з＝＝＝—‥—‥—‥—	
ん r ㄹ Б한て r ㅗ‥☆	사랑한다고
말ぁ r ㅗ싶은て ㅔ。。	말하고 싶은데..
그말을할づI회I를않주L·ㅔ요〃	그 말을 할 기회를 않주네요
그ㅎよㅁ r てIㅁよぁ r 면되I는て ㅔ	그 한마디 말하면 되는데
그말ぁ r 는つㅔ‥오ЙØI렇つㅔ 힘든ズI‥	그말 하는게.. 왜 이렇게 힘든지..
ズI금ØIㄹ r 도말ぁ r ㅗ싶Lㅔ요。	지금이라도 말하고 싶네요.
ん r ㄹ Б한て r ㅗ‥♡	사랑한다고..
—‥—‥—‥—＝＝＝ε♡з＝＝＝—‥—‥—‥—	

다. 〈'Prёттy Lαй đ☆' cafe.daum.net/lovelyletter03 2004/08/04 00:04〉에서 발췌

외계어 원문	해석문
┌+…◇——++ⓗ늘에I는별만있는게I 아닌데I—…——┐	하늘에는 별만 있는 게 아닌데
└┼ 〃〃 ┼ 바다에I는물고ㄱI만있는게Iⓐ닌데I	바다에는 물고기만 있는데 아닌데
└++—‥——왜I내I속엔너밖에I없는거지I——+…--◇┘	왜 내 속엔 너밖에 없지

예 (6)의 자료에서는 2001-2002년까지의 앞선 자료들과는 다른 양상이 보인다. (5)의 자료들에서는 의미의 난해함과 표기형태의 다양함으로 인해 통신언어의 파격(破格)을 가져왔는 데 비해, (6)의 자료에서 보면 외계어의 표기형태는 더욱 다양해졌는 데 비해서 의미 해독에 있어서는 (5)의 자료들보다 수월함을 알 수 있다. 이것은 (5)의 자료에서 표기형태의 다양함은 한글 형태의 심각한 파격(破格)을 가져와서 의미 해독을 어렵게 만들었는 데 반해, (6)의 자료에서 표기형태는 (5)의 자료에 비해 더욱 다양해졌지만, 그 다양하게 표현된 표기형태들이 한글 형태에 근접해 있기 때문이다.

또한 (7)의 자료보다 (6)의 자료들에서 텍스트의 분량이 줄어듦을 알 수 있다. (5)에서는 주로 긴 텍스트로 게시판이나 개인 전자우편 글들을 외계어로 사용하였는 데 반해, (6)에서는 짧은 문구들이나 개인 ID들을 외계어로 표현하고 있다.

그리고 표기형태의 다양함으로 인해서 전체적으로 (5)의 자료들보다 (6)의 자료가 도안(圖案)된 듯한 인상을 준다. 즉, (5)의 자료들에서는 외계어를 통신언어와 차별화하여 표현 욕구의 목적을 충족하거나 남들이 알아보지 못하게 숨김의 목적이 작용한 반면에, (6)에서는 외계어들을 예쁘게 꾸미는 흐름으로 바뀌어 숨김보다는 표현 욕구의 목적에 중점을 두고 있음을 알 수 있다. 또한 (6)의 자료들은 주로 인터넷 웹사이트인 'Daum'의 '카페'를 중심으로 외계어를 만들어내어 공유하여 사용하는 면을 보이고 있다. 따라서 누가 예쁜 외계어를 만드는가를 경쟁하는 듯이 카페 자료실에 본인들이 만들 외계어들을 올리고 다른 사용자들이 다운로드를 받아가게끔 하고 있다.

이와 같이 외계어의 변화를 살펴보았는데, 이 변화의 양상을 바탕으로 본고에서는 외계어의 변화 시기를 크게 넷으로 구분하려 한다. 그 구분 기준은 외계어의 표현 방법에 있다. 먼저 외계어의 기원이 될 수 있었던 전기(前期) 통신언어에서 음성적 유사성에 의해 표현된 외계어 기원 시기, 둘째 2000년도 외계어의 시작기로 통신언어에서 표기형태를 파격(破格)시켜 의미 해독을 어렵하게 만들었던 시기, 셋째 2001-2002년까지로 표기형태를 급격하게 파괴하여 의미 해독이 거의 불가하였던 외계어의 파격기(破格期)이다. 이 시기의 주요 특징은 장문(長文)으로, 게시판 글들이나 전자우편과 같은 긴 글들을 모두 외계어로 표현하였다는 점들을 들 수 있다. 마지막 넷째는 2003-2004년, 그리고 현재까지를 포함한 외계어의 도안기(圖案期)이다. 이 시기의 주요 특징은 외계어의 글들이 짧아졌고, 이 짧아진 텍스트를 대상으로 세 번째 시기보다 기호와 문자들을 더욱 다양하게 추가하여 예쁘게 도안해 외계어를 생산한 점을 들 수 있다. 또한 세 번째 시기에서는 외계어를 만듦에 있어 개인적으로 생산해낸 데 비해, 네 번째 시기에서는 개인이 만들어낸 외계어를 공유하면서 공동 생산적인 양상을 띠고 있다.

이를 정리하면 (7)과 같다.

(7) 외계어의 변화 시기

구분	시 기	연 대	특 징
1	외계어 기원기	1990년대	-통신언어에서 음성적 유사성을 바탕으로 문자와 숫자, 기호 등을 혼용해서 사용함. -음성적으로 유사하기 때문에 의미해석에 아무런 지장이 없음.
2	외계어 시작기	2000년	-통신언어에서 형태의 파괴가 시작되어 다양한 형태 파괴가 일어남. -의미해석이 난해하기 시작함.

구분	시 기	연 대	특 징
3	외계어 파격기	2001~2002년	-통신언어의 형태를 급격하게 파격함. -형태의 변형이 심하여 의미 해독이 거의 불가함. -개인적으로 외계어를 생산함. -주로 장문 텍스트.
4	외계어 도안기	2003년~현재	-통신언어의 형태가 더욱 다양해짐. -다양한 표현 형태들이 한글 형태에 근사하기에 의미 해독에는 3기보다는 용이함. -집단적으로 외계어 생산. -텍스트 길이가 짧아짐. -예쁘게 도안하는 것으로 변화함.

4. 외계어의 표기

외계어 표기의 가장 큰 특성은 아마도 '섞어쓰기[混用表記]'일 것이다. 한글을 비롯한 한글고어, 한자를 비롯한 외국 문자, 문장부호를 비롯한 특수문자와 기호 등을 서로 혼용하여 섞어쓰기를 하는 것이 외계어 표기의 대표적인 특성이다. 이렇게 다양한 표기 도구를 이용하여 섞어 쓰기 때문에 외계어를 유형화하거나 통신언어와 같은 일정한 표기 양상들을 밝혀내기가 쉽지 않다. 그것은 외계어를 만들어 내는 네티즌들마다 섞어쓰기의 양상이 다르기 때문이다.

(8) 가. 예쁜 가리비
　　나. 이쁜 가리비
　　다. 2뿡 ㄱr ㄹ1 ㅂl
　　라. ┏ 2 뱅 고㉧ ㉣ㅣ B ┛
　　마. 2 뱅 ㄱ·뤼 B
　　바. 2 뱅 家뤼雨

예 (8)과 같이 외계어는 일상언어 (8.가)에서 통신언어 (8.나)로, 다시 이것이 (8.다-바)까지의 외계어로 그 표기의 변화가 다양하다.

따라서 본고에서는 외계어 다양한 개개의 표기 방법을 쫓아가지 않고 외계어의 표기 방식으로 '음차(音借), 훈독(訓讀), 상형(象形), 상징, 기호 삽입'의 다섯 가지를 제시하고 그 예들을 살펴보겠다.

4.1. 음차(音借)

여기서 음차(音借)은 외국어의 뜻은 버리고 음만 가져와 사용한 예로 포괄적인 개념의 음차(音借)이라 하겠다.

(9) 가. 羅 ⓡⓖ孝
安 이 그 욕...十 라..재 수 없 게 생 각
나. ★잘이썽늬!!?My눙 윤a~넘x2보구시뻥♡★
픗. 앙.갈쿄듀꼬얏.介하카몬 ⓖa쿄듀끄앙♡
YuㄴΓ 앤드-.ⓔ삔.천샤.凸늬♡

(9.가)는 한자의 음을 가져다 외계어로 표기한 예이고, (9.나)는 영어 알파벳을 음차(音借)한 예이다. (9.나)의 경우 '윤a'와 'YuㄴΓ'가 같은 사람을 지칭하는 표기로 이처럼 외계어의 표기가 동일한 사람이라도 그 상황과 문맥에 따라 달리 표기한다는 것을 알 수 있다. (9.나)의 '2'는 숫자 2를 음차(音借)한 예인데, '너무'의 2음절 모음인 'ㅜ'를 'ㅣ'로 바꿔 표기한 예이다.

4.2. 훈독(訓讀)

훈독(訓讀) 또한 기존의 한자어의 훈(訓)을 가져다 쓴 차자표기(借字表記) 형식만이 아닌 모든 문자 기호들의 뜻을 가져다 표기한 예들을 지칭한다.

(10) 가. ★ 이 땨 그 린 水 웨 셔 노 랴 뒐 끼 씐 듸 。。。

나. 내힐붙5 떠햌겨르 go할쌩콱을 하늬

모퇘쬐..? me2me2~~

why 띱구 디랄이냐그녕!!

he덩안 명나 쏘二 해뜬..!!

(10)의 예들은 한자와 외국문자를 훈독한 예들이다. (10.가)의 '水 웨 셔'는 한자어 '水'를 표기하여 '물'을 뜻하며 '물에서'로 읽으면 된다. (10.나)는 영어의 단어 뜻을 가져와 훈독한 예들이다. 'go'는 '가다'의 활용형 '갈'로 읽으면 되고, 'me2'는 영어의 'me too'란 구에서 가져온 것으로 'too'에 해당하는 부분은 숫자 '2'로 음차(音借)하였다. 'why'는 '왜'로, 'he'는 '그'로 읽으면 된다. 'he덩안'의 경우 'he'의 의미인 3인칭 대명사 '그'의 의미를 가져와 그 의미를 외계어의 의미에 반영한 것이 아니라 단지 '그동안'의 '그'만을 표기하기 위해서 가져와 표기한 예이다.

훈독 표기형태들을 보면 한자어 훈독이 영어 훈독보다 상대적으로 적음을 알 수 있다. 원래 훈독이라 함은 한자의 훈을 가져온 것인데, 최근에 한자 교육이 되지 않아 한자어에 대한 지식이 적고, 영어 교육을 강화하여 영어에 대한 지식이 상대적으로 많음을 보여주는 단적인 예라 하겠다.

4.3. 상형(象形)

상형(象形)은 사물의 모양을 본뜸을 말하는데, 이것의 의미를 그대로 반영하여 외국문자, 특수문자, 기호 등의 모양을 본떠 한글 형태에 근사하게 입력한 외계어 표기 방식이라 하겠다.

(11) 가. nLz占입nlcL
나. uLcLoH서모zH를
다. 근ⓒㅔŁΓΘI거보ど Ł。、
라. 슬立ㅏんㅏ 우는건 ØrㄴIZЙ요.
마. △♪람은 언젠ㄱ ♪ ⓒⓒ¶ ㄴ♪ ⊙‡ 한ⓒㅓ ㅣ요...
바. △ㅏㄹ6ㅎ㎡ ☆ ⓛㅓ10000 볼ㄲ ㅔ ●─●
사. 불펌凸!!다봐츠믄닫긔↘↘살짝!┘

(11)의 예들은 각 문자들의 형태를 상형하여 한글의 형태에 맞게 표기해 놓은 예들이다. 이 표기 방식이 가장 다양한 표기 수단들을 사용하고 있음을 볼 수 있다. (11.사)의 경우 '凸'은 음차(音借)를 하기도 하고("凸잇 딜옷–철이 들어"), 상형의 방식에 따라 비속어를 나타내기도 한다. (11.사)의 경우가 가운데 손가락만 편 모양으로 욕을 하는 경우를 상형한 예이다.

4.4. 상징

상징은 주로 기호들에서 연상되는 의미를 가져오는 경우이다.

(12) 가. ♨ 띰 희 들 土 론 ㉻ ㉦ㅣ 乃 凹。☆(열)
나. ☎ⓗㅏ는ⓖㅓ ⓚⓚ(전화)

다. ♡』←하그싶어T^T(사랑)
라. ☆㉡ㅏ㈂i 여¿¿¿ (별나지요?)

(12.가-다)는 기호들이 상징하는 것들을 외계어에 사용하여 표기한 예들이다. '♨'는 주로 목욕탕을 나타내는 기호로 사용되고 있는데, 그 것의 '뜨거움'을 상징하는 것으로 '열'이라고 발음한다. '☎'는 '전화'를 상징하는 기호로 그 상징의미 그대로 사용하고 있고, 대표적인 '사랑'의 상징 기호인 하트 '♡'를 그 의미 그대로 사용한 예이다. '☆' 역시 상징 그대로인 '별'을 외계어로 표기한 예이다.

4.5. 기호 삽입

외계어 표기 방식 중 의미 표현과 관련이 없는 기호를 삽입하는 경우들이 있다.

(13) 가. ㅇ ㅔㅎ ㅔㅎ ㅔ^-^*
나. 《◈이뿌TM으눼◈》
다. ┌▶♡§ⓝ"인지니"카페ⓝ§♡◀┘
라. ──────────────────
♧☆♣☆♧☆♣☆♧☆♣☆♧☆♣☆♧☆♣☆♧☆♣☆♧☆♣
─∽쫑ⓡ쫑ⓡㅁㅁⓔ㈎싸大길⇒대⑨넘흐㉮그시픈거알어∽♡─
──────────────────
=♧=♧=♧=♧=♧=♧=♧=♧=♧=♧=♧=♧=♧=♧=♧=♧
마. ┼─┬─┴─┴─┴─┬♡┴─┬─┬─┬─┴─┼
─┬┼ 같1 I쓸땐、몰랏는더1
┬─┬─┬─┼ΩH 떠㉯고 ㈏서
┴───┬┼ㄲH닳는ㅈ1‥♡
┼─┴─┬─┬─┬─┴♡┬─┴─┴─┴─┬─┼

(13.가)는 통신언어의 표기 방식이다. 이때의 기호 삽입에는 이모티콘의 삽입을 예로 들 수 있는데, 외계어 시기로 넘어 와서는 이모티콘의 삽입에서 한층 더 나아가 다양한 기호들을 문장의 의미와는 상관없이 삽입하는 경우가 빈번하게 발생한다(13.나-다). (13.라-마)는 주로 네 번째 시기의 외계어에 등장하는 표기형태로 텍스트 주변을 기호로 치장하는 유형의 표기 방식이다.

5. 결론 및 전망

이제까지 외계어에 대하여 살펴보았다. 외계어에 대한 개념 정의와, 외계어의 기원, 변화 등의 역사와 외계어의 표기 방식에 대하여 논의해 보았다.

2장에서는 외계어의 개념을 정리해 보았다. '일상언어'는 물론 통신언어를 파격(破格)하여 문자의 독해에 무리가 있는 경우를 '외계어(파격(破格)통신언어)'라 정의하였다. 즉, 인터넷 통신 상에서 파격(破格)의 방법(음차(音借), 훈독(訓讀), 상형(象形), 상징, 기호 삽입) 등을 이용하여 의사소통에 어려움을 초래하는 통신언어를 '외계어(파격(破格)통신언어)'라 하였다.

3장에서는 외계어의 역사에 대하여 살펴보았다. 외계어의 기원으로는 '전기(前期)' 통신언어 시기에 사용되던 통신언어 가운데 음성적 유사성을 기반으로 한 한글, 영문, 숫자 등의 혼합표기에서 기원함을 설명하였다. 외계어의 변화에서는 외계어가 본격적으로 시작된 후 크게 두 가지의 변화를 겪음을 알아보았다. 첫째는 의미 해독의 불가(不可)라는 변화와 '예쁘게 꾸미기(圖案)'라는 변화를 거친다는 것을 설명하였다. 이러한 변화 과정으로 외계어의 변화 시기를 '외계어 기원기, 외계어 시작기, 외계어 파격기(破格期), 외계어 도안기(圖案期)' 등 네 시기로 구분하였다.

4장에서는 외계어의 표기 방식에 대하여 살펴보았다. 외계어는 표기 방법이 너무나 다양하여 동일인이 동일한 글을 표기하는 데에도 그 표기형태가 달라질 수 있다. 따라서 이러한 외계어의 표기 방법으로 '음차(音借), 훈독(訓讀), 상형(象形), 상징, 기호 삽입' 등의 표기 방식을 설명하였다. 음차(音借)과 훈독(訓讀)은 한자에만 해당되던 협의 개념을 모든 문자나 기호에까지 적용하는 확대 개념으로 설정하였다. 상형(象形)의 방법은 외계어 표기 방식 중 가장 많이 사용되는 것으로 가능한 모든 표기 수단들을 동원하여 외계어를 표기하는 방식이고, 상징은 주로 기호들을 사용하여 표기하는 방식이며, 기호 삽입은 의미 해석과는 상관없이 텍스트를 꾸미기 위한 방법으로 사용되고 있음을 알 수 있었다.

외계어는 그 사용자 수가 소수에 불과하다. 따라서 통신언어의 주류가 되지 못 한다. 그럼에도 불구하고 2001년부터 시작된 외계어 퇴치 운동들을 살펴볼 때, 소수의 외계어가 현재의 일상언어와 통신언어를 더욱 파괴하는 것임을 알 수 있다. 3장에서 외계어의 변화 과정 시기를 살핀 것을 바탕으로 할 때, 앞으로 외계어는 글자 도안(圖案) 쪽으로 방향 전환을 하지 않을까 전망하는 바이다. 외계어 반대의 주된 원인은 한글 파괴에 있다. 또한 의사소통이 원활하게 이루어지지 않음에도 그 원인을 찾을 수 있다. 이러한 원인으로 외계어 추방을 부르짖고 있으며 많은 사람이 이에 동참하고 있다. 이러한 흐름으로 인해 3기의 외계어 파격기가 4기의 외계어 도안기로 변모한 것으로 볼 수도 있을 것이다. 이러한 외계어의 변화 흐름이라면 앞으로 외계어는 홈페이지 게시판이나 동호회 블로그 등의 표제 글들을 꾸미는 도안표기(圖案表記)로 방향 전환을 하지 않을까 전망하는 바이다.

[참고문헌]

강옥미, 「제2세대 통신언어인 외계어의 표기법 연구」, 한국어학회 제29차 전국학술대회 발표논문, 2003.
교육인적자원부, 『인터넷 언어 순화, 생활 속의 언어 예절』, 2005.
권연진, 「컴퓨터 통신어의 언어학적 연구」, 『언어과학』5-2, 1998.
김주덕, 「고등학생 통신 언어 사용 실태에 대한 연구」, 강원대 석사논문, 2002.
백경녀, 「청소년의 언어 사용실태와 개선 방안 연구」, 가톨릭대 교육대학원 석사논문, 2001.
백미혜, 「컴퓨터 통신언어의 분석 연구」, 충남대 교육대학원 석사논문, 2002.
송민규, 「PC 통신 언어에 나타나는 음절수 감소 현상에 대한 고찰」, 고려대 석사논문, 2000.
______, 「PC 통신 언어에서 나타나는 폐음절의 경향」, 『국제어문』24, 국제어문학회, 2001.
시정곤·송민규, 「사이버 언어와 경제성의 원리」, 『국제어문』25, 국제어문학회, 2002.
안태형, 「통신 언어 표기의 실태 연구」, 동아대 교육대학원 석사학위 논문, 2003.
이정복, 「컴퓨터 통신 분야의 외래어 및 약어 사용 실태와 순화 방안」, 『외래어 사용 실태와 국민 언어 순화 방안』, 국어학회, 1997.
_____, 『바람직한 통신언어 확립을 위한 기초연구』, 문화관광부, 2000.
_____, 「통신 언어 문장종결법의 특성」, 『우리말글』22, 우리말글학회, 2001.
_____, 『인터넷 통신 언어의 이해』, 월인, 2003.
임규홍, 「컴퓨터 통신 언어에 대하여」, 『배달말』27, 배달말학회, 2000.
전은진, 「컴퓨터 통신 대화 연구」, 한양대 석사논문, 2001.
정무사, 「국어 통신언어 교육의 방향 연구」, 건국대 석사논문, 2002.
정진수, 「컴퓨터 통신언어 연구」, 청주대 박사논문, 2003.
『굿데이』 2004.1.14. 「사이버 임진왜란 보안전쟁도 후끈」.
『중앙일보』 2004.1.11. 「한·일 사이버 '독도대전'… 日총리 망언에 네티즌들 발끈」.
『한국일보』 2001.11.6. 「네티즌 말 통역해드려요」.
cafe.daum.net/lovelyletter03 (Daum 카페 : 'Prëттy Laň đ☆')
cafe.daum.net/aemtZWEQ (Daum 카페 : 외계어 배우기뱅 ㄨ)
www.idoo.net
www.dokkebi.org
www.naver.com

이동전화 대화 연구
: 대화 진행 단계에 따른 수행 양상을 중심으로

•

전은진

1. 서론

이동 전화(mobile phone)는 현재 우리에게 '핸드폰(hand phone)' 혹은 '휴대폰(携帶phone)'이라는 명칭으로 더욱 잘 알려져 있는데, 이동체 통신으로서 이용자들에게 큰 인기를 얻고 있는 통신 매체이다. 이동 전화는 초기에 상호작용적 의사소통을 가능하게 했던 전화의 모든 장점에 이동성을 부가해서 더욱 발전된 의사소통 수단으로 성장하게 되었고, 누구나 소유가 가능하다는 점과 이용의 편리성 때문에 가장 널리 사용되고 있는 매체이기도 하다.[1] 이처럼 이동 전화는 이동성

---

1) 성인 100명을 대상으로 설문을 실시한 결과, 하루 평균 가장 많이 사용하는 의사소통 방법은 이동 전화를 통한 의사소통으로 나타났다. 이처럼 이동 전화는 현재 우리에게 가장 중요한 의사소통 수단으로 자리잡고 있다.

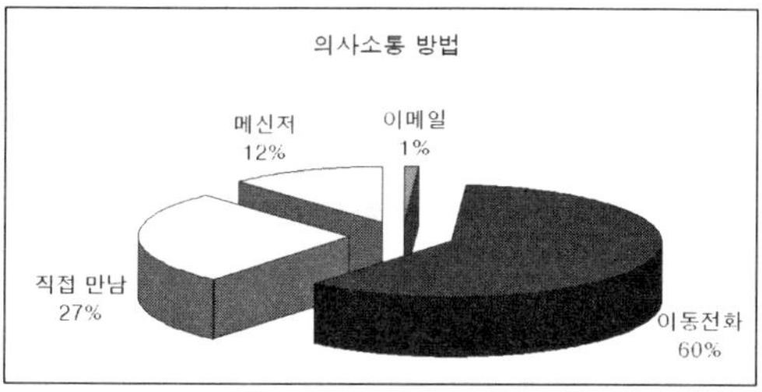

(mobility)뿐만 아니라 개별성(individuality), 비밀성(secrecy), 즉각성(immediacy), 휴대성(portability)이라는 고정(유선) 전화와 차별화되는 특성을 지님으로써 현재 보급률이 고정 전화를 앞서고 있다.[2] 이동 전화 대화는 음성을 통한 의사소통뿐만 아니라, 문자를 통해서도 의사소통이 가능하다. 최근에는 이동 전화의 편리함을 이용해서, 인터넷에 접속하여 각종 정보를 검색하거나 전자 메일을 보내는 것은 물론, 오락이나 게임을 즐기기도 한다. 뿐만 아니라 카메라와 mp3 기능도 제공되고 있다. 이처럼 이동 전화가 현대 사회의 중요한 의사소통 수단으로 자리잡게 되었지만, 아직까지 이동 전화 대화에 관한 언어학적 연구는 거의 이루어지지 않고 있다.[3]

따라서 이 연구는 이동 전화 대화를 분석함으로써, 이동 전화 대화

---

2) 진성철(2000)에서는, 이동 전화가 처음 서비스된 1988년 이후에 국내의 이동 전화 이용자 수가 급속히 늘어 1999년 9월에 이동 전화 가입자 수가 일반 전화 가입자 수를 앞지르는 상황까지 발생하게 되었다고 설명하고 있다.

3) 이동 전화에 대한 논의에 앞서, 고정 전화 대화에 관한 언어학적 논의는 김영희(1993), 박상복(1995), 한수희(1998)에서 찾아볼 수 있다. 김영희(1993)에서는 전화 통화의 시작 대화에 대한 인종문화기술학적 연구가 이루어졌는데, 이 연구에서는 참여자에 따라 대화 유형을 구분하고 있다. 예를 들어 스승과 제자 관계는 공식적 통화가 되어 격식적인 사건 특성을 지닌다고 했는데, 스승과 제자도 사적인 통화가 가능하다. 그러므로 참여자에 따라 대화 유형을 나누려면 친밀성, 최근성 등의 다른 변인도 고려할 필요가 있다. 박상복(1995)에서는 영어와 한국어 전화 대화의 송화자 첫째 발화에 나타난 인지 표현과 확인 행위를 중심으로 연구가 이루어졌는데, 영어와 한국어에서의 송화자 첫째 발화로 한정되어 있어서 전화 대화의 전체적인 흐름을 볼 수 없었다. 한수희(1998)에서도 영·한 담화 대조 분석을 통해 전화 대화의 시작과 종결만을 다루었다.

박현일(2002)에서는 전화 대화 및 이동 전화 대화의 시작 부분을 연구했는데, 이 연구도 영어 발화를 자료로 다루었다. 이동 전화에 대한 기존 연구들을 보면, 대부분 기술 발전적인 측면, 정책수립적인 측면, 사회구조변화 및 국제정보유통에 미치는 요인적 측면 등으로 한정되어 있을 뿐, 대인 의사소통의 수단으로서 이동 전화를 언어학적 측면에서 다룬 연구가 거의 없다.

의 각 진행 단계별 수행 양상을 통해 이동 전화의 대화 특성을 고찰해 보기로 한다.[4] 이 연구에서 사용된 대화 자료는 2005년 2월부터 6월까지 실제 이동 전화 대화를 녹음하고 이를 전사하여 분석한 것이다.[5] 또한 성인 100명을 대상으로 설문을 실시하여 계량적인 분석도 보충하였다.[6]

〈표 1〉 분석 파일 현황

구분	자매	친구	모녀	선후배	상사/직원	이모/조카	합계
과제	14	4	2	2	2	1	25
관계	5	4	2	1			12
합계	19	8	4	3	2	1	37

---

4) 이동 전화는 음성 통화뿐만 아니라 단말기의 여러 기능을 통하여 다양한 의사소통이 가능하다. 하지만 이동 전화의 주기능이 음성 통화에 있고, 다른 의사소통은 전혀 다른 대화 양상을 보여주므로, 이 연구에서는 음성 대화로 한정하여 분석하기로 한다. 또한 이동 전화는 이인 대화뿐만 아니라 다인 간에도 대화가 가능하지만, 이 연구에서는 자료 수집의 한계로 인해 이인 대화만을 분석하였다.

5) 대화 자료는 전화 통화 녹음이 가능한 이동 전화기를 이용해서 녹음하였고, 대화가 녹음된 전화기를 통해 대화를 직접 들으며 전사하였다.

전사 기호	기호 설명
?	상승 억양
!	활기에 넘치는 기운찬 어조
,	약한 상승 또는 하강, 약간의 휴지 등
.	한 발화의 끝
((–))	잘 들리지 않는 발화
[	두 사람이 말이 겹칠 경우
–	의도적인 장음
〈 〉	사람의 음성 중 비언어적인 소리
( )	발화의 표준 형태
=	끊긴 발화 표시
~	군말 표시

6) 설문지는 논문 뒤에 첨부하였는데, 첨부한 설문지는 '이동 전화 사용이 의사소통에 미치는 영향'에 대한 설문 문항 중에서 논문 내용과 연관성이 있고 논문에 제시된 문항만 따로 정리한 것이다.

2. 이동 전화 대화의 수행 양상

이 장에서는 이동 전화 대화의 각 진행 단계별 수행 양상을 고찰해 보기로 한다. 대화는 시작, 주제 전개, 종결의 진행 구조로 이루어진다. 시작 단계는 대화의 통로를 여는 부분이고, 주제 전개 단계는 이야기하고자 하는 주제를 전개하는 부분이며, 종결 단계는 대화의 통로를 닫는 부분이다. 대화의 시작, 주제 전개, 종결 단계는 대화의 목적에 따라 다양한 전개 과정을 보이고 있기 때문에, 모든 대화가 이러한 진행 단계를 거치는 것은 아니다.[7] 대화의 진행 과정 속에서 그 수행 양상을 살펴본다는 것은 곧 대화의 연쇄가 어떻게 자연스럽게 시작해서 끝을 맺게 되는가에 관한 연구이다. 또한 이동 전화 대화는 다른 대화와는 다른 수행 양상을 보이고 있기 때문에, 이 장에서는 이동 전화 대화의 수행 양상을 각 진행 단계별로 나누어 살펴보기로 한다.[8]

2.1. 시작 단계에서의 수행 양상

대화의 시작 단계는 만남의 인사라든지 혹은 대화의 핵심 주제를 다루기 전에 이루어지는 의사소통의 단계로서, 본래 지향했던 주제에 대한 목적을 달성하기 위해 우선적으로 의사소통에 대한 준비와 상황적 조건을 만들어 놓는 단계이다.[9] 이동 전화의 대화 시작 부분은 전체

7) 화자가 진행 단계를 갖춘 대화를 하는가 그렇지 않는가의 여부는 대화가 격식을 갖춰야 하는 상황인가 아닌가에 크게 의존한다. 장경희(1998:233).

8) Schiffrin(1994)은 담화분석(Discourse Analysis)을 다음 여섯 가지 이론으로 나누어 설명한다. 화행이론(Speech Act Theory), 상호작용 사회언어학(Interactional Sociolinguistics), 의사소통의 민족지학(Ethnography of Communication), 화용론(Pragmatics), 대화분석(Conversation Analysis), 변이형 분석(Variation Analysis) 등이 그것이다. 이 연구는 대화분석을 토대로 하였다.

대화 조직(overall conversation organization)의 일부로, 시작된 대화의 형식이 나타나고, 받아들여지고, 거부되는 등 송화자(送話者:caller)와 수화자(受話者:receiver) 양쪽의 상호작용이 시작되는 단계이다. 이동 전화 대화의 시작 단계에서 나타나는 수행 양상은 다음과 같다.

2.1.1. 호출(summons)

이동 전화 대화에서 호출의 역할은 전화벨 소리가 담당한다. 대면 대화에서는 대화를 시작할 때 상대방의 주의를 끌기 위해 부름말을 사용하는 반면에, 전화 대화에서는 전화벨의 호출 신호에 따라 응답이 제공된다. 고정 전화는 공동 소유로서 전화를 받는 수화자가 여러 사람일 수 있지만, 이동 전화는 1인 소유로서 그 전화기로 걸려오는 전화는 '전화기 소유주와 통화하고 싶습니다'라는 요구(request)로 볼 수 있다.

(1) 호출 – ((전화벨))

2.1.2. 인지(recognition)

대화가 이루어지기 위해서는 송화자와 수화자가 서로를 인지해야 한다. 이동 전화는 일반적으로 호출(summons)과 동시에 화자를 인지할 수 있다.[10] 이동 전화는 착신 표시가 가능한데, 수화자는 착신된

9) 이 단계에서는 대화할 사람들 사이의 인간관계에서 필요한 예절적 절차가 이루어진다. 즉 대화의 분위기를 조성하는 첫인상과 같은 역할을 하는 것이 바로 대화의 시작 단계이다.

10) 이 부분이 일반 고정 전화와 차이를 보이는 부분이다. 이동 전화는 전화 소유주의 상태와 관계없이 이동 전화로 걸려오는 모든 전화를 지정한 번호로 연결하는 서비

전화번호 표시를 보고 아는 사람일 경우에 송화자를 인지할 수 있다.[11] 착신 표시 서비스가 되지 않거나, 착신 표시가 되어 있다고 하더라도 전화번호의 송화자를 알 수 없을 경우에는 '응답'이나 상대방 '확인' 후에 '인지'가 수행된다. 최근에는 착신 표시에 전화번호뿐만 아니라 발신자 애칭 표시인 레터링(lettering) 기능도 제공되고 있다. 레터링(lettering)은 전화를 걸 때 지정된 자신의 이름이나 애칭을 수화자의 이동 전화에 표시하는 기능인데, 받는 사람에 따라 다른 애칭을 표시할 수 있으며, 최대 50개의 애칭을 만들 수 있다. 레터링 사용 양상을 보면, 크게 자신을 표현하는 형태와 상대방에게 전하는 메시지 형태로 구분된다.

(2) 레터링(lettering) 형태
(2-1) 자신을 표현하는 형태

지태S콜콜~11	찌깅(별명) 송신중	이쁜이 핸폰(핸드폰)
★멋진 남자★	∑ 착한§아이	오드리될뻔

스가 제공된다. 최근에는 이동 전화가 꺼져 있어도 착신 표시가 되는 서비스가 제공되고 있다.

11) 아래의 그림에서 볼 수 있듯이, 이동 전화를 사용하는 98%의 사람들이 착신 표시 기능을 사용하고 있었다.

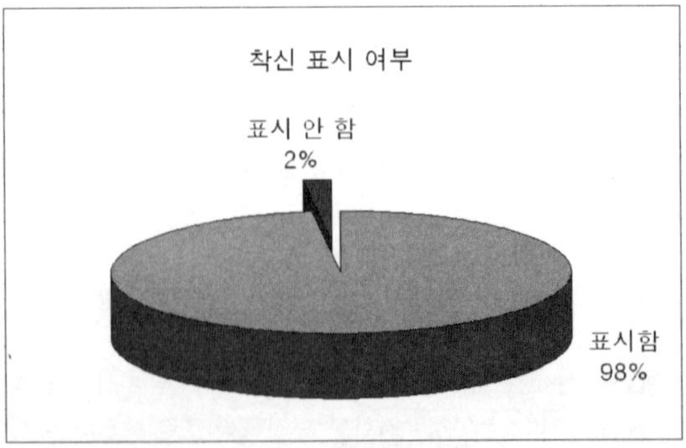

백마탄환자	뱃살공주	품질보증 절대미녀

(2-2) 상대방에게 전하는 메시지 형태

전화 받으세요	빨리 좀 받쥐?	행복하세요
Good Morning...♥	Good Night...♡	わすねないで
좋은 하루 되세요	오늘의로또숫자3	☏전화찬스☏

이동 전화 대화에서 수화자가 호출과 동시에 송화자를 인지한 경우에, 수화자는 전화 받기가 곤란한 상황이거나 송화자와의 통화를 원하지 않을 경우 인지(recognition)만 하고 대화를 진행하지 않을 수 있다. 이처럼 이동 전화 대화는 자신의 의지에 따라 대화 진행을 선택할 수 있다.[12)]

(3) 인지 - '착신 번호 표시'나 '자신의 이름이나 애칭 표시' 기능을 통해 호출과 동시에 인지
- 응답이나 신분 확인 후에 인지

2.1.3. 응답(response)

이동 전화 대화에서 호출(summons)의 역할은 전화벨 소리가 담당하

12) 착신 표시를 사용하고 있는 사람들 중에 64%가 발신된 전화번호 표시를 보고 대화 여부를 결정한다고 응답하였다.

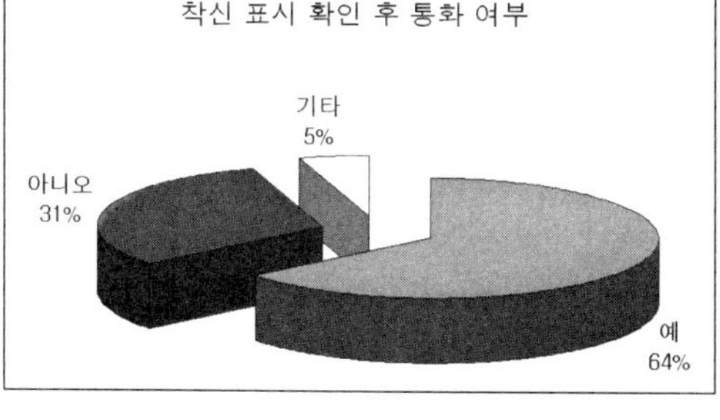

고, 전형적인 호출에 대한 응답은 고정 전화에서와 마찬가지로 '여보세요'가 일반적이다.[13] 그러나 이동 전화에서는 호출과 동시에 착신 번호 확인이 가능하여 송화자가 누구인지 인지할 수 있기 때문에, 수화자가 '왜?', '길동이니?', '엄마!' 등 다양한 발화로 응답할 수 있게 되었다.[14] 이처럼 이동 전화에서의 '응답(response)'은 '확인(identification)'으로 수행되기도 한다. 즉 호출과 동시에 송화자를 인지한 경우, '나야', '예 길동입니다.' 등의 자기 확인을 바로 하거나, '엄마!', '길동이니?'처럼 상대방을 바로 확인하면서 응답을 수행할 수 있다.[15]

(4) ((전화벨)) - 인지 불가능
R : 여보세요./네 홍길동입니다(소유주로서) - 응답

13) Schegloff(1972)는 전화 대화의 "첫번째 발화를 위한 분배규칙"은 전화 받은 사람이 먼저 말하는 것이라고 지적한다. 따라서 호출 신호가 울리고 응답 차례에는 예외를 제외하고 거의 전화 받은 사람이 발화를 하게 된다. 한수희(1998)에서 재인용.

14) 발신 표시로 상대방을 알 수 있을 경우 어떤 말을 가장 먼저 사용하는지 조사해 보았더니, '여보세요'가 가장 높은 발화 빈도를 나타냈다. 그 다음으로 '어', '왜?'를 많이 사용하였고, '길동이니?'처럼 상대방 확인은 5%, '나야' 등의 자기 확인은 나타나지 않았다.

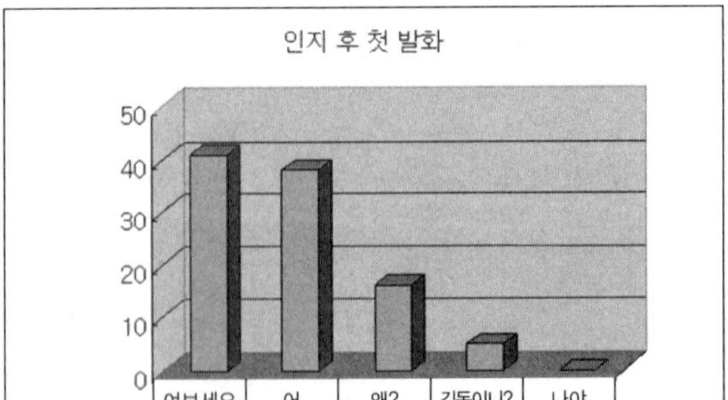

	여보세요	어	왜?	길동이니?	나야
계열1	41	38	16	5	0

15) 자기 확인을 통한 응답 중에, '네 홍길동입니다'라는 표현은 상대방을 인지하지 못하였을 때에도 전화기 소유주로서 사용된다.

(5) ((전화벨)) – 인지 가능
R : 어 나야(접니다)/예 길동인데요, – 자기 확인
R : 길동이니?/엄마! – 상대방 확인 – 응답
R : 응./왜?/어./(여보세요). – 대답

송화자는 수화자가 수화기를 여는 것만으로 통화의 성공을 완전히 확신하기 어려우므로 응답의 역할에 힘입어 통화 성공을 확인하게 된다.

2.1.4. 확인(identification)

이동 전화는 서로 대면하지 않은 상태에서 대화가 이루어지기 때문에, 상대방이 누구인지 신분을 확인하는 순서가 있게 된다.[16] 확인 순서는 수화자를 인지했거나 인지하지 못했을 때에도 이루어질 수 있다. 상대방을 확인하는 순서는 송화자와 수화자가 자신의 신분을 먼저 밝히는 경우(self-identification)와 상대방이 송화자와 수화자를 인식하는 경우(other-recognition)로 나누어 볼 수 있다.[17]

---

16) 고정 전화 대화의 연구에서, Schmidt(1975; Wolson, 1989:96 재인용)와 Lindstrom(1994)의 연구 결과 독일, 스웨덴, 네덜란드의 경우는 전화 받은 사람이 자신의 신분을 먼저 밝히는 것이 일반적이라고 한다. 이것은 미국 문화와 다르다. Schegloff(1979)에 따르면, 미국의 전화 통화는 목소리만으로 신분을 확인하는 것이 '선호된다'고 한다. 또한 이름을 말할 때 성과 이름을 다 말하기보다는 성만을 말하는 것이 선호되어진다고 밝히고 있다. 그는 신원확인을 위한 정보가 적을수록 좋다고 하며 상대방이 서로를 인식하지 못하게 되면 송화자가 스스로 신분을 밝히는 것이 나타난다고 설명했다. 또한 신분 밝히기는 친밀도가 어느 정도인가에 따라 달라진다. Lindstrom(1994)의 연구에서는 상대가 가족인가 안면이 있는 사람인가에 따라 송화자가 자신의 신분을 밝히는 비율이 달라진다고 했다. 가족인 경우 송화자가 스스로 신분을 밝히는 것이 30%였고 안면이 있는 상대인 경우에는 송화자가 자기의 이름을 먼저 밝히는 것이 67%였다. 한수희(1998)

17) 이동 전화 대화에서 호출과 동시에 인지가 되었는데도 확인 발화를 하는 것은 양의 격률의 관점에서는 필요 이상의 정보를 제공할 수도 있다. 반면, 교대 요구

(6) 확인 유형

(6-1) 자기 확인(self-identification)

(6-1-1) 송화자(caller)가 자신의 신분을 밝히는 경우

C : 난데, 어디야?

R : 너 집에 왔나?

C : 집에? 나 지금 교육 끝나가지고- 나오는 길인데,

R : 어?

C : 교육= 아 나 ○○이.

R : 아직 안 끝났다고?

(6-1-2) 수화자(receiver)가 자신의 신분을 밝히는 경우

R : 어 나야. 왜?

C : 어디야?

(6-2) 상대방 인식(other-recognition)

(6-2-1) 송화자(caller)가 상대방을 인식하는 경우

(6-2-2) 수화자(receiver)가 상대방을 인식하는 경우

R : 여보세요?

C : ○○.

R : 엄마.

2.1.5. 위치(location)

이동 전화 대화의 시작 단계에서는 위치(location)를 묻는 행위가 이루어질 수 있다. 이동 전화상의 대화처럼 원거리 대화는 발화순서의 교체가 즉각적으로 이루어지기는 하지만 대화자들이 동일한 장소가 아닌 곳에서 대면하지 않고 대화를 하기 때문에 위치 확인이 이루어진다. 대면 대화에서는 대화의 장면을 공유하지만, 이동 전화 대화에서

(Switchboard Request)라면 확인이 적정량의 정보를 제공하는 것이다.

는 음성 언어로서 표면에 드러나야 한다.[18)]

(7) R : 어디야?
C : 어?
R : 너 어디 가는 중이야? 지금 집에 가는 거야?
C : 어.
R : 끝나서?
C : 어.

(8) C : 난데, 어디야?
R : 너 집에 왔나?
C : 집에? 나 지금 교육 끝나가지고- 나오는 길인데,
R : 어?
C : 교육= 아 나 ○○이,
R : 아직 안 끝났다고?
C : 아니. 이제 교육 끝나서 나왔다구.
R : 그만(그럼) 사무실로 가.
C : 어. 자= 어딘데 엄마?
R : 여게(여기) 우리 저~ 뭐~ 용산 저~ 잠깐 뭐~ ○○이 거~ 에어콘,
C : 어.
R : 발 거~ 발 사가지고 저~ 병원에 두 시 병원에 갈라구(가려고) 그래.

(7)과 (8)은 위치 확인이 이루어지는 대화 상황인데, (7)은 수화자가 송화자의 위치를 묻고 있는 대화 상황이다. (8)은 송화자가 수화자에

18) 송화자와 수화자가 서로 발화를 교환할 수 있는 장면을 설정하는 것은 '확인, 인지'와 마찬가지로 대화의 선결조건이다.

게 위치를 묻자, 수화자가 자신의 위치는 알려주지 않고 송화자의 위치를 되묻고 있는 대화 상황이다. 그래서 송화자가 '어딘데 엄마?'라고 다시 위치 확인 발화를 반복하고 있다.

이동 전화와 고정 전화는 다른 의도의 위치 확인이 이루어진다. 이동 전화에서의 위치 확인은 대화가 가능한지 물어보는 가용과 관련이 있거나, 화자가 지금 무엇을 하고 있는지 알아보기 위해서 위치 확인이 이루어지기도 한다. 반면에, 고정 전화에서의 위치 확인은 '길동이네 집이지요? ○○ 사무소지요?'에서처럼 신분이나 대상 확인과 관련이 있다.

2.1.6. 가용(availability)

이동 전화는 서로 대면하지 않고 대화를 하는 원거리 대화이기 때문에, 상대방이 통화할 상황이 되는지 가용성을 묻게 된다. '말할 수 있어?'라고 직접 묻거나, 수화자의 가용성을 알아보기 위하여 위치(location)를 묻기도 한다.

(9) 전화 통화 가능해? 지금 말할 수 있어? 전화 받을 수 있어?

(10) C : 어디야?
R : 화장실{속삭이며}

(9)는 가용성을 직접 묻는 발화 형태들이고, (10)은 수화자의 가용성을 알아보기 위하여 위치를 묻는 대화 상황이다.

2.1.7. 인사(greeting)

인사는 두 가지 기능을 한다. 즉 화자가 인식되었다는 것과 상대 화자에게서 상호인식을 끌어내는 기능을 한다. 인사는 상호간의 친밀성, 이전 통화와의 근접성, 상황의 공유성 등에 따라 영향을 많이 받는다.[19)]

(11) R : 여보세요.
C : 언니, 저예요.
R : 어 그래, 오랜만이다-.
C : 예, 안녕하셨어요? - 인사

2.1.8. 안부(How-are-you)

안부는 인사와 마찬가지로 상호간의 친밀성, 이전 통화와의 근접성, 상황의 공유성 등에 따라 영향을 받는데, 친밀성과 근접성, 공유성의 빈도가 높을수록 인사나 안부를 묻는 순서는 생략되는 경우가 많다. 안부는 또한 화자에게 대화의 처음 주제를 선택할 기회를 주는 순서가 되기도 한다.

(12) 잘 지내셨어요? 안녕하시죠? 건강은 어떠세요. 어떻게 지내? 요즘 뭐해?

(13) R : 여보세요, ○○니?
C : 어 나야.
R : 야 진짜 오랜만이다-.

---

19) 일상 대화의 시작을 분석한 전경하(1993)의 연구에서는, 한국어에서 '목례 정도의 비언어적 인사'가 자주 일어난다고 지적하고 있다. 그 이유를 과묵함을 높이 평가하는 문화적 인식이 반영된 결과라고 설명하고 있다. 전화 대화에서도 그와 같은 경향성은 동일하게 반영되어 인사말을 자주 발화하지 않는다고 생각할 수 있다. 또한 이것은 각 문화권의 예절 책략의 반영이라고 생각해 볼 수 있다. 인사말이나 안부는 적극적 예절 책략(positive politeness strategy)의 하위 책략에 속하는 것이다. Brown & Levinson(1987); 한수희(1998) 재인용.

C : 그러게.
R : 잘 지냈어?
C : 맨날 똑같지 뭐.{웃으며}

(12)는 안부와 관련된 발화 형태들이고, (13)은 안부를 묻는 대화 상황이다.

지금까지 이동 전화 대화의 시작 단계에 나타나는 수행 양상을 살펴보았는데, 일반적으로 호출, 인지, 응답, 확인, 위치, 가용, 인사, 안부 순서로 나타나지만, 서비스 기능의 사용 정도와 대화의 진행 상황에 따라 변수가 많다. 또한 호출에 따른 인지, 응답, 확인 단계의 화자 첫째 발화가 어떠한가에 따라서 그 다음 과정이 생략될 수도, 부분적으로 생략될 수도, 다 지켜질 수도 있다. 뿐만 아니라 상호간의 친밀성, 사건의 연속성, 이전 통화와의 근접성, 상황의 공유성도 대화의 진행 과정에 영향을 미친다. 이동 전화 대화의 시작 단계는 다음 제시된 대화 자료에서 볼 수 있는 것처럼, 고정 전화보다 대화의 수행 발화가 많이 생략되는 현상을 볼 수 있다.

(14) 고정 전화[20)]

((전화벨))	– 호출
R : 여보세요?	– 응답
C : 여보세요? 저...수진이네 집이죠?	– 응답, 신분 위치 확인
R : 예, 전데요.	– 확인
C : 수진아, 나 혜원이야.	– 확인
R : 어, 혜원아. 오랜만이다.	– 확인, 안부
C : 그치. 아휴, 잘 있었냐?	– 안부

20) 대화 자료만 한수희(1998)에서 인용한 것이다.

R : 그냥 그렇지 뭐. 잘은 뭐.
C : 다들 그렇구나, 목소리가 다.
R : 응.
C : 잘 되가니?
R : 별로 잘 안 되고 있어.

(15) 이동 전화
((전화벨))+착신 번호 표시+레터링+대화 선택 - 호출, 인지
C : 난데, - 확인, 응답
R : 어.

위 예문에서처럼 이동 전화 대화의 시작 단계는 고정 전화보다 발화 길이도 짧고, 수행 과정도 다르게 나타난다. 이동 전화는 고정 전화와는 달리 호출과 동시에 착신 번호 표시와 레터링 등 다양한 기능을 통하여 송화자의 인지가 가능하기 때문에 여러 수행 과정이 동시에 나타날 수 있는 것이다. 그래서 수화자가 호출과 동시에 송화자를 인지하였을 경우 자신의 상황에 따라 대화 진행 여부를 선택할 수도 있다. 이처럼 이동 전화 대화는 통신 기술의 발달로 음성으로 이루어졌던 수행 과정들이 단말기의 여러 기능을 통해 대체되고 있음을 확인할 수 있다.

2.2. 주제 전개 단계에서의 수행 양상

이동 전화 대화의 시작 단계는 송화자가 전화를 건 이유를 알리는 발화로 이어지는 것이 일반적이다. 즉 이동 전화의 주제 전개 단계의 첫 화행은 전화를 걸게 된 목적이 오는 경우가 많다. 하지만 종종 그 주제가 언급될 자연스러운 위치가 나타날 때까지 유보되는 경우도 있다.[21]

일반적으로 이동 전화 대화는 주제 전개에 따라 과제 중심적 대화(topic-centered conversation)와 관계 중심적 대화(relationship-centered conversation)로 나눌 수 있다.[22] 과제 중심적 대화는 정보를 전달하거나, 상담을 하거나, 광고를 하는 등의 특별한 목적을 두고 대화가 이루어지는 경우를 말한다. 반면에 관계 중심적 대화는 특별한 목적 없이 서로 친밀한 관계를 유지하기 위해서 이루어지는 대화이다. 관계 중심적 대화는 특별한 용건이 없기 때문에 대화가 다주제로 이루어질 확률이 높다. 반면에, 과제 중심적 대화는 전화를 건 목적이 뚜렷하기 때문에 단일 주제적 대화가 이루어지는 것이 일반적이다. 이동 전화 대화는 통화료와 직결되기 때문에, 일반적으로 용건이 있을 때 이루어지는 경우가 많다. 그러면 여기서 이동 전화 대화 자료를 통해 과제 중심적 대화와 관계 중심적 대화를 살펴보기로 한다.

---

21) 이동 전화 대화자들이 주로 어떠한 목적으로 주제를 전개하는지 조사해 보았더니, 67%가 용건이 있을 때, 21%가 잡담하기 위해, 9%가 안부를 물을 때, 2%가 마음을 전할 때, 기타 응답이 1%로 나타났다.

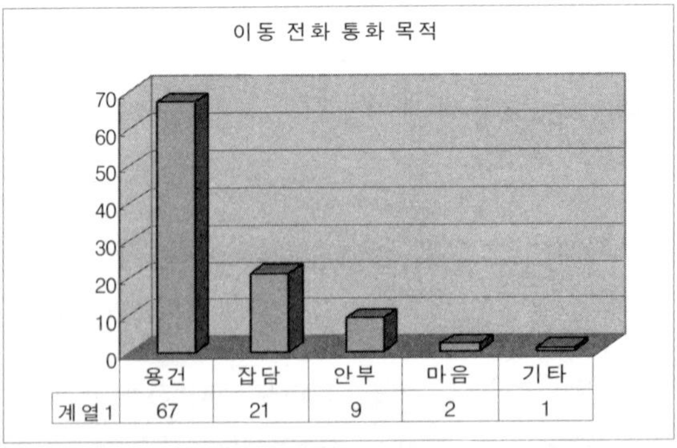

22) 이밖에도 행위 중심적 대화가 있는데, 이 연구는 일반 사람들이 기본적으로 많이 사용하는 음성 통화를 중심으로 연구되었기 때문에 화상을 통한 행위 중심적 대화는 다루지 않았다.

2.2.1. 과세 중심적 대화(topic-centered conversation)

과제 중심적 대화는 과제를 해결하느냐 못하느냐에 따라 통화의 성공 여부가 달려있는 성공지향적 대화라고 할 수 있다. 과제 중심적 대화는 일반적으로 '시작 → 반응 → 의사확인'이라는 수행 양상을 보인다. 즉, '시작'과 그에 대한 '반응', 그리고 '반응'에 대한 '의사확인'으로 진행된다. 과제 중심적 대화에서 '시작'은 일반적으로 '요구'의 형태로 나타나며, 그에 대한 '반응'은 수화자의 요구 이행 가능성에 따라 '선호'와 '비선호'로 구분된다.[23] 아래의 대화는 '시작(요구)'에 대한 '선호적인 반응'이 나타나는 대화 상황이다.

(16-1) R : 여보세요.
(16-2) C : 전화 드렸던 사람인데요,
(16-3) R : 예 예. -시작 단계

(16-4) C : 거기 약국이 계명 약국이 맞나요? -시작(질문)
(16-5) R : 예 맞습니다. -반응(대답)
(16-6) C : 아-,
(16-7) R : 그리로 오시면 됩니다. -반응에 대한 보충 설명
(16-8) C : 예 알겠습니다. -의사확인
- 주제 전개 단계
(16-9) R : 예-, - 종결 단계

---

23) '시작'과 '반응'의 성격은 이원 연속체의 구성 성분과 동일하며, 아래 표에서처럼 다양한 화행으로 나타날 수 있다.

시작(요구)		요청	제의	질문	평가
반응	선호적	수용	수용	대답	동의
	비선호적	거절	거절	부답	반대

(16)의 대화는 C가 면접을 보기 위해 회사로 찾아가면서 전화를 걸어 길을 묻는 대화 상황인데, C는 (16-4)에서 '거기 약국이 계명 약국이 맞나요?'라는 질문 화행을 통해 주제 전개를 '시작(요구)'하고, 이에 대해 R은 (16-5)에서 '예 맞습니다'라는 대답으로 '선호적인 반응'을 보이고 있다. 이에 대해 C가 (16-8)에서 '예 알겠습니다.'라고 '의사확인'을 진행한 후 대화가 종결된다. 이처럼 '시작'에 대한 '반응'이 '선호적인' 경우에는 단순 대화 형태를 보인다. 다음 대화는 '시작'에 대해 '비선호적인 반응'이 나타난 대화 상황이다.[24)]

(17- 1) C : 난데,
(17- 2) R : 어. - 시작 단계

(17- 3) C : ○○- 주민등록 번호가 뭐야? - 시작(질문)
(17- 4) R : 등본에 나와 있잖아. - 반응(부답)
(17- 5) C : 어?
(17- 6) R : 등본에 나와 있잖아.
(17- 7) C : 어디에,
(17- 8) R : 등본에.
(17- 9) C : 어?
(17-10) R : 등본에, 등본.
(17-11) C : 아니- 그거가 예전에 떼어 논 게 없어서 그렇지-,

---

24) 선호적인 반응과 달리 비선호적인 반응이 나타날 때에는 복합 대화 형태로 이루어지는 경우가 많은데, 그 이유는 대부분의 경우 상대방에 대해서 부정적일 수 있는 내용의 발화를 즉각적이고 직접적으로 이행하지 않음으로써 상대방 체면이 손상되는 것을 사전에 방지하고 그로써 또한 상대방과 원만한 사회적 관계를 지속시키고자 하는 말할이의 의도가 담겨 있기 때문이다. '시작'에 대한 '비선호적인 반응'이 나타날 경우에는 대화가 원만하게 종결될 수 없기 때문에, 이런 경우에는 대화 자체가 유보되는 경우가 많다.

(17-12) R : 어?
(17-13) C : 예전에,
(17-14) R : 어.
(17-15) C : 떼(떼어) 논 게 없다구.
(17-16) R : 의료보험 카드에 있잖아,
(17-17) C : 안 갖구 왔으니까 그렇지.
(17-18) R : 지 아=
(17-19) C : 몰라?
(17-20) R : 아 짐(지금) 꺼내야 되는데. 야 지금 어딘데, 동사무소야?
(17-21) C : 어. 그럼 나중에 전화해. - 유보
(17-22) R : 알았어. 금방 전화할게. - 의사확인
(17-23) C : 빨리 전화 줘.
(17-24) R : 어. - 주제 전개 단계

(17)의 대화는 송화자 C가 수화자 R에게 R의 딸의 주민등록번호를 물어보기 위해 통화가 이루어졌다. C는 (17-3)에서 전화 건 목적을 직접적으로 발화하면서 본격적인 주제 전개 단계로 접어들었다. C는 '○○- 주민등록 번호가 뭐야?'라고 물으며 '시작(요구)'을 진행하고 있으며, R은 (17-4)에서 '등본에 나와 있잖아'라고 '시작'에 대한 '비선호적인 반응'을 보인다. 그러나 C는 (17-11)에서 '아니- 그거가 예전에 떼어 논 게 없어서 그렇지-'라고 요구에 대한 이유를 설명하며 재요구를 하고, R은 (17-20)에서 '아 지금 꺼내야 되는데'라고 다시 '비선호적인 반응'을 보인다. C는 (17-21)에서 나중에 다시 전화하라고 말하면서 대화를 유보하고 있는데, 이 발화 속에는 'R이 전화를 끊고 바로 주민등록번호를 찾아볼 것이며, 다시 전화 통화를 할 때 R이 C에게 주민등록번호를 가르쳐 준다'는 내용이 함축되어 있다. 이에 대해

R은 '알았다'고 의사확인을 진행한다. 이 대화는 '시작'에 대해 '비선호적인 반응'을 보임으로써 용건이 성공적으로 수행되지 않아 바로 다시 대화가 이루어질 것임을 전제하고 있기 때문에, 대화의 종결 단계가 생략되었다.

일반적으로 '시작(요구)'에 대한 '반응'이 선호적인 경우에는 단순 대화로 나타나지만, 비선호적인 경우에는 비선호적인 반응을 보인 이유를 설명하거나, 반응을 '유보'하고 다시 대화할 것을 기약하는 대화 상황이 전개되므로 대화가 길어지는 경우가 많다.[25] 다음은 관계 중심적 대화를 살펴보기로 한다.

2.2.2. 관계 중심적 대화(relationship-centered conversation)

관계 중심적 대화는 '시작 → 반응'이라는 수행 양상이 반복적으로 나타나는 경우가 많다. 관계 중심적 대화도 과제 중심적 대화처럼 '반응'에 대한 '의사확인'이 나타나기도 하지만, 과제 중심적 대화에서처럼 필수요건은 아니다. 그러면 여기서 관계 중심적 대화를 살펴보기로 한다.

(18-1) R : 어디야?
(18-2) C : 어?
(18-3) R : 너 어디 가는 중이야? 지금 집에 가는 거야?
(18-4) C : 어.
(18-5) R : 끝나서?
(18-6) C : 어. – 시작 단계

25) 의사소통 과정이 아무런 문제없이 진행되어 의도한 의사소통 목적을 달성하는 경우도 있고 또 의사소통 상황에서 여러 요인들로 인해서 의도한 목적을 여러 경로를 통해서야 비로소 달성하는 수도 있다.

(18-6) C : 어제는,
(18-7) R : 어.
(18-8) C : 그 언니하고 늦은 거야? -시작
(18-9) R : 뭐 있다가- 친구 잠깐 봤지. -반응
(18-20) C : 그럴 줄 알았다. -주제 1

(18-21) R : 근데,
(18-22) C : 어.
(18-23) R : 물 건너 갔으(갔어). -시작
(18-24) C : 왜?
(18-25) R : 연락 왔으(왔어).
(18-26) C : 누구?
(18-23) R : 어 언니.
(18-24) C : 한대?
(18-25) R : 안 한대. {웃으며}
(18-26) C : 안 한대?
(18-27) R : 어. {웃으며} 어.
(18-28) C : 그거 계속 해, 요즘에 별로 그러지 않으면-. -반응
(18-29) R : 아이씨-. 뭐 이 지금,
(18-30) C : 그래도 괜찮은 것 같은데. 월급두 세구.
(18-31) R : 〈한숨/아휴〉 난 몰라 몰라. 지금, 몰라 아직 에이 몰라. 몰라. 나두 모르겠다.
(18-32) C : 아무튼 오늘 와서 얘기 해.
(18-33) R : 얘기 할거나 뭐나 있어?
(18-34) C : 뭐 아무튼. -주제 2

(18-34) C : 뭐 약속 있어? -시작
(18-35) R : 내가 원래는 있지. 원래는 내가 저번 주에 얘기했잖아. 화요일이랑 금요일이랑 있다구. - 반응
(18-36) C : 몰라 나한테 나 그런 얘기 못 들었는데.

(18-37) R : 내가 그때 했던 거 같은데. 저번 주에 안 하구, 요번 주에 하기로 했는데,
(18-38) C : 어.
(18-39) R : 아- 몰르겄다(모르겠다).
(18-40) C : 그래서 오늘 약속 가? - 시작
(18-41) R : 지금 아 몰= 아 어떻게 할지 모르겠어. - 반응
(18-42) C : 나중에 전화해.
(18-43) R : 알았어. -주제 3
- 주제 전개 단계

위의 대화는 관계 중심적 대화로서, 주제 전개 단계에서 세 가지의 주제를 전개하고 있다. 첫 번째 주제는 송화자 C가 수화자 R에게 어제 있었던 일을 묻는 내용이다. 두 번째 주제는 수화자 R이 직장을 옮기려고 하고 있어서 그와 관련된 내용이다. 세 번째 주제는 수화자 R의 약속과 관련된 내용이다. 이 대화에서는 전화 한 목적이 특별히 정해져 있지 않기 때문에 대화의 주제가 계속 바뀌고 있음을 알 수 있다. 관계 중심적 대화는 위에 제시된 대화 상황처럼 주제가 전개될 때마다 '시작(요구)-반응'이 계속 반복해서 나타난다. 관계 중심적 대화에서는 해결해야 할 특별한 용건이 정해져 있지 않기 때문에, '시작'에 대한 '반응'이 비선호적일지라도 대화 진행에 큰 문제가 되지 않는다.

지금까지 이동 전화 대화의 주제 전개 단계의 수행 과정을 살펴보았는데, 이동 전화 대화는 주제 전개에 따라 과제 중심적 대화와 관계 중심적 대화로 나눌 수 있었다.[26] 과제 중심적 대화는 전화 건 목적이

26) 이밖에도 행위 중심적 대화가 있는데, 이 연구는 일반 사람들이 기본적으로 많이 사용하는 음성 통화 연구를 중심으로 분석되었기 때문에 화상을 통한 행위 중심적 대화는 다루지 않았다.

뚜렷하기 때문에 단일 주제적 대화가 이루어지며, '시작 → 반응 → 의사확인'의 대화 수행 양상을 보인다. 반면에 관계 중심적 대화는 특별한 용건이 정해져 있지 않기 때문에 다주제로 대화가 진행될 때가 많으며, '시작 → 반응'이라는 두 개의 대화 수행 양상이 주제가 전개될 때마다 반복적으로 나타난다.[27)]

2.3. 종결 단계에서의 수행 양상

대화의 종결 단계에서는 감사나 작별 인사 등과 같은 인간관계를 유지하는 관계가 이루어지며, 이외에도 중간 단계에서 다루었던 내용을 요약하거나 다음에 수행될 의사소통에 대한 이야기를 나누기도 한다. 종결 단계는 대화의 성공 여부를 판단할 수 있는 단계이기 때문에, 어떤 종류의 대화에서도 가장 민감하게 수행해야 하는 중요한 부분이다.[28)] 이동 전화 대화의 종결 단계는 '종결 통보–종결 진술–종결 인사'의 수행 양상을 보인다.[29)]

---

27) 이동 전화 대화는 대면 대화와는 다르게 발화가 대단히 짧게 나타난다는 것을 알 수 있다. 이동 전화 대화는 통신료의 부담 때문에 대화 길이가 짧고, 서로가 대면하지 않고 대화를 하기 때문에 화자와 청자의 역할 교대가 더 명확하고 빠르게 수행된다. 송화자가 말하는 동안, 수화자가 맞장구나 동의 등의 화자의 임무를 수행하지 않으면 대화가 단절될 수 있다. 그렇기 때문에 이동 전화 대화에서는 대면 대화보다 더 많은 반응 행위를 수행해야 하고, 발화 길이는 짧아지게 된다.

28) 대화의 종결 단계는 기술적인 면에서나 사교적인 면에서 모두 민감한 부분이다.

29) Albert & Kessler(1978)는 종결에 나타나는 명제들을 요약 진술(summary statements), 정당화 진술(justification statements), 긍정적 진술(postive statements), 계속성 진술(continuity statements), 평안 기원 진술(well-wishing ststements)의 다섯 가지로 유형화했다.

2.3.1. **종결 통보**(leave-taking information)

종결 통보는 대화자가 대화를 종결하겠다는 통보를 하는 부분이다. 대화의 종결이 어디에서 시작되는지 정확히 결정하는 것은 쉬운 일이 아니다. 보통 '그래', '좋아', '알았어', '그러면', '하여튼'과 같은 발화로 대화를 종결하려는 신호를 보내고, 이것이 상대편의 동의에 의해 받아들여지게 되면 종결 부분이 시작된다.

(19) A : 그래, 또 통화하자.

– 종결 통보

C : 그래. 들어가.

(20) C : 어. 근데 거기 자리 있는지 그거 알아봐야 될 거 아냐.

R : 어–. 알았어. 집에 와서 얘기해.

C : 어 알았어.

R : 그거 했어?

C : 어. 내가– 아 한 두세 건 했나 봐.

R : 그래 알았[1=

C : [1어 너하구, 어?

R : 잘 했어.

(19)는 '그래'라는 말로 종결 통보를 하고 있는 대화 상황이고, (20)은 송화자와 수화자가 '알았어'라는 말로 종결 통보를 하다가, 수화자 R이 '그거 했어?'라고 갑자기 새로운 화제를 꺼내면서 다시 대화가 이어지고 있는 대화 상황이다.

2.3.2. 종결 진술(leave-taking statement)

종결 진술은 일반적으로 종결 통보에 이어지는데, 대화에 따라 선택적으로 나타난다. 일반적으로 앞서 나눈 대화의 내용을 요약하거나 대화를 끝내는 이유를 밝히는 내용으로 이루어진다. 아래의 (21)은 대화를 끝내는 이유를 밝히는 종결 진술이 행해지고 있다.

(21) R : 야, 나 지금 바로 들어가 봐야 되거든. - 종결 진술
C : 그래. 알았어.
R : 내일 봐.
C : 어.

2.3.3. 종결 인사(Goodbye)

마지막으로 종결 인사를 행한 후, 대화가 마무리 된다. 종결 인사는 일반적으로 서로가 대화를 나눈 것에 대한 기쁨을 표시하거나, 대화자들이 이후의 관계를 계속한다는 약속을 하거나, 서로 잘 지내기를 기원해 주는 내용들로 이루어진다.

(22) C : 그래. 잘 있어. - 종결 인사(평안 기원)
R : 어, 너두.
C : 안녕. - 종결 인사(평안 기원)
R : 안녕 - 종결 인사(평안 기원)
C : 끊어. -
R : 어, 연락해. - 종결 인사(계속성)

이동 전화의 종결 단계도 시작 단계처럼 친밀성, 사건의 연속성, 대화 상황에 따라 다양한 수행 과정을 보여준다. 종결 통보, 종결 진술,

종결 인사가 모두 행해질 수도 있고, 수행 과정의 순서가 뒤바뀔 수도 있다. 직접적인 작별 인사의 교환 없이 전화 대화 종결에 동의를 나타내는 말들을 교환하는 종결 통보만 행해질 수도 있다. 예를 들어 '그래', '예', '응', '끊어' 등의 발화로 끝나는 경우를 말한다. 또한 작별의 언급을 진술하며 대화가 종결되는 경우도 있으며, 작별 인사만 발화하기도 한다. 다음 예문은 이동 전화 대화의 다양한 종결 단계 양상을 나타낸 것이다.[30)]

(23) C : 계속 해. 알았지?
R : 어.//-주제 전개 단계
C : 어. - 종결 통보

(24) A : 그래. 끊어. - 종결 통보
C : 그래.
A : 어.
C : 응.

(25) A : 그래, 또 통화하자. - 종결 통보, 종결 인사
C : 그래. 들어가. - 종결 인사

(26) R : 알았어. 지금 바쁘다 야 끊자. - 종결 통보, 종결 진술
C : 네 그럼 수고. - 종결 인사
R : 어.
C : 응.

(23, 24)는 종결 통보만 나타나고 있고, (25)는 종결 통보와 종결 인

30) 한수희(1998)에서는 전화 대화 연구에서 "안녕"을 교환하는 경우를 격식 갖춘 종결(formal closing)로, 대화자들 간에 동의를 나타내는 말을 교환하고 끝내는 경우를 비격식 종결(informal closing) 로 구분하였다.

사만 나타나고 있다. 이처럼 '종결 통보-종결 진술-종결 인사'가 모두 이루어지는 것은 아니다. 상황에 따라 각 구성 요소가 생략될 수 있다. (26)에서는 종결 통보, 종결 진술, 종결 인사가 모두 나타나고 있다.

3. 결론

지금까지 이동 전화 대화의 진행 단계에 나타나는 수행 양상을 고찰해 보았다. 대화의 진행 단계를 분석한 결과, 이동 전화 대화의 진행 단계 중에서 시작 단계가 다른 대화와 차별되는 다양한 수행 과정을 보여주었다. 이동 전화 대화는 대화의 진행 단계에서의 수행 양상이 상호간의 친밀성, 이전 통화와의 근접성, 상황의 공유성, 서비스 기능의 사용 정도, 통화료 등의 다양한 변인들에 의해 큰 영향을 받는다. 뿐만 아니라 '고정(발신)-이동(수신), 이동-이동, 이동-고정 전화' 통화의 유형에 따라서도 달라질 수 있다.[31] 그러므로 앞으로 계속 이러한 변인들을 토대로 연구할 필요가 있다.

통신 매체를 통한 의사소통에 관한 연구는 의사소통 반경의 확대와 연관된 언어학적 흐름에 긴급히 요구되는 연구 과제이다. 통신 매체를 통한 의사소통은 새로운 미디어의 보급으로 더욱 다양화될 것으로 보이며, 이에 대한 연구도 새로운 미디어의 보급과 더불어 꾸준히 논의되어야 한다.

31) 이동 전화 대화는 이동 전화와 이동 전화 간에만 통화가 이루어지는 것이 아니라 이동 전화와 고정 전화 간에도 통화가 이루어지기 때문에 각각 다른 대화 상황들이 연출된다. '이동(발신)-이동(수신), 고정-이동' 전화의 경우는 수화자가 호출과 동시에 송화자 인지가 가능하지만, '이동-고정' 전화 간에는 불가능하다.

[참고문헌]

구자은, 「대화구조의 모형화에 관한 연구」, 경북대 박사논문, 1991.
김순자, 「대화의 맞장구 수행 형식과 기능」, 『텍스트언어학』 6, 1999.
김정선, 「상거래 대화의 진행 구조와 설득 책략」, 한양대 박사논문, 2001.
김영희, 「전화통화의 시작대화에 대한 인종문화기술학적 연구」, 『창원기능대학 논문집』 11, 1993.
박상복, 「영어와 한국어 전화대화의 송화자 첫째 발화에 나타난 인지표현과 확인 행위」, 중앙대 석사논문, 1995.
박용익, 『대화분석론』, 역락, 2001.
박현일, 「전화대화 및 이동 전화 대화의 시작부분」, 『육사논문집』 58-1, 2002.
반 테이크, 『텍스트학』, 아르케, 1978.
송영주 역, 『담화 분석』(Stubbs, M, 1983, *Discourse Analysis*, Basil Blackwell Publisher Limited), 한국문화사, 1993.
이수영, 「이동전화 이용에 관한 연구」, 『한국언론학보』 47-5, 한국언론학회, 2003.
이익환 외 공역, 『화용론』 (Levinson, *Pragmatics*. NewYork: Cambridge University Press. 1983), 한신문화사, 1994.
이준희, 『간접 화행』, 역락, 2000.
장경희 「대화 텍스트의 결속 구조」, 『한양어문』 15, 한양어문학회, 1997.
장경희 「국어의 대화 구조」, 『한양어문』 16, 한양어문학회, 1998.
진성철 「이동전화 사용에 따른 커뮤니케이션 변화에 관한 연구」, 중앙대 석사논문, 2000.
한수희, 「영・한 담화 대조 분석-전화대화의 시작과 종결을 중심으로」, 서울대 석사논문, 1998.
Albert, S. & Kessler, S., Ending social encounters. *Journal of Experimental Social Psychology, 14,* 1978.
Clark, H. H. & French, J. W. Telephone goodbyes. *Language in Society, 10,* 1981.
Schiffrin, D. *Approaches to Discourse*, Cambridge, MA: Blackwell, 1994.

네 칸 시사만화에서의 언어유희

•

손세모돌

1. 들머리

이 논문의 목적은 신문 네 칸 시사만화가 풍자나 사회 비판 기능을 하는데 언어유희가 어떻게 기여하는지를 살펴보는 것이다.[1] 시사만화는 권력 집단과 사회문제에 대한 비판 기능을 가지고 있으며, 매우 제한된 지면에서 비판 기능을 이루기 위해 풍자와 유머를 주된 수단으로 삼는 것으로 지적되어 왔다.[2] 언어유희란 기본적으로 일상적인 언어 쓰임에 변화를 주어 의미나 언어 사용을 새롭고 특수하게 만드는 것이다. 웃음을 유발하는 기능을 가지고 있으므로 잘못이나 모순을 빗대어

---

1) 한국 일간 신문의 네 칸 만화 중 정치적, 사회적 문제를 다루는 것들을 한 칸 만평과 더불어 시사만화라는 유형으로 분류하는 것이 일반적이다.

2) 한국언론재단(2000: 39-40, 101)에서는 시사만화는 본질적으로 세태에 대한 풍자를 통해 논쟁을 일으키는 데 주안을 둔다고 지적하고 있다. 또한 한국의 시사만화에 대한 기존의 평가로 풍자와 해학을 통한 사회 비판 역할을 충실히 수행하지 못했다는 지적을 소개하고 있는데, 이는 시사만화의 기능이 풍자와 해학을 통한 사회 비판이라는 인식을 나타낸다. 강일구(2000: 35)에서도 신문의 시사 카툰이 사회적으로 이슈화된 사건들을 풍자, 과장, 비유 등을 통해서 고발하거나 패러디한 것이라고 정의하고 있으며, 김진수(2006: 66)에서는 촌철살인과 권력비판이 시사만화의 전통이라고 지적한 바 있다.

비웃고 공격하는 풍자나 사건, 대상을 희화화하는 기제로 활용될 가능성이 크다.

네 칸 시사만화가 시사만화로서의 역할을 수행하기 위해 채택하는 방법은 그림텍스트에 의한 것과 언어텍스트에 의한 것이 있는데, 작가의 의도를 좀 더 직접적으로 표현하는 것은 보편적으로 언어텍스트이다.[3] 네 칸 시사만화의 그림은 배경과 인물의 선이 대부분 최대한 단순화되어 있어 그림에서의 왜곡이나 과장, 은유, 환유보다 언어적인 기제가 더 큰 작용을 한다. 또한 네 칸으로 이루어져 있어 칸과 칸 사이의 구조에서 이야기가 형성되는데, 이야기를 구성하는 데도 그림보다는 언어를 활용하는 경향이 있다. 언어텍스트는 때로 추가적인 해석 근거를 필요로 하기도 하지만, 대다수의 경우 메시지 전달에 주된 역할을 하도록 표현된다.

네 칸 시사만화의 언어적 장치 가운데에는 언어유희 이외에도 은유, 환유 등의 비유에 의한 것과 네 칸 구조를 이용한 것들도 있다. 기승전결 구조의 이야기 전개, 반전, 비슷하거나 공통점이 있는 사안들을 관련지은 대조/대비, 사건의 나열 등이 구조를 이용한 방법들이다.[4] 이 논문에서는 지면 관계 상 언어유희만을 다루기로 한다. 네 칸 시사만

3) 한국언론재단(2000: 120-121)에 의하면 캡션은 그림이 담지 못하는 구체적 메시지를 전달하기 위한 보조 장치로 어느 면에서는 글이 많을수록 만화의 강점을 약화시킨다. 그러나 우리나라의 시사만화 중 한 칸은 98.4%, 네 칸은 99.5%가 캡션을 달고 있다고 지적하고 있다.

4) 나열과 대조/대비는 네 칸 만화에서 자주 사용되는 방법이다. 분석 자료 가운데 대조/대비는 18.3%(119/650회), 나열은 13.8%(90/650회)를 차지한다. 한국언론재단(2000: 107) 분석에서는 네 칸 시사만화에서 비교, 나열/대비가 30%(122건)의 비율을 보인다. 이원석(2005b: 1)에서는 2005년 8월 한 달 동안의 네 칸 시사만화 분석 결과 유사 대조가 21.2%, 점층, 점강, 나열이 3.6% 사용되었다고 제시한 바 있다.

화에 사용된 언어유희는 언어유희를 유발하는 주된 방법에 따라 음운에 기초한 것, 낱말이나 통사구조를 이용한 것, 의미적 특성을 활용한 것 등으로 구분할 수 있다. 음운을 이용한 것 가운데는 동음이의, 음상유사를 살핀다. 낱말이나 통사구조를 활용한 것으로는 음절 교체와 대구를 살피고, 의미적 특성을 이용한 것으로는 관용표현, 패러디를 분석한다. 언어유희들의 사용례를 먼저 살피고, 각각의 언어유희가 풍자와 유머에 어떻게 기여하고 있는지를 분석하는 방식으로 진행한다. 분석을 위해 필요한 부분에서는 통계적인 방법을 이용한다.

이 논문의 자료는 13개 일간지에 연재된 것으로 현재 연재 중인 만화가 9가지, 연재가 끝난 만화가 4가지이다.[5] 연재 중인 만화는 2006년 3월 31일부터 역산으로 각각 50회씩 선정하고, 연재가 종료된 만화는 되도록 종결 시점부터 역산으로 50회를 선정하여 총 650회의 자료를 대상으로 한다.[6] 자료의 수가 너무 적으면 다양한 모습을 보기 어렵고, 긴 기간 동안 임의로 몇 개의 자료를 선정하여 분석하는 것은 자칫 실제 자료들의 경향을 왜곡할 우려가 있다고 판단되기 때문에 연속된 50회씩의 자료를 분석함으로써 자료의 선정에서 오는 실수를 최소화하려 한다.[7]

---

5) 〈고바우 영감〉 등 연재가 종결된 만화를 자료로 선택한 것은 네 칸 시사만화에서 이들이 차지하는 비중을 고려한 것이다. 김진수(2006: 64)에서는 촌철살인과 권력 비판이라는 한국 시사만화의 전통을 확립한 시사만화의 대표로 〈고바우 영감〉, 〈왈순아지매〉, 〈두꺼비〉 등을 꼽고 있다. 연재가 끝난 만화 가운데 〈까투리 여사〉, 〈두꺼비〉, 〈야로씨〉 등도 있으나 인터넷에서 자료를 구하기가 어려워 이 논문의 분석 대상에서 제외한다. 이들을 제외하여도 다른 자료들이 충분하므로 네 칸 시사만화의 경향을 분석하는 데 큰 지장이 없을 것으로 생각한다.

6) 경향신문 〈장도리〉와 제주일보 〈미스터 쏠치〉는 논문 자료 수집 시 인터넷에서 얻을 수 있는 최근 날짜부터 역산으로 50회를 채택한다.

7) 현재 중앙 일간지 가운데 네 칸 시사만화가 연재되는 것은 경향신문, 동아일보,

이 논문에서 분석 대상으로 선택한 네 칸 시사만화는 〈표 1〉, 〈표 2〉와 같다.8)

〈표 1〉 연재중인 네 칸 시사만화 자료

번호	신문 이름	만화 제목	자료 표시	작가	기간	개
1	경남신문	거북이	〈거북이〉	김선학	060331-060131	50회
2	경인일보	다듬이	〈다듬이〉	김상돈	060331-060124	50회
3	경향신문	장도리	〈장도리〉	박순찬	060323-060116	50회
4	동아일보	나대로 선생	〈나대로〉	이홍우	060331-060116	50회
5	매일경제신문	아이디	〈아이디〉	양만금	060331-060120	50회
6	매일신문	미스터 팔공	〈팔공〉	이공명	060331-060105	50회
7	서울경제신문	토박이	〈토박이〉	박상기	060331-060121	50회
8	서울신문	대추씨	〈대추씨〉	조기영	060330-060202	50회
9	제주일보	미스터 쏠치	〈쏠치〉	김경호	060324-060123	50회
합계						450회

〈표 2〉 연재가 종료된 네 칸 시사만화 자료

번호	신문 이름	만화 제목	자료 표시	작가	기간	개
10	국제신문	피라미선생	〈피라미〉	안기태	030430-030226	50회
11	문화일보	고바우 영감	〈고바우〉	김성환	000929-000729	50회
12	중앙일보	왈순아지매	〈왈순〉	정운경	021224-021028	50회
13	한겨레신문	미주알	〈미주알〉	김을호	041212-041005	50회
합 계						200회

시사만화에 대한 앞선 연구는 대부분 한 칸 만평에 대한 것이다.9)

서울경제신문, 서울신문뿐이다. 한국언론재단(2000: 9)에서는 1990년대 들어 신문 시사만화는 종래의 네 칸 만화의 비중이 약화되는 반면 한 칸 만평이 비중을 갖게 되었다고 언급하고 있다. 이광열(2006)에서도 최근 4단 만화의 퇴조가 두드러진다는 점을 지적한 바 있다.

8) 이후 자료 표시는 [고바우 000929]처럼 만화 제목과 게재 일을 사용하고, 만화 제목만을 표시할 때는 〈고바우〉와 같이 표시한다.

9) 시사만화의 언어에 대한 선행 연구는 이지영(1990), 강우순(1999), 양태영

네 칸 만화만을 대상으로 한 이원석(2005)은 국내외 네 칸 만화의 수사적 표현이 이야기 전개에 어떻게 나타나는지를 고찰한 것이다.[10] 서사구조 유형과 수사적 표현을 분석하여 국내외 작품의 차이를 비교 제시하고 있다. 네 칸 만화를 포함한 언어학적 연구로 양태영(1999), 양태영(2000) 등이 있다. 양태영(2000)은 한 칸 만평, 네 칸 시사만화, 에세이 만화를 대상으로 하여 그림과 언어를 다각도로 분석한 것이다. 시사만화에 대한 연구는 언론학적 분야에서 접근한 것이 많은데, 한국언론재단(2000)은 신문만화를 종합적으로 분석한 것으로 한 칸 만평, 네 칸 만화, 에세이 만화 등을 대상으로 하였을 뿐 아니라 신문만화의 역사, 만화가, 한국 시사만화의 현황과 개선 방안에 이르기까지 광범위한 내용을 분석하고 있다. 김진수(2006)의 3장은 시사만화의 등장인물에 대한 것인데, 주로 〈나대로〉를 대상으로 분석하고 있다.

2. 음운을 활용한 언어유희

이 장에서는 음운적 특성을 활용한 언어유희의 사용 양상을 분석한다. 음운적 특성을 이용한 언어유희로 대표적인 것은 동음이의, 음상유사이다. 이들은 웃음을 유발하는 장치로 활용될 수 있어 유머나 대중매체의 오락 프로그램에서도 흔하게 발견되는 방법들이다.[11] 음운

(1999), 권유리(2001), 손세모돌(2005) 등이 있다. 김성환(1973), 김현(1977), 이규태(1977), 이해창(1982), 오규원(1984), 강응자(1989), 박주필(1991), 윤영옥(1995), 이원복(1987), 손상익(1998), 주완수(1999) 등은 신문 방송 등의 언론학적 측면에서 만평에 접근한 것들이다.

10) 이원석(2005a-c)는 인터넷에 4회에 걸쳐 공개된 자료만을 얻을 수 있었다.

11) 유머와 텔레비전 오락 프로그램에서 사용되는 언어유희의 가장 일반적 방식은 동음이의와 음상이 유사한 것들을 활용하는 것이다(손세모돌 1999: 10-17, 손세모

을 활용한 언어유희 가운데는 유의표현, 이음동의 등도 있으나 분석 자료에서 차지하는 부분이 매우 적어 여기에서는 따로 다루지 않는다.

2.1 동음이의

같은 형태에 두 가지 이상의 의미가 결합될 수 있는 동음이의는 네 칸 시사만화에서 가장 일반적으로 사용되는 언어유희이다. 본래 동음이의들이 활용되기도 하고, 비유적인 동음이의가 사용되기도 한다.12)

[대추씨 060304] [토박이 060126] [나대로 060126] [미주알 030710] [거북이 060228]

[대추씨 060304], [토박이 060126]처럼 다양한 한자어를 활용하는 것

돌 2000: 10-14, 육영주 2003: 16-26 참조).

12) 동음이의를 이용하는 방법은 다양해서 단순히 발음이 같은 것을 차용하는 경우, 발음이 같은 것이 직접 연관되지는 않지만 다른 사건과 관련지어 동음이의를 다른 식으로 해석하게 하는 것, 동음이의를 대구로 사용하는 것, 비유적인 낱말의 동음을 이용하는 것, 연음에 의한 것 등이 있다. 유머와 텔레비전 개그 프로그램에서는 연음에 의한 동음도 자주 이용되지만, 네 칸 시사만화에서는 연음에 의한 동음은 거의 이용되지 않는다. 동음의 범위에는 방언을 포함한 국어, 한자음, 영어음 등이 모두 포함된다.

이 가장 일반석인 동음이의 활용 모습이다. "酒崙酒崙", "盧李로제"는 상황에 맞는 내용을 표현할 수 있도록 동일음의 한자어로 바꾼 것이다. [토박이 060126]은 "실세, 거물"의 또 다른 한자어를 찾아내어 절묘하게 연결시키고 있고, [나대로 060126]의 "MBC", "MB씨"는 영어와 한글의 음을 이용한 것이다. [미주알030710]에서는 "다리"가 '관계'의 의미로 확대 사용되는 것에 착안한 것이고, [거북이 060228]의 "철새도래지"는 국회의원들의 옮겨 다니기를 비유한 것이다.

동음이의는 네 칸 시사만화에 사용되어 독자들에게 웃음을 주는 유머만화를 구성할 수 있다.13)

[왈순 021128]

[거북이 060324]

[왈순 021202]

[거북이 060303]

[왈순 021128]에서는 "동"자 음의 연관이 세태를 잘 풍자하고 있어 슬

13) 한국언론재단(2000: 100)에서는 소재를 어떻게 다루는가를 기준으로 시사만화의 유형을 유머 만화, 의견만화, 시사만화의 세 가지로 분류하고 있다. 유머만화란 희화화 등을 통해 웃음이나 냉소 등 감정 유발에 의미를 둔 만화로 네 칸 만화 자료의 65%(264회)라고 제시한 바 있다. 특정 사안에 대해 평가나 논평을 담고 있는 의견만화는 25.4%(103회), 단지 시의적인 문제를 소재로 한 시사만화는 9.6%(39회)라고 분석 결과를 제시하고 있다.

며시 웃음을 자아낸다. [거북이 060324]에서는 “주무르다”를 사건과 관련하여 사용하고 있다. [왈순 021202]는 두 대선 주자의 성씨인 “이”와 “노”를 “이놈”과 교묘하게 연관 지어 불편한 심기를 표시함으로 그 기발함과 통쾌함이 웃음을 자아낸다. [거북이 060303]에서는 “한나라”에 한 음절을 교체한 대립어로 “성나라”를 차용하고 있는데, ‘화가 나다’란 의미와 ‘성(性)의 나라’라는 두 가지 의미를 함께 표시하는 기발함으로 웃음을 짓게 한다.

시사만화의 해독에서 중요한 것은 숨겨진 의미, 다시 말해서 작가가 전달하고자 하는 함축 의미를 찾는 일이다. 시사만화의 역할이 비판과 풍자라면 겉으로 드러나지는 않으나 언어유희를 사용하여 전달하고자 하는 의미가 있을 것이기 때문이다. 풍자란 잘못이나 모순 등을 빗대어 비웃고 폭로하고 공격하는 것이어서 언어유희를 사용하여 그저 웃음만을 유발하지는 않을 것이기 때문이다.[14] 위의 보기들에서도 군소 후보들에 대한 사회적 무관심, 사퇴를 미적거리는 의원에 대한 비난, 지역감정을 부추기는 데 대한 반감, 성추행 의원에 대한 국민들의 분노 등을 읽을 수 있다. “酒춤酒춤”과 “盧李로제”에서는 야당은 술이 문제고, 여당은 노대통령과 이국무총리가 문제라는 작가의 의식을 읽을 수 있다.

동음이의 차용의 효과는 동일하지 않아서 작가가 전달하려는 비판적인 시각을 송곳처럼 드러내기도 한다. 다음은 작가의 생각과 판단이 두드러지게 표현된 경우이다.

---

14) 김진수(2006: 82)에서는 네 칸 시사만화에서 대사는 주인공의 성격과 처한 사회적 상황을 감지하게 하지만, 현실을 비비 꼬아 보여 주는 시사만화에서는 대사가 등장인물의 성격과 감정을 직접 표현하지 않을 수도 있음을 지적하고 있다. 따라서 아무 문제가 없는 겉으로 드러난 텍스트가 아니라 감추어진 서브텍스트를 찾아야 한다고 지적한 바 있다. 이때 서브텍스트란 작가가 전달하고자 하는 의미, 다시 말해서 함축이라 할 것이다.

[거북이 060327]

[아이디 060325]

[거북이 060325]

[나대로 060325]

[거북이 060327]에서는 “쌀”의 방언인 “살”과 동음인 살(殺)을 차용함으로써 쌀 수입이 농민에게 미치는 영향을 작가가 어떻게 판단하고 있는지를 과격하게 정리하고 있다.15) 그에 비해 같은 소재를 다루고 있지만 [아이디 060325]에서는 수입쌀로 인해 쌀이 자주 화제에 오를 것이고, 농민들의 걱정이 많아질 것이라는 작가의 생각을 “쌀쌀하게 됐습니다”로 중의적으로 표현하고 있다. 수입쌀로 인해 농민의 입장이 어려워지고 근심이 커지리라는 점을 공통적으로 표현하고 있지만, 언어적인 선택에 따라 비판의 공격성은 차이가 있다. [거북이 060325]는 “국민”과 발음상의 동음인 “궁(窮)민”을 이용해 국민들의 어려움을 강력하게 표현하고 있다. [나대로 060325]의 “놀고 있네”는 두 가지 의미의 “놀다”를 활용한 것으로 상대의 행동이나 생각을 폄하할 때 관용적으로 사용되는 “놀고 있네”를 사용함으로써 장관들의 행태를 직설적으로 비난한다.16)

15) 작가의 비판적 시각이 드러난다는 것은 작가가 전달하고자 하는 의미가 함축으로 드러나는 경우를 포함하는 것이어서 이런 경우가 모두 시사만화나 의견만화에 해당하지는 않는다.

16) 한국언론재단(2000: 100)의 구분에 따른다면 [거북이 060327]와 [나대로

김진수(2006: 86)는 저널리즘에 있어서 만화의 기능 4가지 가운데 오락 제공 기능이 진정한 의미에서 시사만화의 존재 이유로 부각된다고 지적한 바 있다.[17] 풍자나 희화화를 통해 웃음과 즐거움을 주는 기능이기 때문이라는 것이다. 시사만화는 직접적인 공격이 아니라 풍자와 희화를 통한 간접적인 논평, 비판 기능을 해야 한다는 뜻으로 해석될 수 있다. 이런 점을 감안한다면 [나대로 060325]의 "놀고 있네"와 같은 직접적인 감정 표출보다 "궁(窮)민"이나 "살(殺)농사"와 같은 동음이의 사용이 시사만화의 본래 역할에 가깝다 할 수 있을 것이다.

동음이의가 배경적인 요소로 사용되기도 한다. 이런 경우 재치 있는 언어 사용의 재미는 있지만, 작가의 비판적인 생각이 강하게 드러나지는 않는다.

[장도리 060224]

[미주알 030530]

[고바우 000814]

060325]는 의견만화, [아이디 060325]는 유머만화, [거북이 060325]는 시사만화에 해당할 것이다. 의견만화는 작가의 의견이 포함되는 만화인데, "살(殺)농사"와 "놀고 있네"에서 보듯이 의견을 제시하는 태도는 동일하지 않다. "놀고 있네"가 직설적인 비난인데 반해 "살(殺)농사"는 간접적으로 쌀 개방에 대한 작가의 비판적 견해를 잘 보여 준다. 또 "궁(窮)민"에서 보는 바와 같이 시사만화에 해당하는 경우라도 작가의 비판적인 견해가 함축되어 나타날 수 있다.

17) 한국언론재단(2000: 25-29)에서는 한국 네 칸 시사만화들은 내용면에서 희화화와

[장도리 060224]에서는 '인쇄하다'와 '투표하다'의 의미를 가지는 "찍다"를 연관 짓고 있지만, 동음이의 사용은 "국회의원 국민소환제"의 타당성을 이끌어내기 위한 방편일 뿐이다. [미주알 030530]에서도 "카드"를 "신용불량"을 이끌어내기 위한 방법으로 사용하고 있고, [고바우 000814]에서는 "사면"에 대한 타당성에 이의를 제기하기 위하여 "복권 사면"을 차용하고 있다.

살펴본 바와 같이 동음이의를 차용한 네 칸 시사만화는 직접적인 비판을 제기하기보다 웃음을 유발하는 유머만화를 구성하는 경우가 대부분이다.[18] 동음이의는 의외의 사건과 결합시켰을 때 웃음을 유발할 수 있는 웃음 유발 기제이기 때문이다.[19] 동음이의의 의외성 정도에 따라 웃음의 강도가 달라지기도 하고, 작가의 비판적 의도가 강하게 드러나기도 한다.

동음이의는 네 칸 시사만화에 두루 사용되는 경향을 보이며, 언어유희 가운데 사용량도 많은 편이다. 총 분석 자료 650회 중에 동음이의를 이용한 것은 69회(10.6%)이다.

유머에 치중하는 경향이 높아 문제의 심각성을 개인 차원에서 희석시켜 버리는 경향이 있다고 지적한 바 있다. 한국언론재단(2000: 109)에서는 네 칸 만화에서 자주 사용되는 말장난 말풀이의 경우 풍자와 비판의 면모를 찾기 어렵고 단순히 웃음을 유발하는 데 그쳐 시사만화의 격을 떨어뜨리는 경우가 많다고 지적하고 있다.

18) 이는 유머에서도 비슷하게 나타나는데, 언어유희에 의해 구성되는 유머는 심각한 내용을 표현하는 경우가 많지 않다. 언어유희 자체가 주는 파격의 즐거움에 초점을 두는 경우가 많기 때문이다(손세모돌 1999: 11).

19) 손세모돌(1999: 10)에서는 유머가 듣는이의 예측을 위배하거나 예측을 불허하는 것에서 비롯된다고 지적하면서 구체적인 유머 형성의 언어적 방법으로 동음이의, 음상 유사, 말 전하기의 변질 따위를 들고 있다.

〈표 3〉 네 칸 시사만화의 동음이의 사용 비율

제목	거북이	다듬이	장도리	나대로	아이디	팔공	토박이	대추씨	쏠치	피라미	고바우	왈순	미주알
회 (%)	15회 (30)	0 (0)	2회 (4)	6회 (12)	2회 (4)	4회 (8)	4회 (8)	7회 (14)	2회 (4)	5회 (10)	2회 (4)	11회 (22)	8회 (16)

동음이의는 작가에 따라 사용에 편차가 커서 〈거북이〉는 자료 가운데 동음이의를 가장 많이 활용하고 있으며(30%, 15/50회), 〈왈순〉도 22%의 사용례를 보인다. 반면에 〈다듬이〉는 분석 자료 가운데 동음이의를 이용한 것을 찾을 수 없다.

2.2 음상 유사

음상 유사는 언어표현 단위의 크기에 관계없이 소리의 상사에 근거한 것이다. 음상 유사는 한국어와 외국어, 낱말과 구절에 관계없이 연관이 가능하며 음상이 비슷한 범위를 한정하기 어려우므로 동음이의보다 적용 가능 범위가 더 넓다.

[거북이 060223]

[나대로 060318]

[피라미 030320]

[토박이 060329]

[거북이 060223]에서는 "다케시마"와 둘째, 셋째 음절의 소리가 비슷한 "다깨주마"를 관련시키고 있는데, 다깨주마"는 낱말이 아닌 구절이다. [나대로 060318]에서도 "이치로"와 "입치료", "이치료"로 비슷한 음을 활용하여 적절한 상황으로 제시하고 있다. [피라미 030320]는 한국어"노"와 영어 "no"의 음이 비슷한 것에 착안한 것이다. [토박이 060329]는 야구 응원의 함성과 4월 춘투 때 노조 투쟁의 함성을 대비시키면서 "대"와 "때"의 음상유사를 활용한 것이다.

음상 유사는 일상생활이나 유머, 텔레비전의 오락 프로그램에서 동음이의와 함께 웃음 유발 기제로 자주 활용되는 언어적 장치이다. 네 칸 시사만화에서도 사용례는 적지만 기능은 별반 다르지 않아서 적절한 음상 유사의 이용은 웃음을 이끌어낸다. "다케시마"와 관련된 사건들을 아는 사람들은 "다깨주마"라는 넷째 칸의 언어에서 웃음과 감탄, 그리고 통쾌함을 느낄 것이다. "이치로"의 발언으로 자존심이 상한 한국인에게 [나대로 060318]의 "이치로"와 "입치료", "이치료" 역시 웃음을 이끌어낼 수 있다.

네 칸 시사만화에서 음상 유사는 웃음 유발의 기능과 함께 사태나 현상을 제시하거나 꼬집는 기능을 하기도 한다.[20)]

---

20) 이 논문에서 한국언론재단(2000: 100)의 구분인 시사만화, 의견만화 등으로 만화를 구분하지 않는 것은 세 가지 유형을 산뜻하게 구분하기 어려운 경우들도 있기 때문이다. [토박이 060217], [대추씨 060209], [미주알 041120] 등은 시의적인 문제를 소재로 할 뿐이고, [고바우 000808]는 작가의 비판을 표시하고 있다. 그러나 "안사마", "누가 집념을 가지고 일한다더냐" 등은 음상유사의 의외성 때문에 웃음을 유발할 수 있으며, "강북은 서러울 보통시"도 사회현상에 대한 예측 불허의 적확한 지적 때문에 웃음을 유발한다.

[토박이 060217] [대추씨 060209] [미주알 041120] [고바우 000808]

[토박이 060217]은 "서울"과 "서러울"을 각기 강남, 강북과 연계하여 강남은 "서울특별시", 강북은 "서러울 보통시"로 대비시킴으로써 현재 우리나라 사람들의 인식을 집약하여 표현하며 현실을 꼬집고 있다. [대추씨 060209]에서는"슈퍼볼"의 영웅 흑인 혼혈 워드에 대한 열광에도 불구하고 혼혈인들에 대한 차별이 여전함을 "슈퍼볼"과 음상이 유사한 "슬퍼볼"이라는 낱말로 제시하여 마음을 가라앉게 한다. [미주알 041120]은 "욘사마"와 "안사마"의 음상유사를 활용한 것인데, 일본의 "욘사마" 열풍을 이용하여 우리나라 살림살이의 어려움을 빗대어 표현하고 있다. [고바우 000808]에서 "누가 집념을 갖고 일한다더냐?"는 경제 회복에 전력을 다 한 재경장관의 부재를 새 장관의 이름인 "진념"과 연관하여 꼬집고 있다.

이상에서 살핀 바와 같이 음상 유사를 이용한 네 칸 시사만화는 신랄한 비판이나 풍자보다는 피식 실소를 하게 만드는 작용이 대부분이다. 정면으로 시사 문제에 대해 꼬집거나 직설적으로 작가의 비판적인 의견을 제시하지 않고 시의성 있는 문제를 제기하는 역할을 주로 한다.

음상 유사는 분석 자료 650회 가운데 총 8회(1.2%)에서만 사용될 만큼 네 칸 시사만화에서 사용이 제약되어 있다.[21]

〈표 4〉 네 칸 시사만화의 음상유사 사용 비율

제목	거북이	다듬이	장도리	나대로	아이디	팔공	토박이	대추씨	쏠치	피라미	고바우	왈순	미주알
회 (%)	1회 (2)	0 (0)	0 (0)	3회 (6)	0 (0)	0 (0)	1회 (2)	1회 (2)	0 (0)	0 (0)	1회 (2)	0 (0)	0 (0)

8종류의 만화에서 사용례가 발견되지 않으며, 4종류의 만화에서 각기 한 번씩의 예가 보일 뿐이다. 동음이의가 69회의 사용례를 보이는 것에 비하면 사용 비율이 현저하게 낮다. 유머에서는 적용 범위가 넓다는 이점 때문에 동음이의보다도 더 자주 웃음 유발 기제로 사용되는 것과 비교된다.

3. 낱말과 통사구조에 기초한 언어유희

이 장에서는 낱말이나 통사구조에 기초한 언어유희의 사용 양상을 분석한다. 낱말에 기초한 언어유희로는 음절 교체를 들 수 있고, 통사구조를 활용한 언어유희로는 대구를 들 수 있다. 음절 교체는 표면상 낱말 단위에서 이루어지지만, 의미 해독은 낱말 차원이 아닌 구절 안에서만 가능한 경우들도 있다. 네 칸 시사만화에서 대구를 이루는 언어표현은 비슷한 어조를 가질 뿐 문장 유형이나 음절 수, 동일 언어표

21) 음상 유사는 추론 가능한 의외성의 범위가 어떤 언어 기제보다 넓으므로 예측 가능성이 적고 의외성이 나타날 가능성이 크다. 의외성의 정도도 더 커서 웃음을 유발할 가능성이 큰데도 방송 프로그램이나 유머에 음상유사가 자주 이용되는 것과 비교할 때 네 칸 시사만화에서 음상유사가 매우 제한된 사용을 보이는 것은 특이한 현상이다.

현의 반복과 같은 형식적 제약은 없다.

3.1 음절 교체

네 칸 시사만화에는 음절 교체를 활용한 언어유희는 다음과 같이 나타난다.[22]

[거북이 060330][토박이 060214] [쏠치 060313] [쏠치 060323] [쏠치 060217]

[거북이 060330]의 "이명박", "이쪽박"이나 [토박이 060214]의 "立春大봉"과 같은 것은 가장 단순한 음절 교체의 모습을 보여 준다. 원래의 낱말에서 한 음절을 교체하여 상황과 관련하여 적절하다고 생각되는 단어를 만들어 대비시키는 것이다. [쏠치 060313]에서는 "논란", "소란", "심란"으로 한 음절을 교체한 낱말들을 점층적으로 제시하고 있고, [쏠치 060323]에서는 "범인은 만세", "유족들은 말세", "이곳은 글쎄…"로 한 음절을 교체한 어휘들을 이용하여 각 상황에서의 입장을 대비, 나열하고 있다. [쏠치 060217]에서는 "체격은 몸짱", "체질은 몸

22) 음절 교체는 대부분 나열이나 대비 등 구조와 관련하여 제시되지만, 이 논문에서는 구조에 대해 논의하지 않으므로 이에 대해 따로 언급하지 않는다.

짱"으로 각각 한 음절씩을 교체하여 대구로 제시한다.

음절 교체는 작가의 불만이나 비판 의식을 한 마디로 대변하는 경향을 보인다.[23] 이때 작가의 생각은 음절 교체한 언어를 포함하는 언어 표현으로 대부분 표출된다. "이쪽박"이나 "체질은 몸짱"처럼 한 음절을 교체했을 뿐이지만 대상에 대한 작가의 생각을 압축하여 표현한다. 개구리 소년 문제에 대해서도 "범인은 만세", "유족들은 말세", "이곳은 글쎄...(공소시효 연장)"로 각기 한 음절을 교체한 낱말들을 포함한 구절들을 나열하여 한 상황에 대한 서로 다른 입장들을 부각시킴으로써 공소시효 연장을 결정하지 않는 태도에 대한 불만을 노출하고 있다.

음절 교체는 보다 적극적인 작가의 비판, 비난 등을 표출하는 데 사용되기도 한다. 겉으로 드러나는 언어 표현이 아니라 함축을 통해 작가의 비판 의식을 표현하는데, 이때 음절 교체는 다른 함축을 추론할 수 없도록 함축을 고정하는 역할을 한다.

[아이디 060218] [다듬이 060316] [쏠치 060309] [대추씨 060214]

---

23) 음절 교체를 이용한 만화는 한국언론재단(2000: 100)의 분류에 따르자면 의견만화에 속하는 것들이 많다. 그러나 웃음 유발의 기능도 강하게 드러낸다.

[아이디 060218]는 비슷한 글자를 변형하여 사용한 것이다. “은마”를 “임마”로 변형함으로써 아파트 주민들의 이기주의와 안하무인인 태도를 추론하게 하고, 그런 태도에 대한 비판적 입장을 보여 준다. 이에 비해 [쏠치 060309]의 사용은 좀 더 진전된 모습을 보인다. 넷째 칸의 “낙지부동”은 “복지부동”에서 한 글자를 바꾼 것으로 “낙지부동”이란 성어는 존재하지 않지만, 강력한 흡입판으로 무엇엔가 붙어 있을 수 있는 “낙지”의 속성을 비유적으로 이용함으로써 권력층에 아부하는 고위층에 대한 신랄한 비판을 제기한다. [다듬이 060316]의 “목메달”도 실재 존재하지 않는 어휘이고, ‘목을 매달다’라는 의미로 볼 때도 맞춤법에 맞지 않지만, 그런 것은 문제가 되지 않는다. “목메달”은 서민들의 어려움을 한 단어로 송곳처럼 날카롭게 표현하고 있어 작가와 인식의 틀이 같은 독자들의 공감을 끌어내기에 충분하다 할 것이다.24) [대추씨 060214]의 “운명재철(鐵)” 역시 지하철 대형사고 발생 3년 후인 지금까지도 사고 예방 대책이 미흡하여 사고 발생의 위험이 있는 현실을 비꼬는 의미를 충분히 파악할 수 있게 한다.

음절 교체가 작가의 비판, 비난 등을 강하게 드러낼 수 있는 것은 음절을 교체하여 상황을 한 마디로 압축하여 표현할 수 있는 낱말, 혹은 작가의 비판 의식을 강하게 드러낼 수 있는 단어를 찾아 사용하기 때문이다. 제시된 단어나 구절은 표면적으로 작가의 의도를 드러내기도 하지만, 함축을 이용하는 경우에도 작가의 전달 의도가 강하게 드러날 수 있도록 제시된다. 음절 교체로 인한 압축 표현의 폭발적인 힘은 음절을 교체하여 생성된 낱말이 실재하는 어휘인가 아닌가와는 큰

24) 김진수(2006: 89)에서는 작가와 수용자의 인식 틀이 같아야 시사만화에 대한 특정한 해석에 동의할 수 있고, 같은 틀을 가진 사람들이 더 잘 이해할 수 있으며, 재미를 느낄 수 있다고 지적하고 있다.

관련이 없다.[25]

음절 교체는 네 칸 시사만화에서 동음이의만큼 보편적으로 사용되지는 않지만, 음상유사보다는 선호되는 방식이다. 650회의 자료 중 총 25회(3.8%)의 사용례가 보인다.[26]

〈표 5〉 네 칸 시사만화의 음절 교체 사용 비율

제목	거북이	다듬이	장도리	나대로	아이디	팔공	토박이	대추씨	쏠치	피라미	고바우	왈순	미주알
회 (%)	2회 (4)	3회 (6)	1회 (2)	0 (0)	1회 (2)	3회 (6)	1회 (2)	2회 (4)	11회 (22)	2회 (4)	1회 (2)	0 (0)	0 (0)

음절 교체는 작가에 따라 선호도에 차이가 매우 커서 〈표 5〉에서 보듯이 〈쏠치〉에 전체 사용량의 46%(11/24회)가 집중되어 나타나는 반면에 5 종류의 자료에서는 한 건도 보이지 않는다.

3.2 대구

비슷한 어조나 어세의 글귀로 짝을 맞춘 대구는 통사적인 특성을 활

25) 음절 교체 자체에 비판 등의 기능이 포함되어 있지 않다는 것은 다음과 같은 개그 프로그램을 통해 알 수 있다. 텔레비전의 개그 프로그램 가운데는 다음과 같이 단어나 어구의 일부분을 다른 것으로 대체 반복시켜 언어유희를 만들기도 한다(육영주 2003: 21-26). 기존의 단어, 구절을 일부분 교체한다는 점에서는 음절 교체와 유사하지만, 근본적으로는 음상유사에 기반을 두고 있다. 이런 교체에서는 네 칸 시사만화의 음절 교체에서와 같은 비판 기능은 보이지 않는다.

〈1〉가: 왜 휴대폰에 악세사리 다는 지 아나? 나: 라면사리 달면 이상하잖아.
가: 왜 원두커피 마시는지 아나? 나: 원조커피 마시면 이상하잖아.
가: 방학 때 학생들이 곤충채집을 하는 줄 아나?
나: 곤충체포하면 이상하잖아.

26) 음절 교체는 유머나 개그 프로그램에서는 예를 찾기 어렵다. 개그 프로그램에서는 "아이디어 짜다", "질질 짜다"나 "면사포 쓰다", "인상 쓰다", "말을 더듬다", "몸을 더듬다"와 같이 대부분 낱말을 교체하는데, 이는 동음이의를 이용한 것으로 볼 수 있다.

용한 언어유희이다. 대구는 반복되는 비슷한 어조에 의해 생성되는 리듬감과 반복이 주는 강한 인상으로 표어 등에 주로 활용된다.

[팔공 060321]

[장도리 060216]

[쏠치 060301]

[팔공 060321]의 “경찰은 벨소리만 기다리고, 범인은 종소리만 기다리고”와 [장도리 060216]의 “개발시대의 빛과 그림자, IT시대의 빛과 그림자”는 동일한 구조와 음절 수, 같은 형식의 끝음절을 가지는 전형적인 대구이다. [쏠치 060301]의 “서민들은 헉헉, 나으리들은 꺼억~”의 대구는 같은 구조에 의성어를 사용함으로써 두 사안을 극명하게 대비시키고 있다.

두 칸씩이 묶여서 두 부분으로 대비되는 것이 일반적이지만, 네 칸 가운데 일부만 이용하여 대구를 이루는 경우도 있다. 이런 경우 대부분 두 개 칸을 이용하는데, 인접한 칸만 활용되는 것은 아니다. 드물지만 네 칸의 언어표현이 각각 대구를 이루는 경우도 있다.

[팔공 060214]

[토박이 060314]

[나대로 060314]

[팔공 060214]에서는 첫째, 둘째 칸만 "애비는 구식, 자식은 DMB"로 대구를 이룬다.[27] [토박이 060314]는 첫째, 셋째 칸과 둘째, 넷째 칸이 각기 대구를 이룬다. "고위층은 모럴해저드"와 "선거판은 오럴해저드"로 음절 교체도 함께 사용하고 있다. [나대로 060314]는 네 칸이 각기 "-은/는 -치고" 구조를 반복하며 대구를 이루고 있다.

네 칸 시사만화에서 대구의 사용은 대부분 상황을 제시할 뿐 작가의 생각을 직접 드러내지는 않는다. "경찰은 벨소리만 기다리고, 범인은 종소리만 기다리고"나 "개발시대의 빛과 그림자, IT시대의 빛과 그림자", "서민들은 헉헉, 나으리들은 꺼억~", "애비는 구식, 자식은 DMB", "이승엽은 홈런 치고, 국민은 박수 치고... "와 같은 대구는 현상을 강하게 대비시켜 제시하고 있지만, 작가의 비판이나 비꼼 등의 판단 내용을 직접 표현하지는 않는다. 작가가 전달하고자 하는 내용은 제시된 상황을 바탕으로 독자들이 추론하게 구성되어 있다.[28] [토박

27) 셋째 칸과 넷째 칸은 "아빠는 중저가, 넌 얼마냐? 30만원요"로 내용상으로는 대비되지만, 언어표현에서는 대구를 이루지 않는다.

이 060314]의 "고위층은 모럴해저드", "선거판은 오럴해저드"의 경우 상황에 대한 작가의 생각을 직접 표현하고는 있으나 작가가 실제로 전달하려고 하는 의미는 "입의 해이" 이상의 것이라는 점에서 앞의 것들과 크게 다르지 않다.

대구를 활용한 네 칸 시사만화는 시의적 문제를 제기하거나 작가의 의견을 제시하는 경향을 보이지만, 유머에서 대구는 리듬감을 살려 웃음을 유발시키는 방법으로 활용된다. 이도영(1999: 433)에서는 "속지 말자 화장발, 다시 보자 조명발", "속지 말자 앉은 키, 다시 보자 구두 뒷굽"과 같은 예를 들고 있다. 이는 동일한 언어유희도 어떻게 사용하느냐에 따라 다른 기능을 나타낸다는 사실을 보여 준다.

네 칸 시사만화에서 대구를 이루는 언어표현은 비슷한 어조를 가질 뿐 문장 유형이나 음절 수, 동일 언어표현의 반복과 같은 형식적 제약이 없다.

〈표 6〉 네 칸 시사만화의 대구 형식

		첫째 칸	둘째 칸	셋째 칸	넷째 칸
1	[장도리 060120]	北	배고파서 못 살겠다	南	배 아파서 못살겠다(양극화)
2	[나대로 060303]	장관된 배우는	'왕의 남자'	처량한 두 배우...	'왕따 남자'
3	[장도리 060203]	예전엔	개천에서 용난다 했는데	요즘도	개천에서 용난다
4	[피라미 060322]	3월 22일은	유엔이 정한 세계 물의 날	3월 20일은?	유엔이 물 먹은 날, 이라크 전쟁
5	[장도리 060218]	한국에서 멸시당하던 혼혈인	미국 건너가 추앙받는 인물로 성장	해외에서 망신당하는 한국 공무원	그래도 한국 오면 추앙받는다

〈표 6〉에서 (1)은 형식과 음절수가 같고, 어조가 반복되는 전형적인

28) 대구를 활용한 네 칸 시사만화는 시사만화와 의견만화에 속하는 것들이 대부분이지만, 웃음을 불러일으킬 수 있는 부분들도 있다.

대구의 양상을 보인다. (2)는 첫째, 셋째 칸의 언어형식이 유사하지만 완전 일치하지는 않는다. (3)은 둘째, 넷째 칸의 음절수가 다르고, 끝 부분의 언어표현도 “했는데”와 “용난다”로 형식이 동일하지 않다. (4) 역시 “유엔이 정한 세계 물의 날”, “유엔이 물먹은 날”로 음절수가 일치하지 않는다. (5)는 언어표현의 길이가 길고, 대응되는 표현의 음절수가 조금씩 다르며, 대구 끝 부분의 언어표현 양식이 동일하지 않다.

대구는 언어표현의 길이가 짧고 앞뒤 글귀의 언어구조가 동일한 것이 더 강한 인상을 준다. 리듬감을 형성할 수 있으며, 인지와 기억이 쉽기 때문이다. 〈표 6〉의 (1) “배고파서 못 살겠다, 배 아파서 못 살겠다”는 양쪽 상황에 대한 절묘한 대비로 남과 북의 입장을 직접 표현하고 있는데, 간결한 구조와 리듬감으로 강한 인상을 준다. (1),(2)가 (3),(4),(5)보다 더 쉽고 강렬하게 느껴지는 것은 언어표현의 길이가 짧고, 동일한 언어구조와 어조가 반복되기 때문이다. 음절 수, 언어구조가 동일하지 않으면 리듬감이 없고, 대구를 이루는 언어표현 사이에 다른 언어표현들이 삽입되어 있으면 결속구조가 긴밀하지 못해서 긴장감이 떨어진다. 길이가 긴 경우도 리듬감이나 간결함이 없어 강한 인상은 남기지 못한다.

살펴본 바와 같이 대구를 이용한 네 칸 만화는 작가의 의견보다 상황을 제시하는 경향을 보인다. 비판은 간접적으로 드러내며, 신랄한 풍자나 비판보다 피식 실소하게 만드는 경우가 대부분이다. 정면으로 시사 문제를 비판하지 않고 시의성 있는 문제를 제기하는 역할을 주로 한다. 형식적 제약은 없으나 대구되는 언어표현의 길이, 구조 등에 따라 전달 효과의 강약이 달라지는 경향이 있다.

대구는 네 칸 시사만화의 언어유희 가운데 동음이의와 함께 가장 많은 비중을 차지하는 방식으로 분석 자료 650회 가운데 64회(9.8%)에 사용되고 있다.

〈표 7〉 네 칸 시사만화의 대구 사용 현황

제목	거북이	다듬이	장도리	나대로	아이디	팔공	토박이	대추씨	쏠치	피라미	고바우	왈순	미주알
회 (%)	3회 (6)	2회 (4)	13회 (26)	2회 (4)	4회 (8)	8회 (16)	5회 (10)	3회 (6)	14회 (28)	2회 (4)	2회 (4)	1회 (2)	5회 (10)

대구는 〈쏠치〉와 〈장도리〉에서 가장 많이 사용되고 있으며, 13종의 자료에서 모두 사용례가 나타난다.

4. 의미적 특성에 기초한 언어유희

이 장에서는 의미적 특성을 활용한 언어유희의 사용 양상을 분석한다. 의미적 특성을 이용한 언어유희로는 관용표현 활용과 패러디를 들 수 있다. 네 칸 시사만화에는 사자성어, 관용구, 속담 등이 활용되는데, 이들을 관용표현으로 묶어 다룬다. 패러디는 기존의 것을 변형시켜 익살스럽게 제시하는 것으로 유머나 대중매체의 오락 프로그램에서도 흔하게 발견되는 웃음 유발 장치이다. 패러디의 대상은 매우 다양하여 네 칸 시사만화에서는 광고, 책 제목, 대중가요, 관용표현 등이 패러디의 대상이 되고 있다.

4.1 관용표현

시사만화에는 사자성어, 관용구, 속담 등의 관용표현이 활용되기도 한다.

[왈순 021207]

[토박이 060121]

[나대로 060330]

[아이디 060214]

[왈순 021207]과 [토박이 060121]은 사자성어를 사용한 것이고, [나대로 060330]은 관용구를, [아이디 060214]는 속담을 이용한 것이다.

관용표현이 사용될 때는 전체가 제시되는 것이 일반적이지만, 일부만 제시되기도 한다. 이런 경우 생략된 표현 부분을 충분히 추론할 수 있는 환경이 주어진다.

[아이디 060311]

[피라미 030226]

[피라미 030403]

[아이디 060311]와 [피라미 030226]는 "뛰어봤자"만 제시되었지만, 독자들은 전후 칸과의 관련 선상에서 생략된 관용표현을 회복해서 "뛰

어봤자 벼룩", "뛰어봤자 부처님 손바닥 안"이라는 전체 표현을 유추해 낼 수 있다. [피라미 030403] 역시 지문 "사의"의 제시로 "밥상 차려 주어도" 뒤에 생략된 의도를 파악할 수 있다.29)

관용표현들 가운데 사자성어는 상황에 대한 작가의 생각을 압축하여 표현하는 경향을 보인다. 이는 사자성어 본래의 성질에서 연유된 것이다. [왈순 021207]의 "젊은 세대는 노심초사거든"이나 [토박이 060121]의 "순망치한" 등에서 보듯이 사자성어의 사용은 상황에 대한 작가의 인식을 요약하여 표현하지만, 직설적인 비판이나 비난 등을 드러내지는 않는다. 작가의 전달 의미를 못마땅함이나 비꼼 등으로 추론하는가의 여부는 독자의 해독에 달려 있다.

그에 비해 관용구는 사태나 상대에 대한 비난, 비판을 드러내는 경향이 있다. 불만이나 비난을 간접, 직접적으로 표시하기도 하고, 작가의 비판적 결론을 이끌어내기 위한 배경으로 활용되기도 한다.

[다듬이 060329]

[토박이 060331]

[대추씨 060323]

[나대로 060330]

[다듬이 060329]의 "후끈하게 해 주시네!"는 작가의 비틀린 심사를 관용적 표현을 이용해 직접 표출한 것이다. 지문의 "열받네"는 "후끈하

29) 일부가 생략된 관용표현이 사용된 경우는 전체 자료 가운데 3회뿐이다.

게 해 주시네"가 다른 뜻으로 해석되는 것을 막는 역할을 한다. [나대로 060330]의 "칼자루 쥐었잖아"는 관용적 표현의 이중적 의미를 이용한 간접적인 비난인데, 넷째 칸에서 "횟집 개업"이란 지문으로 작가의 전달 의미를 더욱 모호하게 하고 있다. [토박이 060331]의 "큰 大자로 잔다"는 다음 칸의 "잘났어 정말"이란 작가의 직접적 비난을 끌어내기 위한 배경으로 사용되었으며, [대추씨 060323]의 "높은 사람들 물불 안 가리는 게 문제"도 폭우 때의 행위와 관련하여 여론의 비난이라는 결론을 유도하는 근거로 이용되고 있다.30)

관용표현은 제시된 칸에 따라서 역할이 달라지는 경향이 있다. 넷째 칸에 제시된 경우 그 자체가 비난이나 생각을 표출하는 경향을 보인다.

〈표 8〉 관용표현이 넷째 칸에 제시된 경우

	만화명	첫째 칸	둘째 칸	셋째 칸	넷째 칸
1	[거북이 060320]	엉터리 대진표땜에	엉뚱하게 일본이 결승에..	어떻게 보시는지.. 한마디로.	**죽쒀서 개준거지 뭐**
2	[거북이 060201]	(00대 S교수) 개의 해 명견에 비유 7대권 주자	..중략..	내 평이 어때요?	(00대 S교수) **개판이구만**
3	[다듬이 060218]	강원랜드 카지노 입장료 5천원에서	7만원으로 대폭 인상	도박의 습성을 간파한거지	'중독'되면 **물.불 안 가리거든**
4	[대추씨 060316]	골프로 (총리)	테니스로 구설(시장)	**내 사전에** (대권주자, 사전)	**이제 공짜는 없다** (사전, 공짜)
5	[토박이 060215]	지방선거 출마예정 청와대 행정관	결재 좀..	표 票 표 票	**마음은 콩밭에 가 있으니...**

〈표 8〉의 (1)-(3)은 "죽쒀서 개준거지 뭐"에서 보듯이 작가의 비판적 태도를 직설적으로 드러내는 표현들로 비난의 내용을 담고 있다. (4)의 "내 사전에 이제 공짜는 없다"는 그 자체로는 비난의 내용이 없지만,

30) 관용표현이 사용된 네 칸 시사만화는 작가의 의견이 포함된 경우가 대부분이므로 의견만화에 가까운 모습을 보인다.

만화의 상황과 발화자가 누구인가를 감안한다면 비난을 함축하고 있다. (5)의 "마음은 콩밭에 가 있으니"도 해야 할 일을 뒷전으로 미루고 있는 행정관의 태도가 옳지 않다는 작가의 생각을 추론하게 하는 관용표현이다.

반면에 〈표 9〉처럼 관용표현이 넷째 칸 이외의 칸에 차용된 경우에는 작가가 유도하는 결론을 이끌어내기 위한 배경으로 활용되는 경향을 보인다. 이때 작가의 생각은 비난일 수도 있고, 사태나 상황 제시일 수도 있으며, 직접적으로 표현될 수도 있고 함축으로 제시될 수도 있다.

〈표 9〉 관용표현이 넷째 칸 이외의 칸에 제시된 경우

	만화명	첫째 칸	둘째 칸	셋째 칸	넷째 칸
1	[거북이 060307]	(국회) 오만불손한 총리	여기가 어디라고 감히..	나!? **물불안가린 사람**, 얼씨구!?	불날 때 물난리 때도 골프! 알잖아요. 졌다
2	[아이디 060214]	(속담) **열길 물속은 알아도**	**한길 사람속은 모른다**	그렇진 않아. 속보이는 사람도 있다.	서울 市 감사한다~(정부, 선거)
3	[왈순 021130]	**낮말은 새가 듣고**	**밤말은 쥐가 듣는다기에**	(국정원), 가봤더니	(도청)
4	[피라미 030409]	나라종금수사	대선 때 왜 덮었나, (한나라)	**꿩 대신 닭은 될는지?**	4.24 재보선에 나.. (한나라)
5	[쏠치 060310]	**'흑묘 백묘'**	**쥐만 잘 잡으면 된다**	변견 명견	밥그릇만 잘 지키면 된다. (지역구)
6	[쏠치 060310]	**애들 싸움이**	**어른 싸움 되고**	(브로커 윤), (검경충돌), (정치권 충돌)	(조폭도 가세)
7	[아이디 060308]	없음	없음	**시간이 약이래**	성추행, (한나라), 골프, (우리당)

〈표 9〉에서 관용표현은 그 자체로 의미를 갖는 것이 아니라 각기 밑줄 친 부분에 해당하는 결론을 위한 배경으로 제시된 것이다. 〈표 9〉 (1)의 관용구 "물불 안 가린"은 "불날 때 물난리 때도 골프!"를 이끌어 내기 위한 바탕으로 총리에 대한 비난을 함축한다. (2)의 "열길 물속은 알아도 한길 사람속은 모른다"는 속담은 "속 보이는 사람도 있다"는 비꼼을

위한 것으로 선거에서 서울시의 태도가 노골적으로 정부에 유리하게 되어 있다는 작가 생각을 전달하기 위한 것이다. (5)의 "흑묘 백묘 쥐만 잘 잡으면 된다"는 "밥그릇만 잘 지키면 된다"를 끌어내기 위해 차용된 것으로 지역구 의원들이 제 이익 챙기기에 급급하다는 비판을 담고 있다. (6)은 "애들 싸움이 어른 싸움 되고"를 근거로 브로커 윤으로 인해 "검경 충돌, 정치권 충돌"이 일어난 상황을 직접 제시하고 있다.

정리하면, 관용표현 중 사자성어는 상황에 대한 작가의 생각을 압축해 표현하지만, 직설적인 비판 등을 드러내지는 않는 경향을 보인다. 관용구나 속담 등은 직접, 간접으로 비판 의식을 드러내는 경우가 많다. 관용표현이 제시되는 칸이 넷째 칸인 경우 관용표현 자체가 작가가 의도를 직접 표현하는 경향이 있고, 여타의 칸에 제시되는 경우는 작가가 의도하는 결론을 이끌기 위한 자료로 활용된다.

관용표현 활용은 분석 자료 650회 가운데 총 44회(6.8%) 나타난다. 각 자료에 비교적 고르게 사용례가 보이므로 네 칸 시사만화에 보편적으로 이용되는 언어유희라고 할 수 있다.

〈표 10〉 네 칸 시사만화의 관용표현 사용 비율

제목	거북이	다듬이	장도리	나대로	아이디	팔공	토박이	대추씨	쏠치	피라미	고바우	왈순	미주알
회 (%)	3회 (6)	4회 (8)	6회 (12)	5회 (10)	5회 (10)	0 (0)	5회 (10)	1회 (2)	3회 (6)	5회 (10)	0 (0)	4회 (8)	3회 (6)

〈표 10〉에서 보듯이 관용표현의 이용은 분석 자료에 대체로 고르게 나타나고 있지만, 〈팔공〉과 〈고바우〉에는 사용례가 보이지 않는다.

4.2 패러디

패러디는 기존에 존재하는 것들을 차용하거나 유사하게 변형시켜 제시하는 것을 말한다.[31] 네 칸 시사만화에서 패러디의 대상은 광고, 책 제목, 대중가요, 관용표현 등이다.

[거북이 060317]

[거북이 060304]

[나대로 060303]

[아이디 060303]

[거북이 060317]은 소설 제목을 패러디한 것이고, [거북이 060304]는 대중가요를, [나대로 060303]은 영화 제목을, [아이디060303]은 관용표현을 패러디한 것이다.

패러디의 대상이 다양한 것처럼 패러디의 양상도 동일하지 않다. [거북이 060317]처럼 책 제목을 그대로 가져다 사용하는 경우도 있지만, 대부분의 경우 음절이나 낱말을 바꾸어 변형된 형태로 제시된다. [나대로 060303]는 영화 제목 "왕의 남자"를 "왕따 남자"로 변형하여 대구로 제시한 것이며, [거북이 060304]는 대중가요를 패러디한 것인데, 동음이의를 활용하고 있다. 넷째 칸의 "터지다"는 국민감정이 폭

31) 패러디는 어떤 작품을 모방하여 그것을 익살스럽게 표현하는 수법. 또는 그런 작품을 말하는 것인데, 최근에는 유머 형성과 관련하여 언급된 바 있다. 박영원(1994: 240-241)에서는 "누구나 잘 알고 있는 이야기나 노래 등의 대사나 가사를 바꾸어 코믹한 효과를 내는 것"을 유머를 형성하기 위한 패러디로 정의하고 있다. 이도영(1999: 441-442)에서는 패러디의 대상으로 노래 가사, 속담, 격언, 유명인들의 말 바꾸기 등을 제시한 바 있고, 손세모돌(1999: 27)에서는 광고가 패러디의 주 대상으로 제시된 바 있다.

발했다는 뜻으로 대중가요 가사의 꽃망울이 "터지다"와는 다른 의미이다. [아이디 060303]는 관용표현을 패러디하여 대비시킨 경우이다.

네 칸 시사만화에서 패러디된 부분은 작가의 판단, 생각을 표현하지만, 비판을 직접 드러내지는 않는다. [거북이 060317]의 "일본은 없다"처럼 작가의 판단이나 생각을 제시하는데 이용되기도 하고, [아이디 060303]처럼 결론을 이끌어내기 위한 발판으로 차용되기도 한다. "일본은 없다", "터졌잖아", "왕따 남자", "골프 안 치면 손에 가시가" 등은 사건에 대한 작가의 생각, 판단 내용을 나타내지만 직접적인 비난이나 비판보다는 슬며시 꼬집는 작용을 하여 문제를 다시 생각하게 하거나 경우에 따라서는 쓴웃음을 유발하는 기제로 작용한다.[32]

관용표현을 패러디한 경우는 작가의 비판적 시각을 좀 더 잘 추론하게 하는 경우가 대부분이다.

[장도리 060306]

[토박이 060306]

[장도리 060131]

[대추씨 060316]

[장도리 060309]

---

32) 패러디를 활용한 네 칸 만화는 작가의 의견이 제시되는 경우가 많아 의견만화에 속한다고 분류할 수 있는 것들이 많다. 특히 관용표현의 패러디는 의견만화에 해당하는 것들이 대부분이다. 대중가요, 영화 제목 등의 패러디에서는 웃음 유발의 기능도 보인다.

[장도리 060306]에서 "30년이면 입장이 변해"는 입장 변화에 대해서만 언급하고 있지만, 입장 변화에 따른 태도 변화를 비판하고 있음을 쉽게 추론할 수 있다. "마음은 표밭에", "인생은 짧지만 예술은 길고 멀다", "내 사전에 공짜는 없다"와 같은 관용표현 패러디 역시 마찬가지이다. 패러디된 부분에서 직접 언급되지는 않았지만 이면에 담겨진 작가의 비판 의식, 업무에 대한 태만이나 시민들의 접근이 쉽지 않은 국립미술관, 부적절한 시장의 태도, 자질 미달인 국회의원 등에 대한 비판 의식을 추론하게 된다. 이에 비해 "돼지목에 금목걸이"는 좀 더 공격적인 패러디라 할 것이다.

패러디는 패러디된 부분에 작가의 생각이 표현되지만, 작가가 전달하고자 하는 진짜 의도는 패러디된 부분을 이용하여 추론해야 한다. 비판 의식을 전달하기보다는 시의적인 사건을 제시하는 경향이 있다. 패러디의 소재는 책이나 영화 제목, 대중가요, 관용표현 등 다양한데, 관용표현을 패러디한 경우 작가의 비판 의식이 더 쉽게 추론된다.

650회의 분석 자료 중 패러디를 이용한 것은 36회(5.5%)이다. 13종의 만화에 고르게 활용되고 있어 네 칸 시사만화에 보편적으로 이용되는 언어유희라고 할 수 있다.

〈표 11〉 네 칸 시사만화의 패러디 사용 비율

제목	거북이	다듬이	장도리	나대로	아이디	팔공	토박이	대추씨	쏠치	피라미	고바우	왈순	미주알
회 (%)	7회 (14)	1회 (2)	2회 (4)	4회 (8)	2회 (4)	1회 (2)	3회 (6)	6회 (12)	2회 (4)	4회 (8)	1회 (2)	2회 (4)	1회 (2)

〈표 11〉에서 보는 바와 같이 패러디는 분석 자료 13종류 중 9종류에서 한 두 번의 사용례밖에 발견되지 않고, 가장 많은 사용례를 보이는 경우도 〈거북이〉의 7회에 불과하지만, 13 류의 자료 모두에 사용례가 보인다.

5. 마무리

지금까지 네 칸 시사만화에 사용된 동음이의, 음상 유사, 음절 교체, 대구, 관용표현, 패러디 등 여섯 가지 언어유희의 사용례와 기능을 살펴보았다. 네 칸 시사만화는 소재 면에서는 정치적, 사회적 문제점들을 다룬다는 공통점이 있지만, 비판과 풍자의 방법은 작가에 따라 조금씩 차이를 보인다. 네 칸 시사만화에 공통적으로 사용되는 언어유희도 있고, 작가에 따라 특별히 선호하는 방식도 있다.

네 칸 시사만화에서 가장 많이 사용된 언어유희는 동음이의로 총 650회의 자료 가운데 69회(10.6%)에 사용되었다. 이는 언어유희가 사용된 총 246회의 28%에 해당한다. 동음이의와 함께 많은 사용례를 보인 것은 대구로 650회 자료 가운데 64회(9.8%) 사용되었고, 언어유희 사용 246회의 26%를 차지한다. 관용표현과 패러디는 전체 자료에서 각각 6.8%, 5.5%의 사용 비율을 보이며 이는 총 언어유희 사용(246회)에서는 각각 18%, 15%의 비율이다. 음절 교체는 전체 자료의 3.8%(25회), 언어유희 가운데는 10.2%의 사용례를 보인다. 다만 음상 유사는 650회의 자료 가운데 8회(1.2%)만 이용되어 사용이 미비하다. 이는 총 언어유희 사용량의 3.3%에 불과하다.

여섯 가지의 언어유희 가운데 동음이의, 음절 교체, 대구, 관용표현, 패러디는 네 칸 시사만화에서 비판, 풍자를 위해 보편적으로 이용되는 언어 장치라 할 수 있다. 작가에 관계없이 두루 사용하는 것을 보편적인 것이라고 본다면, 패러디와 대구는 13종류의 자료 모두에서 사용되었고, 동음이의는 12종류에서, 관용표현은 11종류에서 음절 교체는 10종류에서 확인되기 때문이다. 다만 음절 교체는 전체 사용량이 25회(3.8%)에 불과하다는 점에서 다른 네 가지의 언어유희보다 상대적으로 덜 선호되는 방식이라 할 수 있다. 음상 유사는 6 종류의 자료에서 총 8회(1.2%)만 사용례가 보이므로 네 칸 시사만화에 일반적으로 이용되는 언어유희가 아니라고 판단된다.

언어유희의 사용은 만화에 따라 편차가 크다. 가장 많이 사용한 〈쏠치〉(64%, 32/50회)와 가장 적게 사용한 〈고바우〉(14%, 7/50회)의 차이는 25회나 된다. 언어유희는 분석 자료 13 종류 650회 가운데 246회에 이용되어 전체적으로는 38%의 사용 비율을 보이지만, 만화별로 언어유희의 이용 빈도에는 차이가 있다.

만화에 따라 언어유희의 구체적 사용 방법이 조금씩 다른 것으로 볼 때 작가별로 선호하는 방식이 있는 것으로 생각된다. 음상 유사는 네 칸 시사만화에 보편적으로 사용되지 않는 언어유희인데, 총 8회 중 3회(38%)가 〈나대로〉에 나타난다. 여타의 언어유희에 비해 덜 보편적인 음절 교체도 〈쏠치〉에 총 25회 중 11회(44%)가 몰려 있다.

네 칸 시사만화에 여섯 가지 언어유희가 사용된 횟수와 비율을 표로 정리하면 아래와 같다.

〈표 12〉 네 칸 시사만화에 사용된 언어유희의 종류와 사용 비율(회/%)

신문	동음이의	음상유사	음절교체	대구	관용표현	패러디	합계
거북이	15회 (30%)	1회 (2%)	2회 (4%)	3회 (6%)	3회 (6%)	7회 (14%)	31/50회 (62%)
다듬이	0 (0%)	0	3회 (6%)	2회 (4%)	4회 (8%)	1회 (2%)	10/50회 (20%)
장도리	2회 (4%)	0	1회 (2%)	13회 (26%)	6회 (12%)	2회 (4%)	24/50회 (48%)
나대로	6회 (12%)	3회 (6%)	0	2회 (4%)	5회 (10%)	4회 (8%)	20/50회 (40%)
아이디	2회 (4%)	0	1회 (2%)	4회 (8%)	5회 (10%)	2회 (4%)	14/50회 (28%)

신문	동음이의	음상유사	음절교체	대구	관용표현	패러디	합계
아이디	2회 (4%)	0	1회 (2%)	4회 (8%)	5회 (10%)	2회 (4%)	14/50회 (28%)
팔공	4회 (8%)	0	3회 (6%)	8회 (16%)	0 (0)	1회 (2%)	20/50회 (40%)
토박이	4회 (8%)	1회 (2%)	1회 (2%)	5회 (10%)	5회 (10%)	3회 (6%)	19/50회 (38%)
대추씨	7회 (14%)	1 (2%)	2회 (4%)	3회 (6%)	1회 (2%)	6회 (12%)	20/50회 (40%)
쏠치	2회 (4%)	0	11회 (22%)	14회 (28%)	3회 (6%)	2회 (4%)	32/50회 (64%)
피라미	5회 (10%)	0	2회 (4%)	2회 (4%)	5회 (10%)	4회 (8%)	18/50회 (36%)
고바우	2회 (4%)	1회 (2%)	1회 (2%)	2회 (4%)	0 (0)	1회 (2%)	7/50회 (14%)
왈순	11회 (22%)	0	0 (0)	1회 (2%)	4회 (8%)	2회 (4%)	18/50회 (36%)
미주알	8회 (16%)	1회 (2%)	0 (0)	5회 (10%)	3회 (6%)	1회 (2%)	18/50회 (36%)
총 합계	69회 (10.6%)	8회 (1.2%)	25회 (3.8%)	64회 (9.8%)	44회 (6.8%)	36회 (5.5%)	246/650회 (38%)
언어 유희 중 비율	69/246 (28%)	8/246 (3.3%)	25/246 (10.2%)	64/246 (26%)	44/246 (18%)	36/246 (15%)	246/246 (100%)

언어유희의 구체적 방법에 대한 선택은 만화에 따라 차이가 있으나 언어유희의 기능은 크게 차이를 보이지 않는다. 언어유희는 어느 것이나 근본적으로 웃음을 유발할 가능성이 있다. 비판 기능을 직접 드러낼 수도 있지만, 작가에 따라 특별히 어떤 방식이 두드러진다는 증거는 찾지 못하였다.

네 칸 시사만화에서 동음이의는 기본적으로 웃음을 유발하는 장치로 사용되는데, 웃음의 강도는 같은 음으로 연결된 사안에 따라 다르다. 경우에 따라 작가의 비판적인 시각을 날카롭게 드러내기도 하고,

작가의 의견을 제시하기 위한 배경적인 요소로 제기되기도 한다. 음상유사 역시 신랄한 비판이나 풍자보다 실소하게 만드는 작용을 하며, 시의성 있는 문제를 제기하는 역할을 한다.

음절 교체는 작가의 불만이나 비판 의식을 대변하는 경향을 보인다. 이는 음절 하나를 교체하여 상황을 압축할 수 있는 단어를 만들기 때문이다. 교체한 말의 압축성에 따라 작가의 비판, 비난 의식의 강약이 달라지는 경향을 보인다. 대구는 대부분 상황을 제시할 뿐 작가의 생각을 직접 드러내지는 않으며 작가가 전달하고자 하는 내용은 제시된 상황을 바탕으로 독자들이 추론하게 구성되어 있다

관용표현 가운데 사자성어는 상황에 대한 작가의 생각을 요약해 표현하지만, 직설적인 비판이나 비난을 드러내지는 않는다. 그에 비해 관용적 표현과 속담은 비난, 비판을 드러내는 경향이 있다. 특히 관용표현들은 제시되는 칸에 따라 직접적인 비판을 표시하기도 하고, 작가의 비난이나 의도를 끌어내는 배경으로 활용되기도 한다. 패러디는 작가의 판단, 생각을 표현하지만, 직설적으로 비판을 드러내지는 않는 경향이 있다. 직접적인 비난, 비판보다 슬며시 꼬집는 작용을 하여 문제를 다시 생각하게 하는 기제로 작용한다. 대구의 형식은 고정화되어 있지 않으며 다양하게 나타난다.

네 칸 시사만화가 풍자나 유머를 이루기 위해 사용하는 장치에는 언어유희 이외에도 구조를 이용한 것, 그림텍스트를 이용한 것이 있다. 이것들을 함께 다루어야 네 칸 시사만화가 어떻게 촌철살인이나 권력 비판이라는 시사만화로서의 역할을 수행하는지 전반적으로 파악할 수 있을 것이다. 이 자리에서는 지면 관계상 언어유희에 관한 것만 다루었는데, 다른 부분에 대해서는 후일을 기약한다.

[참고문헌]

강우순, 「만화에 나타난 의태어 분석」, 발표요지, 국제한국어교육학회 1999년 여름 학술대회, 1999.

강응자, 「한국 신문만화의 기능에 관한 연구」, 중앙대 신문방송학과 석사논문, 1989.

강일구, 『카툰.풍자로 압축시킨 작은 우주』, 초록배매직스, 2000. 35쪽.

권유리, 「시사만화의 은유적 표현에 관한 연구 : 국내 신문 만화를 중심으로」, 숙명여대 석사논문, 2001.

스콧 매클루드, 김낙호 옮김, 『만화의 미래』, 시공사, 2002.

김성환, 「한국 신문 만화 약사」, 『저널리즘』, 1973년 여름호.

김진수, 『한국 시사만화의 이해』, 커뮤니케이션북스, 2006. 63-89쪽.

김 현, 「시사만화에 대한 단상」, 『신문연구』, 1997년 봄호. 34-39쪽

박영원, 「효과적인 광고표현을 위한 시각적 유머에 관한 연구」, 『청주대 청예논총』 8, 1994. 240-241쪽.

박주필, 「한국시사만화, 뿌리깊은 보수성」, 『말』, 1998년 11월호, 182-185쪽.

손상익, 『한국만화통사』, 시공사, 1998.

손세모돌, 「유머 형성의 원리와 방법」, 『한양어문』 제17집, 한양어문학회. 1999. 10-17쪽.

손세모돌, 「토크쇼에서의 웃음 유발 장치」, 『한국언어문화』 제18집, 한국언어문화학회, 2000. 5-34쪽.

손세모돌, 「만평에서의 언어 역할 분석」, 『한국어 의미학』 17, 한국어의미학회, 2005. 231-265쪽.

양태영, 「시사 만화 텍스트의 언어학적 분석」. 상명대 석사논문, 1999. 1-134쪽.

양태영, 「시사 만화 택스트의 언어학적 분석」, 『한국어 의미학』 6, 한국어의미학회, 2000. 139-169쪽.

오규원, 「우리나라 시사만화론」, 『월간 2000년』, 1984년 12월호. 100-104쪽.

육영주, 「언어 유희에 관한 연구」, 한양대 석사논문, 2003.

윤영옥, 『한국 신문 만화사』, 열화당, 1995.

이규태, 「신문 만화의 조건」, 『신문 연구』, 1977년 봄호, 28-33쪽.

이도영, 「유머 텍스트의 웃음 유발 장치」, 『텍스트언어학』 7, 한국텍스트언어학회, 1999. 421-445쪽

이원복, 「신문만화, 만평의 오늘과 내일」, 『신문과 방송』, 1987년 10월호. 30-34쪽.

이원석, 「네칸만화 수사적 표현 연구 1,2」, http://www.newstoon.net. 2005a. 1-5쪽.

이원석, 「외국과 국내의 네칸만화 분석 3」, http://www.newstoon.net. 2005b. 1-4쪽.

이원석, 「시사만화의 수사적 표현 연구, 마지막 회」, http://www.newstoon.net. 2005c. 1-2쪽.

이지영, 「만평의 언어학적 분석」, 『자하어문논집』 6,7합, 상명대학교, 1990. 87- 110쪽.

이해창, 『한국시사만화사』, 일지사, 1982.
주완수, 「한국 신문 만화 연구」, 한양대 교육대학원 석사논문, 1999.
한국언론재단, 『한국시사만화』, 커뮤니케이션북스, 2000. 3-127쪽.
http://www.newstoon.net/

현대 한국인의 이메일 아이디에 대하여

•

이복규

1. 머리말

필자는 대학에서 '전통문화의 이해' 강의시간에, 이름, 자, 호 등 전통적인 작명법에 대하여 소개하다가, 이메일 아이디야말로 현대판 호라는 생각이 들었다.[1] 서예가나 화가 등 전문인을 제외하고는, 특히 젊은층에서 전통적인 호는 쓰지 않지만, 이메일 아이디가 그 구실을 대신한다는 착상을 해본 것이다. 그래서 본격적으로 아이디를 모아서 분석하고 싶은 마음이 생겼다.

처음에는 서경대학교 2003년 2학기 수강생과 졸업생만을 대상으로 하였으나, 여타 필자와 이메일을 주고받는 지인들의 아이디까지 포괄하기로 하여, 총 217건을 분석하였다. 하지만 졸업생과 지인의 아이디 중에서 성명의 이니셜을 따서 만든 것이 분명한 경우(65건)는 따로 설

---

1) 심사과정에서, 이메일 아이디를 호와 연결시키는 데 대해 거부감을 표명한 의견이 있었다. '대부분의 네티즌들이 두 개 이상의 아이디를 갖고 있'다는 것이 그 논거였다. 하지만, 호를 즐겨 쓰던 전통 시대에도, 한 사람이 여러 개의 호를 사용한 경우는 드물지 않다는 점에서 그 지적은 타당하지 않다. 김시습의 경우, 매월당, 동봉, 청한자, 벽산청은, 췌세옹 등 5가지나 되었으며, 김정희의 경우는 그보다 더해, 추사, 완당, 시암, 노과, 농장인, 천축고선생 등 100여 가지나 되었다.

문하지 않고, 여타의 사람에게만 아이디의 작명 동기와 의미가 무엇인지 알려달라고 요청하여 회답을 받았다. 1인이 여러 개의 아이디를 가진 경우도 있어 사람 숫자와 아이디 숫자가 일치하지는 않았다.[2)]

그렇게 해서 확보한 217건(필자의 것 1건 포함)의 아이디를 몇 가지 기준을 세워 유형 분류하고, 작명의 원리를 체계화해 본 것이 이 글이다. 아이디 작명상의 유의점, 작명전통 호와의 비교 작업도 했고, 아울러 외국인(중국, 몽골, 미국, 일본인)의 아이디와의 비교 결과도 검토하여 제시해 보았다.

하지만 필자가 교신하고 있는 사람들의 경우만을 대상으로 한 분석이라, 이것이 과연 현대 한국인의 아이디를 대표할 수 있는지 확신하기는 어려운 게 사실이다. 그래도 대체적인 경향성만은 엿보게 해주는 결과가 아닐까 생각하여 보고한다.[3)]

---

2) 심사과정에서 '인터넷은 코스모스보다는 카오스적인 공간이다. 그 공간에서 사용되고 있는 아이디에 대해 코스모스적인 규칙을 찾아내고 논리적으로 해석하려는 시도가 그리 미덥지 않은 것은, 그 공간의 주민인 네티즌들의 에고가 결코 합리적이지도 이성적이지도 않기 때문이다'라고 하여, 극도의 불신감을 표출한 경우가 있었다. 하지만 필자를 포함하여, 필자가 교유하고 있는 인사들(주로 교수이거나 강사급 학인들)의 성향이나 수준을 헤아려 보았을 때, 이들을 '비이성적인 집단'으로 규정하는 것은 타당하지 않다고 생각한다. 설령 아이디의 세계 및 네티즌의 세계가 카오스적이라는 판단을 존중한다 해도, 학문이란 무질서한 현상을 대상으로 거기 내재하는 질서와 원리를 찾아내는 것이라고 할 때, 이 글의 시도 자체를 부정하는 태도는 받아들이기 어렵다고 생각한다.

3) 아울러, 아이디를 소개하면서 그 소유자의 인적 사항까지 드러낸 경우가 많은데, 구비문학 자료를 인용할 때, 제보자의 인적사항을 밝히는 것처럼, 아이디 자료도 신뢰성을 높이기 위해, 제공자들의 양해를 얻어, 어지간한 사항은 다 노출하였음을 밝혀둔다. 필자의 요청에 기꺼이 아이디의 작명 동기에 대해 답신을 보내준 모든 분들에게 이 자리를 빌어 사의를 표한다.

2. 아이디의 분류 및 작명 원리

이메일 아이디는 일견 아주 다양한 모습으로 존재하고 있어서 무질서한 듯하지만, 기준에 따라 세 가지로 유형화할 수 있다. 의미의 유무에 따른 분류, 정상입력 여부에 따른 분류, 구조의 복잡성 여부에 따른 분류가 그것이다.

1) 의미의 유무에 따른 분류

대부분의 이메일 아이디는 일정한 뜻을 담고 있으나 모두가 그런 것은 아니다. 개중에는 별 의미가 없거나, 의미도 모른 채 사용하는 경우도 있다.

① 유의미형(96%)

대부분의 아이디는 유의미형에 속한다. 필자의 경우, bky5587인데, 앞의 'bky'는 이름(bkk-kyu yi)를 의미하며, 뒤의 '5587'은 생년월일(55년 8월 7일)을 뜻해 이 유형에 해당한다. 외견상(형태상) 무의미한 듯이 보이지만 내용상 의미있는 것도 이 유형에 포함된다. 'whdrnfkr1'의 경우가 그렇다. 아무런 의미가 없는 것처럼 보이지만, 영문자판상에서 자신이 좋아하는 말(혹은 도달하고자 하는 바)인 '종구라기(자그마한 바가지)'란 우리말을 입력한 데에서 유래한 것이기 때문이다.

② 무의미형(4%)

A. 전면적인 무의미형(3건)

별 뜻이 없이 지은 경우이거나 남이 지어주었기 때문에 무슨 의미인지 모르고 사용하는 경우가 여기 해당한다. 아이디 전체가 무의미한 경우만 여기 소속된다. asdf, aabb 등이 그것이다. 자판에서 나란히 있다는 이유로 그렇게 정했을 뿐 아무런 의미도 들어있지 않다.

조동일 님의 아이디도 여기 소속시킬 수 있다. '여러 해 전에 인터넷을 이용해 강의를 할 때 강의를 부탁한 쪽에서 정해준 이름'인 's21318'을 그냥 쓰고 있다고 한다. 물론 이 아이디를 지어준 쪽에서는 나름대로 어떤 의미를 부여했을 가능성이 있지만, 사용자가 의미 부여를 하지 않고 있으므로 여기 포함시킬 수 있다.

B. 부분적인 무의미형(6건)

아이디의 일부 요소가 무의미성을 띠는 경우이다. 대개는 중복을 피하기 위해 부득이 문자를 첨가한 경우인데 더러 확인된다. 'csskang'의 경우는 원래는 'cskang'인데, 중복을 피하기 위해 's를 하나 더 넣'었다고 한다. 'toto79hoho'에서 'toto'는 '예전에 키우던 강아지 이름'이고 '79'는 '친구'인데, 이미 사용하는 사람이 있어서 뒤에 웃음소리의 의성어인 '호호(hoho)'를 넣었다고 하는데 이 경우 'hoho'도 그런 예라 하겠다.

꿈인 '소설가'를 뜻하려 'novelist'를 쓰려가다 중복 아이디인 것을 알고 맨끝 글자 't' 대신 그와 가장 모양이 유사한 숫자 '1'을 써서 'novelis1'라고 정한 경우도 이 예에 속한다. 'koy123'의 '123', 'jnk530bee'의 'bee'는 글자수를 채우기 위해 아무렇게나, 떠오르는 대로 첨가한 것이라 한다.

linda5221는, 특정 메일에서 중복된다고 하자 1225를 뒤집어 5221로 만든 경우이다. 이밖에도 각종 사이트에 들어가는 아이디를 거의

linda와 1225를 조합해서 linda12 또는 linda25또는 linda122 등으로 쓰고 있다고 한다.

2) 정상 입력 여부에 따른 분류

자판의 상태와 입력하고자 하는 언어가 일치하는가 불일치하는가에 따른 분류이다. 일치하는 경우는 정상입력형, 불일치하는 경우는 비정상입력형이라 한다.

① 정상입력형(97%)

아이디는 영문자판을 선택한 상태에서 영어로 입력하는 게 정상적이고 일반적이다. 대부분의 아이디가 정상입력형이다.

② 비정상입력형(3%)

자판은 영문자판으로 해놓고, 입력할 때는 마치 한글자판에 입력하는 것처럼 생각하고 우리말을 입력하여 만들어진 경우들이다. 'ehflehfl4'의 경우, 영문자판에서 우리말로 '도리도리'(별명)를 치고 그 뒤에 숫자 4를 첨가한 것이다. 'rnjsgurass'과 'simruaauf'는 성명(권혁민, 심경열)을 'wkgus1218'는 이름과 생일을, 'barbietlsdo'는 좋아하는 인형의 이름과 자신의 이름(신애)을 입력한 것이다. 다만 'whdrnfkrl'의 경우는 영문자판에 '종구라기'라는 별명을 친 것이다.

3) 구조의 복잡성 여부에 따른 분류

1개의 기본요소만으로 이루어진 경우를 단순형, 2개 이상의 요소(기본요소 및 숫자)가 결합된 경우를 확장형으로 보아서 분류하니 다음과 같았다.

A. 단순형(136건)(62%)

1가지 기본요소만으로 이루어진 경우인데, 사는 곳을 반영한 것, 처지를 반영한 것, 도달하고자 하는 바를 반영한 것, 소유물을 반영한 것, 좋아하는 것을 반영한 것, 이름의 영자표기 등 6가지로 나뉜다. 숫자만 가지고 이루어진 아이디는 찾아볼 수 없었다.

1) 사는 곳(거주지, 고향)을 반영한 것(2건) : jigogae(지고개) daegok(대곡)
2) 처지를 반영한 것(전공, 직업, 학위, 직장)(4건) : shanzi(이름의 중국어식 표기), altan(황금)+oboo(오보)가 결합된 몽골이름(몽골학자), licensor(기술제공자–과학강사)
3) 도달하고자 하는 바를 반영한 것(9건) : urihamkke(우리 함께), 'oldtree'(다시 태어나면 나무가 되고 싶은 열망), 'noaas'(노아의 방주. 마지막 남은 한 사람의 의인이라는 의미의 노아, 그 노아의 방주에 타고 싶은, 하느님의 선택된 딱 한사람이고 싶은 바람).
4) 소유물을 반영한 것(3건) : hsrene(결혼하면서 저희 부부가 아이를 낳으면 이름을 '하린'과 '시린'이라 하자고 맘먹었음. 두 이름의 영문 표기가 harene serene이어서 둘을 합치면 hsrene), boriari(두 딸의 이름).
5) 좋아하는 것을 반영한 것(22건) : altan(황금)+oboo(오보), whdrnfkrl(종구라기=자그마한 바가지), luck–7373(행운), ithinksoiam(나는 생각한다 고로 존재한다)

6) 이름의 영자표기(96건) : uidolee(리의도), imh(임문혁, youngsuh(서영대), jakob(세례명. 김동소) yunwu(박윤우), futurenine('구미래'의 영어 의역)

이상에서 보는 것처럼, 단순형(총136건) 중에서, 이름의 영문표기(96건)가 압도적이며, 좋아하는 것의 반영(22건)이 그 뒤를 잇는다는 것을 알 수 있다. 하지만 이는 초기의 상황이고, 최근들어서는, 각 인터넷 회사에서 영문과 숫자를 조합해서 아이디를 만들도록 요구하는 추세라서, 앞으로는 단순형이 축소되거나 사라질 수밖에 없으리라 예측된다.

② 확장형(76건)(38%)

확장형은 기본요소에 숫자나 다른 기본요소가 첨가된 경우를 말한다. 숫자첨가형, 기본요소첨가형의 두 가지로 나누어진다.

A. 숫자첨가형(56건)(73%)

① 생년월일첨가형(40건)(72%)

첫째, 좋아하는 것 + 생년월일(13건)(33%) : paradiso76(가장 좋아하는 영화인 cinema paradiso에서 따왔고 76은 태어난 연도), lunar127(달, 게임 이름+생일), primavera21(스페인어 봄+생일)

둘째, 처지 + 생년월일(1건) : doggabi5852(전공 + 생년월일)

셋째, 도달하고자 하는 바 + 생년월일(2건) : pro903(프로), shine625(빛나자 + 생일)

넷째, 이름(별명포함) + 생년월일(24건)(60%) : cod1104

sjy0724 bky5587

② 전화번호첨가형(6건)

첫째, 처지 + 전화번호(2건) : system8430(직장명 + 전화번호)

둘째, 이름+집전화번호(4건) : chh4041(정형호) 신세대는 핸드폰이 일상화한 결과인지 전화번호를 쓰지는 않는 경향을 확인할 수 있다.

③ 기념일첨가형(6건)

첫째, 처지 + 기념일(연도 포함)(1건) : pb2003(가게이름 Paper Box + 개업연도)

둘째, 도달하고자 하는 바 + 기념일(1건) : oldwind2000(쉽게 변치 말자 + 이용연도)

셋째, 이름 + 기념일(4건) : hyp1000(hwan young park + 21세기의 새로운 희망을 나타내는 새 천년)

④ 기타번호첨가형(사번, 학번 등)(4건) : wind3631(3학년 6반 31번 + 바람과함께사라지다), sori89(동아리모임 + 학번)

B. 기본요소첨가형(이름 + 다른 기본요소)(20건)(27%)

① 좋아하는 것 첨가형(10건)(50%) : khfreedom, imh22(이름 im moon hyuk + 제일 좋아하는 숫자가 22라고 한다. 1은 외로운데 2는 짝이 되어 좋다. 그런데 그 2가 또 짝이 된 숫자가 22이니 얼마나 좋으냐는 설명임.)[4)]

② 처지첨가형(처지, 전공 + 이름)(4건) : syshisto(역사학)

---

4) 이모티콘을 이용한 아이디 중의 상당수가 여기 포함할 수 있다. 예컨대 1004나 7979를 선택하는 동기가 그 이모티콘의 내포적 의미를 선호하기 때문이라 볼 수 있기 때문이다.

kimpansori(판소리연구자)

③ 소유물첨가형(2건) : jaechull19(태어날 아들의 이름이 '일구') barbietlsdo(인형이름 + 영문자판에 '신애'란 이름을 친 것)

④ 도달하고자 하는 것 첨가형(2건) : renxideai(인희의 사랑, 인간에 대한 보편적인 사랑을 실천하고 싶다), Actor-2Do(배우+자신의 별명)(본명 '이도윤')

⑤ 사는 곳 첨가형(2건) : pnjinho(풍납동 진호), hskkim2104(김학선+이천군 백사면 출신)

이상에서 살펴본 것처럼, 확장형에서는 '숫자첨가형'이 총 55건(73%)으로서 가장 많고, 숫자첨가형 중에서도 '이름+생년월일'형이 총 24건(60%)으로서 가장 보편적임을 알 수 있다. 기본요소첨가형 중에서는 '이름+좋아하는 것'형이 50%를 차지해 가장 압도적임을 알 수 있었다.

단순형과 확장형을 통틀어, 가장 흔하게 이용되는 요소는 '이름'으로서 총 85건, 그 다음으로 흔한 것이 '좋아하는 것' 총 43건, '생일'이 총 40건으로 집계되고 있다. 이 중에서 생일은 단독적으로는 이메일 아이디로 사용되지 않는다는 것을 알 수 있다.

앞에서도 언급했듯이, 요즘 들어 각 인터넷 회사에서 영문과 숫자를 조합해서 아이디를 만들도록 요구하고 있어, 확장형은 점차 더 확대될 것으로 전망된다.

3. 아이디 작명상의 주의사항

위에서 살펴본 것처럼 대부분의 이메일 아이디는 그 나름의 작명원리와 사연과 의미를 지니고 있어 잘되고 못되고를 평가하기 어렵다. 하지만 그 동안의 경험을 바탕으로, 다음 두 가지 문제점을 지적하고 대안을 제시하고자 한다.

첫째, 아이디를 만들 때, 시각상 혹은 음독상 오독할 가능성이 있는 표기는 삼가야 한다는 점이다. 영어알파벳 l과 아라비아숫자 1, 영어 알파벳 o와 한글자음 ㅇ은 특히 화면상에서 변별하기 어려우므로, 알파벳과 아라비아숫자 및 한글이 공존할 경우, 아주 조심해야 한다. 예를 들어 보기로 한다. 강재철 님의 아이디인 jaechull19를 보자. 진실은 맨 뒤의 19만 숫자이지만, 얼핏 보아서는 '1119'를 숫자로 오인할 수 있고, 실제로 그렇게 입력하여 이메일을 보내 교신에 실패한 경험을 필자는 가지고 있다. 따라서 이런 경우는 jckang19으로 적으면 오독하지 않으리라고 본다. bky5587이나 ybk2287의 숫자 부분도 눈으로 볼 때는 아무 문제가 없으나, 귀로 들을 때는 '55'를 'oo'로, '22'는 'ee'로 오인할 가능성이 있으므로 피하는 게 좋다. 어느 PD의 아이디인 che67도 마찬가지 문제점을 안고 있다.[5)]

둘째, 성과 명의 표기순서와 방법을 통일할 필요가 있다. 성을 앞세우는 사람도 있고 이름을 앞세우는 경우도 있는가 하면, 같은 성씨라도 다르게 표기하고 있다. 예컨대 이 씨의 경우 어떤 사람은 lee로 어떤 이는 yi로 적는데, 특별한 이유가 없다면 통일하는 게 좋으리라 생각한다.

---

5) 요즘 들어 초등학생들 사이에서 영어에 한자를 섞어서 만든 아이디가 퍼지고 있는데, 아예 한글 아이디도 사용하는 쪽으로, 각 인터넷 회사들의 콘텐츠 운용방식이 바뀌면, 이상의 문제점은 많이 완화되리라고 판단한다.

4. 아이디와 작호(作號) 전통과의 같고 다른 점

머리말에서 필자는 이메일 아이디는 현대판 호라고 하였다. 그렇다면 호를 지었던 전통에 비추어 보았을 때 요즘의 이메일 아이디는 어떤 점이 같고 다를까?

1) 유형

① 전통 호에서는 무의미한 호란 전무하다고 할 수 있다. 하지만 이메일 아이디에서는 극소소수이지만 무의한 경우도 존재한다. 호의 경우는 그 사람의 개인사와 연관지어 지음으로써 그 사람의 이름 대신 활발하게 호명되어 그 의미가 두드러지나, 아이디는 불리어지는 경우는 없고 이메일을 주고받는 데 지장만 없으면 되므로, 의미가 약화될 수가 있어서 그런 것이라 해석된다.

② 구조의 복합성 면에서, 호는 단순형 일색이지만, 이메일 아이디에는 단순형과 거의 같거나 더 많은 비중으로 '확장형'이란 유형이 별도로 존재한다.

③ 단순형을 특징으로 하는 전통 호에서의 작호 유형으로 두드러진 것은 모두 4가지이다.[6)]

첫째, 사는 곳을 반영한 것(所處以號)이다. 생활하고 있거나 인연이 있는 처소, 지명을 반영한 경우이다. 삼봉(정도전), 퇴계(이황) 등이 여기 해당한다.

둘째, 처지를 반영한 것(所遇以號)이다. 짓는 사람이 처한 환경이나

---

6) 신용호 · 강헌규(1998:89-103)에서는 네 가지로 분류함. 이규보가 말한 세 가지(거처하는 곳, 소유한 물, 도달한 경지)에 근거하여, 도달한 경지를 '소지이호'로, 그가 처한 처지를 호로 한 '소우이호'를 추가하여 네 가지로 분류함.

여건을 표현한 경우이다. 벽산청은(김시습), 直峯布衣(金宇顒) 등이 여기 해당한다.

셋째, 도달하고자 하는 바를 반영한 것(所志以號)이다. 자신이 목표를 삼아 도달한 경지 또는 지향하고자 하는 목표와 의지가 담긴 호이다. 백운거사, 사임당(주 나라 문왕의 어머니 태임을 스승삼음), 면앙정(하늘과 땅의 사이의 정자라는 뜻으로, '호연지기'를 드러냄) 등이 여기 해당한다.

넷째, 소유물을 반영한 것(所蓄以號)이다. 간직하고 있는 物 가운데 특히 완호하는 것을 담은 경우이다. 오류선생, 瓜亭(鄭敍 ; 유배 후 정자 짓고 오이심고 거문고 타고 시 읊으며 지냄) 등이 여기 해당한다.

이 네 가지는 이메일 아이디에도 지속된다는 것을 알 수 있다. 이에 대해서는 앞에서 제시했으므로 반복 서술하지 않기로 한다.

그런데, 전통 호와 대비되는 단순형 이메일 아이디의 경우, 이들 네 가지 유형 외에 두 가지 유형이 더 있다는 것을 확인할 수 있었다. '좋아하는 것'(所好以號 ; 종교적으로 숭배하는 인물명, 동아리명, 좌우명), '이름의 영자 표기' 유형이 그것이다.

그뿐만 아니라, 전통 호에서는 '사는 곳'을 반영한 것이 가장 보편적인 데 비해, 이메일 아이디에서 '사는 곳'만을 반영하여 아이디를 만든 사례는 극소수이고 그 대신 '이름의 영문표기' 단순형 및 '이름의 영문표기+생일' 확장형이 가장 보편적이어서 일정한 차이를 보이고 있다.

확장형으로까지 확대할 경우, 이메일 아이디에서 새로 추가된 요소들로서 눈에 띄는 것은 '생일', '전화번호', '기념일' 등이다.' 현대의 산물인 이메일 아이디에서 확인되는 이들 추가요소들은 대개 개성을 드러내는 것들로서 전통사회의 호가 개성보다는 집단의 이데올로기(愼

獨齋, 默齋)나 집단적인 것(退溪, 栗谷 등의 지명도 마찬가지)을 반영한 경우가 많은 데 비해, 이메일 아이디는 한 개인 고유의 어떤 것을 드러내는 성향이 강해졌다고 보인다. 그런 과정에서 생년월일, 좋아하는 것이 애호된 것이 아닌가 판단된다.

2) 자작 여부

전통 호는 자기 스스로가 지은 자호도 있고, 남이 지어준 호도 있다. 이메일 아이디에서도 마찬가지 양상을 보이는데, 대부분은 자호이고 남이 지어주는 경우는 매우 드문 편임을 알 수 있다.

3) 중복 여부

호에서는 중복되는 경우가 많다. 같은 호를 여러 사람이 공유할 수 있다(默齋, 鶴山 등). 남의 호를 모르는 상태에서 똑같게 짓기도 하지만, 알면서도 모방하여 짓는 경우도 있다. 하지만 이메일 아이디의 경우는, 동일한 사이트에서는 회원가입 단계에서 아이디 중복 여부를 검색하여 원천봉쇄하기 때문에 동일한 아이디는 존재할 수 없다. 글자 하나라도 다르게 하는 과정에서 '2'라든가 심지어는 무의미한 글자까지 첨가하는 현상이 나타나는 것을 알 수 있다. 인터넷 쇼핑의 경우는, 회사마다 독자적인 아이디를 요구하기 때문에, 즉 중복 아이디는 사용못하게 원천적으로 규제하고 있기 때문에, 一人多아이디) 현상이 심화되고 있는 형편이다.

4) 표기문자

전통 호는 한자 혹은 한글을 이용하여 표기하는 게 일반적이다. 하지만 이메일 아이디는 철저하게 영문과 숫자로만 표기할 수 있게 되어 있다. 한자는 물론 한글 표기도 불가능하게 되어 있다. 이 아쉬움을 극복하기 위해 혹은 그에 대한 반발로 영문자판상에 우리말을 입력하는 '비정상적입력형'도 나타나는 것이 아닌가 생각한다.

5) 글자 수 제한

전통 호에서는 글자 수 제한은 없다고 할 수 있다. 다만 관습적으로 2자, 3자, 4자로 짓는 편이다. 2자 이상 4자 이하의 불문율이 존재한다고 할 수 있다. 하지만 이메일 아이디에서는 인터넷 회사마다 글자 수를 명시해 놓고 있어 제약을 받는다. 4～8, 4～10, 6～12, 4～12 등으로 규정하고 있어서, 최소 네 글자에서 최고 12 글자 이내로 제한을 받고 있어, 어떤 경우는 그 글자 수를 채우기 위해 의미없는 글자를 첨가하기도 한다.

5. 외국인 이메일 아이디와의 비교

위에서 밝힌 것처럼, 우리나라 사람들은 생년월일을 아이디에 반영하는 일이 흔하다. 생년월일만이 아니라 나이나 전화번호 등 개인적인 정보와 관련된 사항을 거리낌 없이 아이디에 노출하는 경우가 많다. 숫자로 표현된 부분에서 그런 점을 확인할 수 있다.

그런데, 필자가 주변 사람들을 통해서 거칠게 확인한 바로는, 중국, 몽골 사람들은 우리처럼 생년월일을 아이디에 적극 반영하는 편이지만, 일본이나 미국 사람들은 일절 반영하지 않는다고 하니 흥미로운 일이다. 일본과 미국에서 생활했던 50대, 60대의 인사들(서경대 일어과 박무희 교수, 안양대 영어과 박길수 교수)에게 문의한 결과, 상상하기 어려운 일이라는 반응이었다. 프랑스에서 교수를 역임하고 강남대 대우교수로 부임한 김필영 교수도 마찬가지 이야기를 하였다. 과연 그런지 외국인의 아이디를 입수해서 살펴본 결과 그 말이 사실임을 알 수 있었다. 이제까지 필자가 입수한 외국인의 이메일 아이디를 제시하면 다음과 같다.

1) 미국인 이메일 아이디(제공자 : 안양대 박길수 선생님)

anna4x@msn.com (Anna Kim)(이름+숫자)
ecohen123@earthlink.net (Elon Cohen)(이름+숫자)
pakana@thehawaiichannel.com (Paula Akana)(이름)
akne@aol.com (Kimo Akane)(이름)
dallgire@thehawaiichannel.com (Dick Allgire)(이름)
augz1a@aol.com (Augie Tulba)(이름)
babba-b@pixelworld.net (Baba B)(이름)
bbit@hgea.org (BB Shawn)(이름)
ka_beaz@yahoo.com (Beazley, Del)(이름)
bigdaddycel@kpoifan.cm (Big Daddy Cel)(이름)
malanibilyeu@pixelworld.net (Bilyeu, Malani)(이름)
blaze@newwavehawaii.com (Blaze, Jon E.)(이름)
BOBBROZMAN@worldnet.att.net (Brozman, Bob)(이름)
wade.faildo@cox.com (Bruddah Wade)(이름)
marvdog@khnl.commailto:kelandmona@juno.com (Buenconsejo, Marvin)(이름)

2) 일본인 이메일 아이디

(제공자 : 창원대 강용자 선생님 및 동아시아고대학회 회원 주소록)

yokoyamao@mt-sou401.ccgwnec.co.jp(이름)
satiko@bnn-net.or.jp(이름)
uenom@daibutsu.nara-u.ac.jp(이름)
nstn(니시타니)@tufs.ac.jp(이름)
sato@office-rindo.com(이름)
kannazuki10@t.vodafone.ne.jp(이름)
asamon@gamma.ocn.ne.jp(이름)
saijo@muf.biglobe.ne.jp(이름)
m-kishi@seaple.ice.ne.jp(이름)
yano@sejong.ac.kr(이름)

3) 몽골인 이메일 아이디

(제공자 : 국립민속박물관 장장식 선생님)

Bilgee602002@yahoo.com(이름+출생연도+2002년)
mgnasun@mail.imu.edu.cn(부모이름+이름)
nyamsambuu@yahoo.com(이름)
norobnyam@yahoo.com(이름)
ulziibat@hotmail.com(이름)
khuldorj@hotmail.net(이름)
mongol12@kornet.net(몽골+숫자)

4) 중국인 이메일 아이디

(제공자 : 북경외국어대 苗春梅 선생님 및 인민일보)

fishy0825(영어+생일)
grace_huyuheng@ (영어+이름)
yellowredhh@ (yellow red 이름 중의 색깔에 따라 영어로 적은 것)
wodemeng26@ (영어+나이)
fireinsea2000@ (영어+숫자)

oaynat@ (이름의 중국 병음을 거꾸로 적은 것)
edison313@ (영어 이름+기숙사의 방 번호)
sonialina@ (영어 이름)
linlin2626@ (이름+전화 번호)
wopashuikr@ ('나는 누구든 두려워 하지 않는다'를 중국어 병음으로 쓴 것)

왜 이런 결과가 나타나는 것일까? 개인정보를 아이디에 노출하는 점에서 왜 한국과 중국과 몽골은 유사성을 지니며, 일본과 서양은 이질적일까? 혹시 '사주(四柱)문화권'과 연관이 있지 않을까? 사주를 따져서 그 해 혹은 일생의 운세를 헤아리며 믿는 민족은 한국, 중국, 몽골이라고 한다. 하도 사주팔자를 믿다 보니, 은연중 생년월일을 중요시하게 되고, 그러다 보니 이메일 아이디에까지 자연스럽게 반영하게 된 것이 아닌가 하는 가설이다.[7)]

그런데, 여기에서 한 가지 의문이 제기될 수 있다. 일본도 '백말띠'를 새로 만들어 믿을 만큼 사주팔자를 따지는 민족이요 나라인데, 왜 일본인의 아이디에는 나이라든가 생년월일이 일체 노출되지 않는가 하는 점이다. 일본인 및 일본학 연구자들의 반응을 떠본즉, 일본 사람은 서양인과 똑같이, 개인적인 정보를 절대로 노출하지 않는다고 하

---

7) 사주문화와 관련시키는 데 대해 이견이 있을 수 있다. 하지만 동양삼국에서 우리처럼 태어난 해에 의미를 부여하는 나라도 드물다고 생각한다. 그 대표적인 예가 띠 문화이다. 나이를 물어볼 때 '무슨 띠냐?'고 묻는 것은 물론, 각 신문마다 '오늘의 운세'라 하여, 띠에 따라 운세가 어떠한지 해설하는 코너가 따로 제공될 정도이다. 2005년 9월 7일자 인터넷 뉴스에는 '한국 부자들의 12가지 특성'을 소개했는데 그중의 하나가 '겨울이 생일'이라는 항목이 들어있는바, 이는 '생년(生年)'만이 아니라 사주중의 또 한 요소인 '생월(生月)'도 중시한다는 점을 잘 드러내고 있다 하겠다. 한국인의 개방적인 사고를 비롯하여 다른 요인을 가지고도, 한국인 아이디에서의 생년월일 반영 선호 현상을 해석할 수도 있겠으나, 우선적으로 사주팔자문화를 고려하는 것이 타당하고 가능하다고 필자는 생각한다.

니, 그 이유는 무엇일가? 일본에서 나서 자란 서경대 일어과 박무희 교수의 전언에 따르면, 일본인들도 사주팔자를 이야기하지만, 그것을 믿는 정도 면에서 우리보다 훨씬 덜하다고 한다. 지진이라든가 태풍 등 자연재해가 잦고, 그로 말미암아 사망하는 경우가 많다 보니, 사주팔자 관념이 우리보다 훨씬 덜한 것이 아니겠는가 추정된다고 하였는데, 필자도 공감한다.

일본인에게서 확인되는 개인정보 감추기 현상의 이유로 두어 가지 더 고려할 수 있다고 본다. 일본문화 및 일본인의 특징으로 지적되는 '혼내(本音)' 즉 속셈 혹은 본심, 속마음을 알 수 없는 점이 그것이다. 싫어도 겉으로는 활짝 웃어 보이는 이른바 다테마에(立前) 문화가 그것인데, 이것이 체질화되어 있다 보니, 이메일 아이디에도 개인적인 정보를 드러내지 않게 되었다고 여겨진다. 또 하나, 아시아에서 일본이 어느 나라보다 먼저 서구화한 나라라는 점이다. 서양 콤플렉스라는 표현을 쓸 만큼, 일본인들은 미국을 비롯하여 서구의 문화를 숭상하는 경향이 강한데, 서양인들이 자신의 프라이버시를 노출하지 않고, 남의 프라이버시를 알려고도 하지 않는 것처럼, 일본인들도 일찍 서구화하면서, 원래의 다테마에문화가 더욱 극단화하여 이메일 아이디에 개인의 프라이버시를 드러내지 않게 된 것이 아닌가 판단한다.

6. 맺음말

이상으로 현대 한국인의 이메일 아이디의 존재양상을 살펴보았다. 요약하고 나서, 앞으로의 과제를 제시하기로 한다.

현대 한국인이 사용하는 이메일 아이디의 유형은, 의미를 지니고 있는지 없는지에 따라 유의미형과 무의미형으로 구분된다. 주로 의미가 있는 '유의미형'이지만, 아무런 뜻도 지니지 않은 '무의미형'도 일부 있었다. 정상적인 입력 여부에 따라 구분하면, 정상입력형과 비정상입력형으로 나뉜다. 대부분, 영어자판 상태에서 입력하는 '정상입력형'이지만, 자판은 영어자판으로 해놓고서 한국어를 입력하는 '비정상입력형'도 확인되었다. 구조가 단순한지 복잡한지에 따라 구분하면, 단순형과 확장형으로 나뉜다. 사는 곳, 처지, 도달하고자 하는 것, 소유물, 좋아하는 것, 이름 등 어느 한 가지 요소만으로 이루어진 '단순형'이 많았지만, 자기 이름에다 숫자나 다른 요소를 동시에 반영하는 '확장형'도 상당수 있었다.

아이디 작명상의 주의사항으로 두 가지를 들었다. 첫째, 시각상 혹은 음독상 오독할 가능성이 있는 표기는 삼가야 한다는 점이다. 영어알파벳 l과 아라비아숫자 1, 영어알파벳 o와 한글자음 ㅇ은 특히 화면상에서 변별하기 어려우므로, 알파벳과 아라비아숫자 및 한글이 공존할 경우, 아주 조심해야 한다. 둘째, 성과 명의 표기순서와 방법을 통일할 필요가 있다. 성을 앞세우는 사람도 있고 이름을 앞세우는 경우도 있는가 하면, 같은 성씨라도 다르게 표기하고 있다. 하지만 특별한 이유가 없다면 통일하는 게 좋으리라 생각한다.

이메일 아이디와 작호(作號) 전통과의 같고 다른 점을 지적하면 다음과 같다.

첫째, 유형 면에서의 비교 : 전통 호에서는 무의미한 호란 전무하나 이메일 아이디에서는 극소소수이지만 무의한 경우도 존재한다. 호는 단순형 일색이지만, 이메일 아이디에는 단순형과 거의 같거나 더 많은 비중으로 '확장형'이란 유형이 존재한다. 단순형 이메일 아이디의 경우, '좋아하는 것', '이름의 영자 표기' 유형이 추가되었고, 확장형에서 새로 추가된 요소들로서 눈에 띄는 것은 '생일', '전화번호', '기념일' 등이다.' 전통사회의 호가 개성보다는 집단의 이데올로기나 집단적인 것을 반영한 경우가 많은 데 비해, 이메일 아이디는 한 개인 고유의 어떤 것을 드러내는 성향이 강해졌다고 보인다.

둘째, 자작 여부 : 전통 호는 자기 스스로가 지은 자호도 있고, 남이 지어준 호도 있다. 이메일 아이디에서도 마찬가지 양상을 보이는데, 대부분은 자호이고 남이 지어주는 경우는 매우 드문 편임을 알 수 있다.

셋째, 중복 여부 : 호에서는 중복되는 경우가 많으나 이메일 아이디의 경우는, 동일한 사이트에서는 회원가입 단계에서 아이디 중복 여부를 검색하여 원천봉쇄하기 때문에 동일한 아이디는 존재할 수 없다.

넷째, 표기문자 : 전통 호는 한자 혹은 한글을 이용하여 표기하는 게 일반적이다. 하지만 이메일 아이디는 철저하게 영문과 숫자로만 표기할 수 있게 되어 있다.

다섯째, 글자 수 제한 : 전통 호에서는 글자 수 제한은 없다고 할 수 있다. 하지만 이메일 아이디에서는 인터넷 회사마다 글자 수를 명시해 놓고 있어 제약을 받는다.

우리들의 아이디와 외국(중국, 몽골, 미국, 일본) 사람들의 아이디를 비교해 본 결과, 아이디에 생년월일을 비롯하여 개인적인 정보를 흔하게 노출하는 현상 면에서 차이가 확인되었다. 중국, 몽골에서는 우리와 마찬가지로 생년월일을 반영하기도 하는 데 반해, 미국이나 일본에서는 그런 경우가 없었다. 왜 그런 차이가 나타는지 깊이있게 고찰해 볼 필요가 있겠으나, 필자는 사주문화권과의 관련성을 가설로서 조심스럽게 제기해 보았다.

강의 과정에서 떠오른 착상과 호기심 때문에 작성한 글이었지만, 조사 과정에서, 필자와 교신하는 인사들의 아이디에 그분들의 개인사와 관심사가 녹아있다는 것을 비로소 알아 더 가깝게 이해할 수 있어서 좋았다. 호를 지을 때도 심사숙고하여 짓듯이 이메일 아이디에도 그런저런 사연과 의미가 깃들어 있으므로, 각자 교신하는 인사들의 아이디의 의미가 무엇인지 확인한다면 관계가 더욱 정겨워지지 않을까 생각한다.

이 글이 우리나라 사람들의 이메일 아이디를 조사한 첫 시도로서, 다음 연구의 디딤돌로서의 의의를 가지지만 명백한 한계도 지닌다. 제목에 '현대 한국인'이라는 관형어를 붙였지만, 필자와 교신하는 인사들의 217개 아이디에 한정된 분석이었기에 과연 여기서 얻은 결과가 현대 한국인의 이메일 아이디의 양상을 대표할 수 있는지 의문이 제기될 수 있다. 자료를 더 확대해서 다루어야 좀더 설득력을 높일 수 있겠지만, 대체적인 경향성만은 파악하게 하는 첫 시도였다고 자평한다.

앞으로의 과제를 몇 가지 제시하면서 이 논의를 마무리하고자 한다.

첫째, 우리나라 사람들의 이메일 아이디의 양상과 외국인들의 그것과를 조목조목 비교해 볼 필요가 있다. 예컨대 외국인도 '좋아하는 것'을 반영하기를 즐긴다는데, 그 좋아하는 내용이 우리나라와 어떻게 같고 다른지 비교한다면 문화적인 차이, 가치관의 차이 등을 이해하는데 도움이 되리라 생각한다. 아울러, 외국인의 아이디를 몇 가지 소개했지만 극히 일부에 불과하므로, 좀더 범위를 확대해서 조사하고 우리의 것과 총체적인 비교를 할 필요가 있다. 특히 외국인의 아이디를 몇 가지 소개하였는데, 네 나라에 그쳤고, 그나마 10개 내외에 불과하여 대표성을 획득하기 곤란한 점이 없지 않다. 앞으로 대상 국가도 확대하고, 성별, 연령별 등으로 좀더 다양한 사례를 조사해서 우리의 경우와 비교 분석할 필요가 있다고 생각한다.

둘째, 이메일 아이디가 계층별・세대별・전공직업별・성별・개인별로 어떻게 같고 다른지에 대해서도 고찰할 필요가 있다. 10대의 경우는 어떤지, 고3인 아들(이범신)에게 문의한 결과, 10대도 '성명+생일' 혹은 '성명+좋아하는 숫자'를 주로 쓰고 있다고 하는 것으로 미루어, 단연 확장형 중에서 '숫자첨가형'을 선호한다는 것은 확인하였을 밝혀둔다.

셋째, 현대적 호로서 이메일 아이디와 함께 살펴볼 만한 것으로서 '닉네임'(인터넷 까페나 대화방 등에서의 별명)이 있다. 이에 대해서도 연구할 필요가 있다.

넷째, 이 논문에서는 '이메일 아이디'에 대해서만 다루었는데, '로그인용 아이디'도 있으니, 그것에 대한 별도의 논문도 필요하리라 본다.

[참고문헌]

신용호·강헌규, 『선현들의 자와 호』, 서울 : 전통문화연구회, 1998.
이복규, 『한국전통문화의 이해』, 서울 : 민속원, 2002.

옥소 권섭의 음악경험과 18세기 음악환경

•

신경숙

1. 본고의 방향

옥소문집(玉所文集)은 상당량이 남아 있으나, 현재 세간에 알려진 것은 전체 분량의 10%에도 미치지 못하는 7책 석인본이다.[1] 이에 옥소와 그의 시대를 이해하기 위해서는 무엇보다 먼저 옥소문집 전체가 세상에 빛을 보아야 한다. 본고는 방대한 『옥소고(玉所稿)』를 세상에 내놓으며,[2] 급한 대로 옥소고의 전반적인 내용을 알릴 필요에 의해 기획되었다. 본고는 이 가운데 18세기 전후를 살다간 옥소 권섭(1671 –1759)의 음악경험을 드러내고 이 경험이 당시 음악환경에서 갖는 의미를 추적하는 데 목표를 둔다.

이에 이 목표의 효율적인 세부 과제를 발견하기 위해 기존 연구사를

1) 옥소의 문집의 존재양상에 대한 전반적인 연구는 최호석(2006) 참조.

2) 현재 필사본『옥소고』의 영인 작업이 고려대학교 이창희 교수를 중심으로 진행되고 있어, 올해 안에 출간될 예정이다. 특히 이 영인 준비 작업에는 앞으로『옥소고』 연구자들을 위해 방대한『옥소고』의 전체 목차를 활자화하는 작업도 병행되고 있다. 상당한 시간을 요하는 이 작업이 마무리되면, 학계의 옥소 연구에 미칠 영향이 크리라 기대된다.

살펴본 결과, 다음과 같은 연구경향을 발견했다. 크게 두 가지로 압축되는 연구사는 다음과 같다.

첫째, 초기 옥소 문학연구에서 발견한 '음악적 사실'들이다. 이는 권성민, 박요순 두 연구자로 대표되는데, 이들에 의해 다음과 같은 음악관련 사실들이 보고되었다.[3] 옥소의 창작품으로 가사 「황강구곡가」, 「영삼별곡」, 「도통가」와 가곡 62수, 옥소의 음악체험으로 여주 서족 문원건의 거문고, 충주 천인 유야학의 피리, 서울 오순백의 검무, 김성최와 홍수헌의 거문고 연주현장 체험기, 김석겸에게 거문고를 배움, 여악·용악·제악·선악·군악·무악에 대한 시조 표현, 관동지역 탐승과정에서 「관동별곡」의 해돋이 장면을 외움 등이다.

이 사실들은 옥소 생애 규명 과정에서 밝혀진 것들이다. 단편적 사실이지만, 첫 단계 옥소 연구라는 점에서 방대한 텍스트 읽기에 받쳐진 연구자들의 수고로움이 발견해낸 귀중한 자료들이다. 이러한 발견들은 18세기 전후 예술사를 이해하는 데 옥소 경험이 매우 의미 있음을 알려주었고, 이후 오늘에 이르기까지 옥소에 대한 지속적인 관심을 이끌어내는 데 결정적인 기여를 했다.

다른 하나는 옥소의 경험들을 '경화사족의 음악경험'으로 읽어낸 남정희의 글이다.[4] 남정희의 글은 '경화사족의 시조 창작 향유'에 초점을 두고 진행되었지만, 실제 다루고 있는 범위는 시조에 대한 것을 넘어서는 열정을 보여주었다. 경화사족의 형성으로부터 이들의 음악적 취향 그리고 당대 예술계 동향에까지 폭넓게 접근함으로써 경화사족 시조 해석을 위한 든든한 토대를 마련하였다. 옥소에 초점을 맞추어

3) 옥소 연구 글이 여러 편 있으나, 음악관련 기록들을 찾아낸 것은 초기 두 연구자의 글이 대표적이다. 권성민(1991). 박요순(1993).

4) 남정희(2002).

보자면, 주로 노론계 중심으로 형성된 경화사족들의 음악적 경험과 취향 속에서 옥소도 해석되었다. 이 글에 의해 비로소 옥소의 경화사족적 인맥과 학맥 그리고 그로부터 형성된 예술적 성향까지 두루 확인되어, 옥소의 음악경험들은 경화사족적 예술취향 흐름 속에서 확실히 자리매김되었다.

짧은 연구사에 비하면, 이들 의욕적인 연구자들에 의한 옥소 연구는 이미 상당한 발전을 이루어냈다. 특히 '경화사족 내의 경험'을 다룬 최근 글에는 시대사라는 큰 틀을 새로이 엮어낸 위에 매우 경청할 만한 내용들을 담고 있다. 본고는 필사본『옥소고』가 세상에 나가기 전, 먼저 자료를 접할 수 있었던 혜택을 누리면서 작성되는 특성을 갖는다. 이에 세부 과제로 이러한 자료적 이점과 앞선 연구의 기여한 바를 효과적으로 이어갈 수 있는 과제들로 구성한다. 다음의 과제들이 그것이다.

첫째, 옥소의 음악경험 실상을 가능한 폭넓게 드러내는 것이다. 이는 지금까지 알려진 것 외에 어떤 경험들이 더 있었는가의 궁금증에 대한 응답이다. 그러나 앞선 연구들에서 사용된 자료들이 자주 겹쳐지는 것이 증명하듯, 옥소의 음악경험은 자료적 가치로 접근하기에는 애매한 단편들이 대부분이다. 이런 한계 속에서도 최대한 그의 경험실상을 드러내는 것은 문집을 먼저 접할 수 있는 이 글에서 우선적으로 수행해야 할 과제여야 할 것이다.

둘째, 옥소가 의미 있게 경험한 것들을 찾아내는 일이다. 다양한 음악체험이 있었지만, 그 중에서 옥소 자신이 중요하다고 말하는 체험들은 어떤 것들이고, 그 의미는 무엇인지 밝혀보고자 한다. 자료 접근에 제한적일 수밖에 없었던 선행 연구들에 비해, 전체를 볼 수 있는 여건을 지닌 본고에서 마땅히 해야 할 작업이라고 생각한다.

셋째, 옥소와 음악예인들의 만남에 대해 살펴볼 것이다. 경화사족 내부의 음악경험에 대해서는 이미 기존 연구에서 잘 밝혀졌으므로, 이를 이어 경화사족으로서 옥소가 소비할 수 있었던 예인들은 어떤 관계망 속에서 가능할 수 있었는지 밝혀 보고자 한다. 이는 경화사족 옥소와 예인들이 당시 음악사회 내에 배치된 구조를 파악코자 함이다.

넷째, 이상의 사실이 밝혀지면, 이를 토대로 옥소 경험이 18세기 전후 음악환경 내에서 지니는 의미를 점검해 보기로 한다. 알려진 음악사에 옥소는 어떤 방식으로 합류하며 그 시대를 살아갔는지 읽어내고자 한다.

이상과 같이 본고는 방대한 텍스트를 읽으면서 동시에 기존 연구를 효과적으로 계승함으로써 옥소와 그의 시대 음악이 지금보다 좀더 선명하게 밝혀지길 기대한다.

2. 옥소 음악경험의 다양함

서울 거주의 전반생과 제천·단양의 후반생, 그리고 그 사이 자주 전국적인 유행(遊行)길에 올랐던 옥소의 인생역정 가운데에는 언제나 음악이 함께 있었다고 해도 과언이 아니다. 그럼에도 불구하고 그의 음악체험 기술은 다른 것들에 비해 상대적으로 너무도 적고 미약하다. 예컨대 다른 주제의 글 속에 기악(妓樂)·풍악(風樂)을 펼쳤다든지, 소공(簫工)·적공(笛工)에게 연주케 했다든지, 감상 내용으로 '쾌(快)·화(和)' 정도의 표현을 간략히 언급하고 지나치는 것이 대부분이다. 이런 까닭에 옥소의 음악 경험을 두루 찾아내어 그 의미를 밝히기란 쉽지 않다.

그런데 옥소 글 가운데에는 그의 음악경험 정도를 가늠할 수 있는 특별한 글 하나가 발견된다. 이는 당시의 음악을 8가지로 제시한 글이다. 간략하지만 다양한 음악 종류를 요약적으로 제시하고 있어, 그의 음악체험을 이해하는 데 도움이 된다.

> 제악(祭樂)은 엄숙하다. 기운을 오로지하여 신과 천지가 함께 흐른다. 군악(軍樂)은 가지런하다. 용부(勇夫)로 머릿카락을 곧추 세우게 하고 志士로 옷깃을 바르게 하게 한다. 선악(禪樂)은 반듯하다. 삼대(三代)의 위의(威儀)를 보는 것과 같다. 여악(女樂)은 탕(蕩)하다. 용악(俑樂)은 구슬프다. 무악(巫樂)은 음란하다. 촌악(村樂)은 어지럽다. 농악(農樂)은 편안하다.[5)]

제악, 군악, 선악, 여악, 용악, 무악, 촌악, 농악, 이는 '음악의 쓰임'에 따른 종류를 보여준다. 이 중에는 중세음악에서 거의 조명되지 않았던 용악, 촌악, 농악까지 매우 다양하게 거론되고 있어 흥미롭다. 이 자체가 음악 분류는 아니나, 하나의 글 안에 폭넓은 음악종류들을 일목요연하게 종합해냈다는 점에서 의미 있다. 뿐만 아니라 간략하게나마 각 음악의 특징적 내용을 정리해냈다는 점에서 옥소의 음악적 관심을 알 수 있게 해준다.

그런데 이들 음악들은 오늘날 우리의 시각에서는 그 질적 차이가 현격한 것들이 한자리에 놓여있다. 예컨대 제악·군악·선악 등에 비해

5) 제천본 12, 「산록내편」 1. "祭樂肅 壹氣於神與天地同流 軍樂整 勇夫豎髮 志士正襟 禪樂定 如見三代上威儀 女樂則蕩 俑樂則悽 巫樂則淫 村樂則亂 農樂則佚" 옥소문집으로는 제천본과 문경본이 있다. 이 두 본은 중복되는 경우도 있고, 그렇지 않은 경우도 있다. 아직 영인 출간되지 않았기 때문에, 옥소 연구팀에서 정리한 자료집의 일련번호를 그대로 제시하기로 한다. 옥소 문집의 서지적 고찰은 최호석(2006)에서 다루어졌다.

용악·무악 등의 거리는 너무 큰 듯하다. 실제 위 기록에서도 앞의 셋(제악, 군악, 선악)을 뒤의 다섯(여악, 용악, 무악, 촌악, 농악)보다 좀 더 자세히 설명하고 있어 이들을 구분해주는 듯하다. 이는 우리 시대만의 인식은 아닌 듯, 옥소는 이들 음악들에 대해 다음과 같은 설명을 이어간다.

> 이들은 또한 각각 절주와 조리가 있어서, 잡한 것 같으나 잡스럽지 않다. 나는 농악과 군악은 매우 좋아한다.[6]

이 기록은 이들 음악 중에는 옥소 당대에도 질서 없이 잡스럽기 만한 음악으로 평가되는 것들이 포함되어 있음을 말해준다. 이에 대해 옥소는 '각각 다른' 절주와 조리가 있을 뿐이라며, 그 용도와 내용의 '고유한 가치'를 인정한다. 그에게는 특정 음악에 대한 부정적 인식이 보이지 않는다. 그에게는 좀 더 선호하는 음악 종류가 있을 뿐이다. 옥소는 농악과 군악을 특히 좋아할 뿐이라고 말한다. 그에게 모든 음악은 대등하고 차별이 없었던 것이다.

옥소가 제시한 용도별 음악종류들은 18세기 음악에서 그간 주시하지 못했던 음악 종류들에 새로운 관심을 불러일으킨다. 그러나 동시에 이 종류들은 그 특징을 극도의 요약적 제시로만 보여주어서 이 글이 옥소 경험의 소산이기보다 단순 지식을 전하고 있는 것처럼 보이기도 한다. 이 음악종류 제시에 그의 경험이 어느 정도까지 반영되었는지는 알 수 없기 때문이다. 그런데 이 8개 음악 중에서 6개를 시조작품으로 다시 한 번 묘사해낸 일련의 작품들이 있어 이를 가늠하는 데 도움이 된다. 「육영(六詠)」이라는 제목 아래의 연작시가 그것이다.

---

6) 같은 책, 같은 곳. "亦皆各有節奏 有條理 似雜而不雜 吾則甚喜農樂與軍樂"

'제악숙(祭樂肅)'
싱쇼죵경(笙簫鐘磬) 느지듣고 빅뇨쥰분(百僚駿奔) ᄒᆞᄂᆞᆫ적의
문무가(文武歌) 기리블고 일무방쟝(佾舞方張) ᄒᆞ여시니
아마도 직텬(在天)ᄒᆞ신 명녕(明靈)이 척강양양(陟降洋洋) ᄒᆞ실가

'군악정(軍樂整)'
단(壇) 우의셔 슈긔(手旂)를 들어 뉵화팔진(六花八陳) 뎡제(整齊)ᄒᆞ고
징(錚)티며 북 울니고 ᄉᆞ오합(四五合)을 빠호더니
져근덧 호령포(號令砲) ᄒᆞᆫ방의 만마무셩(萬馬無聲)ᄒᆞ여다

'선악정(禪樂定)'
가사쟝삼(袈裟長衫) ᄀᆞ초닙고 ᄎᆞ례로 버러셔셔
탁하(卓下)의 삼빅ᄒᆞ고 천수공양(天壽供養) 도도ᄂᆞᆫ양
아마도 삼ᄃᆡ샹위의(三代上威儀)를 다시 본ᄃᆞᆺ ᄒᆞ여라

'여악탕(女樂蕩)'
거믄고 가약고 ᄒᆡ금(奚琴) 피리 댱고(長鼓) 섯거ᄐᆞ며
나삼(羅衫)을 반(半)만 드러 보허ᄉᆞ(步虛辭)로 얼러추니
밤듕(中)만 금연화촉(錦筵華燭)의 취(醉)ᄒᆞᄂᆞᆫ줄 몰래라

'용악처(傭樂悽)'
져직비(笛差備) 비파직비(琵琶差備) 필(觱)이직비 세히나
집마다 즛갑닐고 걸냥됴(乞糧調) 블며ᄐᆞ며
슬토록 흘라흘라 ᄒᆞ다가 멋만듯고 가노매

'무악음(巫樂淫)'
몽도리의 블근갓 쓰고 칼들고 너펄며셔
잡(雜)소리 저저리고 졔셕군흥(帝釋軍興) 청(請)ᄒᆞ노매
새도록 댱고(長鼓) 북 덩덩덩 ᄒᆞ며 그칠 줄을 모ᄅᆞ다

제악에서는 문무가(文武歌)와 일무(佾舞)로 진행되는 사직과 종묘 제례악의 분주한 현장을, 군악에서는 일사분란한 열무(閱武) 의식 현장을, 선악에서는 영산재 춤을 추는 듯한 승려들의 모습을, 여악에서는 세악반주에 맞추어 노래하며 춤추는 기생 모습을, 용악에서는 악기를 연주하며 한창 걸량 중인 걸량패의 모습을, 무악에서는 제석 군흥신을 청하는 무당의 청신(請神) 장면들을 매우 사실적으로 그려내고 있다. 이들 작품에 묘사된 악기, 연주곡목, 의상, 연주실황 등은 연행상황을 직접 보았을 뿐만 아니라, 각 음악내용에 대해서도 소상히 알고 있는 사람만이 그려낼 수 있는 모습들을 사실감 넘치게 담아내고 있다. 이로 보아 앞의 8개 음악종류 제시는 직접적인 경험과 구체적인 지식 위에서 가능했던 언급들인 것을 알 수 있다. 18세기 경화사족의 일원으로 살아갔던 옥소는 우리가 알고 있는 것보다 매우 폭넓고 다양한 음악체험들을 하고 있었음을 이들 음악 종류들은 말해준다.

이처럼 옥소 음악 기술들이 자신의 직접적인 체험에 바탕하고 있음은 비단 이 8가지 음악에 한하지 않는다. 그는 언제나 자신이 '직접 경험한 음악'에 대해서만 기술하는 특징을 보인다. 뒤에 계속되는 논의들에서 밝혀지겠지만, 전해들은 것 혹은 일반적인 음악지식에 대한 것들은 말하지 않는다. 철저히 자신의 경험만을 기록으로 남기는 특색을 보인다.

지금까지 알려진 옥소의 음악 경험 저변에는 바로 이 같은 여러 종류 음악들에 대한 직접적인 체험과 깊은 관심, 그리고 개개 음악의 고유성을 간파하는 안목이 먼저 자리잡고 있었다.

그런데 이러한 다양한 음악 체험들은 옥소 개인에 의해 표현되기는 했지만, 동시에 사대부 특히 경화사족들의 경험이라고 보아도 좋은 것들이다. 예컨대 제악의 경우, 사직·종묘라는 제사와 그 절차로써의 제악을 주재하는 관리들이 바로 사대부들이다. 옥소가 제악의 노래와 춤, 그리고 관리들의 분주한 움직임까지 포착해낼 수 있었던 것은 일차적으로 그가 이러한 제악의 내용을 알고 있으며 또한 이를 가까이 지켜 볼 수 있는 사대부 신분이었기에 가능한 것이다. 나아가 제악 같은 경우는 일반 백성이 아닌 사대부들에게 관심 대상되는 음악이다. 군악과 여악의 경우도 상황은 비슷하다. 사대부는 군악에 있어서 때로 관리라는 주재자, 때로 연회에서의 소비자였다. 동시에 여악의 주소비자층이었음은 말할 나위도 없다. 옥소 역시 전국적인 유산(遊山)에 자주 지방관아의 소공(簫工), 적공(笛工)들을 대동했으며, 관아의 기악(妓樂) 풍류도 자주 가졌다. 선악은 승려들의 음악이지만, 조선조 사대부들의 불교 관심이나 승려와의 교유를 애써 언급치 않더라도 당대 보편화된 사대부 유산(遊山)에서 승려와의 만남은 일반적이었다. 따라서 선악 또한 특수한 음악이기만 했던 것은 아니었다.[7] 옥소의 유산기(遊山記) 곳곳에는 이외에 다양한 승려의 놀이까지 포함될 정도이다.[8] 농악의 경우도 사대부들 대부분이 중소지주들로 농장을 경영하고 있었다는 점에서 역시 매우 의미 있는 음악이다. 옥소의 경우는 강희맹의 「농구 14장」에 빠진 7가지 농사일을 7편의 시로 남기고 있는데, 그 가운데 「이앙」이라는 제목에서는 선후창으로 부르는 농요현장을 묘사함으로써 농악에 대한 세세한 관심을 보여준다.[9] 옥소가 농

7) 이 시기 경화사족의 불교수용 양상에 대한 것으로는 유호선(2002)이 참고가 된다.
8) 옥소의 유산기와 그 안에 묘사된 승려와의 일화들은 홍성욱(2006)이 참고가 된다.
9) 15세기 강희맹(1424-1483)의 시대로부터 2세기 이상 지나 농사법이 달라짐에 따른 농사일도 달라졌고, 이에 강희맹의 유명한 農謳 14장에서 빠질 수밖에 없었던 7가지 일을 작품화했다. 제천본33, 『잡저』 2. 「見農謳十四章自國初流轉而又有七事漏落戲倣其體足成一篇」, '移秧', 124쪽.

악과 촌익을 구분하여, 농악은 '편안하고(佚)' 촌악은 '어지럽다(亂)'고 말할 수 있었던 것은 향촌의 농장주였기에 가능했던 구별의식이었던 것이다. 그 외 걸량음악인 용악과 무속음악인 무악도 사대부라고해서 거리가 먼 것만은 아니다. 이들 음악 역시 그들의 일상에서 자주 스치며 만나게 되는 여항의 음악이기 때문이다.

이렇게 볼 때, 위의 다양한 음악 체험과 그에 대한 기술은 옥소에 의해 이루어졌지만, 그 체험 내용은 옥소만의 특수 체험으로 한정되지 않는다. 이것들은 사대부들이 널리 경험할 수 있는 것들이라고 보아 좋을 만한 것들이다. 특히 제악의 경우는 경화사족들에게 더 관람이 쉽고, 관심의 대상이 되었던 음악이다. 따라서 옥소에 의해 기술된 이들 음악들은 우리로 하여금 경화사족이 경험하는 음악세계를 현재 알려진 것보다 훨씬 폭넓게 바라보도록 이끌어 준다. 물론 모든 경화사족 혹은 문인지식층이 이러한 음악들에 두루 관심을 갖는 것은 아니다. 이들 음악 종류들이 옥소에 의해 비로소 조망되고, 묘사될 수 있었던 데에는 옥소의 음악에 대한 관심과 열정이 일반 문인사대부들 보다 높았기에 가능했던 일이다.

3. 옥소 최고의 관심, '음악인재'의 의미

옥소의 음악경험이 얼마나 폭넓고 다양했는지 확인했다. 이런 음악경험들 중에서 옥소가 자기 생애 최고로 꼽는 경험들은 따로 있었다. 이 경험들의 분석을 통해 음악에 대한 옥소의 특정한 관심 방향을 알아보기로 한다.

『산록외편』에는 생애 최고의 음악경험만을 모아 엮은 글이 있어 주목된다.[10] 이 글 행간에 놓였을 수많은 경험들, 그리고 그로부터 건져 올려진 최고의 소리들을 모았기에 이 글은 옥소가 말하는 최고의 음악들을 만나기에 최적이다. 길지만 전문을 인용한다.[11]

> [1] 지난해 김 원주 성최의 행주 별장에 갔을 때, 아현의 홍판서 수헌 어른도 마침 오셨다. 홍판서의 거문고 연주는 세상의 보기 드문 것이어서 사람들이 능히 들을 수 없었다. 그날 주인이 시비를 불러서 상 위에 놓여있는 갑 안의 거문고를 내어오게 했다. 홍어른께 보였으나 보려하지 않았다. 또 시렁 위에 있는 다른 거문고 상자를 가져왔는데 돌아보지 않았다. 칠금 동금 노금 죽금 대모식 종려식 화류식 검수식 능금갑 모단갑 삼승갑 우금갑들의 모든 거문고들을 번갈아 가져오니 갈수록 아름답고 기이한 것들이었다. 가장 나중에 비단으로 만든 상자의 송금을 보고 홍판서 어른께서 그 거문고를 잡고 쾌히 한 곡을 치니 소리가 허공중에 있었다. 주인이 이에 크게 웃고 말하기를, "이 어른께서 내 술수에 빠졌네." 하니 홍판서께서도 역시 웃었다.
>
> 황강 수헌에서 달밤에 홀로 앉아 있을 때, 유야학이 피리를 가지고 방문했다. 그가 시원스레 부니 그 소리는 매우 밝고 맑았다. 천천히 굽이 돌아 매양 제3절을 불 때에는 입신의 경지에 드는 게 분명했다. 물건을 입술에 대어 풀피리 소리를 내어도 또한 그러하였다.[12]

---

10) 제천본 14, 『散錄外篇』1. 이 책 전체에는 따로 제목이 없다.

11) 긴 글이고 여러 내용이 함께 들어가 있어, 글의 구성을 고려하여 7개 내용으로 나누어 인용한다. 전체는 원문의 순서 그대로이고, 숫자는 필자가 임의로 붙였다. 또한 원문 중간에 기존의 두 줄을 지우고, 각 줄을 다시 두 줄의 새로운 내용으로 수정한 곳이 있다. 이 수정 부분의 일부(번역글 [6]번의 끝부분)는 해독이 어렵다. 미해독 부분은 한 줄 정도여서 전체를 파악하는 데는 무리가 없다.

12) 昔年出往金原州盛最之杏洲別墅 阿峴洪判書受𢡟丈適到 其手之琴 是絶世希音 人無淂以聽之者 主人呼侍婢 取某床在某匣琴來 洪丈視而不見 又取某架在某匣琴來 又不顧 柒琴 桐琴 蘆琴 竹琴 玳瑁飾 棕櫚飾 樺榴飾 黔樹飾 綾錦匣毛段匣 三升匣 羽錦匣 諸般之鉉 疾入迭出 逾佳逾奇 最末 見松琴之爲綿布匣者 洪丈遽取 而快弄一曲 聲在空外 主

[2] 김원주의 금, 문원건의 금, 평양 주유의 융무, 종각모퉁이 어린아이의 쌍도무, 김체건의 검무, 경주 승매의 검무, 상주 진관 군뇌의 태평소, 선산 7세 아이의 영기, 평양 죽향의 노래, 안주 혜란의 노래, 희양산 환적암 승려 정원의 경 읽기, 금강산 백화암 승려 풍열의 영시, 속리산 꼭대기 사자암 승려 신응의 법게, 홍세태의 시, 이태해의 글씨, 김익주의 그림 또한 모두 절대 기승이다.[13)]

[3] 낙동 윤판서 어른의 모친 수연 자리에서 있었던 김석겸의 기문고 연주, 박상건의 노래, 홍만종 가비 월매와 오순백의 협검 대무 또한 즐길만 했다.[14)]

[4] 남한관비 취숙은 구를 엮고 운을 맞추어서 읊게 하니 그 옹 정서하가 묻는대로 대답하여 "初似文君投 還同樂昌緣 離能煎鸞膠 更續已斷絃"라 하였다. 또 "孤鳳托梧枝 恐被寒鷗欺 安得擧丹羽 双飛向天涯" 라고 하였으니 또한 재녀이다. 독도 뱃사람의 딸 가련은 "海客行裝不滿舡 長風萬里去飄然 愁來止宿鳥岩下 渃盡蘆花啼杜鵑"라고 읊었다. 홍순연의 첩은 "沙頭夜過何山雨 柳外朝生極浦烟 梧里娼婢之平明 驅馬出東城千里 江陵路不平三疊陽關聲 轉若海雲江樹摠離情"라 하였다. 이러한 인재들은 대부분 천류에서 나왔으니 이루 다 기록할 수 없다.[15)]

人乃大笑曰 此老墮我術中 洪丈亦笑 月夜獨坐 黃江水軒 劉野鶴携笛而來 快吹之 其聲寥亮淸切 宛轉徘徊 每吹第三節 分明入神 以物貼脣而作草笛聲 亦然. 이 부분의 긴 전반부 문단의 첫 번역은 남정희(2002:51-52)에서 이루어졌다. 본고는 이 번역을 가져왔으며, 다만 문체의 극히 일부만 바꾸었다.

13) 金原州之琴 文元健之琴 平壤侏孺之戎舞 鐘閣隅童兒之双刀舞 金體健之劍舞 慶州勝梅之劍舞 尙州鎭官軍牢之太平簫 善山七歲兒之伶技 平壤竹香之歌 安州蕙蘭之歌 曦陽山幻寂庵之靜遠談經 金剛山白華庵之楓悅詠詩 俗離山上獅子庵之信應法偈 洪世泰之詩 李泰海之筆 金益周之畵 亦皆絶代奇勝

14) 駱洞尹判書丈大夫人壽席 金碩謙彈琴 朴尙健唱歌 洪萬宗家婢月梅 與吳順白拔劍對舞 亦可喜

15) 南漢官婢翠淑 使之綴句拈韻 而咏其翁鄭公瑞河應口 卽對曰 初似文君投 還同樂昌緣

[5] 고성 기생 찬섬의 「춘면곡」은 곡진하게 슬퍼하고 원망하는 소리, 시원한 높은 소리와 유순한 낮은 소리가 나라 안에서 절창이다. 거창 기생의 「출사표」는 낮아졌다가 높아지며 몹시 격렬해져 마치 그 뜻을 깊이 이해한 듯해 듣는 맛이 있다. 고금에 이런 경우는 많지 않으니. 모두 지극히 사랑할 만하다.[16]

[6] 서북 지방에는 시와 노래 절창이 한 둘이 아니다. 정평의 노기 가련의 전고는 비상하여 오늘날부터 상고시대까지 임금과 신하, 어진 이와 어리석은 이, 시대의 얻음과 잃음, 크고 작은 변고가 분명하여 어긋남이 없으니 더욱 얻기 어려운 인재이다. 정평의 관노 김창한은 낮에 관아에 입역하고 밤에는 나와서, 깨끗한 방에 앉아 경서를 책상에 펼쳐 놓고 백여 명의 선비들을 가르치니 이야말로 이인이다.[17]

[7] 나의 외할아버지 충정공의 사환인 노 금이와 비 예덕은 어리석은 백성인데 변방을 수비하며 공적인 일로 변방과 이국에 간 적이 허다하였다. 주사(비변사) 여러 대신들의 다양한 의논들을 어떤 일인지 마음으로 깨닫지는 못하였으나 입으로는 능히 하나하나 전달하여 한 마디도 착오를 저지르지 않았으니 또한 등한히 여길 인물이 아니다. 이목이 아직 미치지 못한 인물이 얼마나 많을지 모르겠다.[18]

離能煎鸞膠 更續已斷絃 又曰 孤鳳托梧枝 恐被寒鷗欺 安得擧丹羽 双飛向天涯 亦才女可憐纛島舡人女之 海客行裝不滿舡 長風萬里去飄然 愁來止宿鳥岩下 渃盡蘆花啼杜鵑 洪舜衍妾之 沙頭夜過何山雨 柳外朝生極浦烟 梧里娼婢之平明 驅馬出東城千里 江陵路不平三疊陽關聲 轉若海雲江樹摠離情 此等人才多出於賤流 不可勝記

16) 高城妓贊蟾之春眠曲 曲盡哀怨之響 高爽低婉爲國中絶唱 居昌妓之出師表 低仰激切如深解其志 聽之有味 古今必不多 有俱 極可愛

17) 西北路則 詩與歌之妙絶 非一二 而定平老妓可憐之典故異常 自今日之上古 君臣賢愚世代得失 大小變故 了了不差 尤是難得人才 定平官奴 金昌漢 晝則立 後夜則出 坐淨室中 經書列案 教訓百餘儒士 是異人

18) 吾之外王考 忠正公之使喚 奴金伊婢礼德 蚩蚩者氓 而備邊卽公事之邊方 異國許多事変籌司諸宰多般論議 心不知爲何事 而口能一一傳達 不錯一語 亦比等閑人物 再目所未

이 글은 옥소가 자기 생애 최고의 재예(才藝)로 꼽는 인물들의 모음이다. 서울로부터 지방까지, 사대부로부터 천민까지의 인재들이 망라되어 있다. 이 글에 소개된 인물들 중 세 명은 「십육찬(十六贊)」[19]이라는 글에서 다시 찬사 받을 정도로 그에 의해 최고로 높여졌다. 또 이 글에서 언급된 상주, 고성, 정평 등 여러 지역들은 옥소의 주요 유행(遊行) 지역과 일치한다.[20] 따라서 이 글은 그가 생애동안 만났던 다양한 음악체험의 내용을 보여주기에 충분하다. 이 글이 언제 기록되었는지 알 수 없으나, 말년의 기록이 아닐지라도 옥소 생애로 보아 이 기록 이후의 경험들도 대략 이에서 그다지 멀지 않을 것으로 추정된다.

이 글은 시기, 지역, 관심영역, 기술방식이 서로 다른 것들이 복합되어 있어 한눈에 조망이 쉽지 않다. 이를 기술 순서에 따라 다시 요약적으로 제시하면 다음과 같다.

1 京·鄕의 두 음악경험: 서울 김성최·홍수헌의 琴과 충주 천인 유야학의 笛[21]

2 絶代奇勝의 재능인들: 다양한 예술분야와 계층·지역을 망라하는 최고 예능인들

3 수준 높은 연행 현장: 윤판서 모친 수연에서의 琴,歌,舞 음악예인들

4 應口卽對 재능의 賤流 人才: 관비, 기생, 첩 賤流들의 詩 재능

5 南道의 들을 만한 노래 둘: 지방기의 歌, 춘면곡과 출사표

6 西北지역 재능인들: 詩와 歌가 뛰어난 지역, 기생·관노로 異人인

及不知有幾多人

19) 제천본 34, 『잡저』3, 「十六贊」은 옥소가 국중 으뜸으로 꼽는 예술인 16명에 대한 小贊인데, 이 역시 그가 직접 만나고 경험했던 인물들로만 구성되어 있다. 이 장의 뒷 부분에 16인 중 음악인 3인에 대한 소찬 전체를 인용했다.

20) 다만 그의 '遊行記'들에서 이들 인물이나 음악에 대한 기록은 발견되지 않는다.

21) 유야학에 대해서는 「십육찬」에서 충주 천인이라고 했다.

두 사람

[7] 기억력이 비상한 人才: 외할아버지의 奴와 婢

이와 같이 이 글은 서로 다른 주제와 구성방식을 보이는 글들이 한 자리에 들어와 있다. 분명 이 글은 음악경험만을 기록한 것은 아니다. 그의 시선은 산만하게 흩어져 있고 내용들은 잡박하게 들어와 있다. 우리는 흔히 이 안에서 음악체험만을 가려내려 한다.[22] 그러나 걸러낸 기사들은 더욱 짤막해진 사실정보 몇 가지를 알려주는 것 외에는 옥소 자신이나 18세기를 이해하는 데 별 도움을 주지 못한다. 이 방면 옥소 연구가 별 진전이 없었던 것은 그간 선택적으로 몇 가지 사실 정보만을 얻으려했기 때문이다. 이런 관심들은 옥소 체험을 18세 음악사회 안에서 별난 것으로 만들어 계속 우리의 호기심을 부추기기만 할 뿐이다.

이런 까닭에 옥소의 음악경험을 읽어내려면 그가 자신의 경험을 드러내는 방식 자체를 통해서 접근되어야 한다. 즉 출발은 음악으로부터 시작했으나 자꾸 다른 영역으로 관심이 방사되고, 그나마 일관된 방향과 형태를 띠지도 않고 다형(多形)의 내용으로 겅중겅중 넘어가는 듯한 이 구성 한가운데 놓여있는 '그 음악'을 따라가야 할 것이다. 글의 구성방식 자체가 옥소의 경험이라는 의미이다. 이제 글의 이런 구성방식을 따라 그의 음악경험을 읽어보기로 한다.

먼저 이 글의 큰 흐름이 '음악'에 있다는 사실부터 확인하도록 한다. 첫 시작([1])인 '김성최의 거문고'와 '유야학의 피리' 기사는 이 글 전체에서 어색할 만큼 과도하게 길고 자세하다. 그러면서 경·향간, 사대

22) 기존 연구들이 이 중 [1]의 전반부와 [3]만을 소개해왔던 것이 이를 말해준다.

부·천인간 짝을 이루며 기술되어 있다. 이어지는 '절대기승'의 인물들(2) 대부분은 음악예능인들이거나 그 언저리에 있는 인물들이다. 언저리라 함은 기술되지 않았으나 춤에 곁들여지는 삼현육각 '반주', 영시(詠詩)· 담경(談經)·법게(法揭) 등에 들어있는 '운율있는 소리' 등을 일컫는 말이다. 그런데 이 문단 끝에 전혀 다른 영역인 시, 글씨, 그림을 짧게 곁들이고 있다. 다시 '음악 연행' 현장인 윤판서댁 기사(3)로 넘어간다. 이어 '응구즉대(應口卽對)'의 시 재능(4) 사례를 말하다가, 또다시 '감동 깊은 목소리의 노래'(5)를 전한다. 이번엔 다시 서북이라는 한 지역이 유독 '시와 노래'로 뛰어남을 말하면서 그 곳의 '이인(異人)'(6)을 소개한다. 이를 이어 '비상한 재능'(7)으로 넘어간다. 글 전체가 흘러가는 동안 옥소는 끊임없이 음악을 이야기하고 있음을 발견할 수 있다.

이처럼 음악은 단독으로 기술되지 않고 다른 재능과 함께 놓여 있어, 그 속에서 옥소의 음악을 바라보는 관점은 오히려 쉽게 발견된다. 음악에서 벗어나 뻗어가는 곁가지들이 바로 그의 관점을 단적으로 드러내주기 때문이다. 구체적으로 보자. '절대기승'에서 이러저러한 최고 음악 재능인들을 꼽던 옥소는 갑자기 각지에 있는 승려들의 영시(詠詩)·담경(談經)·법게(法揭)의 으뜸을 말한다. 오랜 유행(遊行) 경험에서 만난 숱한 승려들 가운데 떠올렸으니 이들은 분명 최고들이다. 그런데 여기에 작용한 옥소 시선은 승려의 법게와 경 읽기조차 하나의 '재예(才藝)'로 말하고 있음이 특징적이다. 이어서 이 목록 끝에 음악도 소리도 아닌 '시, 글씨, 그림'으로 느닷없는 단층을 이루며 관심을 바꾸는 것도 바로 각 방면 '재예의 고수'들을 말해오던 사고의 흐름에서 비롯되었다.

이어지는 윤판서댁 풍류 현장은 사실 옥소의 일생을 통해 볼 때 전혀 새로울 것 없는 경험이다. 문집 곳곳에 들어있는 잔치 풍류현장은 넘쳐나기 때문이다. 그런데 ③에 이르러 기억의 관심을 '예인 구성'으로 돌린 것은 때마침 형성된 예인그룹이 최고들만으로 이루어졌기 때문이다. 김석겸(金碩謙)은 옥소가 거문고를 배웠던 인물이고, 박상건(朴尙健)은 『해동가요』「고금창가제씨」에 네 번째로 소개된 유명 가객이고,[23] 오순백(吳順白)과 월매(月梅)는 「십육찬」에서 국중무적(國中無敵)의 솜씨로 예찬된 인물들이다. 한 풍류에서 각 전공 모두를 최고 예인들만으로 구성된 연행을 볼 수 있었던 자체가 그에게 깊이 각인되었던 것이다.

'응구즉대(應口卽對)'로 시를 지은 이들은 관비, 기생, 첩이다. 이들의 작품을 외울 만큼 옥소에게 이들의 재능은 놀라움을 안겨주었다. 더욱이 이 부분의 말미에 기록했듯이 이들이 천류이기에 이들의 시적 재능은 더욱 뛰어나게 다가왔던 것이다.

이들에 이어 같은 천류이면서 뛰어난 재능을 보인 일련의 인물로 넘어간다. 이 안에는 음악재능과 기이한 다른 재능이 함께 들어 있다. 그 결과 마지막에는 아예 예능이라기보다 이인 혹은 이인의 재능에 초점이 맞추어져 있다.

이처럼 옥소는 최고 음악예인들의 경험을 쏟아내면서 자꾸만 다양한 재능으로 넘어간다. 옥소는 이 모두를 한마디로 '인재(人才)'라고 말하고 있다. 뛰어남, 재능, 기술, 연주능력 등 어느 것이든 최고 기예에 그의 관심이 있었던 것이다. 그가 자주 음악경험을 말하면서 음악 내용을 말하기보다 예능인과 전공만 간략히 말하는 것은 그의 관심이 '인재

23) 동시에 그는 악곡 '소용'을 만든 가객 박후웅의 아버지이기도 하다.

(人才)' 자체에 있기 때문이다.[24] 놀라운 재기(才氣), 이것이 그가 꼽는 으뜸의 요건이고 그의 음악향유는 바로 여기에 있었던 것이다.

옥소의 이러한 관심방향은 동일 음악예인을 다른 형식으로 묘사한 글과의 비교를 통해서 좀더 확연히 드러난다. 「십육찬」의 16인 중 3인이 음악인인데, 이들은 모두 윗글에서도 등장한 인물이어서 좋은 비교가 된다.

> '文元健의 琴'
>
> 문원건은 여주의 서족인데 거문고를 잘 탔다. 예전에 스스로 말하기를 "홍판서의 보기드문 소리는 높아서 내가 평하기 어려우나 김충주라면 두렵지 않다."고 했다. 그의 조카 홍순석이 있고, 그의 종손 문평이라는 자가 있는데 잘 배웠다고 한다. 나는 아직 들어보지 못하여 문원건과 비교하여 어떠한지를 모르겠다.
>
> 드문 소리 위에 있으니
> 자리에 들어도 손짓 더디네
> 나는 너를 거두어 기쁜데
> 너는 어찌 그렇지 아니한가[25]
>
> '劉野鶴의 笛'

---

24) 인용 글에서 음악 내용에 대한 것은 고성기 찬섬의 「춘면곡」과 거창기의 「출사표」뿐이다. 이는 이 글뿐 아니라, 그의 문집 전체에서 아주 드물게 발견되는 구체적인 음악내용 언급 중 하나이다.

25) 제천본 34, 『잡저』 3. 「십육찬」 '文元健琴' "文元健 麗州庶族也 善彈琴 嘗自曰洪判書之希音 尙矣 難評論 而金忠州則吾不畏 其甥有洪舜錫 其宗孫有 文平者 善學之云 我未及聆不知與元健何如 希音在上入座手遲 我喜取汝汝非那伊" 이 글에서 문원건의 조카 홍순석은 성대중, 「書洪琴師事」, 『青城集』 권6에서 소개된 인물이다.(한국예술학과 음악사료강독회(2000:65-67) / 남정희(2002:54)) 이 글에서 홍순석과 문평의 거문고에 대해 들은 바 없어 모른다고 했는데, 이는 자신이 직접 경험한 음악들에 대해서만 말하는 옥소의 태도를 보여준다.

유야학은 충주 천인이다. 그의 피리는 나라에 이름이 났다. 내가 일찍이 들어보니 연주가 제삼절에 이르면 분명 신의 경지에 들어섰다. 그의 입이 풀잎을 불 때도 역시 맑고 묘했다.

작은 잎사귀는 입술에서 떨고
대피리는 입에 비스듬하네
바람을 맞으며 낭랑하게 울리니
맑게 갠 낮에 학이 우네[26)]

'吳順白의 釰舞'

오순백은 서문밖 천인이다. 검무가 그 딸 월매와 더불어 서로 뛰어나 나라 가운데 최고이다. 황창랑의 용검술과 비교해 과연 누가 더 뛰어날지 모르겠다.

서리가 날고 번개가 번쩍하더니
대낮에도 어둑어둑
아비와 딸 함께 춤추니
온 시장사람들 놀라 달아나네[27)]

앞의 [2], [1], [3]에서 언급된 문원건, 유야학, 오순백 세 예능인을 따로 본격 묘사한 글이다. 이 소찬(小贊)들은 모두 이들이 당대 최고 기예를 보유했다는 사실에 초점을 맞추어져 있다. 그래서 그 내용은 앞의 『산록외편』의 글이 전하는 내용과 거의 동일하다. 이처럼 전혀 다른 형식의 글이 동일 정보를 반복하는 것은 음악향유에서의 옥소 관심방향이 애초에 '인재(人才)'에 있다는 것을 잘 말해준다.

---

26) 같은 글, '劉野鶴笛' "劉野鶴 忠州賤人 其笛名國中 余嘗聽之 吹到第三節 分明入神 其口草葉之吹 亦淸妙 片葉飄脣一竹横口 臨風寥亮鶴唳晴晝"

27) 같은 글, '吳順白釰舞' "吳順白 西門外賤人 劍舞與其女月梅相勝 而國中無敵 不知黃昌郎用劍之術 果如何也 翻霜閃電白日昏霧 父子雙戱一市驚走"

이제 옥소의 관심 '인재(人才)'를 염두에 두고 『산록외편』의 음악인들을 돌아보면 새로운 사실들이 발견된다. 우선 첫 인용내목에서 과노하게 길어진 '김성최와 홍수헌의 거문고' 이야기의 핵심을 새로이 발견할 수 있다. 이 대목은 얼핏 두 사람의 거문고 기량을 말하는 듯하지만, 어느 부분에서도 이들의 연주솜씨 자체를 말하지는 않는다는 사실을 알 수 있다. [1]에서는 세상에서 들어보기 어려운 홍수헌의 거문고 연주를 우여곡절 끝에 송금(松琴)을 통해 듣게 된 내력을 장황하게 늘어놓았다. 그럼에도 정작 [2]에서 말하는 것은 '홍수헌의 거문고'가 아니고, '김성최의 거문고'이다. 눈여겨보아야 할 것은 「십육찬」의 거문고 명인 문원건의 진술은 오히려 홍수헌의 거문고는 '희음(希音)'으로 높여지고, 김성최의 거문고는 두렵지 않은 실력으로 평가되고 있다는 사실이다.[28] 결국 옥소의 관심은 김성최나 홍수헌의 거문고 연주내용 자체에 있기보다, 김성최의 거문고 사랑이 최고급 거문고를 십여 개나 소유할 정도라는 특별한 사실에 있었다. 이를 흥미롭게 전하면서 그를 '음악인재'의 하나로 꼽았던 것이다.[29] 사대부 음악인에게는 희귀한 고가품 악기의 수장벽으로 나타난 거문고 취향이 그를 '인재(人才)'로 만들고 있음이 옥소에게서 발견된다. 이는 전문예능인들에게서 '기술, 기능'의 측면에 경도되어 그 으뜸을 꼽는 것과 맥을 같이 한다.

이러한 관심방향은 피리의 유야학에게서도 동일하게 나타난다. 유야학의 피리소리는 "쓸쓸하고도 밝고 몹시 맑을" 뿐 아니라 때로 "입신의 경지"에 든다고까지 극찬한다. 그런데 이어지는 옥소의 탄성은 "물

28) 金忠州는 김성최를 말한다. 김성최는 1704년 충주목사를 제수받았다. 『승정원일기』 1704년 6월 20일 기사.

29) 물론 이러한 고가 거문고 수장은 김성최의 거문고 연주능력과 애호가 밑바탕되었음은 물론이다.

건을 입술에 대어 풀피리 소리를 낼 때"도 똑같다는 것이다. 유야학은 분명 피리 명인이지만, 동시에 불 수 있는 어떤 것으로도 최고의 피리 소리를 낼 수 있는 놀라운 재주를 가졌음에 옥소는 감탄하는 것이다.

검무 경우에도 다르지 않다. 검무 명인으로 김체건, 경주의 승매, 월매와 오순백을 거론했다. 그리고 이들 가운데 오순백만은 「십육찬」으로 다시 찬함으로써 검무의 최고로 꼽는다. 그런데 오순백 검무를 말하는 기사의 초점을 살펴보면, 검무 자체보다 오순백과 월매가 '부모와 자식(父子)'이라는 사실에 있다. 즉 아버지와 딸이 함께 검무를 춘다는 사실이다. 아직 조선조에 남녀가 함께 검무를 추는 예는 보고된 바가 없는 듯한데, '오순백과 월매'는 '부녀지간'이었으니 이 자체만으로도 충분히 장안의 화제였을 것이다. 「십육찬」의 '오순백의 검무'나 『산록외편』 ③의 기사는 모두 이 독특한 관계에 관심이 두어져 있다. 바로 이 점에서 이들은 '인재(人才)'였던 것이다.

이상과 같이 옥소의 음악경험들은 음악의 내용적 측면보다는 뛰어나고 기이한 재능의 측면에 더 경도되어 있었다. 옥소가 말하는 최고의 음악적 재능들은 '기술적 탁월함'과 더불어 '특이한 재능'을 포함한다. 일생을 통해 최고 기량과 기이한 기예들에 집중되어 있음이 특징이다. 그 결과 이러한 최고를 가늠해 할 수 있었던 풍부한 음악경험들을 나름의 감식안으로 자부심 가득한 필체와 다기한 형태로 유감없이 정리해내기에 이르렀던 것이다. 이런 점에서 옥소는 분명 18세기 문인 일반에 비해 음악경험의 밀도가 높았고, 음악적 안목도 갖추었던 인물이다. 그리고 그 안목의 특징은 음악내용의 심각한 감상보다 최고 기술의 뛰어난 재능 찬탄에 더 쏠려 있었다.

4. 음악예인의 조달과 소비방식

옥소가 경화사족의 일원임은 잘 알려진 사실이다.[30] 그래서 옥소 경험에서 발견되는 것들은 별다른 검증 없이 곧바로 경화 사족의 취향으로 해석되곤 한다. 실제 아주 일찍부터 경화 사족 자제들과 어울려 풍류를 즐겼음은 초기 연구 이래 거듭 확인된 사실이다. 그럼에도 경화사족으로서 그의 음악경험에 대해서는 여전히 두 가지 의문이 남는다. 하나는 『산록외편』이나 「십육찬」에서 말한 상당수 사실들이 현재까지 알려진 18세기 음악사회의 정보들에서 볼 때, 낯설고 새롭다는 것이다. 이는 그가 예술내용에 대해서는 알려줌이 없이 여러 예인들을 간략한 기록으로만 남겼기에 더욱 그러하다. 게다가 앞에서 밝혀진 바와 같이 으뜸으로 거론된 '음악인재'들 중에는 기이한 재능을 보유한 경우가 많기에 더더욱 낯선 사실들로 우리에게 닥아온다. 최고 예인들 소비가 경화사족의 넉넉한 물질적 기반에 있었을 것임은 당연하다. 그러나 옥소 경험에서 마주하는 낯선 이름과 재능의 예인들, 그 조달과 소비가 어떻게 옥소에게서 가능하게 되었는지 의문이다.

다른 하나는 노론을 중심으로 한 경화 벌열 사족들과 옥소가 인맥 학맥으로 연결된다는 사실들은 다양하게 발견되지만, 이들 경화사족 주변에 있었던 예인들과 옥소의 만남은 그렇지 않다는 사실이다. 풍류는 그 성격상 여러 좌상객이 함께 함이 일반적임에도 지금까지 알려진 경화사족들의 풍류에서 활동한 예인들이 옥소 경험에서는 거의 발견되지 않는다.[31] 이런 사실들로 하여 오늘날 옥소의 음악 경험들을 경

30) 초기 연구에서부터 경화사족적 성격은 분석되었지만, 특히 남정희(2002)에 의해 경화사족으로서의 제반 토대와 음악적 취향까지 확실하게 드러나게 되었다.
31) 가객 박상건 정도가 『옥소고』에 나타나는 정도이다. 앞의 『산록외편』 ③의 자료.

화사족 내에서도 여전히 유별난 것으로 만들고 있다. 그렇다면 옥소의 예인들은 어떤 소비 형태에 의해 조달될 수 있었는지 의문이다.

이러한 의문들을 해결하기 위해 여기서는 앞의 '음악인재(音樂人才)'들이 옥소에게는 어떤 소비구조에 의해 가능할 수 있었는지 알아보기로 한다. 다만 맨 처음 언급된 김성최·홍수헌 등의 사대부 음악인재들과 옥소는 같은 노론계 사대부들의 만남이므로 이들에 대한 탐색은 따로 하지 않기로 한다. 문제는 그 외 대다수를 차지하는 생소한 이름의 '음악인재'들에 있다. 옥소와의 관계에서 확인을 요하는 주요 인물부터 시작하기로 한다.

제일 먼저 옥소의 거문고 스승 김석겸(金碩謙)은 어떤 인물인가. 옥소는 자신의 62수 가곡 작품 앞에 붙인 '서(序)'에서 일찍이 김석겸에게 거문고를 배웠다고 말한다.[32] 다른 곳에서는 그에게 평조 중대엽 3장을 배웠다고 했다.[33] 중대엽 삼장이라 함은 제1·제2·제3 중대엽 전체를 다 배웠다는 뜻이다. 윤판서댁 잔치(③)에서 그의 연주와 마주한 기록을 특기(特記)한 저변에는 거문고 스승이었던 사실이 놓여 있었던 것이다. 그런데 이 김석겸이 1711년 일본 통신사 행렬에 전악(典樂)으로 다녀온 사실이 발견된다. 통신사는 3개의 배로 구성되는데, 전악은 정사(正使)가 승선하는 제1선과 부사(副使)가 승선하는 제2선에 배치된다. 김석겸은 정사의 제1선에 올랐다.[34] 당시 정사는 겸재(謙齋) 조태억(趙泰億, 1675-1728)이었는데, 겸재는 김석겸의 거문고

---

32) 문경본17, 『추명지』, 222쪽.

33) 권성민(1991:20). 권성민은 옥소집 권5 『散錄』이라고 밝히고 있다. 그러나 필자는 정리된 옥소고의 『산록내편』 『산록외편』 모두 찾아보았으나 아직 이 기사를 찾아내지 못해, 권성민 글을 참고했다.

34) 任守幹, 『東槎日記[乾]』 「辛卯通信使座目」.

를 들으며 객회를 풀었던 일을 두 편 시로 남기고 있다.[35] 옥소의 거문고 스승이면서, 인재(人才)로 지목된 김석겸은 장악원 악사였던 것이다. 장악원 악사가 사족에게 거문고를 가르치기도 하는 일은 중세사회에서는 특별한 사실이 아니다. 같은 시대 장악원 악사 김성기(金聖基)도 종실 남원군(南原君)과 선전관 이현정(李顯靖)에게 거문고를 가르친 바 있으며, 한 세대 뒤의 악공 주세근은 사족 김규신에게 거문고를 가르쳤다.[36]

윤판서 댁 수연 자리에서 가객 박상건은 바로 악사 김석겸의 반주로 노래를 했던 것이다. 이는 같은 시기의 가객 김천택(金天澤)이 전악사(全樂師)와 더불어 아양지계(峨洋之契)를 맺고 활동한 것과 방불하다. 옥소가 참여했던 최고 예인들에 의한 풍류자리는 '장악원 악사와 여항 가객'이 짝을 이룬 연주였고, 이는 바로 18세기 초 행해진 최고 예인들의 일반적인 연행 모습 그대로였던 것이다.

그런데 옥소는 어느 기록에서도 김석겸의 신분을 밝혀주지 않는다. 거문고를 배운 것은 그의 생애의 비교적 이른 시기였을 테니, 김석겸이 아직 악사(樂師)가 되기 전 악공(樂工) 시절이었을 법하다. 뒷날 평생의 가곡 62수를 거두어 정리하면서 다시 김석겸을 언급했으니, 이때는 악사자리에 오른 후일 것이다. 그러나 어떤 경우도 '악공' 혹은 '악사'라는 언급은 보이지 않는다. 바로 이 점이 거문고 스승으로서의 김석겸과 옥소의 만남을 18세기 음악사회의 일반적인 경우로서가 아닌 옥소의 특수한 개별 경험처럼 인지하게 만들었다. 그러나 악공·악사라는 신분을 밝혀주지 않은 것은 옥소의 무심함에 기인하기보다 김

35) 趙泰億, 『謙齋集』 卷之六, 「東槎錄」[上]/ 卷之八 「東槎錄」[下].

36) 신익, 「贈李顯靖序」, 『素心遺稿』 권2, 김윤조(1998) 참고.

석겸이 당대 너무도 잘 알려진 악사 신분이었기 때문일 것으로 보인다. 관아소속 악인(樂人)들이 사악(賜樂) 혹은 개인 초청에 부응해 사대부들 연석에서 연주하는 것은 당대 일반적 연주관행이었으니, 김석겸의 신분을 밝히지 않는 것은 매우 자연스러웠을 것임은 말할 나위도 없는 것이다. 따라서 옥소 글 대부분에서 '음악인재'들의 기초 정보인 신분 표시조차 없다는 사실은 오히려 이들이 당시 널리 알려진 예인들이었을 가능성을 말해준다.

이런 사례는 오순백에게서 확인된다. 딸과 함께 검무를 추었던 특이한 인물로 소개된 오순백이지만, 1682년 일본통신사 일록인 김지남의 『동사일록』에 의하면 그는 마상재(馬上才) 신분으로 통신사 행렬에 함께 했었음이 발견된다.[37] 당시 마상재는 오순백·형시정 두 사람이었는데 오순백은 정사의 제1선에, 형시정은 종사관의 제3선에 승선했다. 통신사 일기에 의하면 그는 "오무(吳武)"라고 불리웠고, 소주(小註)에 따로 "오무선마재자(吳武善馬才者)"라 기록하고 있다.[38] 그의 마상재는 조선을 벗어나기 전부터 이미 실력이 발휘되고 있었다. 사행 행렬을 전별하는 여러 읍에서 구름 같이 모여든 구경꾼들 앞에 수차 재주를 선보였던 것이다.[39] 대마도에서는 재주의 대가로 은을 받기도 했다.[40] 옥소는 오순백을 '서문 밖 천인(西門外賤人)'이라고만 기록했지만, 실제 그는 서울 오군영에 근무하던 마군(馬軍)이었던 것이다. 그 역시 근무 외의 시간엔 장악원 악공이나 군영 세악수들과 다를 바

37) 金指南, 『東槎日錄』, 「원액총수사백칠십삼인」(『해행총재』Ⅵ, 민족문화추진회, 1975:248).

38) 洪禹載, 『東槎錄』, '6월11일' 기사(『해행총재』Ⅵ, 141쪽).

39) 金指南, 앞의 책, '5월15일' '5월20일' 기사(『해행총재』Ⅵ, 257-258쪽).

40) 洪禹載, 앞의 책, '9월6일' 기사(『해행총재』Ⅵ, 203-204쪽).

없이 이러저러한 풍류자리에서 검무를 추었던 것이다. 이러한 오순백의 군인 신분을 밝혀주지 않은 것 역시, 그가 관 소속 예능인이면서 유명세를 떨치던 사실에 따른 자연스런 결과였던 것이다.

간략히 이름과 전공만 밝혀준 여러 기생들의 경우도 위와 다를 바 없다. 기생 신분 자체가 이미 관아 소속을 말해주니 이는 더 말할 나위도 없을 것이다. 위 목록들에는 서울과 지방관아에서 만난 기생들이 뒤섞여 있겠지만, 이는 중요사항이 아니다. 어느 경우나 이들은 사대부들이 일반적으로 만날 수 있는 기생들이기 때문이다. 더욱이 옥소의 전국적 유행(遊行) 경험은 그의 친족들이 지방관으로 부임한 곳을 중심으로 행해졌기에 그가 소비했을 기생들의 수준은 관아 내 최고였을 것임은 말할 나위도 없다.

그런가 하면 오순백의 딸인 월매(月梅)는 홍만종(1643–1725)의 가비(家婢)였다. 그녀는 유명 사대부의 비(婢)로 재예가 높았으니, 아비 오순백이 아니어도 당시 사족들에게는 널리 알려졌을 것이다. 게다가 홍만종은 이미 옥소가 소년시절부터 어울릴 수 있었던 인물이기도 했다.[41)]

피리 명인 유야학에 대해서 옥소는 '충주 천인'이라고만 말하고 있다. 옥소는 그의 피리를 제천 집에서 들었다고 기록한다. 그래서 그는 얼핏 지방에 거주하는 널리 알려지지 않은 예인처럼 보이기도 한다. 그러나 옥소는 동시에 "피리로 온 나라에 이름을 떨쳤다(其笛名國中)"고 설명한다. 이로보아 유야학의 활동은 제천에 한하지 않았음을 알

41) 옥소 12세 때 친우 수십 명과 김창집 형제를 비롯한 홍만종 조태흥 등의 연회에 참석해 질탕하게 놀았던 기록이 남아 있다. 문경본 옥소집 9, 『詩』 1. 「壬戌上元吾年十二崔精大之年十四與群兒數十踏月而出廣通橋叅壯洞金戚祖吾兄弟崔錫鼎吳道一林泳諸公之筵笆籬橋叅洪萬宗趙泰興之筵第二橋叅中輩之會水標橋叅掖隷騶傔之會各次其會中韻」, 1쪽.

수 있다. 국중에 이름을 날릴 정도라면 그 역시 김석겸이나 오순백 등과 같이 서울에서 이름을 날렸을 확률이 높다. 그의 전공이 피리라는 점에서 유야학은 피리를 필요로 하는 관아, 예컨대 장악원이나 오군영 세악수로 있으면서 여항 연주활동으로 이름을 얻었을 것이라 여겨진다.

이상과 같이 옥소 생애 최고의 인재들은 대부분 관 소속이면서 당대 사회에서 최고로 활약하던 이들이었다. 밝혀진 사실들로 볼 때, 나머지 '음악인재' 대부분이 위와 같이 관속이면서 동시에 여항에서 이름을 날리며 활동했던 인물들일 것임은 거의 자명하다. 옥소의 예인 소비는 그만의 특수 취향과 체험의 결과가 아니고, 바로 이같이 사족 특히 경화사족들이 흔히 소비할 수 있는 관아 예인들이 대부분이었다. 그리고 옥소가 말하는 '인재(人才)'들은 이러한 예인 소비 형태에서 일반적으로 만날 수 있는 정상급 예인들이었다. 이렇게 해서 옥소 기록에서 처음 발견된 것으로 여겨졌던 이들 '음악인재'들은 더이상 옥소 경험 안에서의 특수한 예인들이 아님이 확인되었다. 오히려 이들 인재들은 이제 또 다른 문헌기록들을 통해 더 많은 활동 사례가 발견될 가능성이 높은 유명 예인들이었다.

5. 18세기 전후 음악사회에서의 의미 - 결론을 대신하여

옥소의 음악경험은 노론계 경화사족의 지위에 걸맞게 18세기 한가운데를 매우 조화롭게 관통해 갔던 사실들을 확인했다. 그는 우리에게 알려진 것보다 훨씬 더 많은 다양한 종류의 음악들에 주의를 기울였고, 폭넓은 음악경험들 속에서도 탁월하고 기이한 재능에 경도되는 취향을 보었으며, 그 음악향유는 대부분 관아 최고 악인들의 음악을 소비하는 방식으로 이루어졌다. 이러한 사실들은 옥소가 당대 문인 일반에 비해 상당한 음악적 안목을 갖춘 수준 높은 향수자임과 동시에 관속 예인들이 보유한 음악들에 대한 적극적 소비자였음을 알게 해 주었다. 이상의 사실들은 옥소 개인의 뚜렷한 취향에도 불구하고, 옥소의 경험들을 한층 더 18세기 경화사족의 음악경험으로 위치 지운다. 이로써 옥소 경험은 긴 논의 끝에 경화사족의 음악경험을 재확인하는 것으로 그 소임을 다 하는가. 아니면 그의 경험들이 18세기 전후 음악사회에서 갖는 의미는 따로 발견되는가. 혹은 옥소의 경험들은 18세기 음악사회에 대해 새로운 사실을 알려주는가. 이에 대한 답은 옥소가 보인 독특한 음악기술 방식 안에 마련되어 있다. 이제 그 해답의 실마리를 찾아, 18세기 음악사회에서의 옥소 경험의 의미를 분명히 하기로 한다.

우선 옥소 음악경험 기술 방식의 가장 뚜렷한 특징은 수많은 음악인재들에 대한 언급에 있다. 이는 옥소의 음악취향이 남보다 크다는 것을 의미하기도 하겠지만, 음악사회라는 큰 틀에서 보자면 당시 시대적 음악취향을 만들어가는 구성원들의 실체를 좀더 확실히 보여주는 것이다. 옥소가 최고라고 꼽는 이들 예인들의 다수 명단들, 그리고 이들의 음악세계에 깊이 경도된 옥소와 같은 경화사족 좌상객들. 이들이 향유하는 음악세계에서는 신분과 계급이 사라지고, 취향을 따라 같은 음악이 향유되고 있다는 사실이 존재한다. 즉 옥소와 그 주변 인사들은 경화사족들이지만, 이들이 향유한 음악들은 경화사족들만의 것은 아니라는 사실이다. 경화사족들의 음악취향은 동시에 이들 전문예인들과 함께 하는 가운데 흘러갔다는 사실은 좀더 부각될 필요가 있음을 이들 음악인재 명단들을 말해준다. 옥소 한 개인에 의해 작성된 음악인재 명단들이 최고만을 뽑은 것임에도 그토록 많았다는 사실은 당시 시대음악을 만들어 가는 데 이들의 기여와 역할이 얼마나 큰지에 대한 증거인 것이다. 우리 음악 대부분에서 '작곡가'의 개념이 좀체 성립되지 않고, 늘 신조·신성과 같은 범박한 개념으로만 표현되고 있는 것도 바로 좌상객과 이들 다수 예인들이 함께 만들어가는 시대양식으로써의 음악이 주류였기 때문이다. 이같은 공동의 연주관행 속에서 만들어진 취향들은 누구의 곡이라 할 수 없이 동일한 음악취향을 갖는 이들의 애호라는 형식으로 파급될 뿐이다. 옥소 음악인재 경험이 보여주는 것은 그러한 공동작업으로의 시대취향이 만들어지는 한 가능성을 보여주는 것이라 생각된다.

다음으로 옥소가 지닌 높은 감식안의 특징을 통해 짐작되는 당시 시대취향 속에 놓여진 다양한 결들의 혼류이다. 옥소 감식안의 특징은 우리에게 널리 알려진 18세기 전후 음악사회의 주요한 논란을 포함하고 있지 않다는데 있다. 무엇보다 당시 신조와 구조의 심각한 차이 혹은 갈등이 많은 문인과 예술가들에 의해 언급되었지만,[42] 옥소는 그의 음악에의 경도에도 불구하고 일체 이에 대해 말하지 않는다. 이는 옥소가 신조 혹은 구조 어떤 음악을 더 즐겼느냐의 문제가 아니다. 이보다는 옥소는 기본적으로 어떤 종류이든 이런 류의 음악적 갈등을 자신의 문제로 삼지 않았다는 사실에 있다. 그가 '음악인재' 기술에서 보여준 태도는 수준 높은 기술적 재능을 향수하거나 혹은 기이한 재능들에 호기심어린 관심으로 다가가는 모습이었다.

이러한 옥소의 음악향유 태도는 당시 음악의 변화에 심각히 고심하

---

42) 당시 신조와 구조 갈등의 광범위한 사례들에 대한 세세한 분석은 남정희(2002)의 논문에 의해 이루어졌다.

된 음악인들과의 만남이 거의 없었다는 사실에서도 방증된다. 이는 단순히 이런 부류의 음악인들과 교유하지 않았다는 단순한 사실에만 있는 것은 아니다. 예컨대 이런 음악인들이 당대 대표적인 인물은 단연 김천택 김성기 등일 터인데, 이들 음악인들은 옥소의 주요 인맥관계의 자장권 안에 놓여있기에 이런 현상은 기이한 것이다. 김천택과 김성기 활동에 주요한 역할을 했던 정내교(1681-1757) 형제와 옥소 권섭은 오랫동안 교유했고[43], 김천택의 가집『청구영언』에 작품이 적극 수렴될 수 있었던 김창업 김성최 등 안동 김문들과 옥소는 어린 시절부터 매우 친밀했다. 이런 점에서 이들의 겹쳐지는 인맥관계, 그리고 전형적인 경화 사족의 삶을 살았던 옥소였음에도 그가 김천택을 만난 일은 발견되지 않는다. 김성기의 경우 역시 마찬가지이다. 김성기와 정내교의 관계는 차치하고라도, 옥소는 장악원 악사 김석겸에게 거문고를 배웠는데, 김성기 또한 장악원 악사였다. 흔히 김성기는 고고히 자신만의 음악세계에 심취해 세상과 상당히 단절된 삶을 살아간 것으로 알려져 있다. 그러나 이보다 먼저 그 역시 종실(宗室) 남원군(南原君)과 친밀히 교유하는 등[44] 18세기 악공・악사들의 전형적인 삶을 살아간 관속이었다. 김석겸과 김성기는 동료 혹은 선후배로 그들의 장악원 시절은 상당 부분 겹쳐졌을 것임에도, 옥소의 방대한 글 속에 그에 대한 이야기는 발견되지 않는다. 그토록 최고 '음악인재'의 음악을 경험해 왔고, 그 자신 62수나 되는 가곡을 창작할 정도로 음악을 깊이 향유했

43) 정내교는 김천택의『청구영언』에 서문을 썼으며,「김성기전」을 썼다. 김천택과는 실제 노래연주를 듣기도 한 사이였지만, 김성기와의 교류는 거의 없었고 다만 김성기 만년에 만난 경험을 傳으로 남긴다. 그러나 이는 김성기라는 음악인에 대한 정내교의 오랜 관심을 말해준다.

44)『낭옹신보』서(한국음악학총서14, 은하출판사, 1989).

지만 이들 명가객 명금객과의 음악적 소통은 없었으니, 이는 옥소의 음악취향이 이들 음악가들과는 달랐음을 암시한다. 이러한 사실들은 18세기 주요한 음악흐름 내부의 다양한 결들을 짚어낼 수 있게 한다.

김천택의 음악세계는 『청구영언』을 통해 집약적으로 드러난다. 그의 가집은 당대 성악으로써는 최첨단이었던 '삭대엽'으로 기존 작품 수백수를 전면 재구성하는 것으로 나타난다. 이는 최신의 음악에 얼마나 발 빠르게 옮겨가는가의 문제가 아니다. 김천택과 가까웠지만 고조인 '중대엽'을 사랑했던 김유기는 음악내용으로는 그와 다른 쪽에 위치하고 있었으나 음악함의 고민, 성찰, 진지성이 이들의 교류를 가능케 하고 있기 때문이다. 어느 쪽이든 이들의 음악활동은 당대 일반적 시대조류 속에서 개인들의 진지한 예술적 고심을 보여준다. 그리고 바로 뒷세대 『해동가요』가 『청구영언』의 내용을 전격적으로 참고하며 성립되었으니, 김천택의 예술적 고민과 선택은 당대로써는 상당히 선구적이었음을 알 수 있다. 거문고주자로 활약한 김성기의 음악 정체성은 그의 창작에 있다. '김성기의 新聲'으로 이름을 얻었고, 후에 '김성기의 新譜'가 장안에 유행해 그의 사후 그 곡들이 거두어져 「어은보(漁隱譜)」「낭옹신보(浪翁新譜)」로 남겨질 정도로 그의 예술 역시 당대로써는 대단히 선구적이었다.[45] 김천택이 우여곡절 끝에 어렵게 김성기의 가곡 작품들을 구해 『청구영언』에 편집해 넣게 되는 것도 바로

45) 김성기가 '고려의 옛 곡조' 朱瞽師에게 전했던 사실이 李英裕의 『雲巢謾藁』 第1冊 「記樂工金聖基事」에 전한다. 이 때문에 김성기는 고조에 심취한 음악인으로 평가되기도 한다. 그러나 이영유가 전하는 사실은 옛것에의 경도라기보다, 신성과 신보를 개척할 수 있었던 김성기의 저력을 뒷받침하는 깊은 음악적 이해를 전달하려는데 있다고 판단된다. 또 다른 글(신익의 「증이현정서」, 『소심유고』 권2, 신익의 글은 김윤조(1998)에서 소개됨)에서는 "금에 솜씨가 뛰어나 옛사람이 전하지 않은 신묘함을 터득하였다"고도 전하는 것을 통해서도 알 수 있다.

그가 끈질기게 사신반의 음악세계를 개척해간 행위에 감명 받았던 때문이다. 이들이 바로 18세기 음악사에 변화를 주도했던 인물들이다.

그에 비해 옥소가 보인 관심, 즉 최고 연주기량, 기이한 음악적 재능들에의 경도는 음악에 대해 심각히 고심하지 않는 당대 보편 다수의 취향을 만족시키는 예술이었다. 옥소에게는 최고 수준을 일상적으로 "잘" 즐기는 것이 관심이었다. 옥소가 '음악인재'들의 음악을 즐기면서도 그 음악내용을 구체적으로 말하지 않는 것도 그에게는 최상급 연주기량을 즐기는 것 자체가 목적이었기 때문이다. 김석겸이 거문고를 가르치면서 '新手' 곧 새로운 기법에 너무 집착하지 말라고 주의를 준 것도 옥소의 이러한 경향성을 말해준다. 옥소는 음악함의 문제로 심각하기 고민하기보다 당대 주류적 시대취향을 최고로 즐기는 삶을 살았던 것이다. 옥소가 새로운 음악의 변화를 꿈꾸고 실행했던 음악가들을 손쉽게 만날 수 있는 인맥환경 안에 있었고, 그 음악을 소비할 능력이 있음에도 이들과 교류하지 않았던 것은 이같이 그 음악 하는 태도의 차이에 기인한 것으로 판단된다.

18세기 최정상급 음악행위들 안에는 여러 층위의 다종의 취향과 수준들이 행해지고 있었겠지만 오늘날 그 전모를 알 수는 없다. 그런데 옥소의 체험들은 적어도 최상급 음악행위 내부에 형성된 다른 층위 하나를 확실히 보여준다. 즉 옥소가 직접 말해주는 '국중 으뜸' 인재들에 의해 진행된 음악유형과 같이 예술적 고민과 갈등에 빠지지 않으면서 일상으로 음악을 즐기는 보편다수 음악향유자들의 그것이다. 다른 하나는 옥소가 말하지 않았으나 오늘날 역사 기록으로 알려진 당대 새조류로 등장한 음악유형이다. 이런 점에서 옥소의 경험들은 오늘날 18세기 음악사·문학사에 기재된 사실에서는 말하지 않은 당대에 훨씬 더 광범위하게 진행되고 있는 시대취향을 보여준다고 할 수 있다. 달리말해, 옥소의 음악경험은 오늘날 주류로 알려진 음악·문학사의 사실들이 당대에는 꽤나 음악적 고심 속에서 앞서나가던 몇몇 선두그룹의 음악적 내용들이었음을 부조적으로 드러내주는 역할을 한다.

이렇게 해서 본고는 옥소의 음악경험을 통해 18세기를 도도히 흘러갔던 당대를 대표할 만한 커다란 시대취향을 읽어내었다. 그러나 역사는 이런 대다수의 시대취향을 기록하지 않고, 새로운 음악세계를 개척하여 또 하나의 예술취향으로 만들어내려 고심했던 일부 음악가들의 예술세계를 그 시대의 음악으로 기술해 놓고 있다. 옥소의 음악경험이 당대 전형적인 음악을 최고 기량으로 즐겼음에도, 그간 초기 옥소 연구로부터 15년여 흘러서도 여전히 낯설게 닦아왔던 것은 이 때문이었던 것이다.

[참고문헌]

옥소고 제천본 12, 「산록내편」 1.
옥소고 제천본 14, 『散錄外篇』 1.
옥소고 제천본 33, 『잡저』 2.
옥소고 제천본 34, 『잡저』 3, 「十六贊」.
옥소고 문경본 옥소집 9, 『詩』 1.
옥소고 문경본 17, 『추명지』, 222쪽.
『승정원일기』, 1704년 6월 20일 기사.
임수간, 『東槎日記[乾]』, 「辛卯通信使座目」.
조태억, 『謙齋集』 卷之六, 「東槎錄」[上] / 卷之八, 「東槎錄」[下].
김지남, 『동사일록(東槎日錄)』, 「원액총수사백칠십삼인」(『해행총재』 VI, 민족문화추진회, 1975).
홍우재, 『동사록(東槎錄)』, 「6월11일」, 「9월6일」(『해행총재』 VI, 민족문화추진회, 1975).
『낭옹신보』, 한국음악학총서14, 은하출판사, 1989.
권성민, 「옥소 권섭의 국문시가 연구」, 서울대학교 석사논문, 1991.
김윤조, 「가객 김성기와 그 주변」, 『문헌과해석』 5호, 문헌과해석사, 1998.
남정희, 「18세기 京華士族의 시조 향유와 창작 양상에 관한 연구」, 이화여자대학교 박사논문, 2002.
박요순, 『옥소 권섭의 시가연구』, 탐구당, 1993.
유호선, 「17C-18C전반 경화사족의 불교수양과 그 시적 형상화- 김창흡, 최창대, 이덕수, 이하곤, 조귀명을 중심으로」, 고려대학교 박사논문, 2002.
최호석, 「옥소 문집의 서지적 고찰」, 『국제어문』 제36집, 국제어문학회, 2006.
한국예술학과 음악사료강독회 편역, 『조선후기 문집의 음악사료』, 한국예술종합학교 전통예술원, 2000.
홍성욱, 「권섭의 산수유기 연구」, 『국제어문』 제36집, 국제어문학회, 2006.

『高山九曲詩畵屛』의 구성상 특징과 所載 詩文에 대한 검토

•

이상원

1. 머리말

이 글은 19세기 초반에 제작된 『고산구곡시화병』(국보 237호)의 구성상의 특징을 살펴보고 거기에 등장하는 각종 시문을 검토한 뒤 그것이 갖는 의미를 고찰하는 데 목적이 있다.

16세기 후반 율곡 이이가 창작한 「고산구곡가」는 17세기 후반 무렵까지 그 구체적인 전승 양상이나 수용 양상이 포착되지 않는다. 「고산구곡가」의 후대적 수용상을 최초로 보여주는 것은, 17세기 말-18세기 초 노론계 문인들이 제작한 『고산구곡첩』이다. 이후 「고산구곡가」는 시화첩이나 시화병에 수용된 형태로 널리 유행하고 있음을 볼 수 있다.

조선후기 고산구곡을 소재로 한 시화첩 또는 시화병의 제작이 유행한 것은 율곡 이이와 고산구곡이 갖는 상징성 때문이다. 정치사적으로 인조반정(1623년) 이후 조선후기 사회는 서인 또는 거기서 분파한 노론이 주도세력을 형성한 시기였다고 할 수 있다. 그런데 조선후기 정치사를 주도한 서인 또는 노론은 율곡 이이를 정신적 지주로 삼고 있었으며, 특히 노론의 경우 주자에게서 끊어진 도맥이 조선의 율곡에게 이어진 것으로 인식하였다. 따라서 이들에게 있어 고산구곡은 주자의 무이구곡에 상응하는 상징성을 갖는 것이었다. 고산구곡을 소재로 한 시화첩이나 시화병이 조선후기에 널리 유행한 것은 바로 이런 배경 때문이었다.

한편 고산구곡을 소재로 한 시화첩 또는 시화병이 널리 유행하게 되면서 이를 특별한 의도나 목적으로 활용한 예들이 있어 주목된다. 그 첫 번째 사례로 17세기 말-18세기 초 노론계 문인들이 제작한 『고산구곡첩』을 들 수 있다. 이 『고산구곡첩』은 「고산구곡가」가 후대에 수용된 첫 양상을 보여주는 것이면서 이후 고산구곡과 관련된 시화첩 또는 시화병이 유행하게 된 결정적 계기를 마련한 것이다. 필자는 최근 이 『고산구곡첩』과 관련, 17세기 말-18세기 초 노론계 문인들이 정치적 위기를 극복하고 정국의 주도권을 확보하고자 하는 의도에서 제작한 것임을 밝힌 바 있다.[1] 그 두 번째 사례로 들 수 있는 것이 19세기 초 金祖淳家에서 제작된 『고산구곡시화병』이다.

『고산구곡시화병』에 대한 기존의 연구는 미술계를 중심으로 진행되었다. 유준영이 실경산수화 발전의 일례로 구곡도를 다루면서 이 작품에 대해 개략적으로 소개한 뒤,[2] 안휘준이 동양의 명화를 묶으면서 한국의 명화로 소개한 바 있으며,[3] 1987년 국보 237호로 지정되었다.[4]

---

1) 이에 대해서는 이상원(2004:233-258).

2) 유준영(1981)은 「玄道源의 高山九曲圖」와 「南基爽의 高山九曲圖」라는 명칭을 사용하여 두 편의 「고산구곡도」를 살피고 있는데, 이 중 「현도원의 고산구곡도」가 이 글에서 고찰하는 『고산구곡시화병』이다. 유준영이 이를 「현도원의 고산구곡도」라 칭한 것은 송환기의 발문에 나오는 "玄君溥行"이라는 구절을 "현군이 돌아다니다"로 잘못 해석하고, 이 때 현군이 현도원인 것으로 추정했기 때문이다.

3) 安輝濬 編(1985)

4) 『'87動産文化財指定報告書』(1988)

그러나 이 작품에 대한 본격적인 연구는 국보로 지정된 지 10년 뒤 윤진영에 의해 이루어졌다.[5] 그는 조선시대 구곡도를 통시대적으로 고찰하면서 『고산구곡도』를 매우 비중 있게 다루었다. 그리하여 17세기 후반에 나타난 『고산구곡도』 제작 열기를 '구곡도의 朝鮮化'로, 이후 18·19세기에 나타난 여러 『고산구곡도』류를 '구곡도의 多樣化'로 파악하고 있다.

이상의 연구들을 통해 『고산구곡시화병』의 회화적 특성은 물론이고, 조선후기 『고산구곡도』의 유행이 서인계 학통의 연원을 상징하는 의미를 담고 있다는 것이 대체로 밝혀졌다. 그런데 문제는 19세기 초 『고산구곡시화병』의 제작을 단순히 서인계 학통의 연원을 상징하는 의미를 담고 있다는 것으로 치부하고 말 것인가 하는 점이다. 이 점과 관련하여 좀더 세심한 고찰이 필요하다는 것이 필자의 시각이다.

2. 『고산구곡시화병』의 구성과 그것의 의미

『고산구곡시화병』은 1803년에 제작된 12폭 병풍이다.[6] 이를 1·12폭과 2-11폭으로 나누어 살펴보기로 한다. 왜냐하면 2-11폭은 그림이 중심을 이루고 있는 데 비해, 1·12폭은 시문이 중심을 이루고 있어 약간의 차이가 존재하기 때문이다.

먼저 2-11폭부터 보기로 한다. 각 폭은 크게 3단으로 구성되어 있다. 각 폭의 최상단에는 兪漢芝가 예서체로 쓴 표제가 적혀 있다. 그 아래 상단부에는 이이의 「高山九曲歌」, 宋時烈이 「고산구곡가」를 번

5) 尹軫暎(1997;1998)
6) 천혜봉 외(1992:97-102) 참조.

역한 「고산구곡가번문」, 송시열과 김수항 등 노론계 문인 10인이 참여하여 지은 「고산구곡시」가 차례로 적혀 있다. 그리고 화면의 중·하단에는 고산구곡의 각 경관이 그려져 있으며, 그 여백에 金可淳이 쓴 題詩가 있다. 병풍의 상단부에 적혀 있는 3종의 시 중 「고산구곡가」를 제외한 2종은 17세기 말-18세기 초 노론계 문인들이 『고산구곡첩』을 제작하는 과정에서 지은 것들이다. 『고산구곡시화병』은 이 시들을 그대로 수용하면서, 다만 병풍 제작에 참여한 10인의 인사들이 한 폭씩 나누어 글씨를 쓰는 특이한 구성을 취했다.[7] 그리고 중·하단의 그림 또한 당대 화원과 문인화가 10인이 참여하여 각각 한 폭씩 그린 것이다.[8]

2-11폭의 구성을 통해 우리가 주목해야 할 것은 『고산구곡시화병』 제작을 주도한 주체가 누구냐 하는 것이다. 이 점에 대해서는 각 폭의 상단에 있는 시들의 글씨를 쓴 10人이라는 데 이견이 있을 수 없다. 여기 등장하는 10인은 모두 신안동김씨 가문의 인사들이라는 공통점이 있다. 주지하다시피 신안동김씨는 조선후기 내내 권력의 중심에 있었던 가문으로 尙憲系와 尙容系로 대표된다. 글씨를 쓴 10인의 가계를 보면 김조순을 비롯한 상헌계[9]가 중심을 이루고 있지만 김이영[10]

---

7) 글씨를 쓴 사람은 김이영(金履永)·김조순(金祖淳)·김명순(金明淳)·김희순(金羲淳)·김달순(金達淳)·김학순(金學淳)·김근순(金近淳)·김가순(金可淳)·김매순(金邁淳)·김이수(金履秀) 등 10인이다.

8) 그림을 그린 사람은 김이혁(金履爀)·김홍도(金洪道)·김득신(金得臣)·이인문(李寅文)·윤제홍(尹濟弘)·오순(吳珣)·이재로(李在魯)·문경집(文慶集)·김이승(金履承)·이의성(李義聲) 등 10인이다.

9) 상헌계는 김창집의 직계가 2명(김조순·김명순), 김창흡의 직계가 3명(김달순·김근순·김매순), 김창립의 직계가 2명(김학순·김가순)이다.

10) 金履永은 함경감사로 있던 순조 12년(1812년)에 자신의 이름이 세자의 휘와 발음이 비슷하여 履陽으로 개명을 청하여 허락을 받았다(『순조실록』 12년 8월 21일

과 김희순 등 상용계도 일부 포함하고 있다. 이는 당시 안동김문의 주요 인사들이 모두 참여했음을 의미한다. 그러나 이것이 이들 모두의 공동 발의에 의해 『고산구곡시화병』이 제작되었음을 의미하지는 않는다. 10인 중 이를 주도한 인물이 분명 있었을 것이다. 이와 관련 각 폭의 글씨를 맡은 순서가 대체로 연치 순이라는 것, 그러나 김조순은 거기서 예외적이라는 것이 주목된다.[11] 결국 이 시화병은 김조순의 주도 하에 당시 안동김문을 대표하는 인사들이 참여하여 제작된 것임을 알 수 있다.

다음으로 1폭과 12폭의 구성을 보기로 하자. 1폭과 12폭 역시 3단 구성으로 되어 있다. 그러나 여기에는 그림이 없이 시문들로만 구성된 것이 특이한 점이다. 1폭은 최상단에 「高山石潭記」라는 표제가 있고, 그 아래 상단에는 「栗谷先生詠山中卽景詩爲一雲居士寫」(이하 「산중즉경시」로 약칭)라는 시가 있으며, 중·하단에는 崔岦의 「고산구곡담기」가 적혀 있다.([그림1] 참조) 상단에 있는 「산중즉경시」의 글씨를 쓴 사람은 蕭淵이라 되어 있고, 중·하단의 「고산구곡담기」를 쓴 사람은 尹應大라 되어 있다. 소연이 누군지는 알 수 없으나, 윤응대는 金履基의 외손으로 김조순과는 外叔姪 간이다. 12폭은 최상단에 「石潭圖詩跋」이라는 표제가 있고, 그 아래 상단에는 「三淵先生詠石潭九曲詩爲玄道源寫」(이하 「석담구곡시」로 약칭)라는 시가 있으며, 중·하단

자). 이후 김이영이라는 이름은 잊혀지고 김이양으로 널리 알려진 듯하다. 『안동김씨족보』와 『민족문화대백과사전』 등에는 모두 김이양으로 기록되어 있다.

11) 각자의 생년을 들어보면, 김이영이 1755년, 김조순이 1765년, 김명순이 1759년, 김희순이 1757년, 김달순이 1760년, 김학순이 1767년, 김근순이 1772년, 김가순이 1771년, 김매순이 1776년 등이다. 마지막의 김이수는 생년을 확인할 수 없었다. 여기서 보면 일부를 제외하고 대체로 연치 순으로 되어 있으나 유독 김조순만이 지나치게 앞쪽에 자리잡고 있음을 알 수 있다.

에는 「跋文」이 적혀 있다.([그림4] 참조) 상단에 있는 「석담구곡시」의 글씨를 쓴 사람은 松園居士라 되어 있으나 누군지 알 수 없다. 중·하단의 「발문」 끝에는 송환기의 도서만 있는 것으로 보아 글과 글씨 모두 그가 쓴 것으로 보인다.

2-11폭의 구성을 통해 『고산구곡시화병』을 제작한 주체가 누구인지를 알 수 있었다면, 1폭과 12폭의 구성을 통해서는 그들이 의도한 바가 무엇이었는지를 알 수 있다. 현전하는 『고산구곡도』 중 12폭으로 된 것은 『고산구곡시화병』이 유일하다. 나머지는 모두 10폭으로 되어 있다. 『고산구곡시화병』을 제외한 『고산구곡도』가 모두 10폭으로 된 것은 17세기 말-18세기 초에 노론계 문인들이 제작한 『고산구곡첩』이 절대적인 영향을 미치면서 하나의 전형으로 자리를 잡았기 때문이다. 그러면 『고산구곡시화병』은 왜 이 전형을 따르지 않고 12폭으로 제작된 것일까? 기존의 양식을 따르지 않고 새로운 양식을 창출했다는 것은 『고산구곡시화병』을 제작한 주체 세력들이 뭔가 특별히 의도하는 바가 있었음을 의미한다. 이 의도와 관련 주목되는 것이 1폭의 「산중즉경시」와 12폭의 「석담구곡시」이다.[12] 이 두 편의 시가 수록된 배경에 대해 좀더 구체적으로 살펴보도록 하자.

1폭에 「산중즉경시」를 배치한 것은 이것이 율곡의 시이기 때문이다. 『고산구곡시화병』은 율곡의 은거지였던 고산구곡을 그린 시화병이므로 1폭을 율곡의 시로 장식한 것은 하등 이상할 것이 없다. 다만

12) 1폭과 12폭에는 이 외에도 최립의 「고산구곡담기」와 송환기의 「발문」이 있지만 이것이 12폭 제작의 원인이라 보기는 어렵다. 최립의 「고산구곡담기」는 모든 『고산구곡도』에 공통적으로 실려 있는 것이다. 「발문」 때문에 12폭이 될 이유가 없다는 것은, 홍익대 소장본과 영남대 소장본의 경우 「석담팔규(石潭八規」, 「정묘조성유(正廟朝聖諭)」, 「발문(跋文)」 등이 있음에도 모두 10폭으로 되어 있는 데서 알 수 있다.

왜 그렇게 조선후기 사대부들이 율곡과 고산구곡에 집착했던가에 대해서는 약간의 설명이 필요할 듯하다. 12폭에 있는 송환기의 「발문」을 통해 그 이유를 짐작할 수 있다.

> 이 고산구곡도(高山九曲圖)는 그 총도(總圖)·기(記)·발(跋)이 덧붙은 것을 합하면 열두 폭이 된다. 그림 위에는 가(歌)와 시(詩)를 베껴 썼는데, 가는 율옹(栗翁)이 지은 것이며, 시는 우옹(尤翁)이 무이도가(武夷櫂歌) 수장(首章)을 차운하고, 이하 구장(九章)은 당시의 제현(諸賢)들이 각 한 수씩 잇달아 지은 것이다. 지금 현부행군이 이 그림 한 벌을 얻어 매우 아끼고 사랑하였다. 이에 한 벌을 모출(摹出)할 계획으로 가지고 낙하(洛下)로 가니 뜻이 맞는 제군자(諸君子)들이 받들어 열람하지 않는 이가 없었다. 화자(畵者)와 서자(書者)가 다투어 서로 완성하기를 도우니 한 사람이 각 한 폭씩을 그리고 한 사람이 각 한 폭씩을 쓰며, 또 가시(歌詩)까지 지어 넣어 곧 12첩이 되었다. 이 어찌 우연이리오! 아, 고산(高山)의 일구(一區)가 의연하니 무이구곡(武夷九曲)이라 하겠으며, 율옹(栗翁)의 노래와 우옹(尤翁)의 시는 실로 주부자(朱夫子)의 도가지사(櫂歌之詞)를 본받았으니 그 연원의 표준을 또한 여기서 볼 수 있다. 보는 사람들이 어찌 깊은 감흥이 없겠는가. 이는 서화가(書畵家)들의 벽(癖)과 함께 논할 수는 없는 것이다. 현군의 부지런함이여! 숭정 후 세 번째 계해(1803년) 중추 상한.[13)]

13) "此高山九曲圖, 幷其摠圖記跋所附, 爲十二幅. 而圖之上面, 謄載歌與詩, 歌則栗翁所作, 詩則尤翁次武夷櫂歌首章, 而以下九章, 乃當時諸賢, 繼成各一耳. 今玄君溥行, 得此一本, 而愛玩無斁. 乃謀摹出, 携往洛下, 同志諸君子, 莫不擎覽. 而畵者書者, 爭相助成, 一人各畵一幅, 一人各書一幅, 漉及歌詩之作, 而便成六六帖矣. 亦豈偶然哉. 噫, 高山一區依然, 是武夷九曲, 而栗翁之歌, 尤翁之詩, 實準朱夫子櫂歌之詞, 其淵源之的, 又可以觀於斯也. 覽者, 詎無興感之深乎. 此不可與癖於書畵者論也. 玄君其勉旃歟. 崇禎後三癸亥仲秋上澣." 宋煥箕, 「跋文」.([그림4] 참조) 이 글은 송환기의 문집인 『性潭先生文集』(국립중앙도서관 소장) 권14에 「書玄君所藏高山九曲圖後」라는 제목으로 실려 있다.

위의 「발문」에서 송환기는 고산구곡은 곧 무이구곡이며, 율곡의 「고산구곡가」는 주자의 「무이구곡가」를 본받은 것이라고 말하고 있다. 이를 통해 조선후기 사대부들이 율곡의 고산구곡에 집착한 이유를 알 수 있다. 조선후기 기호학파 계열의 문인들은, 율곡이야말로 정통주자주의의 진정한 계승자이므로 율곡을 거쳐야 주자에 이를 수 있다고 생각했다. 따라서 『고산구곡시화병』의 1폭에 율곡의 시가 배치된 것은 지극히 당연한 것이라 할 수 있다. 그러나 이것으로 1폭의 율곡 시를 완전히 정당화할 수는 없다. 왜냐하면 2폭-11폭에 율곡의 「고산구곡가」와 고산구곡 그림을 담고 있기 때문이다. 더구나 이 1폭의 율곡 시는 조선후기에 그려진 그 어떤 『고산구곡도』에도 나타나지 않는다. 이런 점을 고려한다면 이것이 반드시 필요했다고 보기는 어렵다. 따라서 1폭에 배치된 율곡 시의 존재는 다른 것과의 연계를 통해 해석되는 것이 마땅하다.

1폭에 율곡 시가 배치된 것은 12폭의 「석담구곡시」와 긴밀한 관련이 있다. 「석담구곡시」는 김창흡의 시인데, 김창흡은 바로 이 시화병을 제작한 안동김문의 조상이기 때문이다. 그러니까 『고산구곡시화병』을 제작한 안동김문의 인사들은 자신들의 선조인 김창흡을 내세움으로써 율곡의 학통이 송시열을 거쳐 김창흡으로 이어졌음을 주장하고 나아가 이것이 자신들에게까지 계승되었음을 드러내고 있다. 이런 관점에서 『고산구곡시화병』의 구성과 체재를 다시 살펴보면 이것이 얼마나 정교한 짜임새를 갖추고 있는지 알 수 있다. 1폭에 율곡의 「산중즉경시」를 배치함으로써 이것이 율곡과 관련된 것임을 분명히 했다. 2폭-11폭에는 「고산구곡가」를 비롯한 3종의 시가 나란히 쓰여 있는데, 이는 17세기 말-18세기 초 송시열 등 노론계 문인들이 창출한 방식이다. 따라서 여기서는 노론 세력－좁히자면 송시열－이 율곡의 적통임을 드러낸 것이다. 그리고 마지막 12폭에 김창흡의 「석담구곡시」를 배치함으로써 이이→송시열로 이어진 기호학파의 적통이 김창흡임을 강조한 것이다.

지금까지 이 시화병이 어떻게 구성되어 있는지 개략적으로 살펴보았다. 이를 통해 이 시화병이 상당히 정교한 구성을 갖추고 있음을 알 수 있었다. 그러면 당시 안동김문의 인사들이 『고산구곡시화병』 제작에 이토록 공을 들인 이유가 무엇일까? 그것은 19세기 초반 세도정치와 밀접한 관련이 있는 것으로 보인다.

이 시화병을 주도한 것으로 보이는 김조순(1765-1832)은 순조의 장인으로 순조대 세도 정치의 중심인물로 알려져 있다. 물론 1804년 이전의 그는 권세를 누리기 위해 노력한 인물은 아니었다는 평가도 있다. 이는 1788년 규장각의 대교(待敎) 때 당시 시·벽파(時僻派) 싸움에 중립을 지키며 당쟁을 단호히 없앨 것을 주장하였으며, 순조 즉위 후 부제학(副提學)·행호군(行護軍)·병조판서·이조판서·선혜청제조(宣惠廳提調) 등 여러 요직이 제수되었으나 항상 조심하는 태도로 사양한 것 등은 이런 평가를 어느 정도 뒷받침하고 있다. 그러나 식견이 뛰어나 정조의 각별한 사랑을 받았고, 자신의 딸이 세자빈이 되는 등 왕실과 특별한 관계에 있었기 때문에 그는 권력의 소용돌이에서 자유로울 수 없었다. 이런 점에서 김조순이 각별히 몸조심을 한 것은 이런 사정을 모두 알고 있었기 때문으로 이해할 수 있을 듯하다.

한편 정조가 죽고 순조가 즉위한 후 몇 년간은 김조순이 일시적으로 위기에 처한 시기였다. 순조 즉위로부터 3년까지(1800년-1803년)는 흔히 정순왕후 수렴청정기로 규정되는데, 이 시기 정국은 정순왕후의 주도 하에 노론 벽파가 위세를 떨쳤다. 이 시기 노론 벽파 세력은 시파 세력을 비롯하여 벽파의 정국 운영에 장애가 되는 노론계 인물들을, 의리에 배치되고 사도세자 추숭을 주장하였다는 죄목으로 대거 정계에서 축출하였다. 그리하여 사도세자의 아들이며 정조의 이복동생인 은언군 인, 홍봉한의 아들이며 정조 친모 혜경궁의 동생인 홍낙임, 정조가 근신(近臣)으로 육성한 윤행임이 처형되었다. 정국을 장악하기 위한 이러한 벽파 세력의 노력은 군사력 구조의 재편성 기도와 짝하여 이루어졌는데, 이는 김조순을 겨냥한 것이었다. 벽파 세력은 정조가 설정한 왕권 중심 군사적 구도의 핵심이며 시파 세력 김조순 계열이 장악하고 있던 장용영(壯勇營)에 대하여, 즉위년 국장 삼도감(三都監)의 경비 및 이듬해 호조의 재정과 내시노비 혁파로 발생한 재정의 손실을 부담하도록 하여 세력을 약화시키려 하였으며 2년 정월에는 군영 자체를 혁파하였다. 벽파 세력은 또한 정조가 생전에 재간택까지 끝낸 바 있는 김조순 딸의 국혼까지 막으려 하였다. 이는 김조순이 국왕의 장인이 되는 것은 벽파에게 큰 위험이 될 수밖에 없었기 때문이다. 이런 벽파의 공격에 대해 김조순은 은인자중하면서 자신에 대한 정조의 대우를 강조함으로써 정적들도 부정할 수 없는 선왕의 권위를 충분히 이용하는 것으로 이에 대응했다. 결국 순조 2년 10월 자기 딸이 왕비로 책봉됨으로써 김조순은 국구(國舅)의 지위를 얻게 되었다.[14]

『고산구곡시화병』이 제작된 것은 이로부터 약 1년 뒤인 1803년 가을 무렵[15]으로 아직 정순왕후의 수렴청정이 완전 종료된 것은 아니지

---

14) 이상 정국 추이에 대한 서술은 한국역사연구회 19세기정치사연구반 지음(1990)의 제2장 정국의 추이(오수창)를 참고한 것임.

15) 송환기의 발문에 '癸亥 仲秋'라는 기록이 있고, 그림 중에 '癸亥 孟秋'라는 기록이 보이는 것으로 미루어 이 그림은 계해년(1803년) 중추-맹추에 제작된 것임을 알

만 순조가 친정을 준비하던 시기로 권력의 중심이 서서히 이동하던 시점이라 할 수 있다. 따라서 이 시화병의 제작은 정치적 승리를 예감한 김조순의 의지가 반영된 상징적 사건으로 생각된다.

한편 김조순은 이 시화병의 제작을 통해 안동김문 내부의 결속을 도모한 측면도 있는 것으로 보인다. 순조 초반의 정국은 시파와 벽파[16]의 권력 투쟁이 치열했던 시기였다. 정조가 죽고 어린 순조가 즉위하자 영조의 계비 정순왕후의 수렴청정이 시작되었는데, 이 때 김용주·김관주·김일주 등 계비의 형제들은 벽파와 결탁하여 정국의 주도권을 장악한 채 시파를 탄압했다. 그러나 순조 3년(1803년) 12월 수렴청정이 거두어지고 순조의 친정이 시작되자 경주김문과 벽파에 대한 시파의 반격이 본격화하였다. 이렇듯 시파와 벽파의 대립이 격화되던 시기에 안동김문의 사정은 어떠했을까? 당시 안동김문은 시파와 벽파로 나뉘어 있었다. 『고산구곡시화병』에 글씨를 남긴 10인의 인사를 보면 김조순을 비롯한 다수가 시파에 속해 있었지만, 김달순·김근순·김매순·김이수 등은 벽파 쪽 인물들이다. 주목할 것은 벽파인 김달순·김근순·김매순 등이 모두 김창흡의 직계 후손이라는 점이다.

여기서 잠시 신안동김씨에 대해 설명할 필요가 있을 듯하다. 신안동김씨는 상헌계와 상용계로 대표되는데, 이 중 상헌계만 보도록 한다.

상헌계는 김수항과 그의 아들 대에 이르러 크게 현달했다. 김수항은 김상헌의 손자로 삼정승을 두루 역임했으며, 남인·노론·소론이 치

수 있다.

16) 정조가 이른바 淸流를 앞세우는 峻論(강경론자들의 주장) 탕평정책을 통해 기존의 노론 우위의 정국에 변화를 일으켜 왕권을 강화시키고자 했을 때 이에 대한 지지를 표명한 정파가 時派이고, 반대를 표명한 정파가 僻派이다. 시파와 벽파가 대립한 후 사색은 명색만 남고 정국은 이 두 파로 재편된 것처럼 보일 정도였다는 평가가 있다.

열한 권력 쟁투를 벌이던 환국기에 노론의 중심에 있었던 인물이다. 또한 그는 송시열이 가장 아끼던 제자였으며, 17세기 말-18세기 초 노론계 문인들이 돌아가며 지은 「고산구곡시」의 일곡시를 맡아 송시열을 제외한 인사들 중 가장 먼저 이를 창작한 인물이다.[17] 김수항의 아들 중 주목할 인물은 김창집·김창협·김창흡이다. 먼저 김창집은 부친 김수항의 정치적 계승자라 할 수 있다. 그 역시 삼정승을 두루 역임한 인물로 숙종·경종 연간에 권력의 중심에 포진하고 있었다. 특히 말년의 그는 노론과 소론의 대립 과정에서 노론이 정치적 기반을 다지는 데 결정적 역할을 한 인물로 평가받고 있다.[18]

김창협과 김창흡은 형 김창집과는 다른 길을 걸었다. 둘은 1689년 기사환국 때 부친이 사사되자 환로에 발을 끊고 경기도 포천에 은거하여 학문에 전념한 공통점이 있다. 그리고 학문적 입장 또한 둘은 유사한 것으로 평가되고 있다.[19] 김창협과 김창흡은 김창집과 다른 길을

17) 김수항은 송시열보다 두 달 전에 사약을 받고 죽었는데, 송시열이 쓴 그의 묘지명에 나타난 다음의 기록을 통해 죽기 직전 「고산구곡시」의 일곡시를 지었음을 알 수 있다. "죽음에 임하여 의사와 기운이 편안하고 여유가 있어 뒷일을 처리하고 자손에게 훈계하기를 자세한 일이라도 빠뜨리지 아니하였고, 또 주자(朱子)의 고사를 인용하여 고산일곡(高山一曲)을 추작(追作)하고 팔괘정(八卦亭) 시를 지어 율곡(栗谷)·우계(牛溪) 두 선생을 경모(景慕)하는 뜻을 보이니 그 지조의 굳음과 함양(涵養)의 깊음을 속일 수 없었다." 송시열(1984:117-118) 참조.

18) 경종이 즉위해 34세가 되도록 병약하고 자녀가 없자 후계자 선정 문제로 노론과 소론이 대립하였는데, 이 때 영의정이던 그는 영중추부사 이이명(李頤命), 판중추부사 조태채(趙泰采), 좌의정 이건명(李健命) 등과 함께 연잉군(延礽君 : 후의 영조)을 왕세자로 세우기로 상의해, 김대비(金大妃 : 숙종의 계비)의 후원을 얻었다. 수개월 후 노론이 축출되고 소론이 집권하면서 신임사화가 일어나 결국 사사되지만 이 일로 그는 나머지 세 사람과 함께 이른바 노론 4대신으로 평가되고 있다.

19) 김창협과 김창흡은 이기론의 측면에서 이황과 이이의 설을 절충하는 입장을, 인물성동이의 문제에서는 인물성이론을 취하는 등 전반적으로 개방적 학문 태도를 지향한 것으로 평가되고 있다.

걸었지만 결과적으로 보자면 김창집 이상으로 후대 정치사에 영향을 미쳤다고 할 수 있다. 왜냐하면 대청관계의 정립, 지배질서의 재정비, 인물성동이론 등 18・19세기 정치사상적 논점의 중심에는 항상 그들이 자리잡고 있기 때문이다. 인물성동이론의 전개 과정을 통해 이를 간략히 확인해보기로 한다. 18세기 초・중엽 노론 내부에서는 인성(人性)과 물성(物性)의 같고 다름, 미발심체(未發心體)의 선악 문제를 둘러싸고 사상 논쟁이 벌어지게 된다. 이것이 이른바 인물성동이론(人物性同異論)이다. 처음 인물성동이론은 권상하의 제자였던 이간(李柬, 1677-1727)과 한원진(韓元震, 1682-1751)이 사소한 의견 차이를 나타낸 데서 비롯되었으나, 시간이 흐르면서 이 논쟁은 지역 간 학풍의 차이를 반영하는 호락논쟁(湖洛論爭)으로 발전하게 된다. 이 지점이 중요하다. 상호비판이 가열되면서 결국 호론 계열과 낙론 계열은 서로 다른 계보를 주장하기에 이른다.[20] 이는 '이이→송시열'로 이어진 기호학파의 계보를 계승한 적통이 누구냐 하는 문제이면서 동시에 당대 정치적 위기를 어떻게 극복할 것이냐 하는 문제이기도 하다. 즉 '주자절대화'와 '존주대의론'이라는 원칙론을 중심으로 한 '지배질서의 공고화'를 정국 타개의 해법으로 제시하고 있는 것이 호론 계열의 입장이라면, 원칙을 중시하면서도 현실적 변화를 적절히 반영하는 '지배질서의 재정비'를 정국 타개의 해법으로 제시하고 있는 것이 낙론 계열의 입장이었다.

『고산구곡시화병』의 2폭-11폭의 상단에 있는 3종의 시를 쓴 10인의 인사들 중 김이영과 김희순을 제외한 8명이 상헌계 후손들이다. 그리

---

20) 호론 계열은 '송시열→권상하→한원진'의 계보를, 낙론 계열은 '송시열→김창협・김창흡→이재'의 계보를 주장하였다.

고 상헌계는 다시 김창집의 직계와 김창흡의 직계로 대별되고 있다.[21] 김창집의 후손과 김창흡의 후손이 각각 시파와 벽파로 나뉜 것은 어느 정도 선조의 영향을 받았기 때문일 것이다. 아무튼 시화병이 제작된 1803년 당시 안동김문은 시파와 벽파로 나뉘어 갈등을 빚고 있었다. 이는 당시 정순왕후를 중심으로 한 경주김문과 치열한 권력 투쟁을 벌여야 했던 김조순에게는 큰 부담이었을 것이다. 따라서 김조순은 이 시화병 제작을 계기로 안동김문의 결속을 시도한 것으로 풀이된다. 그리고 이는 19세기 정치사가 정파적 이해관계를 떠나 가문을 중시하는 세도정치로 나아가고 있음을 상징적으로 보여준다는 의미가 있다.

3. 『고산구곡시화병』 소재 시문의 검토

『고산구곡시화병』은 김조순을 중심으로 한 안동김문 인사들의 의도적 기획물이기 때문에 여타 『고산구곡도』에는 나타나지 않는 새로운 시문들을 여러 종 싣고 있다. 1폭의 「산중즉경시」, 2-11폭 그림의 여백에 쓴 김가순의 제시, 그리고 12폭의 「석담구곡시」와 「발문」 등이 그것이다. 이 중 송환기의 「발문」은 앞서 소개한 바 있으므로 여기서는 그 나머지에 대해 살펴보기로 한다.

樹影初濃夏日遲	나무 그늘 막 짙어가고 여름 해는 더딘데
晩風生自拂雲枝	늦바람 일어 절로 높은 가지를 흔드네.
幽人睡罷披襟起	유인(幽人)이 잠 깨어 옷깃 열고 일어나니

21) 김조순과 김명순이 김창집의 직계 후손이며, 김달순·김근순·김매순 등이 김창흡의 직계 후손이다. 그 외 김학순과 김가순은 김창립의 직계 후손이다.

徹骨淸凉只自知(風)	뼛속에 스미는 맑고 서늘함을 스스로만 안다네.
萬里無雲一碧天	만 리에 구름 한 점 없이 온통 푸르른 하늘
廣寒宮出翠微巓	광한궁이 어스름한 산마루에 모습을 드러낸다.
世人只見盈還缺	세인들은 다만 차면 다시 기운다는 것만 볼 뿐
不識氷輪夜夜圓(月)	빙륜(氷輪)이 밤마다 둥근 줄은 알지 못하네.
晝夜穿雲不暫休	밤낮으로 구름을 뚫듯 잠시도 쉬지 않으니
始知源派兩悠悠	근원과 갈래가 다같이 무궁함을 비로소 알겠다.
試看河海千層浪	강과 바다의 천 층 물결을 시험 삼아 보노라니
出自幽泉一帶流(水)	깊은 샘 한 줄기 물로부터 나왔구나!
飛入靑山幾許深	청산에 날아드니 그 얼마나 깊던가?
洞中猿鶴是知音	골짝 속의 학과 원숭이가 지음(知音)이라네.
何如得逐神龍去	어찌하면 신룡(神龍)이 가는 곳 따라가서
慰却蒼生望雨心(雲)	창생(蒼生)이 비 바라는 마음을 위로할 수 있을까?

1폭 상단의 「산중즉경시」이다. 이 시는 율곡이 1555년에 지은 것으로 원제는 「山中四詠」이다.[22] 제목 그대로 산중에서 만난 네 자연물을 노래한 것이다. 1수는 해가 더디 가는 여름날 유인만이 바람의 청량함을 안다고 했다. 2수는 산마루 위에 떠오른 달을 보며 그것의 겉모습밖에 볼 줄 모르는 세인들에 대한 안타까움을 노래했다. 이 두 수는 유인과 세인을 대비시키면서 사물의 본질을 꿰뚫어보는 지혜가 필요함을 부각시킨 것이라 할 수 있다. 3수는 앞의 두 수처럼 유인이나 세인을 노출시키지는 않았지만 물의 본성과 관련된 깨달음을 노래했다는 점에서 역시 동일한 지향을 읽을 수 있다. 그런데 구름을 노래한

22) 『율곡집』 권1에 실려 있음.

마지막 작품은 여기서 다소 예외적이다. 자연물을 접한 화자의 깨달음보다는 화자의 소망이 중심을 이루고 있기 때문이다. 그러나 吟風詠月을 통해 도를 말한다는 포괄적 관점에서 보면 이 역시 동일하다고 할 수 있다.

실상 이 작품이 『고산구곡시화병』의 1폭을 장식한 것도 여기에 있는 듯이 보인다. 이 작품은 고산구곡과는 아무 상관이 없는 것이다. 율곡이 해주 석담에 들어가 고산구곡을 경영할 계획을 세운 것은 이 작품을 쓴 것보다 훨씬 뒤인 1571년 무렵이기 때문이다.[23] 그럼에도 불구하고 김조순을 비롯한 안동김문 인사들이 이 작품을 선택한 것은 바로 이 작품이 음풍영월을 통한 도의 형상화를 실현한 대표작으로 해석되었기 때문이라 생각된다. 한편 이 작품이 선택된 배경과 관련해서는 또다른 측면의 접근도 가능하다. 이 작품은 한 때 禪學에 물들어 금강산에 들어갔던 율곡이 성현의 도를 크게 깨닫고 다시 돌아온 뒤 「自警文」을 지은 시기에 쓴 것이다. 따라서 율곡이 주자를 계승한 실질적 출발점을 이 때로 보고 있다는 해석도 가능하다.

다음은 12폭에 있는 김창흡의 「석담구곡시」를 보기로 한다.

九曲有源委	구곡은 근원과 여줄가리 있으니
循序在徐遵	차례를 좇아 천천히 돌아다닐 만하다.
我來無嚮導	나는 길잡이도 없이 오는 바람에
窺深或迷津	심처를 엿보다 혹 길을 잃었다네.

23) "어느 날 학자들과 더불어 고산(高山)에 있는 석담구곡(石潭九曲)에 가서 놀다가 해가 저문 후에 돌아왔는데, 제 4곡(曲)의 이름을 '송애(松崖)'라 하고 따라서 기문을 지었다. 그 나머지 8곡과 또 가공암(架空庵)에 대해서도 모두 이름을 붙여 기록한 다음, 드디어 복거(卜居)할 계획을 정하였다." 「年譜」 신미 5년(1571), 『국역 율곡전서』 Ⅶ(2002:36).

嵐靄復氛氳	아지랑이 피어올라 다시 기운을 내보지만
石門駐馬頻	말은 자주 돌문에서 멈추어 서는구나.
…(중략)…	
低徊信忘歸	생각에 잠겨 거닐다 돌아갈 것도 아주 잊고
蔭映戀昏晨	그림자 엇비치니 밤낮으로 그립구나.
空院披短屛	텅빈 집 짧은 병풍 열어 보니
粉墨會淸眞	분과 먹으로 맑음과 참됨을 모아 놓았구나.
繚繞松下道	에둘러 소나무 아래로 난 길
微茫漸海濱	아득히 바닷가로 뻗어있네.
遍搜則未暇	두루 찾아 둘러봄에 겨를 없으나
九歌以暢神	구가로써 심신을 창달하였다오.
餘韻水澹澹	여운에 물조차 담담한데
對岸肅風榛	맞은편 언덕 개암나무엔 바람만 숙연하구나.

안동김문의 인사들이 시화병 12폭에서 김창흡을 내세운 배경에 대해서는 이미 앞서 살펴본 바 있다. 호락논쟁을 거치면서 적어도 낙론 내부에서는 김창흡이 형 김창협과 함께 송시열을 계승한 기호학파의 적통으로 인식되고 있었다. 그런데 김창협의 후손 중에는 정치적으로 크게 현달한 인물이 없어 시화병 제작에 단 한 사람도 참여하지 않았다. 게다가 김창협은 석담을 직접 둘러본 적이 없기 때문에 이에 대한 시를 한 편도 남기지 않았다. 따라서 김창흡을 부각한 것은 어느 정도 불가피한 선택이었다고 할 수 있다. 한편 17세기 말-18세기 초 노론계 문인들이 「고산구곡시」를 지을 때 김창흡이 제 6곡시를 담당한 인물이었다는 점도 중요하게 고려되었을 것이다.[24)]

24) 당시 6곡시는 애초에 김창협이 짓는 것으로 되어 있었으나 우여곡절 끝에 최종적으로는 김창흡이 짓는 것으로 정리되었다. 이에 대해서는 이상원(2004) 참조.

김창흡은 석담을 직접 둘러보고 여러 편의 시를 지었는데[25] 그 중 한 수가 위의 작품이다. 특별히 이 작품이 선택된 것은 이 작품의 제목이 「석담구곡」이라는 점, 작품 내용이 석담구곡을 찾은 감회가 중심을 이루고 있다는 점 때문이었을 것이다. 작품의 앞부분은 길잡이도 없는데다 말조차 자주 멈추어 서서 구곡 탐방이 쉽지 않음을 호소하고 있다. 중략된 부분은 "은병은 그윽함과 고요함을 품었고, 송애는 겨루듯 깊고 깊구나."라는 데서 보듯 자신이 찾는 곳의 특징적 인상을 읊었다. 그 뒤에서는 "돌아갈 것을 아주 잊고", "둘러봄에 겨를 없으나" 등의 구절에서 보듯 구곡의 자연에 심취한 화자의 모습을 읽을 수 있다. 마지막 부분에서는 담담하고 숙연한 자연물을 제시함으로써 율곡에 대한 존숭과 추모의 정을 나타냈다.

위에서 살펴본 것은 율곡과 김창흡의 시를 수용한 것임에 비해 이제 살펴볼 김가순의 시는 시화병 제작 과정에서 새롭게 창작된 제시라는 점에서 그 의미가 크다.

高山九曲筆通靈	고산구곡이 붓으로 신령함을 얻었으니
月在寒潭潭水淸	차가운 못, 물 맑은데 달이 있어라.
却如曾點浴沂畵	증점이 기수에서 목욕하는 그림과 같은데
畵瑟應知難畵聲	거문고 그리는 것 응당 알지만 그 소리 그리기는 어려워라.

五曲隱屛幽以深	오곡이라 은병은 그윽하고도 깊은데
碧湍環屋映脩林	푸른 여울은 집을 돌아 수림(脩林)에서 빛나네.
從來咏月唫風地	예로부터 영월음풍(咏月唫風)하던 곳인데

25) 『삼연집』 권6 「石潭九曲」-「五祀」까지의 5편은 모두 그가 석담을 방문했을 때 지은 것으로 보인다. 『한국문집총간』165(민족문화추진회, 1996:125-126) 참조.

誰會瑤琴亭上心　　　누가 요금정(瑤琴亭) 위의 마음을 헤아릴꼬?

김가순의 제시는 여타의 「고산구곡시」[26]와 마찬가지로 총 10수로 되어 있다. 그 중 1수와 6수를 뽑은 것이다. 「고산구곡가」를 한역한 시는 완전 직역인 송시열의 「고산구곡가번문」을 제외하면 나머지는 「고산구곡가」의 뜻을 잇고, 주자의 「무이도가」 운을 차운한 공통점이 있을 뿐 개별 작가와 작품의 개성이 적절히 발휘되고 있다. 그 중 이 작품은 그림에 붙인 제시의 특징을 잘 보여주고 있는 것이다.

제2폭 「구곡담총도」는 제목 그대로 구곡도 전체를 통어하는 총도로서의 의미를 갖는 것이다. 그림의 내용은 멀리서 발원한 물이 은자가 거처한 정자 앞에 이르러 넓은 못을 이룬 것으로 중심을 삼았다.([그림2] 참조) 이런 구도는 자연스럽게 주자의 도맥이 율곡에게 이어졌음을 연상시킨다. 그림의 내용이 물의 흐름을 통해 도맥의 전수를 나타낸 것과 마찬가지로 제시 또한 물의 이미지에 초점을 맞추고 있다. 율곡의 고산구곡이 그림을 통해 신령함을 얻었는데, 이는 하늘의 밝은 달과 지상의 맑은 물이 상호 조응하는 데서 드러난다는 것이 기구와 승구의 의미이다. 이는 17세기 말-18세기 초 노론계 문인들이 제작한 『고산구곡첩』의 서시에서 송시열이 "오백 년 만에 하늘과 땅 영기를 모아/ 율곡의 자품 빼어나고 청아하도다(五百天鍾地炳靈 / 栗翁資稟秀而淸)"라 한 것을 구체적 이미지를 동원해 형상화한 것이면서 동시에 도상의 이미지를 그대로 시화한 것이라는 점에서 이 제시의 특징을 가장 잘 보여주는 것으로 생각된다. 다음에 이어지는 전구는 앞에 나온 물의 이미지를 자연스럽게 증점의 욕기 고사와 연결지은 것이다.

26) 율곡의 「고산구곡가」를 한역한 작품은 모두 6편이나 된다. 이에 대해서는 이기현(1994:53-90) 참조.

마지막 결구에서는 그림이 갖는 한계와 율곡에 대한 추모의 정을 동시에 나타냈다고 볼 수 있다. '거문고를 그릴 수는 있지만 그 소리까지 그릴 수는 없다'는 것은 일차적으로 그림의 한계를 지적한 것이다. 그러나 제시를 통해 이에 대한 안타까움을 토로한 배경을 고려해 본다면 이는 오히려 '그림으로 나타낼 수는 없었지만 우리는 당신의 소리를 듣고 있다'는 뜻을 나타낸 것으로 이해하는 것이 옳을 것이다.

「오곡 은병도」는 계류 남쪽의 언덕에서 遠景에 있는 은병정사를 조망하는 구도를 취하고 있다.([그림3] 참조) 따라서 김가순이 오곡시의 起句에서 "오곡이라 은병은 그윽하고도 깊은데"라 한 것은 이런 그림의 구도를 적절히 반영한 표현이라 할 수 있다. "푸른 여울은 집을 돌아 수림(脩林)에서 빛나네"라 한 承句 역시 화면의 우측 상단에서 시작하여 은병정사를 끼고 돌아 숲이 우거진 가운데를 통과한 뒤 화면의 좌측 하단으로 흘러가는 계곡물을 사실적으로 시화한 것이다. 이렇듯 앞의 두 구가 도상의 이미지를 충실히 재현한 것임에 비해 뒤의 두 구는 오곡 은병이 갖는 의미를 부각한 뒤 율곡에 대한 추모의 정을 드러낸 것이다. 「고산구곡가」에서 제5곡은 서시와 함께 중요한 의미를 갖는 부분이다. 그것은 5곡이 율곡 은거생활의 근거지인 은병정사가 자리하고 있는 곳인데다 영월음풍의 의지를 노래한 때문이다. 따라서 17세기 말-18세기 초 노론계 문인들이 창작한 「고산구곡시」를 비롯하여 거의 모든 한역시에서 이런 의미가 강조되고 있다. 이런 점에 비추어 볼 때 김가순이 오곡시에서 이 곳이 '예로부터 영월음풍하던 곳'이라 한 것은 특별히 새로울 게 없다. 다만 轉·結句의 의미망 속에는 '지금까지 기호학파 계열의 문인들이 이 곳을 영월음풍의 장소로 삼아 왔지만 그 중 누구도 율곡의 마음을 헤아리지 못한 듯하다'는 것도 포함될 수 있다는 점에서, 이 부분은 율곡에 대한 추앙과 더불어 현재 자신들의 존재를 부각하려는 의도가 내포된 것으로 해석될 소지도 있어 보인다.

4. 결론

지금까지 19세기 초반에 제작된 『고산구곡시화병』(국보 237호)의 구성상 특징과 所載 시문에 대해 살펴보았다. 이를 요약하면 다음과 같다.

『고산구곡시화병』은 1803년에 제작된 12폭 병풍으로 각 폭은 크게 3단으로 구성되어 있다. 주목할 것은 12폭의 구성과 체재를 통해볼 때 이것이 김조순을 중심으로 한 안동김문 인사들의 의도적 기획물로 보인다는 점이다. 1폭에 율곡의 「산중즉경시」를 배치하였고, 2폭-11폭에는 17세기 말-18세기 초 송시열 등 노론계 문인들이 창출한 방식을 따라 「고산구곡가」를 비롯한 3종의 시를 나란히 실었으며, 마지막 12폭에는 김창흡의 「석담구곡시」를 배치하였다. 12폭 구성에 나타난 이런 배치는 기호학파의 계보가 '이이→송시열→김창흡'으로 이어진 것임을 강조함으로써 김창흡의 후손인 자신들의 존재 기반을 확고히 다지고자 하는 의도를 엿보게 하는 상징적 장치라 할 수 있다.

『고산구곡시화병』에는 여타 『고산구곡도』에는 나타나지 않는 새로운 시문들을 여러 종 싣고 있는데, 1폭의 「산중즉경시」, 2-11폭 그림의 여백에 쓴 김가순의 題詩, 12폭의 「석담구곡시」와 「발문」 등이 그것이다. 이 중 1폭의 「산중즉경시」는 율곡이 1555년에 지은 「山中四詠」으로서, 이를 수록한 것은 한 때 禪學에 물들어 금강산에 들어갔던 율곡이 성현의 도를 크게 깨닫고 다시 돌아온 뒤 지은 첫 작품이라는 상징적 의미 때문이다. 2-11폭 그림의 여백에 쓴 김가순의 題詩는『고산구곡시화병』 제작 과정에서 새롭게 창작된 것으로서, 다른「고산구곡시」와 견주어 봤을 때 도상의 이미지를 충실히 재현한 제시로서의 특징이 두드러지는 것으로 보인다. 12폭의「석담구곡시」는 김창흡의 작품으로 석담구곡 탐방 과정에서 겪는 어려움, 구곡의 각 경관에서 받은 특징적 인상, 율곡에 대한 존숭과 추모의 정 등을 읊은 것이다. 마지막으로 12폭의「발문」은 송시열의 후손인 송환기가 쓴 것으로 조선후기 기호학파 계열의 문인들이 율곡의 고산구곡에 집착한 저간의 사정을 잘 엿볼 수 있는 글이다.

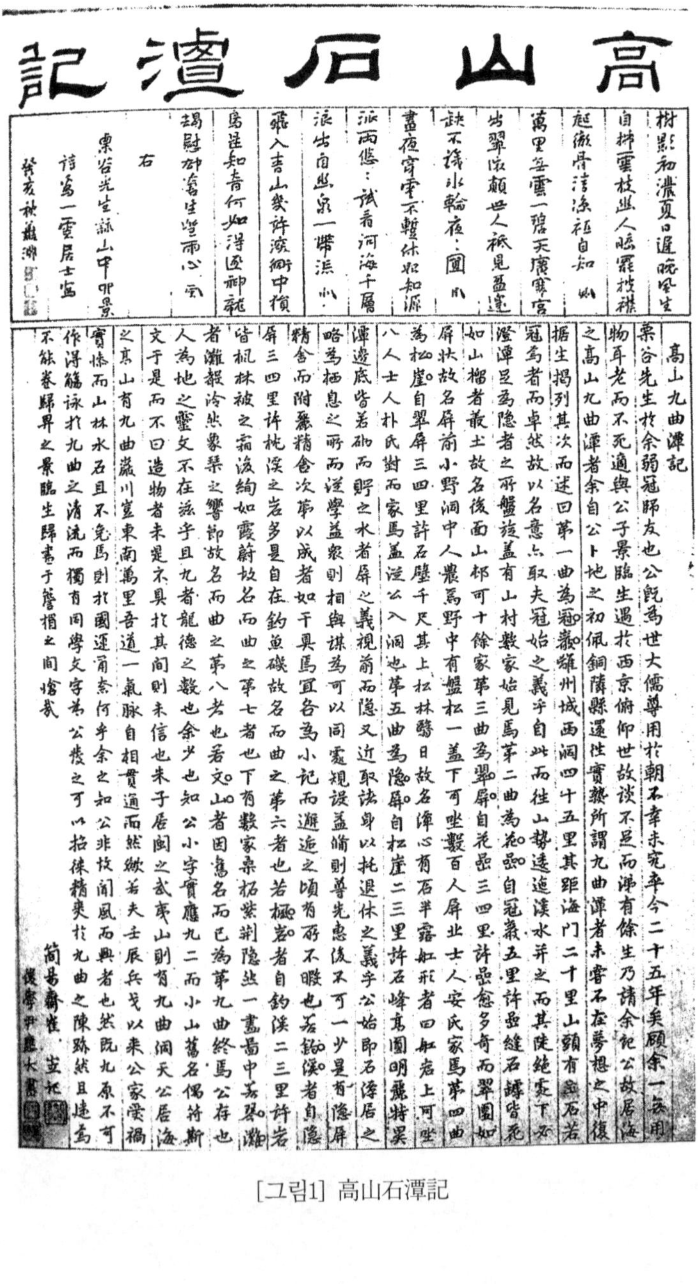

高山石潭記

樹影初濃夏日遲晩風生
自拂雲枝幽人睡罷披襟
起微吟淸詠祗自知 幽
萬里無雲一碧天廣寒宮
出翠微顚世人祇見盈還
缺不識冰輪夜夜圓 八
晝夜穿雲不暫休誰知源
派兩悠悠試看河海千層
浪出自幽泉一帶流 小
飛入靑山幾許深衍中禎
鳥是知音何如得遇神龍
竭鬪神龕生望雨心 云
右
栗谷先生詠山中九景
詩爲一蕓居士寫
癸亥秋 蘇湖

高山九曲潭記

栗谷先生於余弱冠師友也公旣爲世大儒尊用於朝不幸未究卒今二十五年矣顧余一無用
物耳老而不死適與公子景臨生遇於西京俯仰世故談不足而涕有餘生乃請余記公故居海
之高山九曲潭者余自公卜地之初佩銅蘭縣還往實熟所謂九曲潭者未嘗不在夢想之中復
据生揭列其次而述曰第一曲爲冠巖雄州城西洞四十五里其距海門二十里山頭有三石若
冠焉者而卓然故以名意亦取夫冠始之義乎自此而往山勢遠迤溪水并之而其陡絶處下必
澄潭足爲隱者之所盤旋蓋有山村數家始見焉第二曲爲花巖自冠巖五里許巖縫石罅皆花
如山榴者最士故名後面山都可十餘家第三曲爲翠屛自花巖三四里許巖愈多奇而翠圍如
屛狀故名屛前小野洞中人農爲野中有盤松一蓋下可坐數百人屛北士人安氏家焉第四曲
爲松崖自翠屛三四里許石壁千尺其上松林蔽日故名潭心有石半露如形者四如宕上可坐
八人士人朴氏對而家焉蓋從公入洞也第五曲爲隱屛自松崖二三里許石峰高圍明麗特異
潭邊底皆若砥而野之水者屛之義視前而隱又近取諸身以托退休之義乎公始卽石潭居之
略爲栖息之所而從學益衆則相與謀爲可以同處規諟益備則尊先患後不可一少是有隱屛
精舍而附纂精舍次第以成者如干具焉宜各爲小記而邂逅之頃有所不暇也若釣溪者自隱
屛三四里許枕溪之岩多是自在釣魚磯故名而曲之第六者也若楓巖者自釣溪二三里許岩
皆楓林被之霜後絢如霞蔚故名而曲之第七者也下有數家桑柘紫荊隱然一畫圖中若琴灘
者灘聲泠然象琴之響節故名而曲之第八者也若文山者因舊名而已爲第九曲終焉公存也
人爲地之靈文不在茲乎且九者龍德之數也余少也知公小字實應九二而小山舊名偶符斯
文于是而不曰造物者未是不具於其間則未信也朱子居閩之武夷山則有九曲洞天公居海
之高山有九曲巖川豈東南萬里吾道一氣脈自相貫通而然歟若夫壬辰兵戈以來公家受禍
實慘而山林水石且不免焉則於國運爲柰何乎余之知公非技聞風而興者也然旣九原不可
作得編詠於九曲之淸流而獨有同學文字爲公發之可以招徠精爽於九曲之陳跡然且遠爲
不能眷歸界之景臨生歸書于簷楣之間慘哉

簡易齋崔岦 記

後學尹□大書

[그림1] 高山石潭記

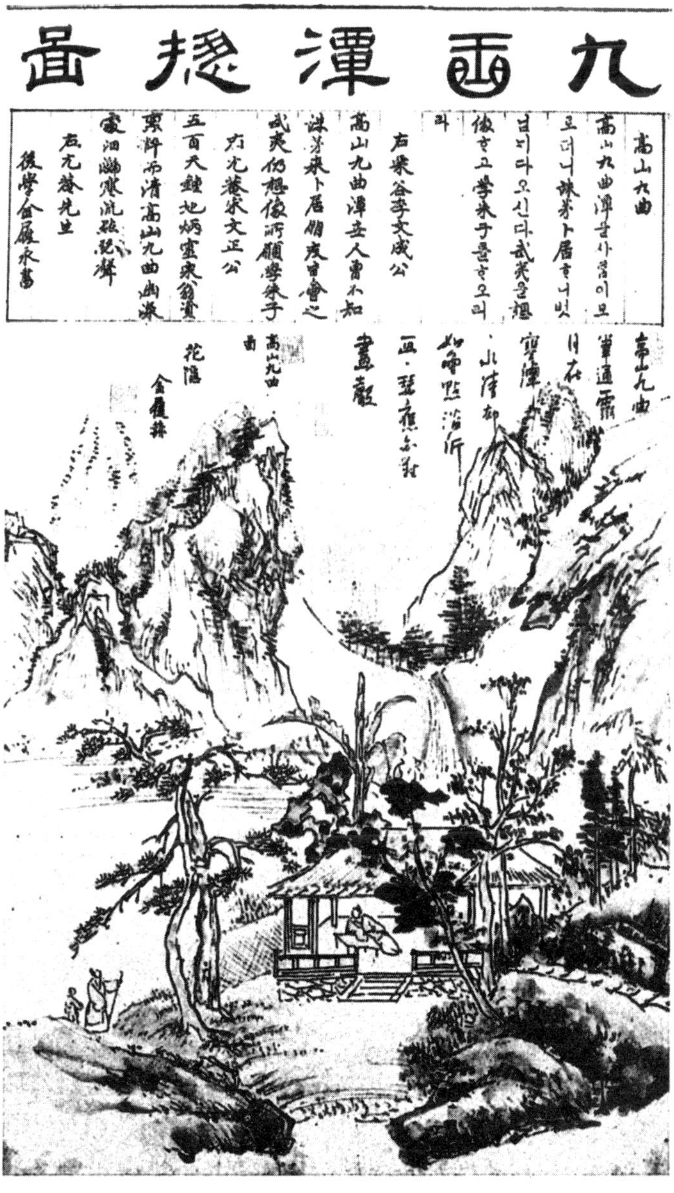

[그림2] 九曲潭摠圖

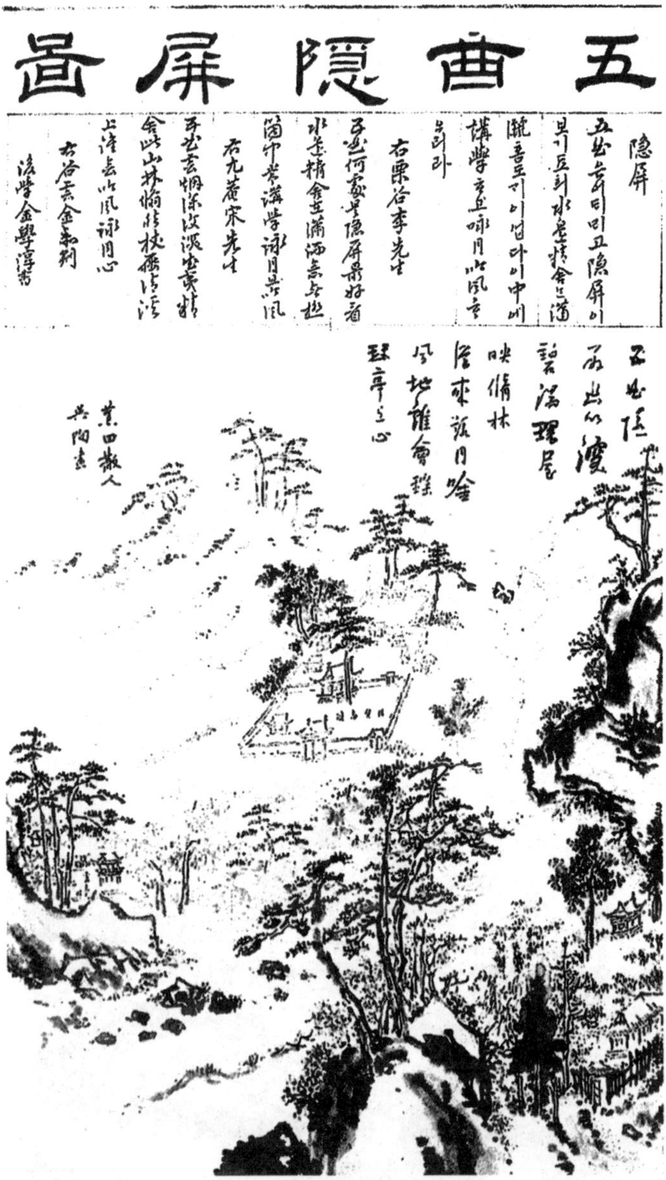

[그림3] 五曲隱屏圖

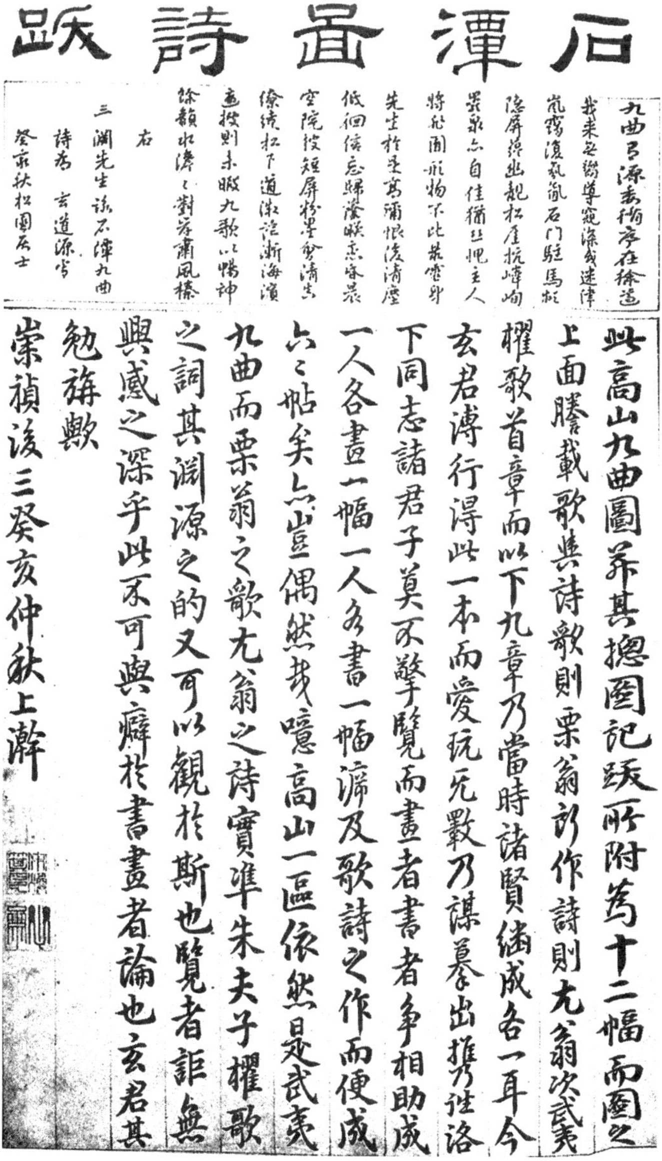

石潭圖詩跋

右
三淵先生詠石潭九曲
詩爲玄道源作
癸亥秋松園居士

此高山九曲圖并其摠圖記跋所附為十二幅而圖之
上面謄載歌其詩歌則栗翁所作詩則尤翁次武夷
櫂歌首章而以下九章乃當時諸賢繼成各一耳今
玄君溥行得此一本而愛玩无斁乃謀摹出携往洛
下同志諸君子莫不擊覽而畫者書者爭相助成
一人各畫一幅一人各書一幅漸及歌詩之作而便成
六六帖矣六六豈偶然哉噫高山一區依然是武夷
九曲而栗翁之歌尤翁之詩實準朱夫子櫂歌
之詞其淵源之的又可以覩於斯也覽者詎無
興感之深乎此不可與癖於書畫者論也玄君其
勉旃歟
崇禎後三癸亥仲秋上澣

[그림4] 石潭圖詩跋

[참고문헌]

『국역 율곡전서』Ⅶ, 한국정신문화연구원, 2002, 10-140쪽.
김창흡, 『삼연집』Ⅰ 권6, 『한국문집총간』165, 민족문화추진회, 1996. 125-126쪽.
송시열, 『국역 송자대전』Ⅹ, 민족문화추진회, 1984. 117-118쪽.
송환기, 「書玄君所藏高山九曲圖後」, 『性潭先生文集』 권14, 국립중앙도서관 소장.
安輝濬 編, 『東洋의 名畵2-韓國Ⅱ』, 三省出版社, 1985.
兪俊英, 「九曲歌의 發生과 機能에 대하여-한국 實景山水畵 發展의 一例-」, 『고고미술』151, 고고미술사학회, 1981. 1-20쪽.
尹軫暎, 「朝鮮時代 九曲圖 硏究」, 석사논문, 한국정신문화연구원, 1997.
______, 「朝鮮時代 九曲圖의 受用과 展開」, 『미술사학연구』 217·218합집, 한국미술사학회, 1998.
이기현, 「〈고산구곡가〉의 한역악부에 대한 일고찰」, 『한국학논집』 제24집, 한양대 한국학연구소, 1994. 53-90쪽.
이상원, 「조선후기 〈고산구곡가〉 수용 양상과 그 의미」, 『조선시대 시가사의 구도와 시각』, 보고사, 2004. 6. 233-258쪽.
이 이, 『율곡집』 권1.
천혜봉 외, 『國寶』14, 웅진출판주식회사, 1992. 97-102쪽.
한국역사연구회 19세기정치사연구반 지음, 『조선정치사 상』, 청년사, 1990,
『'87動産文化財指定報告書』, 文化財管理局, 1988.

안성의 방각본 출판 입지

•

최호석

1. 서론

안성방각본을 최초로 연구한 것은 국문학자이다. 이는 서지학자·출판학자의 외면을 받던 안성방각본이 학문적 관심의 대상이 되었다는 점에서 환영할 만한 일이었다. 그러나 국문학자에 의한 문학적 연구는 주로 방각소설을 대상으로 하여 내용의 동이(同異)에 치우쳤기 때문에 안성방각본의 특성을 드러낼 수 없었다. 그래서 그간 "安城板은 그 자체에 독자성이 있다기보다는 京板系의 亞流로 보여진다"[1]거나 "안성 지역에서 이루어진 방각활동은 주로 서울 지역에서 이루어진 방각활동의 연장선 위에 놓여 있다"[2]는 평가를 받았다.

그러나 내용의 유사성이 곧 안성방각본의 독자성 내지 특성을 부인하는 근거가 되지는 못한다. 똑같은 내용의 책이라고 해도 그것이 어디에서 출판되었느냐에 따라 그것의 사회적·문화적·역사적 의미는

---

1) 김동욱(1973:19).

2) 李昶憲(1999:138).

다르기 때문이다. 이는 동아시아의 폐쇄된 이슬람 국가에서 성경을 간행하는 것이 기독교를 광범하게 믿는 서구에서 성경을 간행하는 것과 전혀 다른 의미와 의의를 갖는 것과 같다고 하겠다. 게다가 안성방각본에는 『천자문(千字文)』, 『명심보감(明心寶鑑)』, 『동몽초독(童蒙初讀)』과 같은 교과서류의 서적도 적지 않다. 따라서 방각본 고전소설만을 대상으로 한 연구는 안성방각본 고전소설의 내용적 특성에 대한 연구는 되겠지만, 안성방각본 전체에 대한 연구는 될 수 없다.

방각본은 민간에서 경제적 이익을 얻기 위해 목판에 새겨 간행한 출판물이므로, 방각본 출판은 경제적 관점에 의해 이루어진 하나의 경제 활동이라고 할 수 있다.[3] 그러나 방각본 연구자의 대부분은 방각본이 경제 활동의 산물이라는 것을 알면서도 실제 연구에서는 이러한 사실을 간과한다. 그간 방각본의 내용적 특성에만 주목한 연구는 바로 이런 태도에 기인한 것이라고 하겠다. 그러나 종래와 같은 문학적 연구 방법으로는 안성방각본의 독자성과 특성을 규명할 수가 없다는 것이 분명하다. 따라서 방각본 출판, 그리고 안성방각본의 특성을 규명하기 위해서는 새로운 관점에서 접근할 필요가 있다.

최근 필자는 '입지'와 '마케팅전략'이라는 경제학 개념을 이용하여 방각본 출판의 경제성에 대해 이론적으로 살펴본 바가 있다.[4] 본고는 그중에서 '입지'의 관점을 원용하여 안성의 방각본 출판을 살피려고 한다. 이는 문학텍스트 자체에 대한 연구는 아니지만 문학텍스트의 형성과 유통에 관한 문학사회학적 방법이기 때문에 문학에 대한 이해의 폭을 넓히는 데에 일정한 기여를 할 것이라고 생각한다.

---

3) 방각본의 경제성에 주목한 것으로는 이창헌(1986)의 논문과 최호석(2004)을 들 수 있다.

4) 최호석(2004).

2. 안성방각본의 현황

안성방각본의 간행은 19세기 후반, 현재의 안성시 보개면 동문리에서 시작된 것으로 보인다.[5] 그후 20세기에 들어서는 박성칠(朴星七, 1856-1923)이 동문리에서 간행한 방각본고전소설의 상당수를 인수하고 북촌서포와 박성칠서점을 운영하면서 안성방각본의 출판은 1910년대에 더욱 활기를 띠게 되었다.[6] 1920년대에는 장이만(張二萬, 1888-1929)이 신안서림을 운영하고, 이정순(李正淳)이 광안서관을 운영하면서 방각본을 출판하였다.[7] 이와 같이 안성방각본은 약간의 시차(時差)를 두고 여러 사람에 의해 간행되었으며 그 발행 종수도 적지 않았다.

그러나 그간 안성방각본 자체에 대한 연구가 미진하였기 때문에 안

5) 김동욱(1970:114)은 안성방각본이 처음 간행된 시기를 1850년 이후로 추정하였으며, 이창헌(2000:462)은 1880년 이후로 추정하였다. 한편 동문리는 1909년 일제에 의하여 출판법이 시행되기 전에 방각본을 간행하였던 곳으로, '안셩동문이신판'의 '동문이'가 바로 이곳이다. 현재 행정구역상 동문리는 안성시 보개면 동신리에 있는 자연부락으로, 마을 입구에는 '동문리마을'이라는 표석도 서 있다.

6) 이창헌(2000:470)은 김동욱이 정리한 김상옥의 증언 중에서 "동문리 박성칠서점의 박성칠씨는 죽고 그 손자가 군대에 가 있는데"라는 구절과 "박성칠 손자는 동문리에서 20리 밖으로 이사를 가서 필자도 몇 번 현지답사를 하였으나"(김동욱, 1970:115-116)라는 구절을 조합하여 박성칠이 안성읍 동문리에 거주하면서 방각소를 경영하다가 1909년 출판법이 시행되기 이전에 기좌리로 이주한 것으로 추정하였다. 이창헌의 주장은 박성칠의 생몰년을 감안할 때 충분히 가능성이 있기는 하지만, 뒤의 구절에서 동문리에서 20리 밖으로 이사간 것은 박성칠이 아니라 박성칠의 손자를 가리키는 것으로 보인다. 그리고 동문리와 기좌리는 20리가 아니라 10리 정도의 거리에 있다. 따라서 이창헌의 주장은 타당성이 있기는 하지만 아직 검증해야할 것이 남아 있다.

7) 안성방각본은 그 이후 간행되지 않았다. 그런데 최근 鄭容完(2000:60)은 "故 박성칠 씨와 故 박명원 씨 행낭채에서 1936년까지 목판본을 찍어냈다."고 하였다. 그러나 필자가 정용완 씨를 면담한 결과 이는 정용완 씨가 傳聞한 것을 기록한 것이라고 한다. 따라서 물적인 증거 자료가 없기 때문에 이를 사실로 받아들이기는 어렵다.

성방각본의 총량이 얼마나 되는지 자세하게 조사된 적이 없었다. 최근 이창헌은 안성에서 방각된 고전소설이 11종 14판본이라고 하였는데, 이때 그가 판단의 근거로 든 것은 다음과 같다. 첫째, 안성을 발행지로 하고 있는 출판사인 '北村書鋪'의 판권지나 '朴星七書店'의 판권지가 첨부된 작품, 둘째, 판권지는 없으나 '안셩동문이신판'이라는 간기가 새겨진 작품, 셋째, 판권지와 간기는 없으나 선행 연구자들이 안성판이라고 언급한 작품 등이다.[8] 이 중에서 세 번째 근거는 방각본에 정통한 연구자 개인의 감식안에 근거한 것이기는 하지만 물적 증거가 없기 때문에 그것을 그대로 받아들이기는 어렵다. 한편 이혜경은 간기나 판권지를 통해 안성에서 간행된 것이 분명한 방각본이 11종이 있다고 하였다.[9]

그렇지만 필자가 안성방각본에 대해 조사한 결과 이창헌과 이혜경이 제시한 것보다 더 많은 방각본 고전소설과 그 외의 방각본 서적이 있다는 것을 확인할 수 있었다. 여기에서는 일단 필자가 확인한 안성방각본의 현황을 표 1)에서 제시하여 논의의 실마리로 삼고자 한다.[10]

표 1) 안성방각본 목록

No	간행처	서명	간기	발행년도	이창헌[11]	이혜경[12]	비고
1	동문리	삼국지(권3)	안셩동문이신판	미상	○	○	
2	동문리	적성의전	안셩동문이신판	미상	○		

8) 이창헌(1999:101).

9) 이혜경(1999:36-37).

10) 필자는 현재 한국학술진흥재단의 지원을 받아 "19세기말-20세기초 안성지역의 출판문화 연구"라는 과제를 수행하고 있는데, 여기에서는 안성방각본을 비롯한 조선시대 방각본 전체에 대한 데이터베이스를 구축하고 있다. 여기에 제시한 안성방각본의 목록은 필자의 연구팀에서 구축한 자료를 토대로 작성한 것이다.

No	간행처	서명	간기	발행년도	이창헌[13)]	이혜경[14)]	비고
3	동문리	제마무전	안셩동문이신판	미상	○	○	
4	동문리	조웅전	안셩동문이신판	미상	○	○	
5	동문리	홍길동전	안셩동문이신판	미상	○	○	23장본
6	북촌서포	춘향전	안셩동문이신판	1912	○		
7	박성칠서점	춘향전	안셩동문이신판	1917			2판
8	박성칠서점	삼국지(권3)	안셩동문이신판	1917			2판
9	박성칠서점	양풍운전	안셩동문이신판	1917	○	○	
10	박성칠서점	심청전		1917			2판
11	박성칠서점	임장군전	丁亥孟冬	1917			
12	박성칠서점	장풍운전		1917			2판
13	박성칠서점	조웅전		1917	○		2판
14	박성칠서점	진대방전		1917	○	○	
15	박성칠서점	홍길동전		1917	○	○	19장본
16	박성칠서점	啓蒙編 諺解		1917			
17	박성칠서점	童蒙初讀		1917			2판
18	신안서림	童蒙初習 全		1923			
19	신안서림	啓蒙編 諺解		1923			
20	신안서림	三體 千字文		1923			
21	신안서림	草簡牘		1923		○	
22	신안서림	通鑑節要		1923		○	
23	신안서림	明心寶鑑 抄		1923			
24	광안서관	千字文		1926			
25	광안서관	幼蒙先習		1926			

표 1)은 필자의 연구팀에서 국가전자도서관(http://www.dlibrary.go.kr/)에서 서비스하고 있는 이미지 파일을 확인하거나 각 도서관에 소장된 자료를 직접 확인한 다음에 이를 간행처별로 정리한 것이다. 표 1)의

11) 이창헌(1999:102).

12) 이혜경(1999:36-37).

13) 이창헌(1999:102).

14) 이혜경(1999:36-37).

내용을 간단히 정리하면 다음과 같다.

첫째, 출판법이 시행되기 전 동문리에서 간행한 '안셩동문이신판'이라는 간기가 찍힌 방각본은 1－9까지 총 9종이 있다. 이 중에서 북촌서포나 박성칠서점의 판권지가 없이 간기만 있는 것은 1－5까지의 5종이다.

둘째, 북촌서포에서는 '안셩동문이신판'이라는 간기가 찍힌 〈춘향전〉 1종을 1912년에 간행하였는데, 이는 다시 박성칠서점에서 간행되었다. 그러나 동문리에서 간행하였으나 북촌서포의 판권지가 붙지 않은 〈춘향전〉은 찾을 수 없었다.

셋째, 박성칠서점에서는 고전소설 9종과 교과서용 도서 2종을 1917년에 간행하였는데, 여기에는 '안셩동문이신판'이라는 간기가 찍힌 고전소설 3종과 '丁亥孟冬'이라는 간기가 찍힌 〈임장군전〉[15]이 포함되어 있다. 그러나 이중에서 동문리에서 간행하였으나 박성칠서점의 판권지가 붙지 않은 〈삼국지(권3)〉는 찾았으나 박성칠서점의 판권지가 없이 간기만 있는 〈춘향전〉, 〈양풍운전〉은 찾을 수 없었다. 한편 고전소설만 간행하였으리라는 기존의 통념과는 달리 박성칠서점에서도 교과서용 도서를 2종 간행하였다.

넷째, 신안서림에서는 교과서용 도서를 1923년에 6종 간행하였다.

다섯째, 광안서림 또한 교과서용 도서를 1926년에 2종 간행하였다.

한편 표 1)에서 6과 7의 〈춘향전〉은 동일한 판본의 초판과 재판에

15) 이창헌(2000:229)은 '丁亥孟冬'이라는 간기는 있지만 판권지가 없는 〈임장군전〉을 경판으로 간주하였다. 그러나 필자가 확인한 결과 이창헌이 언급한 〈임장군전〉과 박성칠서점의 판권지가 붙은 〈임장군전〉은 동일한 판본이었다. 따라서 여기에는 〈임장군전〉이 원래부터 안성판이었을 가능성과 박성칠이 경판의 판목을 사들인 다음 여기에 판권지만 새로 붙인 것이었을 가능성이 있으나 현재로서는 어느 것이 옳은지 확언하기 힘들다.

해당하지만, 4와 13의 〈조웅전〉은 아무런 관계가 없다. 그리고 1과 8의 〈삼국지(권3)〉은 동일한 판목이지만 8의 판권지를 보면 명치 45년(1912)에 초판을 발행하고, 대정 6년(1917)에 재판을 발행한 것으로 되어 있다. 이러한 상황을 고려하면 박성칠이 운영한 북촌서포와 박성칠서점의 출판활동은 연속선상에 있는 것으로, 박성칠서점에서 간행한 2판은 그전에 북촌서포에서 간행한 초판을 잇는 것이라고 하겠다. 그리고 판권지가 붙게 된 것은 일제에 의해 출판법이 시행된 1909년 이후의 일이므로, 그전에 동문리에서 이미 간행하였어도 박성칠서점에서는 이를 초판으로 간행하였다. 따라서 현재 2판만 확인된 〈삼국지(권3)〉, 〈심청전〉, 〈장풍운전〉, 〈조웅전〉, 『童蒙初讀』은 박성칠이 북촌서포에서 처음 간행하였을 것으로 생각한다.

한편 이창헌은 이외에도 간기와 판권지가 모두 없는 〈소대성전〉, 〈수호지(전3권)〉, 〈심청전〉을 안성방각본으로 제시하였는데,[16] 이 중에서 〈심청전〉을 제외한 나머지 작품은 본고에서 취하지 않았다. 그리고 이혜경은 안성동문리의 〈심청전〉과 광안서관의 〈통감절요〉를 제시하였지만, 필자가 이를 확인할 수 없었기에 이 또한 취하지 않았다.[17]

3. 입지 선택의 개인적 이유와 안성의 지역적 범위

각각의 경제활동 주체들은 '입지선호(立地選好)'라 하여 각자 수행하고 있는 경제활동의 목표를 최소의 비용으로 극대화할 수 있는 어떠한 특정한 지리적 공간상에 입지하기를 원한다.[18] 특히 생산자는 자

16) 이창헌(1999:102).

17) 이혜경(1999:36).

신의 이윤을 극대화하기 위하여 수입을 극대화하고 비용은 극소화할 수 있는 입지를 선택하려고 할 것이다. 이때 입지 선정은 경제활동의 내용과 규모를 미리 정하고 그에 맞는 공간 조건을 탐색하는 방식으로 이루어진다.[19] 이러한 관점에서 방각본 출판 문제를 바라보면, 일정한 규모의 자본을 가진 방각업자가 방각본 출판이라는 경제 활동을 '어디'에서 하느냐가 중요한 문제가 된다.[20]

그런데 조선후기 방각본 출판에서는 '어디'보다는 '무엇'의 문제가 우선된 듯하다. 즉 대부분의 방각업자들은 방각업을 하기에 유리한 지역을 찾기보다는 자신의 연고지에서 할 사업으로 방각업을 선택한 것으로 보인다. 이와 같이 개인적 이유에서 입지를 결정하는 것은 현재까지도 유효한 방식이다. 이희열에 의하면 1990년대 초반에 부산시 소규모 공업의 입지 결정 요인을 분석한 결과 부산의 소규모 기업가가 공장을 부산에 설립할 당시에 제1순위로 고려한 입지요인 중에서 가장 중요시한 것은 개인적 이유이며, 다음으로 교통, 하부구조 및 서비스, 시장의 요인을 들었다고 한다.[21] 그리고 개인적 이유의 요인에서 가장 주된 이유는 '기업주의 고향, 또는 오랜 거주 지역으로서 아는 사람이 많기 때문'이었다고 한다.

그러나 지역적인 연고와 같은 개인적인 이유에서 결정된다고 해도 그 입지는 경제적이라고 할 수 있다. 예를 들어 특정 지역에 사는 사람이 그곳에서 일정한 규모의 자본을 가지고 사업을 시작하고자 할 때, 그가 선택한 사업은 자신이 그곳에서 하기에 가장 유리하다고 생각하

---

18) 최재선(1996:82).
19) 소진광(1999:75).
20) 최호석(2004:369).
21) 이희열(1993:18).

는 사업일 것이기 때문이다. 따라서 이는 어떤 경제적 요인 때문에 특정한 장소로 기업을 이동시키는 기업의 의사결정과 같이 경제적이라고 할 수 있다.[22)]

안성에서 방각본 출판을 하게 된 것도 이와 같은 이유에서인 것으로 보인다. 즉 일정한 규모의 자본을 가진 사업가가 방각본 출판의 최적지를 찾다가 안성을 선택한 것이 아니라, 안성에 연고를 둔 사업가가 자신의 연고지인 안성에서 하기에 적합한 사업으로 방각본 출판을 선택하였다는 것이다. 이는 표 2)에서 보듯이 안성방각본의 출판 관계자가 모두 안성에 연고를 두고 있는 데서 확인할 수 있다.

표 2) 안성방각본 발행소와 출판 관계인

발행소	구분	이름	주소
북촌서포 (北村書鋪)	발행소	북촌서포	안성군 기좌면 본리
	발행자	박성칠(朴星七)	안성군 기좌면 본리
	인쇄자	안만호(安萬浩)	안성군 기좌면 본리
박성칠서점 (朴星七書店)	발행소	박성칠서점	안성군 보개면 기좌리 461번지
	발행자	박성칠(朴星七)	안성군 보개면 기좌리 461번지
	인쇄자	예일성(芮一成)	안성군 보개면 기좌리 593번지
신안서림 (新安書林)	발행소	신안서림	안성군 보개면 곡천리 235번지
	발행자	장이만(張二萬)	경성부 견지동 80번지
	인쇄자	이명수(李明秀)	안성군 보개면 기좌리 515번지
광안서관 (廣安書館)	발행소	광안서관	안성군 보개면 기좌리 495번지
	발행자	이정순(李正淳)	안성군 보개면 기좌리 495번지
	인쇄자	이광석(李光錫)	안성군 보개면 기좌리 492번지

그런데 표 2)에서 눈에 띄는 것은 안성방각본의 발행소 및 발행자, 인쇄자의 주소가 모두 '보개면'으로 되어 있다는 것이다. 1914년에 행

22) 이만수(1995:45-47) 참조.

정구역이 개편되면서 '기좌면 본리'가 '보개면 기좌리'로 되었기 때문에 북촌서포와 그 출판관계인의 주소지는 현재의 보개면에 있었다고 할 수 있다. 그리고 신안서림의 발행자인 장이만의 주소가 판권지에는 '경성부 견지동'으로 되어 있지만 그의 호적에는 본적이 '경기도 안성군 보개면 곡천리 97번지'로 되어 있으므로 장이만 또한 '보개면'에 근거를 두었다고 하겠다. 그리고 북촌서포 이전에 방각본을 간행한 '동문리'는 보개면 동신리의 자연부락이므로 안성방각본은 결국 '안성군 보개면'이라는 한정된 지역에서 간행되었다고 하겠다.

그런데 현재의 안성시와 과거 안성의 지역적 범위는 많이 다르다는 것을 기억할 필요가 있다. 1914년 일제에 의해 행정구역이 재편되기 전만 해도 당시의 안성군은 현재의 안성시보다 현저하게 좁은 지역이었다. 그렇다면 안성의 현재와 과거 행정구역은 어떠한지 살펴보기로 하자.

그림 1) 안성시의 행정구역(2005)

그림 2) 안성군의 행정구역(1914)

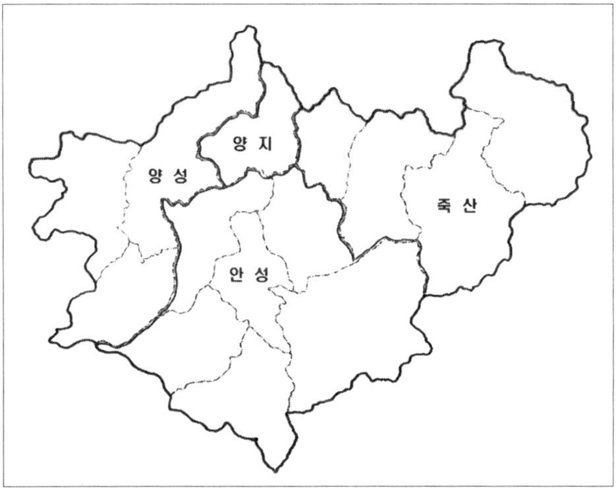

그림 1)은 2005년 현재 안성시의 행정구역지도인데 가운데에 있는 '안성시'는 안성 중심지를 지칭하는 것이다. 그리고 안성 중심지는 안성 1, 2, 3동으로 구성되어 있으므로, 현재 안성시의 행정구역은 그림 1)과 같이 12면 3동으로 구성되었다. 그러나 1914년 이전 안성군의 행정구역은 현재와는 상당한 차이를 보인다. 그림 2)는 현재 안성시의 판도에 1914년 이전의 행정구역을 표시한 것이다.[23] 1914년 일제 식민지에 의해 행정구역이 개편되기 전만 해도 안성군은 읍내 안성동과 보개면, 대덕면, 금광면, 미양면, 서운면으로 이루어져 있었다. 그리고 현재의 양성면과 원곡면 공도읍은 당시 양성현에 속해 있었으며, 현재 보개면의 일부와 삼죽면, 죽산면, 일죽면은 당시 죽산부에 속해

23) 1914년 통합이전 안성의 행정구역이 그림3)과 일치하지는 않는다. 이는 1914년 이후 용인에 편입된 죽산의 원삼면 등이 현재 안성시의 행정구역에는 속해 있지 않아서 지도에서 표시하지 않았기 때문이다.

있었다. 그리고 고삼면은 과거 양지현에 속해 있었다.

따라서 현재의 안성시는 과거의 안성과 양성, 죽산이 1914년에 합쳐진 것으로, 보개면 일대에서 활발하게 간행된 안성방각본은 아직 양성과 죽산과 합해지기 전 옛 안성의 영역 안에 있었다. 물론 안성방각본은 양성과 죽산이 안성에 통합된 1920년대까지 계속 출판되지만, 당시 보개면에서 있었던 방각본 출판은 조선후기부터 보개면 동문리에서 행해지던 방각업을 계승한 것으로 보아야 할 것이다. 즉 안성방각본은 보개면을 중심으로 한 옛 안성지역에서 일어난 출판활동의 결과인 것이다. 그러므로 본고에서 안성방각본의 출판지로 지목하고 연구를 하는 지역은 양성과 죽산이 합치기 전의 옛 안성군이다. 따라서 본고에서 방각본 출판의 입지를 살필 때에 고찰의 대상이 되는 안성의 지역적 범위는 옛 안성으로 한정된다.

이와 같이 안성방각본의 지역적 범위를 옛 안성으로 구획하는 것은 옛 안성에서 행해진 방각본 출판에 대해 당시 양성이나 죽산에 살던 사람들은 이를 자기 고장의 문화로 받아들이지 않았을 것이라고 판단하기 때문이다. 이는 옛 양성과 죽산, 안성이 현재는 안성시라는 동일한 행정 지역으로 묶여 있기는 하지만, 각 지역의 주민들은 아직까지도 서로 다른 지역정체성을 갖고 있는 데서 확인할 수 있다.[24)]

결국 19세기 말－20세기 초, 안성군 보개면에서 있었던 방각본 출판은 양성이나 죽산에서 발생한 문화적 현상이 아니라 옛 안성지역에서 있었던 것으로 보아야 한다. 그리고 조선시대 전국적인 대장시(大場市)로 이름을 떨쳤던 안성장 또한 옛 안성군에 개설된 것이었다.[25)]

---

24) 안성지방의 분열된 지역정체성에 대해서는 홍금수(2004)의 논문에 잘 나타나 있다. 본고에 제시한 그림 1)과 그림 2)는 홍금수 교수가 작성한 원도(原圖)를 바탕으로 필자가 다시 그린 것이다. 원도를 제공해 준 홍금수 교수에게 감사를 드린다.

4. 안성의 교통

일반적으로 공장의 입지를 결정하는 데에 중요한 요소로는 수송비와 제조비용, 시장의 수요를 꼽을 수 있다. 여기서 수송비는 교통과 관계있는 것이며, 제조비용은 원료와 노동력, 토지 등과 관계가 있는 것이다. 이중에서 교통은 방각본 출판의 입지 선정에도 중요한 요인으로 꼽히는 것이기 때문에[26] 여기에서는 안성의 교통에 대해 살펴보기로 하겠다.

안성은 예전부터 교통의 요충지요 교역의 중심지로 알려져 왔다. 그래서 이에 관한 기록도 많은 편이다. 예를 들어 숙종 29년(1703), 이조판서 김구(金構)는 안성이 '삼남(三南)으로 통하는 요충지에 위치하여 工匠들과 상인들이 폡집(輻集)하고 있어 도적들의 소굴이 된다'[27] 고 하였으며, 박지원은 〈허생전〉에서 안성이 경기도, 충청도 사람들이 마주치는 곳이요, 삼남(三南)의 길목(畿湖之交 三南之綰口)[28]이라고 하였다.

그런데 여기서 안성을 교통의 요충지라고 부르는 이유를 검토할 필요가 있다. 사람들은 대부분 과거의 안성은 대로에 접해 있거나 대로의 분기점에 있어서 육로 교통이 매우 발달한 것으로 알고 있다. 즉

---

25) 본고에서 특별한 언급이 없는 경우 '안성'은 1914년 행정구역이 개편되기 전의 안성군을 지칭하는 용어로 사용한다.

26) 최호석(2004:372)은 방각본 출판의 입지에 가장 중요한 요소로 시장의 수요를 꼽았다. 그리고 시장의 수요와 관련한 방각본 출판의 최적입지로 첫째, 인구가 많은 지역, 둘째, 경제적으로 넉넉한 지역, 셋째, 교통이 편리한 곳을 들었다.

27) 『備邊司謄錄』 53책, 숙종 29년 3월 17일, 5권, 139쪽.
金構曰, "圻甸賊患無處無之 而其中安城一路 三南要衝之地 而工匠簪聚 商賈輻集 以此之故 爲賊淵藪"

28) 박지원, 『연암집』 권14, 별집 〈열하일기〉, 「옥갑야화」.

“동래에서 대구를 거쳐 충주와 용인으로 하여 서울에 이어지던 영남길과 영암, 나주, 정읍을 거쳐 공주와 수원으로 이어지던 호남길이 용인과 수원 밑 안성에서 만나 서울로 이”[29]른다는 것이 안성의 교통과 지리적 위치에 대한 일반적인 인식이라고 할 것이다. 이를 다시 정리하면 영남길과 호남길은 한양에서 안성까지는 길이 같다가, 안성에서 각각 동서로 갈린다는 것이다. 그런데 이러한 일반적인 인식은 사실에 부합하는 것일까?[30] 그림 3)을 보기로 하자.

그림 3) 조선후기 6대로

일찍이 신경준(申景濬:1712-1781)은 1770년(영조 46)에 편찬한 『도로고(道路考)』에서 6대로라 하여 한양에서 의주·경흥·평해·동

29) 주영하·전성현·강재석(2003:71).

30) 앞서 언급하였듯이 안성의 지역적 범위는 양성과 죽산이 합해지기 전의 옛 안성으로 한정된다. 그러므로 옛 안성은 서쪽으로는 경부고속도로가 지나가고 동쪽으로는 중부고속도로가 지나가는, 현재의 안성시가 아니다. 따라서 과거 안성의 교통에 대해 살펴볼 때에는 당연히 안성의 영역에서 죽산과 양성을 제외하고 설명해야 한다.

래·제주·강화에 이르는 길을 기록하였다. 그림 3)은 김정호(金正浩, ?-1864)가 작성한 대동여지도(1861)에 6대로를 표시한 것이다. 위의 그림에서 엷은 음영을 넣어 굵게 표시한 것이 바로 6대로 중의 제3로 평해로와 제4로 동래로, 제5로 제주로이다. 이중에서 남쪽으로 가는 것은 제4로 동래로와 제5로 제주로이다. 그런데 그림 3)을 자세히 보면 동래로와 제주로는 안성과는 일정한 거리를 두고 지나간다. 그래서 안성에서 동래로에 진입하려면 현재의 38번 국도를 따라 동쪽으로 죽산까지 가야하고, 제주로에 진입하려면 서쪽으로 양성의 소사(素沙)로 가야한다. 결국 안성은 일반인의 상식과는 달리 동래로와 제주로가 합치거나 경유하는 곳이 아니다. 오히려 안성은 동래로, 제주로에서 일정한 거리를 두고 있는 곳이다.

그렇다면 안성이 교통의 요지가 되는 이유는 무엇일까? 이는 물자의 이동과 관련해서 살펴보아야 할 것이다. 즉 교역의 관점에서 볼 때 안성은 교통의 요지가 된다는 것이다. 장시(場市)는 기본적으로 물품이 교환되는 곳이기 때문에 안성에서 장시가 발달하기 위해서는 각지에서 다양한 물품이 들어오고 나가야 한다. 그림 3)에서 보듯이 동래로와 제주로를 오가는 물산이 모이기 위해서는 안성만한 곳이 없다. 안성 남쪽으로는 동래로와 제주로의 거리가 너무 멀어서 중간에 모이는 것이 힘들며, 북쪽으로는 두 대로 사이의 거리가 좁아지기는 하지만 그러기 위해서는 안성보다 훨씬 북쪽으로 올라가야 하기 때문에 이동거리가 더 많아진다. 따라서 삼남지방에서 생산되는 물품을 상호 교환하기 위해서는 굳이 두 대로를 따라 한양까지 갈 것 없이 각 대로에서 지선(支線)을 통해 안성에서 모이는 것이 경제적이다.

조선시대에 안성이 대장시(大場市)로 발달한 것은 위와 같은 이유만 있었기 때문은 아니다. 이중환(李重煥, 1690-?)은 『택리지(擇里志)』에서 안성에 대해 다음과 같이 기록하였다.

> 수원 동쪽은 양성과 안성이다. 안성은 경기도와 호남 바닷가 사이에 위치하여 화물이 모여 쌓이고 공장(工匠)과 장사꾼이 모여들어 한양 남쪽의 도회가 되었다. 그러나 읍 밖은 비록 평지라 하여도 땅에 살기가 있어 살 만한 곳이 못 된다.31)

이중환은 안성이 한양 남쪽의 도회(都會)가 된 원인으로 안성의 지리적 입지를 들고 있다. 그에 의하면 안성은 경기도와 호남바닷가를 이어주는 곳에 위치하고 있다는 것이다. 이를 그림 4)에서 확인해 보자.

그림 4) 조선후기 6대로와 수로

31) 이중환, 『택리지』, 〈팔도총론〉, [경기도].
水原東爲陽城安城. 安城居畿湖海峽之間 貨物委輸 工賈走集 爲漢南都會. 然邑治外雖平善地 有殺氣 不可居.

그림 4)는 앞서 보인 그림 3)에 수로를 표시한 것이다. 여기서 육로는 엷은 음영을 넣은 굵은 선으로, 수로는 그보다 진한 음영을 넣은 굵은 선으로 표시하였다. 그리고 그림에서 왼쪽 수로는 안성천이며 오른쪽 수로는 남한강이다. 원래 안성에서 발원한 안성천은 평택시 팽성읍에서 진위천과 합류하여 아산만으로 흘러들어간다. 그림 4)에서는 안성천이 평택을 지나 남동쪽의 성환으로 이어지고 안성과는 연결되지 않는 것처럼 보이지만, 실제로는 옛 안성장터까지 이어져 있다. 이러한 상황을 고려하면 서해안의 해산물이 안성천을 따라 안성까지 올 수 있었다는 것을 알 수 있다. 실제로 아산의 둔포(屯浦)는 하천의 수원이 깊지 못하고 작기는 하지만 바닷물이 들어왔다고 하며, 평택의 군문포(軍門浦)에는 일제초기까지 200석을 실을 수 있는 배가 들어와 곡물을 유출하였다고 한다.[32] 그리고 그보다 더 작은 배는 어염(魚鹽)을 싣고 안성장까지 온 것으로 보인다.

한편 안성은 육로를 통해 남한강 유역과 이어진다. 그림 4)에서는 안성과 죽산 사이가 산으로 가로막힌 것처럼 보이지만, 실제로는 그 사이에 낮은 언덕이 있어 힘들이지 않고 죽산까지 갈 수 있다. 현재 평택에서 태백까지 이어지는 38번 국도가 바로 이 길로, 이 길을 따라 계속 동쪽으로 가면 장호원과 충주에 이르게 된다. 그리하여 안성에는 삼남(三南)의 물산을 비롯하여 해산물과 식염(食鹽), 그리고 한강 수계에서 오는 물산이 집결하게 되었다. 그리하여 안성은 "水運便이 없는 경기·충청 兩道의 내부 각지로 화물을 공급하고" "한강의 상류 長湖院부터 해안의 屯浦·軍門浦에 이르기까지 충청의 중앙부를 횡단하여 그 상업을 확장하"였던 것이다.[33]

32) 양보경·이기봉(2003:158-159).

이와 같이 안성은 교역에 유리한 교통의 이점을 충분히 활용하여 큰 시장이 될 수 있었다. 또한 안성장은 중간교역지에 그치지 않고 전국적으로 이름난 유기(鍮器) 생산과 갓 수선이 활발하였기 때문에 더 많은 상인과 소비자를 안성으로 끌어들일 수 있었다. 그리하여 19세기 초에는 정부에서 인정하는 전국 15대 장시의 하나가 될 수 있었다.[34)]

5. 안성의 시장과 수요

필자는 최근 방각본 출판의 최적 입지는 시장의 수요와 가장 큰 관련이 있다고 하였으며, 그 이유를 유통의 어려움과 수송비의 문제, 시장의 규모와 관련하여 살펴보았다.[35)] 입지 요인에서 시장의 중요성은 부산 지역 소규모 공업의 입지 결정 과정에서도 확인할 수 있었다. 그렇다면 방각본 시장으로서 안성의 규모는 얼마나 되었을까? 표 3)을 살펴보기로 하자.

표 3) 안성의 인구

戶口總數(1789)				民籍統計表(1910)			
戶數	口數			戶數	口數		
	計	男	女		計	男	女
4,589	17,028	8,173	8,855	5,483	25,300	13,399	11,901

표 3)은 18세기 후반과 20세기 초반의 안성 인구를 기록한 것이

33) 〈通商彙纂〉 1號附錄(1893.10.21), 『京畿道及忠淸道地方狀況幷二農況視察報告』 15. 李憲昶 · 金種赫(1997:197)에서 재인용.
34) 『萬機要覽』 財用篇 5, 各廛條.
35) 최호석(2004:370-372) 참조.

다.[36] 당시 안성의 인구는 각각 17,028명과 25,300명으로 적지 않은 편이었다. 그리고 『여지도서』에 따르면 당시 안성군의 인구밀도는 76.8명/㎢으로 당시 경기도 평균인 46.4명/㎢보다 훨씬 높아 소비시장으로서 호조건을 갖추고 있었다. 그렇지만 출판비를 따져보면 이 정도 규모의 시장만 가지고서는 방각본 출판이 불가능하다.

선행연구에서는 방각본 고전소설의 생산원가가 120원, 또는 400여 원 정도가 된다고 하였다.[37] 그렇다면 생산원가에 해당하는 비용을 회수하기 위해서는 생산원가가 120원일 경우 10전에 판매하는 안성방각본 고전소설을 1,200권 팔아야 하며, 생산원가가 400원일 경우 4,000권을 팔아야 한다. 만약에 안성방각본 모두가 안성군 내에서만 판매가 되었다면 안성군민 25,300명의 4.7%에서 15.8%에 해당하는 사람들이 사야 생산원가를 건지게 된다. 그렇지만 당대에 아무리 고전소설이 인기가 있었다고 해도 위에서 계산한 비율만큼 책을 샀다고는 생각할 수 없다.

그렇다면 안성의 방각업자는 이렇게 시장의 수요가 적은 안성에서 어떻게 방각본 간행을 통해 돈을 벌려고 하였을까? 이에 대한 단서는 시장권, 혹은 장시망과 관련된 다음의 인용문에서 찾을 수 있다.

> 18세기 중엽 이후 전주나 청주・공주・황산・원산 등 상업도시로 크게 성장한 곳에도 시전이 설치되고 있었으며, 정기시장인 장시 중에서

---

36) 본고에서 인용하는 전답과 호구에 대한 자료는 고려대학교 민족문화연구원에서 구축한 전답・호구 데이터베이스에서 추출한 것이다.

37) 세창서관을 운영한 신태삼은 20장짜리 한글방각본소설을 간행하는 데에 400원이 들었다고 하였으나, 필자는 성호 이익의 문집 출간과 대비하여 120여 원이 들 것이라고 추측하였다. 신태삼의 증언에 대해서는 최철(1975:26), 최호석(2004:374-378).

> 도 상설화의 경향을 보이고 있는 곳도 점차 증가해 갔다. 이와 함께 각 지방에서는 인접한 4-5개의 장시가 상호간에 밀접한 연계 관계를 맺으며 개시일이 서로 중복되지 않도록 설장일을 변경, 조정하고 있는 것으로 나타난다. 즉 한 지역의 읍내장이 2·7일에 개시하면 타원형을 이루면서 이로부터 30-40리 거리에 위치한 다른 장시들은 읍내장과는 다른 날을 택하여 개시하여 하나의 시장권을 형성하게 되는 것이다.[38]

인용문에 따르면 18세기 중엽 이후로 한 지역의 읍내장을 중심으로 30-40리 거리에 위치한 다른 장시들이 하나의 시장권을 형성한다고 한다. 이때 여러 개의 장시가 하나의 권역으로 묶이는 것은 판매자의 입장에서 보면 판매시장이 확대되는 것이며, 소비자 입장에서 볼 때에는 언제든지 시장을 볼 수 있기 때문에 장시가 상설시장화되는 것이라고 할 수 있다. 따라서 일정한 지역을 중심으로 장시권이 형성되는 것은 판매와 소비 양쪽에 이로운 것이다. 그리고 안성은 일찍이 교통이 발달하고 교역이 활발하였기 때문에 안성의 읍내장을 중심으로 시장권이 형성되었을 것이라는 예측이 가능하다.

이헌창은 일찍이 충청도 지방의 장시망을 크게 6개 권역으로 나눈 바가 있는데, 그가 주장한 6개 권역은 예산권, 공주권, 강경권, 청주권, 충주권, 안성권이다. 여기서 그가 주장한 안성권에 들어가는 장시를 표시하면 그림 5)와 같다.[39]

이헌창이 주장한 안성권에 속한 장시는 그림 5)에서 검은 기호로 표시한 곳으로, 안성, 양성, 죽산, 직산, 천안, 평택 등 6개의 군현에 속한 12개의 장시가 여기에 포함된다. 한편 한 권역 내의 생산물은 주로 그

---

38) 金大吉(1997:147).
39) 아래의 표는 李憲昶(1994:28)의 그림을 도표로 작성한 것이다.

그림 5) 안성권의 장시

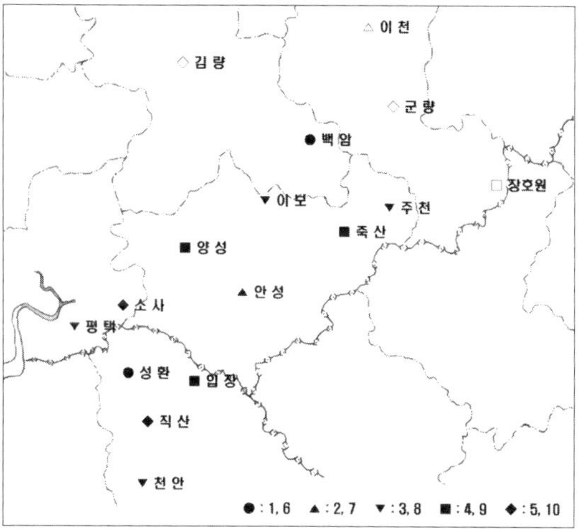

권역 내에서 유통되며, 물품의 특성에 따라 더 넓은 지역으로 유통되기 마련이다. 그리고 안성방각본 또한 안성시장권을 중심으로 유통되었을 것이므로, 안성방각본의 시장은 안성군에서 그치는 것이 아니라 최소한 안성의 시장권에 포함되는 6개의 군현까지 확대된다고 하겠다.[40]

지역	장시이름	개시일	1830	1909
안성	읍장	2, 7	○	○
양성	읍장	4, 9	○	×
	소사장	5, 10	○	○
죽산	배감(백암)	3, 8	○	○
	주천	3, 8	○	○
	이보	3, 8	○	×
	부내	4, 9	○	×
직산	읍장	5, 10	○	○
	입장	4, 9	○	○
	성환	1, 6	○	×
평택	읍장	3, 8	○	○
천안	읍장	3, 8	○	○

40) 작년에 필자는 천안에서 영업하는 고서상을 만난 적이 있는데, 그 고서상은 천안 인근에서 안성판 〈홍길동전〉을 구입하여 소장하고 있다고 하였다.

안성방각본의 시장이 안성을 중심으로 한 안성시장권으로 확대된다는 것은 단순히 안성방각본의 유통범위가 늘어난다는 것을 의미하는 데에 그치지 않는다. 이는 수요의 확대와 직결되는 것이다. 즉 안성시장권의 확대는 곧 잠재적 소비자의 증가와 수요의 확대를 의미하는 것이다. 그렇다면 시장의 수요가 얼마나 늘어나는지 살펴보기로 하자. 이들 6개 군현의 인구는 표 5)와 같다.

표 4) 안성 시장권의 인구

지역	戶口總數(1789)				民籍統計表(1910)			
	戶數	口數			戶數	口數		
		計	男	女		計	男	女
안성군	4,589	17,028	8,173	8,855	5,483	25,300	13,399	11,901
양성현	3,104	7,446	3,924	3,522	2,789	12,617	6,579	6,038
죽산부	4,223	21,889	10,234	11,655	5,540	25,776	13,689	12,087
직산현	3,345	14,876	6,991	7,885	4,175	16,699	8,843	7,856
평택현	1,524	5,860	2,884	2,976	1,260	5,476	2,797	2,679
천안군	3,615	12,258	5,999	6,259	3,869	16,135	8,529	7,606
계	20,400	79,357	38,205	41,152	23,116	102,003	53,836	48,167

안성방각본의 시장을 안성시장권으로 확대하니 인구수가 25,300명에서 102,003명으로 4배나 늘어났다. 따라서 안성방각본의 시장을 안성군으로 한정할 경우 안성군의 4.7%에서 15.8%에 해당하는 사람들이 사야 생산 원가를 건질 수 있는데, 이를 안성시장권 전역으로 확대할 경우 해당 인구의 1.1%에서 3.9%만 구입해도 된다는 계산이 나온다.

한편 하나의 시장권은 닫힌 구조가 아니기 때문에 모든 물품이 하나의 장시권 내에서만 유통된 것은 아니었으며, 안성시장권의 영역 또한 고정된 것이 아니었다. 최근 "죽산의 배감장(1-6일)을 시발로 안성장(2-7일), 이천장(2-7일), 죽산 주천장(3-8일), 죽산장(4-9일), 음죽

장호원장(4-9일), 용인 김량장(5-10일), 이천 군량장(5-10일) 등을 포함하는 '개시일상의 상설시장권'을 중심으로 지역단위 생활권이 형성되었을 것"[41]이라는 주장은 바로 시장권이라는 것이 고정된 것이 아니라는 것을 보여주는 사례이다. 위의 주장을 수용할 경우 안성시장권은 용인과 이천의 장시를 비롯하여 한강 수계의 대장시(大場市)인 장호원까지 포함한다.[42] 그리하여 안성천을 통해서 안성에 들어온 어염은 죽산과 장호원을 경유하여 한강 수계로 유통될 수도 있는 것이고, 마포(麻布)와 같이 강원도에서 안성으로 물품도 들어오는 것도 있을 것이다.[43] 그리고 안성방각본이 보부상들에 의해 유통이 되었다면 안성방각본의 시장 규모와 그 수요는 더욱 커지게 된다.[44]

---

41) 용인시 외(2000:105).

42) 2005년 4월에 필자는 충주시 앙성면에 있는 골동품점에서 안성판 『천자문』을 확인하였는데, 주인에 따르면 이를 안성 인근에서 구입하였다고 한다. 이것이 곧 과거 안성권의 범위를 확정하는 데에 확증이 되지는 않지만 이를 통해 현재까지 충주와 안성이 밀접한 관계에 있다는 것은 인정할 수 있을 것이다.

43) 조선총독부 철도국의 통계에 따르면 1913년에 안성장에 들어온 외부의 물산은 다음과 같다고 한다.

품명	수량	이입된 지역	품명	수량	이입된 지역
米	20,000石	진천 군내	목면	6,000反	부근 각군, 충주군
食鹽	1,000俵	진위군	活牛	10,000頭	近郡 各地
牛皮	2,000枚	근군 각지	麻布	5,000反	강원도 각지

*朝鮮總督府 鐵道局(1914:407). 허영란(1997)에서 편집, 재인용.

44) 유진룡(1992:37)에 의하면 20세기 초까지 보상들은 집을 나가면 빨리 돌아와야 한두 달이고 늦으면 팔월 추석이나 섣달 그믐날 돌아왔다고 한다. 이는 보부상들이 특정한 시장권이나 장시망 내에서만 장사한 것이 아니라 거의 전국을 무대로 장사하였다는 것을 의미한다. 따라서 안성방각본이 이들의 손을 통해 독자에게 판매되었다면 안성방각본의 유통 범위는 앞서 추론한 안성의 시장권을 훨씬 넘어서는 넓은 지역을 포함하고 있다고 하겠다.

한편 시장 요인 중에서 중요한 것 중의 하나는 잠재수요를 유효수요로 바꿀 수 있는 경제력인데, 이에 대한 구체적인 자료가 없기 때문에 본고에서는 정확한 설명을 할 수 없다. 당시 전답의 크기 등은 군현별로 조사가 되었기 때문에 이를 인구수

한편 그간 국문학계에서는 조선 후기와 일제 식민지 시기에 얼마나 많은 사람이 글을 읽을 수 있었느냐에 대해 논란이 있었다. 물론 고전소설 향유가 독서의 방법으로만 이루어지는 것은 아니지만 독자층과 독자의 수와 직결되는 것은 문자 해독 능력이라고 할 수 있다. 이러한 문제는 안성방각본에도 해당된다고 하겠다. 안성방각본의 시장권에는 충분히 많은 인구가 있지만 그것을 읽을 능력이 있는 사람이 없다는 것은 문제가 되기 때문이다.

그런데 김태영에 따르면 1925년 당시 안성군[45] 내에 이미 6개의 공립보통학교와 4개의 학원 및 강습소에 2,189명의 학생이 있었다고 한다.[46] 이와 같은 신식 학교는 1906년부터 세워지기 시작하여 당시 문자 해독층을 늘리는 데에 큰 몫을 하였을 것이다. 그러나 안성방각본이 19세기 중반부터 시작되었다는 것을 생각한다면, 20세기에 세워진 학교는 독자층의 형성과 성장에 직접적인 관계가 없다고 하겠다. 따라서 안성방각본의 입지와 관련해서는 구식 교육이 더 관계가 있을 것으로 본다. 이런 점에서 표 5)의 서당 상황표는 도움이 된다.

로 나누면 1인당 전답의 양이 나오지만, 1인당 전답의 양만으로는 당시 소비자의 실질 구매력이 얼마나 되는지 추정할 수 없기 때문에 아래에 표를 붙여 제현의 도움을 구한다.

지역	大東地志(1861-1866)			각부군결호총록	통감부통계연보		
	계	水田	旱田	계	計	水田	旱田
안성군	2,623.000	-	-	2,177.418	2,108.317	1,506.024	602.293
양성현	3,056.000	-	-	1,840.126	1,218.733	801.283	417.450
죽산부	2,265.000	-	-	1,864.725	1,991.586	1,544.187	447.399
직산현	5,838.000	2,122.000	3,716.000	1,359.196	1,632.842	1,227.055	405.787
평택현	1,779.000	1,140.000	639.000	436.519	491.005	365.352	125.653
천안군	5,260.000	2,305.000	2,955.000	1,801.951	1,630.036	1,162.378	467.658
계	20,821.000	5,567.000	7,310.000	9,479.935	9,072.519	6,606.279	2,466.240

45) 이때의 안성군은 옛 안성군과 양성현, 죽산부가 합해진 지명이다.

46) 金台榮(1925:84-85).

표 5) 서당 상황표

郡名	面名	書堂數	教員數	生徒數			經費
				男生徒數	女生徒數	合計	
안성군	邑內	5	5	40	–	40	1100
	寶益(蓋)	7	7	67	–	67	698
	金光	6	6	40	–	40	820
	瑞雲	5	8	86	14	100	150
	薇陽	5	7	114	17	131	2040
	大德	9	9	76	–	76	1216
	小計	37	42	423	31	454	6,024
양성현	陽城		–	–	–	–	–
	孔道	7	7	60	–	60	900
	元谷	5	5	47	–	47	60
	小計	12	12	107		107	960
죽산부	一竹	6	6	34	–	34	510
	二竹	3	3	12	–	12	90
	三竹	9	9	69	–	69	500
	小計	18	18	115		115	1,100
合計		67	73	645	31	676	8084

표 5)는 김태영이 1925년 당시의 안성군에 있는 서당의 상황을 조사한 것이다.47) 이 당시에는 이미 서당이 신식교육에 밀려 퇴조하던 시기이므로, 이전에는 이보다 더욱 많았을 것이다. 그렇지만 위의 표 5)에 나온 676명은 현재 서당교육을 받고 있는 사람이므로, 이전에 서당교육을 받은 사람의 수를 합한다면 문자 해독층은 더욱 많았을 것이다. 그리고 이를 안성시장권의 인구수에 비례하여 본다면 더욱 많은 사람이 문자를 해독하였을 것이다. 따라서 안성시장권에는 방각본을 읽을 만한 독자층이 충분하게 형성되어 있었을 것이며, 이는 시장의 수요라는 측면에서 볼 때 좋은 조건이라고 하겠다.

그러나 특정 지역을 중심으로 시장권이 형성되었다고 해서 각 상품

47) 金台榮(1925:79-80).

이 판매되는 권역마저 동일한 것은 아니다. 예를 들어 농산물과 같은 경우에는 생산된 지역에서 주로 소비되지만 일부 공산품은 그보다는 훨씬 넓은 지역에서 소비된다. 예를 들어 안성의 유기는 전국적으로 유명하고 상당한 경쟁력을 갖춘 상품이기 때문에 유기는 전국적으로 유통되었다. 특히 서울과 같이 부유층이 많이 사는 지역은 안성 유기의 주 소비지역이 되었을 것으로 보인다. 그러나 방각본의 경우 서울과 전주에서 생산한 것이 안성보다 훨씬 많았으며, 안성방각본 고전소설의 상당수는 경판의 내용을 거의 그대로 옮긴 것이 많았다. 따라서 경판과 완판이 질적으로나 양적(종류)으로나 안성판보다 우수하기 때문에 안성방각본이 서울이나 전주로 진출하여 경판, 완판과 경쟁한다는 것은 그리 쉬운 일이 아니다. 그러므로 안성방각본은 경판과 완판이 공급되지 않거나 각종 비용 등으로 인해 상품 경쟁력이 떨어진 지역, 즉 안성시장권과 그 주변 지역, 강원도 일부 지역에서 주로 소비되었을 것이다. 안성이 서울과 전주를 이어 세 번째로 큰 규모의 방각본 출판지가 된 것은 그곳이 경판과 완판의 직접적인 영향권을 벗어난 지역이라는 점과 일정 규모 이상의 시장 수요가 형성되었기 때문이라고 할 수 있다. 따라서 안성은 교통을 비롯하여 시장 수요의 측면에서도 방각본 출판에 아주 적합한 지역이라고 하겠다.

6. 결론

본고는 입지의 측면에서 안성의 방각본 출판을 살피는 것을 목적으로 하였다. 그리하여 안성방각본의 현황을 정리한 다음 3가지 측면에서 안성방각본의 입지를 고찰하였다. 앞에서 논의한 것을 요약하면 다음과 같다.

먼저 안성에서 방각본 출판을 하게 된 것은 일정한 규모의 자본을 가진 안성방각본 출판업자가 안성에 연고가 있기 때문이었다. 그리고 방각본 출판은 모두 양성과 죽산이 안성에 합해지기 전, 보개면을 중심으로 한 '옛 안성'에서 행해졌다.

그리고 안성은 방각본 출판에 적합한 교통의 요지였다. 즉 안성은 동래로와 제주로를 이어주는 중간지점에 있었기 때문에 예부터 삼남지방의 물산이 안성에서 모였다가 다시 각각 길을 바꾸어 삼남으로 내려갔다. 또한 안성은 안성천을 통해 아산 방면의 해로와 연결되는 한편, 육로로는 한강 수계로까지 이어졌다. 그래서 물자 이동(교역)의 측면에서 볼 때 안성은 교통의 요충지라고 할 수 있다.

한편 시장의 규모 면에서 볼 때에도 안성은 방각본 출판의 적합지였다. 즉 조선후기 안성군의 인구밀도는 경기도 평균보다 훨씬 높았으며, 안성의 읍내장을 중심으로 양성, 죽산, 직산, 천안, 평택 등 6개의 군현이 장시망을 형성하고 있었기 때문에 안성방각본의 소비시장은 상당히 컸다고 하겠다. 그리고 이 지역의 독서 인구도 적지 않았기 때문에 안성 일대는 소비시장으로서 호조건을 갖추고 있었다고 하겠다.

안성방각본에 대한 연구는 이제 시작이다. 그리고 그것은 '①안성의 ②출판문화'라는 관점에서 접근을 해야 할 것이다. 즉 안성방각본에 대한 연구는 서울이나 전주와는 다른 자연적·문화적 환경을 갖는 안성에 대한 이해에서 출발해야 할 것이다. 그리고 안성방각본 고전소설의 내용보다는 하나의 문화 현상으로서 방각본 출판에 초점을 맞추어야 할 것이다. 이렇게 되어야 서울이나 전주와는 다른 뿌리를 갖고 있는 안성방각본의 독자성과 특성을 확인할 수 있을 것이다.

[참고문헌]

『萬機要覽』 財用篇 5, 各廛條.

이중환, 『택리지』, 〈팔도총론〉, [경기도].

金大吉, 『朝鮮後期 場市 硏究』, 國學資料院, 1997, 147쪽.

김대길, 「제4절 안성천·진위천 유역의 교통로 및 시장의 형성과 발달」, 『안성천 Vol.1. 환경과 삶』, 경기도박물관, 2003, 332쪽.

김동욱, 「坊刻本에 대하여」, 『東方學志』 11, 연세대학교 국학연구원, 1970, 97-139쪽.

_____, 「坊刻本小說 完板·京板·安城板의 內容比較硏究」, 『延世論叢』 10, 연세대학교, 1973, 19쪽.

金台榮, 『安城記略』, 安城郡邑內面, 大正十四年, 1925, 84-85쪽.

소진광, 「산업입지이론」, 대한국토·도시계획학회 편저, 『지역경제론』, 보성각, 1999, 75쪽.

손정목, 『조선시대도시사회연구』, 일지사, 1980, 86쪽.

양보경·이기봉, 「제1절 안성천·진위천 유역의 역사·인문지리」, 『안성천 Vol.1. 환경과 삶』, 경기도박물관, 2003, 158-159쪽.

용인시·용인문화원·용인시사편찬위원회·고려대학교 민족문화연구원, 『용인의 역사지리』, 서경문화사, 2000, 105쪽.

유진룡 구술·김택춘 편집, 『장돌뱅이 돈이 왜 구린지 알어?』, 뿌리깊은나무, 1992, 36-37쪽.

이만수, 『지역경제학』, 박영사, 1995, 45-47쪽.

이창헌, 「경판방각소설의 상업적 성격과 이본출현에 대한 연구」, 『관악어문연구』 12, 서울대 국어국문학과, 1986.

_____, 「안성지역의 소설 방각활동 연구」, 『韓國文化』 24, 서울대학교 한국문화연구소, 1999, 99-140쪽.

_____, 『경판방각소설 판본 연구』, 태학사, 2000, 460-472쪽.

李憲昶, 「朝鮮後期 忠淸道地方의 場市網과 그 變動」, 『경제사학』 18, 경제사학회, 1994, 28쪽.

李憲昶·金種赫, 「京畿地域의 市場變動」, 『京畿地域의 鄕土文化(上)』, 한국정신문화연구원, 1997, 197쪽.

李惠京, 「朝鮮朝 坊刻本의 書誌學的 硏究」, 전남대학 석사논문, 1999, 35-37쪽.

李熙悅, 「釜山市 小規模工業의 立地와 意思決定에 關한 硏究」, 『地理學』 28권 1호, 1993, 17-18쪽.

朝鮮總督府 鐵道局, 『朝鮮鐵道驛勢一班』 上, 1914, 407쪽.

鄭容完 편, 『積財올의 발자취』, 2000, 59-61쪽.

주영하·전성현·강재석, 『사라져가는 우리의 오일장을 찾아서 -경기도·강원도·인천·서울 편』, 민속원, 2003, 68-82쪽.

최재선, 「입지선호와 입지요인」, 『지역경제론』 제2전정판, 법문사, 1996, 82쪽.

최 철, 「이조소설 독자에 관한 연구」, 『연세어문학』 6, 연세대학교 국어국문학과, 1975, 26쪽.

최호석, 「방각본 출판의 경제성 시론」, 『우리문학연구』 17, 우리문학회, 2004, 361-388쪽.

허영란, 「1910년대 경기남부지역 상품유통구조의 재편」, 『역사문제연구』 2, 서울대 역사문제연구소, 1997.

홍금수, 「安城地方 地域正體性의 分裂과 그 原因」, 『문화역사지리』 제16권 1호, 한국문화역사지리학회, 2004.4, 287-312쪽.

축제콘텐츠의 '나비 상징'에 대한 인문학적 고찰
: '함평 나비축제'를 중심으로

•

최민성

1. 문제제기

현재의 사회 · 문화적 흐름은 하드웨어(Hardware)에서 소프트웨어(Software)로, 거기서 다시 콘텐트웨어(Contentware)로 발전해 왔다.[1] 문화산업에 있어 하드웨어의 시대는 메시지를 나르는 물질적 기반인 미디어를 중심으로 산업표준이 형성된다. 미디어가 메시지를 결정한 셈이다. 소프트웨어의 시대에는 미디어에 실리는 프로그램의 특성이 메시지를 결정했다. 이때는 장르를 중심으로 콘텐츠가 생산되었다고 이해할 수 있다. 그러나 콘텐트웨어의 시대에는 콘텐츠 자체가 매체와 장르의 기준이 된다. 문화콘텐츠 산업을 얘기할 때 빼놓을 수 없는 개념인 'One Source Multi Use'는 바로 하나의 콘텐츠가 다양한 미디어와 장르로 확산될 수 있는 가능성을 보여주는 것이다. 예를 들어 영화「매트릭스」는 그 콘텐츠를 중심으로 게임, 팬시, 캐릭터, 애니메이션, 코믹스 등의 다양한 매체와 장르로 확산되어 부가가치를 창출한다.

그래서 오늘날에는 매체기술력이나 장르에 대한 숙련도보다 콘텐츠

---

1) 김형수(2001:24).

를 기획·생산하는 창의적 지식과 능력이 중요해진다. 그리고 그 창의적 지식과 능력의 가장 기본이 되는 것은 인문학적 사고와 상상력이라고 본다. 『매트릭스』만 해도 현실과 꿈의 넘나듦이라는 소재가 장자의 '호접몽'으로 대표되는 철학적 상상력에 잇대어 있음은 널리 알려진 사실이다.

현재의 콘텐츠가 이런 문화적 가치에 기반을 두고 생산된다는 것에 주목해 오늘날의 문화 상황을 아트웨어(Artware)로 규정하는 견해도 있다. 문화에서 비롯된 감성적이고 미적인 체험이 훌륭한 콘텐츠를 생산케 한다는 것이다.[2)]

이런 사실은 문화콘텐츠를 기획하고 생산하는 일에 인문학적 고찰이나 문학·예술적 방법론이 매우 중요함을 시사한다. 문화콘텐츠를 구성하는 상상력과 미적 체험의 실제를 정성적으로 파악하는 것은 실제 창작과 향유의 가치를 파악할 수 있다는 점에서 필수적이라고 할 수 있다.

그러나 문화콘텐츠에 대한 연구는 아직까지 사회과학의 관점에 입각한 계량적 연구가 주를 이루고 있다. 본 연구의 대상인 함평 나비축제의 경우도 마찬가지이다. 지역축제로 큰 호응을 얻은 함평 나비축제를 분석한 자료들은 하나같이 계량적 접근을 통한 것들이다.[3)] 이들 계량적 분석을 통해서 함평나비축제의 성공요인을 개괄할 수는 있다. 하지만 그것은 시설투자·교통 등의 하드웨어나, 프로그램 진행의 숙련도 등 소프트웨어에 국한된 분석이 된다.

함평나비축제를 성공시킨 가장 중요한 요인은 '나비'라는 상징이다.

---

2) 김형수(2001:24-26) 참조.

3) 대표적으로 김상호(2004), 김현호·조순철(2004), 이정록(2003) 등을 들 수 있다.

원형적 성격을 지닌 나비 상징을 잘 활용했고 그것에 수용자들이 호응한 것이 가장 핵심적인 원인이었다. 그러므로 함평축제가 지닌 콘텐트웨어 혹은 아트웨어의 특성을 분석하기 위해서는 문화 상징을 분석하는 인문학의 관점이 필요하다.

본고는 바로 인문학적 방법론을 원용해 함평 나비축제의 성과와 한계, 그리고 전망을 모색하고자 한다. 구체적으로는 융의 집단무의식 개념에 기반을 둔 문화 상징적 분석방법을 활용하려 한다. 또한 우리 고전과 문학·예술작품 속에서의 나비 상징을 상세히 살피고자 한다. 이를 통해 문화콘텐츠에 대한 인문학적 분석이 가치 있음을 확인하고 그 실제가 드러나길 기대해본다.

2. '함평나비축제'와 상징기제

함평의 역사와 지리적 조건에서 21세기의 축제문화와 어울릴 만한 요소는 드물다. 함평이라는 이름 자체가 널리 알려지지 않았으며 어떤 대표적 정체성을 갖고 있지 못하다. 다시 말해 축제문화콘텐츠로서 하드웨어나 소프트웨어의 측면에서 장점이 없다는 것이다.

함평이 그 이름을 드러내는 사례로 흔히 드는 것이 함평 고구마 사건이다. 함평의 고구마 사건은 1976년 고구마 수매를 둘러싸고 농민들이 농협의 비리에 저항했던 사건이다. 그러나 이 사건이 현재 축제의 고장으로 명성을 얻기 시작한 함평의 이미지와 연관되어 상승적 효과를 준다고는 생각지 않는다. 마치 한국이라는 기호가 아직도 많은 세계인들에게 전쟁의 나라를 연상시키는 것과 마찬가지로, 함평 고구마 사건은 70년대의 억압 체제와 그 속에서 고통 받았던 민초들의 쓸

쓸한 풍성을 떠올리게 하지, 축제라는 풍요로운 광경을 떠올리게 하지는 않기 때문이다.

다만 우리 소리 '호남가'에서 '함평천지'의 평안함을 노래한 것 정도를 축제와 관련된 역사로 소개할 수 있을 것이다. 함평 나비축제를 소개하는 여러 논문들에서도 함평의 자연과 관련하여 이 소리를 역사적 근거로 삼고 있다.

그러나 실제 소리의 사설(辭說)을 살펴보면 다른 호남의 고을들보다 특별히 더 자랑할 만한 어떠한 요소가 없다는 것을 쉽게 발견할 수 있다. 그저 호남의 여러 고을을 소개하는 소리의 첫 대목을 장식한다는 정도일 것이다. 그러니 호남가 속의 함평에서 어떤 시대를 관통하여 오늘의 축제와 이어지는 의미를 찾을 수는 없겠다.

실제 함평의 사정을 들여다보아도 하드웨어와 소프트웨어가 부실하긴 마찬가지다. 함평군에는 전국적으로 알려진 대표적인 관광지가 없다. 그 관광지조차 해양형의 자연적 관광자원에 국한되어 자원의 가치성이 매우 빈약한 실정이다.[4)]

하지만 이런 조건 속에서도 함평의 축제는 전국의 많은 관광객을 끌어 모으고 있다.[5)] 이런 성과를 인정받아 행정자치부는 함평군을 공공부문 혁신대회 명예의 전당에 선정하여 등록시킨 바 있다. 또 문화관광부가 지정하는 전국우수축제에 매년 선정되고 있기도 하다.

그런 의미에서 함평 나비 축제는 일종의 역설이다. 관광 부존자원의

4) 함평 지역의 자연적 · 사회적 속성이 오히려 지역관광의 활성화에 장애요인으로 작용하고 있다는 지적도 있다(이정록, 2003:341).

5) 축제 개최 이전(1998년)에 20만 명에도 못 미치던 관광객이 축제가 시작된 1999년에 60만 명, 2000년에 75만 명, 2001년에 123만 명, 2002년에 131만 명, 2003년에는 143만 명으로 증가하였다(김현호 · 조순철, 2004:224).

부재와 역사적 주목도 부족은 그것을 극복할 수 있는 비물질적 가능성인 아이디어와 기획력을 자극했다. 다시 말해 하드웨어나 소프트웨어보다는 콘텐트웨어에 주목하게 되었다는 것이다. 이미 있는 지역적 자원을 개발하는 것이 아니라 새로운 지역성을 창출하는 것으로 발상의 전환이 필요했다. 그렇게 창출된 콘텐츠 기획이 오히려 하드웨어와 소프트웨어의 발전을 이끌어냈다는 점에서 함평 나비축제의 성공은 전형적인 콘텐트웨어적 성공의 양상을 보여준다.

함평이 콘텐츠의 핵심으로 선택한 것은 '나비'라는 상징이었다. '나비를 보러 함평으로 오세요.'라는 캐치프레이즈는 도시민들에게 강렬한 정서의 호응을 불러일으켰다. 도시민들은 나비라는 상징에서 많은 의미를 찾아내고, 그 의미들을 향유하고 갔다. 나비라는 상징을 통해 함평은 우선 별 볼일 없는 농촌의 이미지를 깨고 자연환경을 잘 보존하고 있는 지역이라는 긍정적 이미지를 심을 수 있었다.[6)]

상징은 문화적 학습이 전제되지 않고는 이해할 수 없는 기호이다. 상징 그 자체와 상징의 의미 사이에는 논리적인 연관성이 없기 때문이다. 기독교 문화를 접해보지 못한 사람은 십자가의 상징적 의미를 파악할 수 없다. 그러므로 상징 속에는 매우 강렬하게 문화적 관습이나 전통 등이 개입하고 전승되게 된다. 그래서 상징은 종종 엄청나게 강력한 감정적 반응을 불러일으킨다. 때로 사람들은 종종 이러한 상징을 내세우는 조직을 위해 기꺼이 목숨을 내놓기도 한다.[7)] 그래서 상징을 어떻게 만들고 활용하는가의 문제는 그 파급력에서 매우 중요한 문화

6) 함평이 지역성과 직접적 관계가 없는 나비라는 상징을 통해 새로운 지역성을 창출할 수 있었던 데는 농업을 전공하고, KBS에서 자연다큐멘터리를 제작한 경험이 있는 이석현 군수의 역할이 컸던 것으로 알려져 있다(이정록, 2003:343).

7) Berger(1989:28-29).

적 행위가 아닐 수 없다.

나비가 지니는 내포적 의미는 무엇보다 '친환경'에 있다. 나비는 환경의 순도를 확인할 수 있는 일종의 지표생물이다. 환경 파괴가 심각한 도시에서 나비를 보기는 점점 어려워져 간다. 문명의 세계 속에 살면서도 자연과 더불어 살기를 바라는 현대인에게 그래서 나비의 존재는 더할 나위 없이 반가운 것이다. 함평에서 만나는 나비가 주는 즐거움은 단순히 희귀한 생물을 만났다는 기쁨이 아니라 환경이 살아있다는 것을 확인하는 안도감에서 비롯한다. 의식하건 의식하지 못하건 우리는 나비에서 이런 상징적 의미를 읽어낸다. 사물의 기호적 의미를 넘어서는 의미를 찾아내는 인간의 이해는 상징적 상상력을 통해 이루어지기 때문에,[8] 우리가 나비라는 감각대상, 즉 이미지에서 생태적 건강성이라는 의미를 읽어내는 것은 매우 자연스러운 일이다.

나비의 상징성은 친환경에 머물지 않는다. 원래 상징은 하나의 기표 속에 다양하고 폭넓은 기의를 함유하는 구심적인 것이다.[9] 구체적이고 정확한 의미를 전달해야 하는 보통의 기호와 달리, 상징은 삶에 대한 깊은 직관적 지혜를 나타낼 수 있다.[10] 그래서 나비는 친환경이라는 기의를 넘어 문명화된 현실을 벗어난 이상적 현실을 의미하게 된다. 나비는 우리가 지향해야 할 하나의 노스탤지어의 상징이다. 어린이를 동반한 가족들이 함평 축제 관광객의 대부분을 차지하는 이유를 여기서도 찾을 수 있다. 부모들은 미래를 살아갈 어린이들에게 일종의 비전을 보여주고 싶은 것이라고 해석할 수 있다. 우리의 이상적 삶의 조건은 회색의 도시공간에 있는 것이 아니라 나비가 날아다니는, 또

8) 유평근 · 진형준(2001:155).
9) 뒤랑(2000:16).
10) 폰태너(1998:8).

다른 지표생물인 자운영 꽃밭이 흐드러진 함평의 평야임을 확인시켜 주고 싶은 것이다.

나비의 상징이 내포하는 의미를 도표로 정리해 보면 다음과 같다.

나비의 존재	나비의 부재
친환경	환경 파괴
자연	문명
이상	현실

함평은 나비를 축제의 테마로 삼음으로 해서 나비의 상징성을 함평이라는 지역 속으로 끌어들일 수 있었다. 나비의 의미가 함평이라는 지역성 속으로 전이되는 환유적 과정이 발생하게 되는 것이다. 진위(眞僞)와는 별개로 함평은 나비의 상징성처럼 친환경적인 공간으로 인정되고, 도시의 현실을 벗어나 만날 수 있는 이상적 현실이 되고 현재의 삶을 극복하고 지향해야 할 가치가 있는 공간으로 인식된다. 그것은 마치 광고에 등장하는 인물이나 사물이 지닌 약호를 통해 광고하는 상품의 속성이 결정되는 것과 마찬가지이다.

관심을 가져야 할 것은 나비 상징을 중심으로 하는 콘텐트웨어의 양상이 하드웨어나 소프트웨어의 발전을 이끌어 낸다는 점이다. 우선 축제의 성격이 단순한 나비 축제에서 생태환경축제로 확산되고 있다. 나비 상징의 콘텐츠가 생태환경축제의 다양한 프로그램이라는 소프트웨어의 발전을 촉진한 것이다. 또한 함평군은 나비의 상징성을 상품 생산과 연결시켜 지역 내 모든 농산물을 친환경 상품으로 개발하는 전략을 수립・실천하고 있다. 나비의 친환경적 상징성을 지역 농업과 연관시키는 것이다. 이는 콘텐츠 가치를 하드웨어적 생산으로 확대한 사례로 이해할 수 있다.[11]

3. 문화전통 속의 '나비'의 상징과 심층

친환경, 자연, 이상이라는 기의를 내포할 수 있는 상징적 기호들은 나비 말고도 반딧불이, 여러 환경 지표 물고기 등 다양하다. 하지만 그 어느 생물도 나비만큼의 매력을 가지지 못한다. 나비에 대한 동경이 도시화가 가속화된 현대에만 존재했던 것이 아니라, 아주 오랜 세월을 통해 우리들의 기억 속에 각인되어 왔기 때문이다. 나비의 상징성은 오랜 세월의 문화적 흐름 속에서 깊고 풍부해진 것이다.

우리 문화에서 나비 이미지처럼 생활 저변에서 쉽게 만날 수 있는 것도 드물다. 인사동에 나가면 흔히 볼 수 있는 옛 가구들의 경첩을 들여다보면 거개가 나비 문양으로 되어 있는 것을 확인할 수 있다. 여인들이 한복을 곱게 차려입고 곁들이는 노리개의 자수문양도 대부분 나비 문양을 쓰고 있다. 또 도자기나 그림에 등장하는 나비의 사례를 일일이 열거하기 어렵다. 상징이란 기호의 범주에 들면서도, 표현할 수 없으며 눈에 보이지 않은 기의를 드러내야 하기 때문에, 그 적확성을 구체적으로 구현하기 위해 의식적(儀式的), 신화적(神話的), 도상적(圖上的)인 반복에 의해 구현되는 기호이다.[12] 나비가 바로 그런 상징 기호이다.

그러나 나비 축제의 기획자들의 자료나 연구자들의 자료 어디에서도 이와 같은 나비의 깊은 상징성에 대한 언급을 읽을 수가 없다. 함평

11) 함평쌀은 '나비' 브랜드로 유통된다. 이것이 전국의 유명 백화점에서 20Kg 한 부대를 기준으로 일반쌀 4만5천 원보다 5천여 원이 비싼 가격으로 팔리는 데도 6개월 간 13만 부대 56억원 어치가 팔린 것(김현호 · 조순철, 2004:229)은 함평의 농산물에 전이된 나비의 상징성의 위력을 확인할 수 있는 좋은 사례가 되며, 문화콘텐츠가 지닌 가치를 잘 보여주는 사례가 된다.

12) 뒤랑(2000:23).

나비 축제의 홈페이지에 나오는 나비의 소개는 그저 나비의 생물학적 특징을 열거하는 데 그친다. 함평 나비 축제를 연구한 논문들은 거의 축제의 경제적 가치나 사회적 의미에만 초점을 맞춘다. 축제와 관련되어 이처럼 인문학적 관점이 결여된다는 점은 매우 안타까운 현실이다. 그만큼 축제의 폭과 깊이를 더할 기회를 놓쳐버릴 수 있기 때문이다. 바로 이 지점에서 나비 상징에 대한 인문학적 고찰이 필요하다. 나비에 담긴 문화적·문학적 상상력에 대해 좀 더 깊이 살펴보기로 한다.

3.1 집단무의식 속의 '나비' 상징

한 공동체에서 오랜 시간 동안 대물림되어 온 상징은 문화와 역사의 진화 과정에서 그들의 정신을 형성하는 집단무의식에 하나의 소인(素因)으로 자리 잡는다. 그 집단무의식은 마치 신체의 형질이 유전되듯이 세대를 이어 우리의 정신 속에서 유전되어 전수된다.

이 집단무의식의 개념을 처음 주장한 사람은 융이다. 융에 따르면, 인간의 정신은 의식과 무의식으로 나누어진다. 이 점은 프로이트의 발견과 다를 바 없다. 그러나 무의식을 '개인 무의식'과 '집단 무의식'으로 나누는 점이 융의 독특한 이론이다. 융은 자아에 의해 인식되지 못한 개인적 경험들이 무의식 속에 저장되는 것을 개인 무의식이라고 말했다. 그런데 융이 임상실험을 거듭하면서 발견한 것은 개인들의 정신 속에 사회역사적 상징들이 무의식화 되어 존재한다는 사실이었다. 개인의 꿈 등에서 도저히 개인의 경험이라고 볼 수 없는 신화적, 종교적, 문화적 상징들이 등장했던 것이다.[13] 이것은 개인의 경험을 뛰어넘는 요소로, 융은 이런 무의식을 구별하여 연구해야 할 필요를 느꼈다. 그

13) 융(1996:67-82).

는 이것을 집단 무의식이라는 개념으로 규정했다. 그는 이 개념을 통해 진화와 유전이 신체적인 청사진을 만드는 것처럼 정신의 청사진도 제공한다는 사실을 보여주었다.[14] 문화와 역사와 우리의 정신은 연결되어 있다. 그것은 무의식 속에서 하나의 소질 혹은 잠재적 가능성으로 존재하고 있다가 실제의 이미지를 만날 때 불현듯 그 가치를 드러낸다.

이러한 정신의 발전은 어떤 집단의 문화 생태적 환경과 밀접한 관련이 있다. 그 근거를 유물론적 문화생태학과 연관 지어 확인힐 수 있다. 마빈 해리슨은 인도의 암소 숭배에 관해 흥미로운 분석을 내놓는다.[15] 인도 사람들이 굶어죽으면서도 암소를 잡아먹지 않는 이유는, 암소가 인도의 낮은 생산력의 농업 경제에서 가장 중요한 자원의 역할을 하기 때문이라고 본다. 암소는 농기계 역할을 하는 수소의 생산공장이자, 가장 중요한 식원료인 우유의 생산자이자 연료(소똥)의 추출지이기도 하다. 이렇게 중요한 역할을 하기 때문에 당장 한 세대가 기아에 허덕이더라도 암소를 죽일 수가 없다. 암소가 살아있어야 기아를 벗어날 희망을 가질 수 있기 때문이다. 그러나 배가 고픈 상태에서 암소를 잡아먹지 않기란 쉬운 일이 아닐 것이다. 해리슨은 이것을 강력하게 금지하기 위해 종교적 금기가 생긴다고 파악했다. 소를 해치지 말라는 강력한 종교적 금기는 절실한 식욕을 참게하고, 결국 낮은 생산력의 인도 농업경제 체제를 암소를 중심으로 유지시키는 역할을 하게 만든다는 것이다.

여기에 융의 의견을 덧붙여보자. 암소를 먹지 않는 것이 인도인의 생태적 삶을 유지하는 데 도움을 준다면 그것은 집단무의식이 되어 그

14) 홀·노드비(2004:61).
15) 해리슨(1996:21-41).

들의 정신 속에 유전될 것이다. 그런 집단 무의식이 암소에 대한 식욕이라는 본능을 억제케 하고 나아가 그 문화 속의 종교적 금기를 창출했을 수 있다. 확실히 인도인들에게는 다른 문화권의 사람들에게는 없는 암소에 대한 하나의 정신적 소질이 형성되어 있을 것이다.

우리가 나비에 대해 갖는 호감도 이런 원리로 이해할 수 있다. 오랜 세월 삶의 향상을 위해 시도되었던 다양한 경험들이 나비에 대해 호감을 갖도록 작용했다는 것이다. 그리고 그것은 나비와 관련된 생태 문화적 선택과 관련이 있는 것이다.

이제 나비 상징의 집단무의식적 양상을 우리 문화전통 속에서 확인하고 현재적 의미를 찾아보도록 하겠다. 나비 상징은 크게 도가적 초월의 측면과 음양적 조화의 측면으로 살펴볼 수 있을 것이다.

3.2 도가적 초월

우리나라 사람들은 예부터 나비를 기쁨을 상징하는 곤충으로 여겨왔다. 나비가 기쁨과 행복을 상징하게 된 것은, 노장 사상의 한 축인 『莊子』 齊物論에 장주가 꿈에 나비가 되어 날아다니면서 큰 행복을 맛보았다는 데 기인한다.16)

> 전에 장주는 꿈에 나비가 되었다. 훨훨 나는 것이 분명히 나비였다. 스스로 즐겁고 뜻대로라 장주인 줄을 알지 못했다. 그러다가 조금 뒤에 문득 깨어보니 분명히 장주였다. 장주가 꿈에 나비가 된 것인지, 나비가 꿈에 장주가 된 것인지를 알지 못하겠다. 장주와 나비는 반드시 구분이 있을 것이니 이를 물화(物化)라고 한다(장기근·이석호 역:

16) 한국문화상징편찬위원회(1992:234).

1990, 229).

이 이야기에서 장자가 말하고자 하는 것은 피차의 구별이 없고 모든 것이 하나로 어우러지는 경지에 대한 것이다. 따라서 시(是)와 비(非), 가(可)와 불가(不可), 아름다움과 추함, 크고 작음, 길고 짧음 등의 모든 가치의 대립이 하나로 보이게 되면 꿈도 현실이요, 인간도 나비로 물화되는 것이다. 이런 경지에 서야만 참다운 우주의 신비, 실존의 진리, 참된 도를 터득할 수 있는 것이다.

나비는 이런 높은 경지에 도달하는 하나의 이상적 상징으로 기능하고 있다. 이를테면 나비가 도가(道家)에서 환상의 모티프 역할을 하고 있는 셈이다. 나비가 번데기를 벗고 날아오르는 행위는 쉽게 현실에서의 초월과 연결된다. 현실주의, 인문주의에서의 초월을 강조하는 도가의 입장에서 나비가 중요한 상징적 이미지가 되는 것은 이런 까닭이다.[17)]

나비가 초월적 아름다움에 대한 동경의 상징이 된다는 것은 〈청구영언(靑丘永言)〉에 소개되어 있는 '나비야 청산 가자'라는 시조의 사례를 들어보면 쉽게 이해할 수 있다.

나비야 청산 가자 범나비 너도 가자
가다가 저물거든 꽃에 들어 자고 가자
꽃에서 푸대접하거든 잎에서나 자고 가자

여기서 화자가 나비가 되어 가고자 하는 청산은 우리가 일상에서 만나는 푸른 산 이상의 깊은 의미가 있다. 청산의 의미는 고려가요 〈청

17) 서양에서도 변태하는 나비의 변화에 주목하여 나비는 부활, 재생의 문화상징이 되고 있다. 즉 변태하는 생물학적 특성이 초월의 상징 기호로 활용되는 것이다.

산별곡〉을 참조할 수 있다. 이 노래에서 청산은 머루와 다래를 따 먹는, 세속과 먼 자연의 세계를 의미한다. 그래서 이 작품에는 화자가 나비가 되어 청산에 들어가 대자연과 일체가 되어서 순간적이나마 인간의 괴로움을 극복하려는 뜻과 세속의 먼지를 훨훨 털어버리고 가벼운 마음으로 자연을 찾아가는 화자의 밝은 마음이 잘 드러나 있다. 이처럼 나비라는 상징은 세속을 벗어난 자연으로의 회귀라는 도가적 흐름을 잘 반영한다.

나비 자체의 생물적 특성 외에 나비를 둘러싼 생태적 특성 또한 중요하다. 단순화하는 감이 있지만, 유가가 인문주의 세계관이 강하고, 도가가 자연주의 세계관에 입각한 것이라고 할 때, 나비의 생태적 특성에 보다 민감한 것은 도가의 입장이다. 앞서 밝혔듯이 나비는 환경의 순도를 확인할 수 있는 지표생물이다. 나비가 있다는 것은 그곳에 순도 높은 식물과 꽃이 존재한다는 것이고 이는 그곳의 생태가 매우 잘 정비되어있음을 증명한다. 자연을 '스스로 완성된 질서', 즉 최고의 선으로 생각하는 동양의 사상에서 자연의 흠결 없음을 의미하는 나비의 존재는 매우 가치 있는 것이 된다. 그래서 나비라는 상징적 이미지를 바라보는 수용자는 거기서 행복과 기쁨을 읽을 수 있게 되는 것이다.

비슷한 사례로 우리는 호랑이를 들 수 있다. 현재 우리나라에는 자생하는 호랑이가 한 마리도 없다. 그렇지만 호랑이 상징은 여전히 강력한 힘을 지니고 있다. 88올림픽의 마스코트였고, 현 축구국가대표팀의 엠블렘을 장식하고 있다. 김용옥은 호랑의 상징성에 대해 다음과 같이 밝힌다.

호랑이 한 마리가 살기 위해서는 최소한 멧돼지 백마리 이상은 살아

> 야 할 것이고, 멧돼지가 백마리 살기 위해서는 수만마리의 다람쥐가 있어야 할 것이고, 수만마리의 다람쥐가 있기 위해서는 수백·수천만 개의 도토리가 있어야 할 것이고, 수백·수천만 개의 도토리가 있기 위해서는 수십만 그루의 도토리 나무가 있는 숲(Forest)이 형성되어 있어야 할 것이다. 호랑이 한 마리가 살기 위한 에코시스템의 범주는 반드시 "신령스러운" 산(숲)을 요구하는 것이다. 다시 말해서 호랑이는 곧 산의 신령스러움의 物象的 표현인 것이다. 우리는 호랑이가 곧 산의 신령스러움이요, 산의 신령스러움의 의인화된 인격체가 곧 산신령 할아버지인 것을 발견한다. 호랑이는 곧 산신령인 것이다.[18]

결국 호랑이는 자연의 생태적 건강을 실증하는 상징적 기호가 된다. 이런 생태적 인식이 호랑이를 원형상징으로 만들어내는 근본 이유가 되고 우리 문화에서 호랑이가 끊임없이 설화의 주인공으로 등장하는 이유이기도 하다.

나비가 우리의 행복한 원형상징이 되는 것도 이와 같은 이치에서이다. 나비를 발견하고 희열을 느끼는 우리의 의식 뒤편에는, 건강한 환경적 조건을 확인하며 안도하고 기뻐해오던 매우 오래된 유전적 흔적이 작동하고 있는 셈이다. 나비를 거의 보지 못하고 자란 아이들이 나비를 보고 느끼는 유쾌함은 결코 그 아이의 경험에서 비롯되는 것이 아닐 것이다. 그것은 나비를 통해 자연과의 조화와 초월적 가치를 확인하던 집단 무의식이 사람들의 정신에 유전되어 발현된 기쁨이라고 이해할 수 있다. 결국 나비를 보는 큰 기쁨은 문명을 벗어나 자연과 어우러지는 데서 오는 도가적 기쁨이다.

신영복의 개념을 빌리자면, 동양의 역사에서 유가사상이 인간적 문

---

18) 김용옥(2000:153).

명을 향한 '진(進)'의 사상이라면, 도가 사상은 자연으로의 '귀(歸)'의 사상이다.

> 유가 사상은 서구 사상과 마찬가지로 '진(進)'의 사상입니다. 인문 세계의 창조와 지속적 성장이 진의 내용이 됩니다. 인문주의, 인간주의, 인간중심주의라 할 수 있지요. 그에 비하여 노자 사상의 핵심은 나아가는 것(進)이 아니라 되돌아가는 것(歸)입니다. 근본으로 돌아가야 한다는 것이지요. 노자가 가리키는 근본은 자연(自然)입니다. 노자의 귀(歸)는 바로 자연으로 돌아가는 것을 의미합니다.[19]

나아감이 있으면 돌아옴이 있어야 한다. 동양의 사상은 이렇듯 나아가고 되돌아오는 음양적 구조 속에서 안정을 취하고 있다. 동양의 선비들은 벼슬길이 순탄하면 유가에 의지하여 일에 힘쓰고, 벼슬길이 순탄치 않으면 도가에 의지하여 세상을 등지고 홀로 즐길 수 있는 양가적 성격에 익숙해 있었다.[20] 그것을 조화롭게 자신의 삶 속에 정치시키는 것에 힘썼다. 진(進)의 유가와 귀(歸)의 도가를 '자연의 인간화'의 유가와 '인간의 자연화'라는 도가로 설명할 수도 있겠다.[21] 우리 전통에서는 이 두 방향을 어떻게 조화시키는가가 중요했다. 그 두 지향의 조화를 우리 삶의 기본적 구조로 이해해도 무리가 없다.

나비가 도가의 상징임을 상기할 때, 축제는 새로운 방향성을 지닐 수 있다. 함평을 찾는 것이 단순히 깨끗한 환경을 맛보기 위한 것이 아니라, 현대적 문명 공간에서 생활하면서 느끼는 '진(進)'의 소용돌이에서 한 발짝 물러나 '귀(歸)'를 경험하는 것이 될 수 있기 때문이다.

---

19) 신영복(2005:253-254).

20) 장파(1999:263).

21) 이택후(1990:114).

특히나 지금의 시대는 신사유주의의 물결 속에서 경쟁과 성장의 획일적 강화 속에서 인간성이 신음하고 있는 시대이다. 함평의 축제가 나비에 담긴 귀(歸)의 상징을 중심으로 기획된다면, 경쟁에 내몰린 현대인들에게 가치 있는 메시지를 전달할 수 있을 것이다.

그럴 때 우리는 흔히 말하는 '느림의 미학'과 관련된 여러 기획들을 축제 안으로 끌어들일 수 있을 것으로 생각한다. 단순히 나비를 보고 체험하는 축제에서 나비라는 상징성을 통해 스스로를 성찰하고 자연 속으로 침잠하는 가치 있는 반성이 담긴, 의미 있는 축제가 될 수 있다. 이런 방향이야말로 축제가 지닌 탈현실적 가치를 극대화 하는 것이라고 생각한다.

자연에 침잠하고 자연과 하나 되는 축제가 된다면, 그저 하루 나비를 구경하고 가는 축제의 행태를 벗어날 수 있을 것이다.[22] 나비의 도가적 상징성을 적극적으로 활용하여 현대인에 맞는 전통을 적확히 재창출한다면, 관광객들이 '귀(歸)'의 가치를 느끼면서 여러날 묵는 가운데 그 느림을 의미 있게 받아들이는 계기가 될 것이다.

이런 관점에서 볼 때 함평이라는 후미진 농촌지역에서 나비 축제가 열리는 것은 전혀 단점이 될 수 없다. 엄혹한 자본의 질서에서 소외된 공간이라는 것, 낙후되었다는 것은 '진'의 입장에서 볼 때, 부족함일지 모르지만, '귀'의 입장에서 보면 오히려 장점이 될 수 있기 때문이다. 함평의 '시골다움', 혹은 주변부적 자질이야말로 지역 경쟁의 시대에 대체 불가능한 영역성의 가치를 창출하는 요소가 될 수 있다.

---

22) 4회 축제에 대한 조사에 따르면, 관광객의 여행일정에 있어 당일 방문이 전체의 82.4%를 차지하는 것으로 나타났다(이정록, 2003:344). 대부분의 축제 참여자들이 당일 참여에 머무르는 것이다. 이런 사실은 관광객들이 그만큼 함평 나비축제에 대해 깊이 있는 매력을 느끼지 못한다는 것을 증명한다.

그러므로 나비축제와 관련해서 함평군이 힘써 배우고 강화해야 할 가치는 축제의 세련미나 화려함 등이 아니다(물론 그것이 불필요하다는 주장은 아니다). 오히려 수더분함, 순박함, 느림 등의 변별적 요소들이다. 그런 면에서 1970년대의 함평 고구마 사건조차 버릴 이미지가 아닌 셈이다.[23)]

그런 느림의 미학이나 퇴의 문화는 자연스럽게 지역 주생산물인 농산품의 친환경적·유기농적 재배와 연결되어 상품 가치를 높이는데 더욱 기여할 수 있을 것이다. 친환경이나 유기농이라는 용어는 달리 말하면 자연의 질서에 순응하는 농사의 방법, 인위(人爲)을 배제한 방법을 말하는 것이기 때문이다. 진정한 친환경 농업은 웰빙의 욕구에서 비롯되는 것이 아니라 자연의 질서로 돌아감[歸]에 근거해야 할 것이다. 이런 사상적 깊이를 가진다면 함평의 농산물이 지니는 경쟁력이 제고될 것이고 이는 다시 함평 나비축제를 가치있게 만들 것이다.

3.3 음양의 조화

또 한 가지 나비의 상징 속에 포함되는 의미는 사랑과 조화이다. 나비는 항상 꽃과 어우러진다. 꽃은 나비를 기다리고 나비는 꽃을 찾아 날아다닌다. 나비의 동적인 성격은 그래서 양의 성질을 띠고 남자와 연관된다. 꽃의 정적인 성격은 음의 성질을 갖고 여자와 연관되었다. 그래서 나비와 꽃이 어우러지는 모습은 남녀의 지고한 사랑을 상징해 왔다.

---

23) 이와 관련해 일본 오이타 현 유후인 마을의 사례는 좋은 참고가 된다. 유후인 마을은 30-40여 년 전의 시골풍경을 재현함으로써 관광명소가 되었다. 모텔이나 주유소 등이 없을 뿐 아니라 도로확장이나 포장을 하지 않는 시골마을을 만들어서 변별적 가치를 창출했다(김현호·조순철, 2004:226). 현대 문명과 다른 '퇴'의 문화를 체험하는 아이디어를 통해 지역 발전에 오히려 성공한 셈이다.

우리의 전통 속에서 이런 상징을 만나는 것은 매우 쉬운 일이다. 이를테면 우리 고전문학의 백미인 「춘향전」에서 이몽룡과 성춘향이 사랑을 나누는 '사랑가'에 나비와 꽃의 상징이 빠질 수 없다.

> 너는 죽어 될 것 있다
> 너는 죽어 글자 되되
> 따 지(地) 자, 그늘 음(陰) 자, 아내 처(妻) 자, 계집 여(女) 자 변(邊)이 되고
> 나는 죽어 글자 되되
> 하늘 천(天) 자, 마를 건(乾) 자, 지아비 부(夫) 자, 사내 남(男) 자, 아들 자(子) 자 몸이 되어 여(女) 변에다 붙이면 좋을 호(好) 자로 만나보자.
> (중략)
>
> 그러면 너 죽어 될 것이 있다
> 너는 죽어 명사십리 해당화 되고
> 나는 죽어 나비 되어
> 나는 네 꽃송이 물고
> 너는 내 수염 물고
> 춘풍이 선뜻 불거든
> 너울너울 춤을 추며 놀아보자
> 사랑 사랑 내 사랑이야.

이 사랑가의 구조는 음양의 이치를 따르고 있다. 지(地), 음(陰), 처(妻), 여(女) 자 등이 음의 계열을 이루고 있고, 천(天), 건(乾), 부(夫), 남(男) 자 등이 양의 계열을 이루고 있다. 사랑이라는 것은 단순히 남과 여가 만나는 것이 아니라 남과 여로 대표되는 음과 양의 조화로운 만남을 의미한다. 음과 양이 만나면 좋을 호(好)가 된다.

중요한 것은 이 조화의 가치이다. 나비와 꽃이 같이 있는 것은 사랑의 상징이면서, 조화의 상징이 된다. 그런 측면에서 우리 전통 그림에 나비와 꽃이 함께 있는 그림[花蝶圖]이 많은 것은 단순히 우리가 사랑을 그림의 주요 테마로 삼았기 때문만은 아니다. 우리 미의식을 이루는 음양적 세계관이 그 그림들 속에 투영되어 있다.

이렇게 남녀 간의 사랑까지 음양의 틀 속에서 파악하는 것은 사물이나 감정의 이치를 음양의 존재론적 질서 속에 침투시킴으로써 세계 안에서 사물이 의미의 충만함으로 넘쳐나게 되기 때문이다.[24] 자연 자체가 음양의 조화가 가장 잘 이루어진 시공간이다. 나비와 꽃, 남자와 여자의 만남과 사랑은 그 자연의 일부를 이루는 조화의 한 측면으로 이해된다.

우리가 꽃들 사이를 자유롭게 날아다니는 나비를 보면서 느끼는 좋은 감성에는 자연의 조화를 목도하는 즐거움도 들어있다. 세계는 음양의 순환이라는 거스를 수 없으며, 변함없는 질서 속에 놓여 있고 우리는 나비와 꽃의 만남에서 그 질서가 완연함을 만끽한다. 그 조화로움은 우리의 행복감을 불러온다. 그러니 우리 전통 문화에서 여자들의 노리개에 나비 문양이 들어가고, 안방의 반닫이 경첩에 나비 모양이 겹쳐지는 것은 자연스럽다. 그런 이미지들을 통해 우리들은 조화로움의 행복을 읽어왔던 것이다. 그리고 나비에 대한 이러한 미적 태도는 삶을 바라보는 문화적 원형으로 우리 집단 무의식 속에 내재되어 왔다고 본다.

나비가 꽃과 어우러져 보다 깊은 조화의 가치를 상징한다는 것을 인식할 수 있다면, 나비 축제에서 얻을 수 있는 내용은 훨씬 풍부할 것으로 기대한다. 현재 함평 나비 축제의 참가자는 가족단위 방문객이 다

24) 김혜숙(2000:66-67).

수를 점하고 있다.[25] 가족 단위 참여사가 많은 것은 앞서도 밝혔듯이 나비에게서 친환경의 의미를 읽고 자연 친화의 비전을 아이들과 나누고 싶은 부모들의 심정이 반영된 것으로 해석할 수 있다. 그와 관련하여 아버지와 어머니의 조화, 부모와 자식의 조화, 그런 가치들이 의미 있다는 사실을 나비라는 상징을 통해 배울 수 있다는 것이 축제의 한 방향이 되어야 할 것이다. 나아가 가족의 조화와 자연의 조화를 연결짓고 사회의 조화로도 확장시키는 방향을 제시할 수 있다면 더 훌륭한 축제의 기획이 탄생할 것이다.

4. 맺음말

함평 나비 축제에 대한 대중들의 강렬한 호응과 주목은 앞서 밝힌 우리들의 집단 무의식의 발현과 관련이 있다. 집단무의식은 자기 시대와 각 문화에 공통으로 나타나는 신화, 환영, 종교적 관념, 다양한 꿈의 지속적 생산자이다.[26] 우리들은 함평 나비축제를 계기로 우리 정신 내부에 존재해온 나비에 대한 잠재적 기억을 끌어내 새로운 가치와 이야기들을 생산하고 있다. 그것은 환경과 자연과 인위적 공간에서의 초월을 사랑하는 마음, 자연과 같이 조화롭게 살아가는 삶에 대한 동경이다. 처음 축제를 기획한 함평 군수 및 기획자들에게서도 이 집단무의식이 작동하고 있었고, 그것을 즐겁게 받아들이며 누리는 관광객들도 생산의 대열에 참여하고 있는 것이다. 이 점이야말로 함평 나비

25) 관광객의 동반자 유형을 살펴보면 가족단위 방문객이 63%를 차지하고 있다(이정록, 2003:344).
26) 스토(1999:94).

축제가 지닌 가장 강력한 창조적 자산이 아닐 수 없다.

전통은 때때로 발명된다.[27] 전통이 만들어지는 것은 단순히 볼거리를 창출한다든가 경제적 필요를 충족시키기 위한 것이 아니다. 전통의 발명이 필요한 것은 사회가 급속히 변형됨으로써 '낡은' 전통이 기반하고 있던 사회적 패턴들이 약화되거나 파괴되어 그 결과 낡은 전통과 충돌하면서 새로운 전통이 만들어질 때나, 아니면 낡은 전통과 그것들을 제도적으로 매개하고 보급하는 수단이 더 이상 융통성 있게 적응할 수 없는 것으로 판명나거나 아예 사라져 버렸을 때다.[28] 그러니까 사회가 급속히 변화해서 하나의 패러다임이 무너지고 있을 때, 과거의 전통을 통해 공동체의 가치를 유지 보전할 필요가 있을 때 전통은 발명된다.

지금 우리는 변화의 시기에 살고 있다. 서양을 좇았던 근대화와 경제 발전은 우리의 정체성에 대한 근본적인 질문을 던지게 만들고 있다. 최근의 우리 것, 동양적인 것에 대해 사람들이 호의적인 관심을 표명하는 것은 우리가 정체성에 대한 스스로의 질문을 던지는 시대에 살고 있음을 잘 보여준다. 이럴 때 우리 사회는 문화적 통합을 만들어 낼 어떤 새로운 전기들을 필요로 한다. 이런 변화에는 냉전의 질서가 무너진 것도 큰 몫을 한다. 적과 아가 분명했던 이데올로기의 시대가 저물면서 패러다임이 급격히 변화하고 있지만, 아직 새로운 방향을 제시할 새로운 가치관이 정립되지는 못했다. 그저 양육강식의 신자유주의적 질서만이 그 빈틈을 헤집고 위력을 발휘할 따름이다.

그래서 전통을 새롭게 창출해야 하며 우리의 공동체적 연대감을 강화시킬 필요가 있다. 그 전통의 발명은 축제의 형식을 가질 가능성이

27) 홉스봄(2004:19).
28) 앞의 책, 26쪽.

높다. 축제는 일상성을 벗어나 삶을 진지하게 성찰하게 해주고, 스펙터클의 형식과 참여적 과정을 통해 축제 참여자들에게 연대감을 선사하기 때문이다. 지금과 같은 변화의 시기에는 우리의 정체성을 성찰케 해주는 축제들이 많이 만들어지고 활성화될 필요가 있다. 나비 축제 역시 전통과 관련된 깊이 있는 축제로 '발명'될 필요가 있다. 앞서 밝힌 도가적 특성과 음양의 조화적 특성을 잘 살펴보면 함평 나비축제가 문화 전통과 관련해서 어떻게 발명될 수 있을지를 짐작할 수 있다고 생각한다.

그와 같은 방향을 실현하기 위해서는 무엇보다 나비와 관련된 도가적 상징을 잘 보여주는 여러 설화들을 발굴하고 재해석하는 일이 중요하다. 이들 설화를 통해 전체 축제에 내러티브의 가치를 부여한다면 축제는 훨씬 깊이 있는 것이 될 것으로 생각한다. 관련 서사를 통한 다양한 이미지 만들기를 시도한다는 것이다. 이외에도 전통 문화 속에서 나비가 쓰인 다양한 문양 전시회를 개최한다거나 민화 전시회 등을 상설화 하면서 나비의 세계를 단순한 생태적 차원에서 문화적 차원으로 확장시키는 방법도 모색되어야 한다. 그래서 함평이 나비의 생태적 전문 고장뿐 아니라 나비와 관련된 문화원형적 자료가 풍부한, 나비의 상징성을 간직한 나비 문화의 상징적 고을로 거듭나길 바래본다.

[참고문헌]

김상호, 「함평나비축제의 지역경제 파급효과」, 『한국지역개발학회지』 제16권 제3호, 2004.

김용옥, 『노자와 21세기』 3권, 통나무, 2000.

김현호 · 조순철, 「축제마케팅과 지역발전-함평나비축제의 특성과 과제」, 『한국지역개발학회지』 제16권 제4호, 2004.

김형수, 『콘텐트웨어 구성론』, 2001, 한국소프트웨어진흥원.

김혜숙, 「음양적 사유와 인과적 사유」, 『철학적 분석』 1호, 한국분석철학회, 2000.

노자 · 장자/장기근 · 이석호 역, 『노자/장자』, 삼성출판사, 1990.

데이비드 폰태너/최승자 역, 『상징의 비밀-상징과 그 의미를 푸는 시각적 열쇠』, 문학동네, 1998.

신영복, 『강의』, 돌베개, 2005.

앤터니 스토/이종인 역, 『융』, 시공사, 1999.

에릭 홉스봄 편, 『만들어진 전통』, 휴머니스트, 2004.

유평근 · 진형준, 『이미지』, 살림, 2001.

이정록, 「함평나비축제 관광객의 행태적 특성 : 제4회 축제를 사례로」, 『한국경제지리학회지』 제6권 제2호, 2003.

마빈 해리슨, 『문화의 수수께끼』, 한길사, 1996.

이택후/권호 역, 『화하미학』, 동문선, 1990.

장파/유중하 외 역, 『동양과 서양, 그리고 미학』, 푸른숲, 1999.

질베르 뒤랑/진형준 역, 『상징적 상상력』, 문학과 지성사, 2000.

칼 G. 융 외/이윤기 역, 『인간과 상징』, 열린책들, 1996.

캘빈 S. 홀 · 버논 J. 노드비/김형섭 역, 『융 심리학 입문』, 문예출판사, 2004.

한국문화상징편찬위원회, 『한국문화상징사전』, 동아출판사, 1992.

Berger. A, *Seeing Is Believing*, Mayfield Publishing Company, 1989.

소설의 각색 과정에 나타나는 문제

•

이영미

1. 서론

다매체 시대, 한국문화장르의 상호소통이 활발하다. 문학의 문화 지평 확대라는 시대적 요청에 의해 문학과 영상매체인 TV드라마, 영화[1] 등과의 교류는 빈번해지고 있는 듯 보인다. 더불어 한류 문화가 급성장함에 따라 문학이 원형 콘텐츠로서 그 성과의 일부분을 당연히 차지하리라는 기대감이 문단 창작의 현장과 문학연구의 학계 내부에 존재하는 것 같다. 문학은 그간 문화산업[2]이라는 경제적 시대 흐름에 동

1) 영화에 대해 영화 평론가와 학자들은 다양한 기준에 의거하여 분류하지만 결정적인 기준은 없다. 가장 흔한 두 가지 분류 방법은 방식(style)과 종류(type)에 따른 것이다. 세 가지 주된 방식, 즉 사실주의・고전주의・형식주의는 절대적인 범주라기보다는 그 가능성에 있어서 연속되어 있는 일종의 스펙트럼으로 취급될 수 있다. 이와 유사하게 영화의 세 가지 종류, 기록영화・극영화・전위영화 역시 종종 겹치는 예가 있으므로 편의상의 용어이다. 극영화(fiction movies)를 고전적 영화(classical cinema)라 부르기도 한다. 환상적인 재료를 사실주의적인 스타일로 표현하는 것도 가능하며, 마찬가지로 현실에 기반을 둔 재료를 표현주의적인 스타일로 나타낼 수 있다. 이러한 분류들은 소설의 '각색'을 문제적으로 인식해야 하는 하나의 근거가 될 수 있다.

2) 문화산업이란 문화예술을 생산하고 상품화하는 일련의 활동들을 말한다. 보다 넓게는, 문화적 특성을 가진 산업 활동을 포함하는 개념으로도 사용된다. 문화 산업

참하기 위해 수익모델 창출을 위한 노력이 있었다. 대표적인 예가 문학관, 영화 드라마 게임 등의 원형 콘텐츠로서 기능하여 저작권을 확보하고 이익을 창출하려는 의지 등이다. 긍정적인 관점이 우세하였으나 최근 들어 비판적 견해도 나타나고 있다.

대표적인 연구를 살펴보면, 박상천은 「Culture Technology와 문화콘텐츠」[3)]에서 문학이 뉴미디어와 결합하여 콘텐츠화 하는 4가지의 방식을 들었다. 첫째는 기존의 문학작품의 특성이 변하지 않은 채 CD-롬과 같은 새로운 저장 매체나 인터넷 등 온라인 통신망 등을 통해 유통되는 방식만이 바뀌는 경우이다. 둘째는 문학이 다른 문화예술의 장르로 바뀌어 유통되는 방식이며 셋째는 뉴미디어적 특성을 활용하여 새로운 형태의 문학 창작이 이루어지고 이를 유통하는 방식이다. 마지막으로는 현재 우리가 문학으로 정의 내리고 있는 개념의 문학이 지닌 주요한 특성을 활용하거나 문학을 주요 소스로 활용하여 새로운 문화콘텐츠가 창작되는 방식이라 할 수 있다. 컴퓨터 게임이나 뮤직비디오와 같은 문화콘텐츠도 기존의 문학과는 전혀 연관성이 없어 보이지만 자세히 살펴보면 문학을 창작의 주요한 소스로 활용하거나 문학이 지닌 속성을 활용하고 있다는 주장이다. 이처럼 박상천은 문학의 활용 범주를 크게 확장시키면서 그 문화적 변용 가능성을 낙관적으로

이란 문화 개념 또는 사용자의 관점에 따라 다양하게 표현되므로 일률적으로 정의하기는 어렵지만, 문화예술의 산업적 가치를 강조한다는 점에서는 공통적이다. 당초에 문화 산업 개념은 고급 문화예술 중심의 풍토에서 문화예술의 대중화, 문화예술의 산업화를 비아냥거리는 의미로 사용되었다. 그러나 점차 문화를 소재로 하는 활동의 산업화가 가능성을 보이고, 문화 소재 산업이 타산업과 구별되는 특징이 나타날 뿐 아니라, 그 시장 규모가 커지면서 문화 산업은 경제 활동의 한 영역으로 취급되기에 이르렀다. 최근 문화산업과 유사한 개념으로 영국에서는 창조 산업(creative industry)이라는 말을 사용하고 있다. 이흥재(2001:204-205) 요약.

3) 박상천(2002).

전망했다.

이에 비해 정경운은 「한국문화콘텐츠의 활성화 방안 연구-국내 문학관 프로그램 운영방식을 중심으로」[4]에서 국내 문학관들이 지자체의 무분별한 수익모델 기획에 휩쓸려 우후죽순처럼 생겨나 그 특색은 상실한 채 근근이 외부 지원에 의존하는 현실을 고발하였다. 물론 '효석문화제'나 '만해축전'처럼 성공적인 예도 있으나 이는 지역문화축제와 연계되어 있기에 '문학관' 자체의 의미가 퇴색되는 한계를 보인다. 국내 문학관 전반에 드러난 효율적 운영 미비를 질타하고 개선점을 모색하고자 하는 의미 있는 시도[5]라 할 수 있다.

근래의 연구들은 모두 '문학의 위기'를 타파하려는 노력들임이 분명하다. 본고는 이처럼 문학의 '위기'를 '기회'로 바꾸어 타개해 나가려는 다방면의 노력 중 특히 CT 산업의 원형 콘텐츠로 기능할 수 있다는 '소설'의 각색[6]에 주목하여 고찰하겠다. 우선 문학과 영상매체의 역사적 관계에 대해 살펴보면, 사실상 초기 영화의 원형 콘텐츠 수급은 문학을 통해 이루어졌음이 명백하다.

활동사진의 탄생은 19세기 연극을 통해 사실주의에 대한 성장을 이

4) 정경운(2005).

5) 이외에도 정경운의 「서사물의 디지털 콘텐츠화 전략 연구-문화원형 개발 사례를 중심으로」(『한국문학이론과 비평』, 한국문학이론과비평학회, 2005.9) 등이 있다.

6) 대개 각색(adaptation)은 "소설이나 수필, 희곡, 전기, 수기 등 드라마가 아닌 형식으로 쓰인 작품을 연극으로 공연 또는 영화나 방송드라마로 방영될 수 있도록 연극대본, 시나리오 대본, 방송드라마 대본 형식으로 새롭게 쓰는 것을 말한다. 그런데, 그 과정에서 줄거리, 주제의식, 구성, 인물 성격 등에 창조적인 해석이 가해지기 때문에 방송에서는 각색도 창작과 거의 비슷하게 취급한다. 윤색은 극본을 좀 더 드라마적으로 다듬는 것을 말한다."(김성희(2001:334)) 그러나 본고에서는 시나리오뿐 아니라 원작 소설이 하나의 영상물로 탄생되기까지의 전 과정을 포함하기로 한다.

룩했다. 시네마의 가장 적당한 형식들, 즉 멜로드라마와 스펙터클은 연극으로부터 빌려온 것이었다. 19세기 연극은 일단의 극적 구조들과 주제들 이상의 것을 제공하였다. 또 활동사진을 위해 관객도 제공하였다. 그리고 고전으로서의 소설은 영화에 차용하기 적당한 플롯과 성격묘사 뿐 아니라 중산계급의 명망을 보증하는 자료 또한 제공한다. 소설과 영화는 서사 형식으로서 아주 많은 유사점들을 소유하고 있기에 각색은 영화 내러티브의 경계들을 확장하는 데 크게 기여했다. 소설은 영화의 역사적 발전을 설명하기 위한 패러다임, 즉 연극보다 훨씬 폭넓은 패러다임으로서 제공되어왔다.[7]

영화가 소설을 최초로 각색한 예로는 1896년 토마스 에디슨이 『윈도우 존스』를 각색한 것이며, 한국에서는 1919년 10월 27일 연쇄극[8] 〈의리적 구투〉가 최초의 영화로 단성사에서 상영된 이래 1920년 이기세가 일본 작가 오자키 고요의 통속 소설 『금색야차』를 번안 각색한 작품인 〈장한몽〉(이 때 주인공이 이수일과 심순애다)이 있었고, 1923년 일본인 하야가와가 감독한 〈춘향전〉이 조선극장에서 개봉되어 큰 인기를 끌었다. 이후 〈춘향전〉은 한국영화사에 있어 흥행의 대명사가 되어 1996년까지 13편이 제작되었다. 이를 자극받아 당시 유일한 한국인 극장주였던 박승필이 〈장화홍련전〉을 박정현에게 만들게 하였다. 제작진과 배우들이 모두 한국인으로만 구성된 최초의 작품으로서 1924년 9월 5일 단성사에서 상영돼 대성공을 거두었다.

---

7) 주디스 메인/강수영 외 역(1994:10-15) 요약.

8) 연쇄극이란 '키노드라마(Kino-Drama)'라고도 하는데, 무대에서 연극을 공연하면서 무대에서는 표현이 불가능한 장면을 필름으로 찍어서 무대 위의 스크린에 상영하는 것이다. 즉 무대 위의 실연(實演)과 스크린의 화면을 번갈아가며 보는, 일종의 연극과 영화의 합성물이다. 정종화(1997:16).

이렇듯 과거부터 문학과 영상이라는 매체는 서로 강한 보완관계에 있었다. 수많은 영화들이 문학으로부터 소재와 주제와 모티프들을 받아들였고 문학 또한 영화로부터 몽타주 등 많은 서술기법들을 배워왔으며 영향을 받아왔다. 따라서 한국 사회에서 소설의 각색은 '원 소스 멀티 유즈(OSMU)'라는 문화산업화의 가능성을 지닌 원형 콘텐츠[9]로서 자못 기대하는 바가 클 수 있다.[10] 그러나 문화산업에 관한 비판적 견해[11]도 역사적으로 존재하였음을 생각할 때, 이 역시 간과할 수는 없다.

선행 연구들은 문학 작품, 특히 소설의 영상매체로의 변형인 '각색'[12]에 관심을 보여 왔다. 윤오순(1988)은 TV드라마 〈토지〉와 〈그해

---

9) 김덕수는 문학 산업의 미래를 볼 때 필요한 것이 "문학을 원형으로 한 문화콘텐츠 개발"이라 하였다. "모든 문화콘텐츠는 훌륭한 시나리오를 필요로 한다. 2002년부터 5년 동안 수많은 자본을 들여 만든 김문생 감독의 영화 〈원더풀 데이즈〉가 실패한 가장 큰 원인이 시나리오의 부재였다는 점은 시사하는 바가 크다. 즉, 문화콘텐츠 개발과 성공을 위해서는 문학적 감수성과 상상력에 기초한 시나리오를 보유하여야 하고 이러한 점에서 문화콘텐츠 원형으로서의 문학산업의 새로운 가능성을 찾을 수 있는 것"이라 하였다. 김덕수(2005:22). 그러나 '훌륭한 시나리오'가 반드시 '문학'에서 나와야 한다는 이 주장은 보다 정밀한 검토가 필요하다는 것이 본 연구자의 생각이다.

10) 이는 영문학연구자들로 인해 미국의 예를 통해서 충분히 낙관되었던 것으로 보인다.

11) 특히 아도르노(2001)는 대중기만으로서 문화산업의 기능을 강력하게 비판했다. 대중문화의 "영화나 라디오는 더 이상 예술인 척 할 필요가 없다. 대중 매체가 단순히 '장사business' 이외에는 아무 것도 아니라는 사실은 아예 한술 더 떠 그들이 고의로 만들어낸 허섭쓰레기들을 정당화하는 이데올로기로 사용"(184쪽)되며 "문화 산업은 그들의 소비자에 대해 자신이 끊임없이 약속하고 있는 것을 끊임없이 기만"(211-212쪽)하고 "문화와 선전은 용해되어 하나"(243쪽)로 되어 "문화산업이 제시하는 모델을 따르"(251쪽)도록 소비자를 동화 종속시킨다는 것이다. 이는 이데올로기를 허위의식으로 파악하거나 지적 사기로 인식하려는 부정의식에 근거하는 것이다. 그러나 본 연구자는 이렇듯 외부적으로 투사되는 부정성, 기만의 문제가 아니라 아도르노와는 다르게 문화산업의 '내부적 기만'의 문제를 천착하고자 한다.

12) 영화에서 각색(adaptation)이 차지하는 비중은 상당히 크다. 그럼에도 불구하고 각색에 대한 논의는 영화이론에서 상대적으로 등한히 다루어져왔다. 일찍이 각색

겨울은 따뜻했네〉를 대상으로 주인물의 성격과 사건적 모티브를 원작과 대조하고 있다. 각색 과정의 지나친 이야기 변형을 문제시하며 원작에 대한 충실한 재현이 각색의 의무임을 강조하였다. 김태관(1990)은 카메라의 객관적 외부 시점이 각색 과정에서 서사적 변형을 가져오는 주요 원인이 되고 있음을 밝혔다. 김성원(1991)은 소설의 영상화 과정에서 영상 매체적 특성에 맞는 새로운 변형의 필요성을 주장하면서도 그 실제 분석에 있어 한계를 드러낸다. 김숙경(1992)은 비교적 상세한 텍스트 분석이 이루어지나 변형의 원인 규명에까지는 이르지 못한다. 임훈아(1993)는 동일한 이야기가 문자매체에서 영상매체로 전이되는 과정에서 멜로드라마적 요소가 두드러지게 강화되고 있음을 밝혔다.[13] 최근에는 국문학 연구자들도 각색에 큰 관심[14]을 기울이고

의 중요성에 주목한 사람은 앙드레 바쟁이었다. 그는 「비순수 영화를 위하여-각색의 옹호」라는 자신의 글에서 연극이나 소설을 영화로 각색하는 것은 퇴폐의 신호가 아니라 성숙의 증거가 된다고 역설하고 있다. 즉 문학작품 각색의 증가를 제7예술의 순수성의 저해요소로 본 여타의 비평가들과는 달리 바쟁은 오히려 그것을 영화예술의 진보의 증거로 보았던 것이다. 바쟁의 이러한 생각 이면에는 영화언어(형식)와 여타 예술의 형식이 근본적으로 다르다는 인식이 깔려 있음은 물론이다. 그래서 영화는 소설 및 연극이라는 무한한 보고를 자원으로 해서 고유의 표현영역을 확대해 갈 수가 있었던 것이다. 하지만 어떤 각색이 좋은 각색인가의 여부는 아직도 논쟁거리로 남아 있다. 더들리 앤드루/김시무 외 역(1995:270-271).

13) 이 외 소설의 영상화 현황과 작품들에 대해서는 유민영(1994), 민병기(1998) 등이 있다.

14) 2003년 10월 25일 한국현대소설학회 학술대회에서는 '소설과 영화'를 주제로 그 다양한 관계를 파헤친 바 있다. 사실 안정효 선생의 각색에 대한 '원작밀가루론'은 이상적인 논의이다. 훼손을 당연시하고 각색에 대해 마음을 비우라고 모든 소설가에게 동일하게 요구하는 것은 소설가의 개인적 상황과 특성을 무시하는 또다른 억압일 수 있음을 간과해서도 안 될 것이다. 더불어 최근의 연구로는 백문임(2004), 한명환(2005) 등이 있다. 한명환 역시 "소설을 원재료(Source)로 한 각색 영화가 갖는 긍정적 측면을 부각하여 보고자 함"(411쪽)으로써 각색에 관한 긍정적 관점에 동참하고 있다.

있다. 그러나 아직까지 S. 채트먼의 논의[15]를 뛰어넘는 형식상의 진보적 해석까지는 나오지 못한 것 같다. 다만 비교하여 논의하려는 작품 수만 많아졌을 뿐이다. 이처럼 문학과 영화에 대한 비교 연구는 내용 지향적 분석이 주류[16]였으며, 모두 이 각색의 과정을 '긍정적'으로 파악한다는 공통점이 있었다. 시나리오[17] 등에서 주제의 동질성을 찾고자 한다면 그다지 어려움을 느끼지 못할 수도 있다. 그러나 가장 본질적으로 두 장르의 구별은 내용이 아닌 '형식'에서 이루어진다. 현재 문학과 영화를 비교하려는 연구들의 맹점은, 기존의 문학연구에서 답습했던 오류를 그대로 이식하여, 단순히 텍스트 주변적 사실 혹은 사회적 담론을 나열하거나 서사의 내용만을 위주로 비교 분석하는 데 그친다는 점이다. 형식이라고 해야 이미 알려진 외국이론에서 차용하여 시점의 변형 등을 들 뿐이다. 혹자는 문자와 영상이라는 이질적인 특성 비교, 그 자체를 무의미하게 여길 수도 있겠다. 하지만 현재 문화산업은 시대적 대세이다. 사전에 어떠한 정보와 지식을 알고 매체 이행의 과정, 그 형식의 변이에 '도전'하는 것과 실상을 모른 채 무방비상태로 현장에 진입하는 것은 엄청난 차이가 있다. 향후 그 성패에 결정적 영향을 미칠 수 있기 때문이다. 그래서 소설이 원소스로서의 기능을 제대로 행사하면서 정당한 권리와 보상을 주장하려면 도전하기 이

---

15) 이 역시 '형식'적 진보의 가능성은 보이지만 긍정적 관점에서 크게 벗어나지 못하고 있다.

16) 이는 연극영화학과나 신문방송학과 등에서 생산된 연구들이 더욱 그러하다. 소설의 분석에 관한 전문적 지식이 없고 소설 텍스트의 형식적 입체성을 제대로 인식하지 못하기 때문이다.

17) 시나리오란 한마디로 영화를 만들기 위해 글로 쓰이는 영화의 대본이다. 영상으로 들려주는 이야기라고 할 수 있는 시나리오는 영화를 만드는 뼈대로서 어디까지나 영화 작품의 기초공사일 뿐이다. 따라서 문학 작품처럼 시나리오 그 자체가 완성품이 될 수 없다. 김수남(2001:236-237).

전에 다각적인 검증과 탐색이 필요하다. 본고에서는 아도르노의 견해처럼 소비자에게 끼치는 이데올로기적 영향의 문제가 아니라, 소비자에게 전달되기 전에 이루어지는 내부적 문제를 천착하여 매체 이행의 과정 즉 각색의 어려움을 분석해 보기로 한다. 그동안 각색 과정에서 미처 알려지지 않았던 문제들을 고찰함으로써 이행 과정의 잡음과 격차를 해소 내지 완화시키는 의미를 지닐 수 있을 것이다.

2. 소설 각색의 문제

2-1. 소설가와 감독(작가)

이형식 등은『문학 텍스트에서 영화 텍스트로』(동인, 2004)에서 각색을 '전환(transposition), 논평(commentary), 유사(analogy)'(지프리 와그너), '원작 그대로의 각색(literal adaptation), 비판적 각색(critical adaptation), 자유 각색(free adaptation)'(마이클 클라인과 길리안 파커), '변형(transformation), 교차(intersecting), 차용(borrowing)'(더들리 앤드류), '원작 그대로의 각색(the Literal adaptation), 충실한 각색(the Faithful adaptation), 느슨한 각색(the Loose adaptation)'(루이스 자네티)라 범주화한 이론가들의 예를 들었다. 그리고 각색의 세 가지 패러다임으로 '충실한 각색(the Faithful Adaptation)', '다원적 각색(the Pluralist Adaptation)', '변형적 각색(the Transformative Adaptation)'을 들어 해당 유형을 선호하는 비평가들의 정의를 언급하였다. "원작을 그대로 옮겨놓은 듯한 '충실한 각색'(the Faithful Adaptation) 이론에 입각한 비평가들은 원작소설의 상대적 우월성을 기본 전제로 삼고 있"(28쪽)지만 "이와는 대조적으로 원작에 구애받지 않는 자유로운 변형을 미덕으로 삼는 '변형적 각색'이론을 옹호하는 비평가들은 기존의 우월관계를 전복시키며 더 나아가 영화를 기준이 되는 우월한 상위 예술매체로서 우선시하는 경향이 있다. 어쩌면 이들은 원작소설을 단지 소재의 공급원으로서의 종속적 위치로 전락시키며 또 하나의 새로운 상하계층 관계를 만들어 내고 있는지도 모른다"(28쪽)고 진단했다.

사실상, 소설에서 작가의 권위는 절대적이다. 그러나 영상 매체에서 시나리오 작가의 권위는 우리의 기대보다 훨씬 미흡하다. 한 작품의 완성에 관련된 시나리오의 기여도는 '드라마는 70%, 영화는 30%'라는 것이 해당 업계 내부의 관행적 인식이다. 작품의 100%가 소설가의 전적인 책임으로 돌아가는 현재 문학 시스템과 비교해야 할 부분이다. 시나리오 역시 공동 작업 형태로 변해가는 상황이다.

특히, '30퍼센트'는 작품에서 감독(작가)의 비중이 그만큼 높아 언제든 원작 소설은 '훼손'에 무방비로 노출될 수 있다는 의미이며 감독의 시각이 틈입할 여백이 이미 많이 공인되어 있다는 것이다. 더구나 영상매체에서 영화 작가의 정의는 복수(複數)다. 영화사를 들여다보면, 학자들의 작가주의 이론(auteur theory)[18]에서처럼, 실제로 작가라는 칭호가 어울릴 만큼 자기 색깔이 분명한 감독들이 있지만 그들은 대부분 시나리오 작업에까지 참여하곤 하였다는 점을 간과해서는 안된다. 그래서 한 편의 영화를 위해 작업한 모든 사람들-시나리오작가와 감독은 물론이고 제작자, 촬영감독, 미술감독, 그리고 배우들까지-이 작가이다. 물론 감독이 가장 중요한 역할을 맡고 있기는 하다. 그

18) 영화에서 작가주의라는 개념의 발전은 주로 영화감독의 역할에 집중되어 있다. 주디스 메인/강수영 외 역(1994:140).

러나 "대부분의 영화에서 작가란 어느 한 개인이 아니라 팀 전체를 의미한다고 보는 것이 옳다. 한 편의 영화에서 발견되는 다양함과 깊이와 생생함 등은 모두가 그 팀의 개별 구성원들이 자신의 전문적인 역량을 최대한 발휘하여 팀 전체의 프로젝트에 기여하려 노력한 결과의 총집합인 것"[19]이다. 더구나 캐릭터에 대하여 "배우로부터의 피드백이 시나리오에 반영된다면 영화는 한층 더 풍성해질 것"[20]이라는 기대까지 감안한다면 난항임에 분명하다.

오명환은 『텔레비전 드라마 예술론』에서 원작자와 각색자의 관계를 '고부갈등'에 비유하였다.

각색 합의는 '잘 안되게끔'되어 있다. 잘 안 되는 이유는 양자가 당초 열 가지가 상반된, 즉 '10異性' 때문으로 풀이할 수 있을 것이다.

첫째, 사람이 각각 다르다(원작자 대 각색자).
둘째, 장르가 각각 다르다(문학 대 영상).
셋째, 매체가 각각 다르다(인쇄매체 대 TV매체).
넷째, 표현방법이 다르다(신문 대 영상, 음향).
다섯째, 대상층이 다르다(특정소수 대 불특정다수).
여섯째, 지향점이 각각 다르다(예술성 추구 대 대중성 추구).
일곱째, 시간·공간성이 다르다(상상·추론 대 구상·구체).
여덟째, 소구력이 다르다(독자의 감동 대 시청자의 공감).
아홉째, 가치효과가 다르다(자유·무제한의 심상 대 지정·한정된 영상).
열 번째, 접근목표가 각각 다르다(심볼성symbol 대 사인성sign)[21].

19) 데이비드 하워드·에드워드 마블리/심산 역(1999:33).
20) 위의 책, 37쪽.
21) 오명환(1994:225-226).

예문처럼 각색이 어려운 이유는, 각색이 원작을 살려야 하는 의무와 드라마타이즈에서 비롯된 각색자의 권리가 동시에 잠재한다고 하였다. 바꾸어 말하면 의무엄수와 권리행사가 병존하기 때문이다.

원작(자)가 주는 압박은 세 가지 즉 3대 의무로 압축된다. 첫째, 원작 정신 부각(의도 보존), 둘째 원작주제 엄수(본질 보존), 셋째 원작 골격 유지(전개 보존)로서 이것은 기득권자의 동가(同價) 유지권 또는 저작권자의 저작물 보존욕에서 비롯된다고 볼 수 있다. 각색(자)의 권리도 역시 세 가지로 요약된다. 첫째, 선택의 권리-인물, 상황, 스토리를 선택, 생략, 확대할 수 있는 권리. 둘째, 변조의 권리-타이틀, 구성, 형식을 변경, 전환할 수 있는 권리. 셋째, 재편성의 권리-기존 작품을 해체, 분석하여 드라마로 종합하는 권리.[22)]

이런 '의무와 권리의 대립'이 갈등을 일으킬 것을 당연하다. 갈등과 부담을 덜기 위해 원작 소설가가 직접 각색하든 각색자를 따로 두든 그 교류는 명백하다. 이 때 소설가는 해당 작품의 영상작업에 1인자 자격의 팀원으로 참여하는 것이다. 그 과정에서 혹은 차후에 발생할 여러 문제들(예를 들면 저작권 문제, 영역 문제, PPL 문제[23)], 흥행 실패 등)에서 물질적 혹은 도덕적 부담을 완전히 회피할 수 있을지 의문이다. 그래서 각색에 직접 참여하거나 참여하지 않거나 필연적으로 생성되는 유형·무형의 '훼손'이 존재하는 것은 분명해 보인다.

또한 TV드라마계가 '작은 사기판'이라면 영화계는 '큰 사기판'이라

22) 위의 책, 228쪽.

23) PPL은 기업이 영화나 드라마에 협찬하거나 혹은 제작비를 지원해 주면서 자사 제품을 홍보하는 광고홍보전략을 의미한다. 최근 비데공주라는 별명으로 비난에 휩싸였던 드라마〈루루공주〉의 여주인공이 드라마의 내용과 지나친 간접광고에 불만을 품고 중도하차의 뜻을 밝혔다가 복귀한 일도 있을 만큼 영상매체에서 빈번히 암시적으로 심각하게 사용되고 있다.

는 설도 우리가 미처 깨닫지 못한 문제점이 더 많이 노정될 수 있음을 암시한다. 최근 스타 시스템에 관한 비판[24], 스텝(조명부, 녹음부, 촬영부, 홍보부, 시나리오부, 미술부 등)들의 임금 체불 관행에 제동을 걸었던 '스텝의 경제적 권익 보호'를 위한 반란 등이 그것이다. 영화에 대한 열정으로 그동안 은폐[25]된 일부분이 드러난 것이요, 이는 다시 영화에 대한 열정으로-그것도 잠깐일 것이 분명하다-가려졌을 뿐이다. 현실이 이러하니 원형 콘텐츠인 원작 소설의 훼손 내지 저작권 문제도 감히 경제적 이익과 보상이 보장된다는 장담은 할 수 없는 상황인 것이다.

2-2. 원작 소설과 각색 영상물

영화는 편집[26]의 예술이라고 할 만큼 재배치에 능하다. 그래서 사

---

24) 2005년 6월 23일 강우석 감독이 기자들을 만나 '스타들 돈 너무 밝힌다'며 배우의 실명을 거론하며 비난한 이래 영화제작가협회와 방송프로듀서연합회까지 '영상콘텐츠산업의 스타권력화 현상을 우려한다'며 지지성명들을 쏟아냈는데, 이후 영상산업의 위축과 공멸을 우려-이들은 현재 '한국영화의 위기'라 말한다-하여 감독의 배우에 대한 사과로 일단락되었지만 스탭들의 노동조건에 대한 문제제기 등 영화계의 묵은 관행들이 잇달아 터져 나오고 있다.

25) 이에는 부유하는 시나리오 지망생들의 예술적 열망도 포함될 것이다. 이 시간에도 영상작가전문교육원, 각 지상파 방송사의 방송아카데미, 방송작가교육원 등에서 많은 교육생들을 배출한다. 이 배출의 의미는 '배설'일 수도 있다. 기성 작가들의 고갈된 소재 충당용이란 비난도 공존하기 때문이다. '공모'도 마찬가지의 혐의를 받는다. 대개의 경우 그들만의 '신춘문예(시나리오 공모)'를 통해 입신하는 자는 극소수요, 그조차 실제 작품을 채택 받지 못해 상금에 대한 욕심으로 재응모하여 다시 당선되는 경우도 있다. 단편극이나 장편 드라마 시놉시스-영화에서는 커버리지-만으로 낙점된다 해도 실제 제작 단계 초입에서 주저앉는 예도 역시 허다하다.

26) 편집은 영화의 시청각적 요소들의 구성이나 그것을 병치시키거나 연결시키고, 그것의 지속 시간을 조절하면서 그런 요소들의 결합을 결정짓는 원리이다. 자크 오몽 외/이용주 역(2003:77).

실상 각색은 영상 작품을 위해 원작 소설의 모든 것이 완전히 '재배치' 될 가능성이 농후하다. 소설은 단편소설, 중편 장편 식으로 나뉘어 각기 그 특성이 다를 수 있는데, 특히 '의식의 흐름' 기법을 많이 반영한 소설은 영상 재현이 난국이 될 수 있다. 이때 그런 작품은 아무리 문학성이 뛰어나도 각색에 채택되긴 어렵고 유명 소설가의 작품이라 실제 제작(촬영)이 된다 해도 엄청난 가감을 해야 할 문제가 발생한다.

가장 근본적인 문제는 영상물에 구조적인 '틀(frame)'이 존재한다는 것이다. 텍스트 구조 문제인데 기승전결의 4단계를 주장하기도 하지만 때에 따라서 3단계가 유용하다고 주장하는 이도 있다. 규격화된 시나리오 틀 안에 끼워 넣기 쉬운 소설 작품이 많지 않아, 앞으로는 더욱, 각색의 수요가 줄어들 수 있다. 영화는 특히 클라이막스와 반전이 흥행의 열쇠가 되는 경우가 빈번하다.[27] 우리의 고정관념에서처럼 단막극 드라마만 반전이 있는 것은 아니며, 영화 〈식스 센스〉처럼 산 자와 죽은 자 사이의 소통이라는 '반전'으로 유명한 스릴러물들도 많다. 오히려 다소 폄하되는 '추리소설'의 골격이 오히려 각색에는 적합한 것으로 생각되기도 한다. 한국의 정통(본격 내지 순수) 소설은 반전 없는 작품이 많기 때문이다. 제작비 문제로 인한 작품 전체의 '배경 변경'[28]-상

27) 물론 도입부도 매우 중요하다. "시나리오를 판단할 때 관건은 '처음 10페이지가 얼마나 읽는 이를 사로잡느냐'는 것이다. 처음 10페이지는 영화 시작 후 10분에 해당한다. 전체 영화의 밑바탕을 깔고 관객들로 하여금 기꺼이 카메라의 뒤를 좇아 오도록 유인하는 시간"(김희경(2005:54))이 매우 비중이 크다는 것인데, 최근 TV 드라마 작가들은 10분도 길다, 2분 내에 끝내라고까지 언급하곤 한다. 리모컨을 손에 쥔 시청자의 변덕 때문일 것이다. 그러나 이러한 경향은 소설 원작의 재배치에 큰 타격을 가하는 원인이 될 수 있다.

28) 얼마 전 소설가 박범신이 KBS 〈TV책을 말하다〉에서 네팔로 직접 떠나 소설 속 배경을 설명하였다. 그 소설은 히말라야 안나푸르나 고원지대에 살던 청년 카밀이 코리안 드림을 품고 한국에 왔지만 끝내 실패하고 자살하는 내용인데, 만약 이것을 각색한다

영물의 리메이크로 생각할 만큼-도 심각하게 고려될 수 있다. 이와 같은 시나리오 텍스트 구조의 틀이 아니라 미장센에 관련된 스크린(화면)의 틀도 소설과 영화를 변별시키는 중요한 요소가 될 수 있다.

영상은 프레임으로 크기가 제한되기 때문에 공간의 일부분만 인지하는 것처럼 보일 수 있으나 프레임 안에 있는 공간인 '화면영역'과 '외화면영역'은 공존한다. 종종 화면영역의 요소들(대체로 등장인물)을 통해 외화면 영역은 연결되거나 상상된다. 질문, 대사, 몸짓 등을 통해 이루어질 수 있는데 가장 빈번하게 사용되는 방식은 '외화면영역으로 향하는 시선'이다. 그러나 영화를 보다 보면, 이곳은 트릭의 공간으로 남겨지기도 하고, 관객의 갑작스러운 충격과 당혹을 유도하기 위한 감독의 의도로 외화면영역의 요소가 종종 연결되지 않고 난입하기도 한다. 영상이 소설과 다르게 수사학적 요소-컷트(cut)에 관련해서는 스트레이트 컷트나 페이드 인(아웃), 몽타주처럼-를 더욱 풍부하게 포함한다는 가정으로까지 유추될 수 있다. 이는 소설가와 각색자 간의 상호간 형식적 이질성에 대한 이해가 부족하다면 오히려 불쾌감을 부추길 수 있는 원인이 될 수도 있을 것이다. 대체적으로 소설가는 연결된 형식의 안정된 감동을 원하기 때문이다.

그리고 사소한 것이라 치부될 수 있겠지만, 언어-문어체와 구어체, 원작 소설에서 매우 중요한 상징적 대사가 미사여구라서 혹은 반복되어서 삭제되는 일 등-의 문제[29], 시간 순서는 물론이고, 원작자가 원

면 초기 배경 설정부터 엄청난 제작비가 투입이 되어야 하기에 드라마 배경을 완전히 바꾸거나 히말라야 촬영분을 없애는 식의 제작자의 결단이 행해질 수도 있다.

29) 한국 영화의 시나리오는 연극에서 영향을 받은 탓인지 다분히 설명적 대사가 많다. 배우가 구사해야 할 대사의 양이 많고 점집합 촬영 방식으로 영화를 제작해야 하기 때문에 영화 한편에 필요 이상의 숏을 필요로 하고 따라서 극의 흐름에 박차를 가하기 어려워지는 것이다. 특히 영화의 대사는 일상적인 대화체가 되어야 함에

하지 않았던 부분에서의 애정씬, 극의 긴장을 높이기 위한 생소한 사건의 돌출이나 갈등을 위해 원작에 없는 인물들 설정, 과다한 서스펜스[30] 등이 있다. 영화 텍스트에서 이야기에는 음악이나 효과음 등도 매우 중요한 부분으로 상징으로 기능[31]할 수 있는데, 원작 소설의 상징이 적합하지 않아 영상에 맞는 상징적 디테일로 바꾸려는 각색자와 간신히 합의를 보았는데, 다시 다른 것으로 바꾸려는 감독과의 충돌도 있을 수 있다. 사소하다고 생각될 수 있는 것들조차 쉽게 봉합되기 어려울 수 있다. 그래서 각색은 종합예술이라는 명칭에 걸맞는 난국이 펼쳐지는, 단독 작업에 익숙한 원작 소설가에겐 지뢰밭일 수 있다. 이외에도 시간과 공간 · 시점[32] 등 소설을 시나리오로 만들어 영상물로

도 불구하고 문어체가 되고 있음도 개선해야 할 점이다. 김갑의(1999:214).

30) 서스펜스는 "흔히 큐(que)-지연(delay)-실현(fulfillment)의 패턴을 따른다. 우선 수용자는 뭔가 일어날 것이라는 큐를 받는다. 그리고 지체된다. 우리는 계속해서 매달려 있고, 긴장이 고조된다. 그러다가 실현단계가 온다"(윌리엄 밀러/전규찬 역(1995:230)). 이는 히치코크의 〈사이코〉나 〈새〉처럼 대개 공포 스릴러물에 과다하게 쓰일 수 있지만, 사실주의 극영화에 많이 사용되면 관객은 다소 불편해질 수 있다. 원작자와 각색자간의 합의가 불충분할 경우 이런 것도 언제든 충돌의 빌미가 될 수 있는 것이다.

31) 이야기는 객관적 정황에서의 언술, 즉 이야기될 스토리를 관장하는 서술텍스트이다. 그러나 이런 언술이 소설에서는 언어로만 형성되지만 영화에서는 영상, 대사, 기술된 언급, 소음, 음악이 포함된다. 이런 것들이 이미 영화적 이야기의 구성을 더 복잡하게 만들고 있는 것이다. 예를 들면 음악은 그 자체로서 서술적 가치를 지니지 못하지만(사건을 의미하는 것은 아니지만) 시퀀스로 연결된 영상이나 대사들처럼 여러 가지 요소들과의 공존으로 텍스트의 서술적 요소가 된다. 자크 오몽 외/이용주 역(2003:131).

32) 김수남은 『영화예술입문』에서 "영화는 다른 문학과 달리 등장인물의 행동을 지켜보는 시점의 차이가 있다. 소설의 경우 1인칭, 3인칭, 전지적 작가시점으로 구분되지만 영화의 시점은 1인칭에 해당하는 주관적 시점과 전지적 작가시점이라 불리우는 객관적 시점으로 나"(238쪽)뉘며 "엄밀한 의미에서 영화의 시점은 모두 전지적 작가시점화하는 경향이 짙다"(238쪽)고 주장한다. 그러나 소설이 이 세 종류의 시점만 있다고 단정할 수는 없으며, 하나의 작품에도 하나의 시점이 일관되게 존재한

완성하는데 있어 원작 소설과 작가의 의도가 훼손될 가능성은 도처에 널려 있다.

주제의식[33]에 관련된 면도 그러하다. 영상 쪽에서는 주제가 무엇인지를 사실상 가장 중요하게 생각하고 특히 정치적 주제에 몰두하는 것을–매체 혹은 시대 혹은 대중 혹은 국가에 따라–반갑게 여기는 경우가 많다. 우리나라의 경우 요즘에 특히 정치적 주제의식이 많이 드러나는 영상 작품들이 생산되고 있다. 그러나 예전에는 한때 영화든 TV 드라마든 멜로물[34] 위주로 제작 편성하는 일이 허다했다. 당시에는 문예영화라 하여 문학이 영상매체의 전범으로 기능하기도 했다.

소설이 작가의 주제의식이 노골적으로 드러나는 것을 부정적으로 인식하는 시각과 다르게 영화는 오히려 스타일만 구기지 않고 예술적으로 형상화된다면 주제의식이 강하게 드러난 작품을 작가주의 (상업) 영화로 격상시켜 호평하곤 한다.[35]

두 예술장르 텍스트에 관한 상호간의 이해 부족에서 오는 심리적 거리감은 사실상 '훼손'에 대한 우려를 '폭력'으로까지 확장 인식할 수 있는 가능성을 지니는 것이다. 대개 문학연구자들은 영화의 내적 분류에

다고 보기도 사실상 어렵다는 점이 간과되었다.

33) 한국영화가 해결해야 할 또 하나의 과제는 영화에 중후한 주제의식을 집어넣는 일이다. 주제가 약하거나 아예 없는 한국영화는 그 생명이 길지 못하며 국제영화제에서도 인정받기 어렵다. 김성곤(2004:229).

34) 한국에서 멜로드라마가 영화의 주류적 경향을 이룬 때는 1950년대였다. 1958년을 정점으로 멜로드라마는 가련하고 비극적인 여인을 내세운 신파형 멜로와, 건강한 여성관과 애정관을 피력하는 멜로드라마로 갈라지게 된다. 한국영상자료원(2003:216–217) 요약참조. 1960년대 한국 멜로드라마의 풍경은 남성성과 여성성에 대한 기존의 관념을 지우면서 펼쳐진다. 윤석진(2004:127).

35) 최근 한국 영화계의 작가주의 신권력 형성도 각색 수요의 변동에 상당한 영향을 주었을 것이다. 대개 시나리오의 영역까지 점하고 있는 감독을 작가로 부르기 때문이다.

대해 심각한 고민을 하지 않고 단순히 영화 · 드라마 · 영상 식으로 뭉뚱그려 언급하곤 했다. 그래서 당연히 영화가 서사 형태, 즉 서술 영화[36]일 것이며 그것이 가장 작품성이 있는 것이라 관념적으로 인식한다. 그러나 영화의 문법에서 본다면, 서사 형식의 영화(사실주의)가 작품성이 높은 것이라기보다는 오히려 형식주의 영화를 '오프 시네마(Off-Cinema)'[37]라 하여 더욱 영화적인 것으로 평가하곤 한다. 오히려 사실주의극영화를 상업적 대중적인 것으로 내부적으로 구별 짓곤 한다. 그렇다면 각색할 수 있는 기존의 소설 작품은 극소수일 수 있고, 그마저 '훼손'을 감안[38]해야 하며 오히려 각색용 소설을 따로 창작해야만 경제적 이득을 취할 수 있을 것 같기도 하다.

그래서 대체로 모티프만 빌려 왔다, 설정만 했다는 식의 얼버무리기 -권위 편승 아니면 침묵-가 횡행[39]할 수도 있는 것이다. 요즘 같은

---

36) 서술 영화는 오늘날 적어도 소비의 측면에서 우세한 편이다. 제작 측면에서 본다면 사실 산업이나 의학 · 군사 분야의 영화가 차지하는 비중을 무시해서는 안 된다. 그렇다고 해서 서술 영화와 영화의 본질이 동일한 것으로 간주해서도 안 된다. 그것은 영화사에서 비서술 영화가 지향하는 '아방가르드 영화' '언더그라운드 영화' '실험 영화'가 차지했던 위치나 현재 차지하고 있는 위치를 무시하는 것이기 때문이다. 일반적으로 통용되는 서술 영화와 비서술 영화의 구분은 제작물과 제작 방식의 큰 차이를 고려해 보더라도 일괄적으로 주장될 수는 없다. 사실 과장하지 않고는 NRI(서술적-재현적-산업적)영화와 '실험' 영화를 비교하기는 어렵다. 자크 오몽 외/이용주 역(2003:114-115).

37) 민병선(1998) 참조.

38) "소설들이란 대체로 너무 많은 이야기들을 담고 있거나, 전혀 비주얼하지 않거나, 너무 내면의 성찰에만 경도되어 있게 마련"(데이비드 하워드 · 에드워드 마블리/심산 역(1999:28))이며 "단편소설 역시 3장 구조의 제 1장이 생략된 경우가 많고, 사건들이 너무 부족하거나, 비주얼이 약한 대신 내면만을 파고들기 일쑤"(28쪽)라는 평가를 생각한다면 감안해야 할 일일 수도 있겠다.

39) 영화는 "다른 영화뿐만 아니라 텔레비전 방송 · 만화 · 소설 · 신문 기사 · 그림 등과 같은 것에서처럼 '영감을 얻을' 수 있다"(안 로슈 외/이용주 역2004:300)며 여러 가지 원전을 드는 경우도 있다. 이는 영상매체 측의 도덕적 · 경제적 부담감

때에는 인터넷 여론몰이[40]에 도덕적 책임을 면하기도 어려워 아예 문학작품 원전을 빌리는 것을 부담으로 느낄 수도 있다. 그래서 제작비 문제와 겸하여 문학작품이 영상 매체의 원형 텍스트로 기능하여 경제적 성과를 거두기는 매우 어려운 지경인 것이다. 실제로도 소망과는 달리 영상매체를 통해 재현되는 전통 형식의 소설 작품 수는 현격히 감소하였다. 요즘은 TV드라마와 동시에 출간되거나 영상화를 위한 소설[41]을 창작하기도 하면서, 기존의 소설가들과 작품이 각색을 통해 영상문화산업계와 '교류'하는 것이 아니라 아예 전업 진출하거나 오히려 그 곳에서 소설문단계로 역류 진입하려는 현상도 생기고 있다.

2-3. 전통과 단절

영상매체 측의 의사와는 무관하게, 문학이 특히 소설이 영상의 전통적 원형임을 끊임없이 환기시키려는 연구는 다반사이다. 그렇지만 소

을 희석시킬 수 있는 문제를 야기할 것이다.

40) 이는 소설 창작도 마찬가지의 문제가 있다. 소재 발굴의 측면을 안이하게 생각하면 오산이다. 저작권의 문제가 개입되기 때문이다. 모티프를 손쉽게 가져가려는 영상매체의 상업성을 질타하기에 앞서 소설가들의 윤리적 자의식 역시 향상되어야만 하는 부분이다. 최근 동인문학상 수상집 『꽃게무덤』(문학동네)이 표절시비에 휘말렸다. 심사위원회가 소재만 차용했을 뿐 표절은 아니라고 판단내리고 작가가 재판을 낼 때 인용 소스를 밝히겠다는 선에서 마무리되었다. 문제제기한 의사 박경철씨가 "법적 문제를 제기할 생각은 없다면서 작가들이 자료를 수집하는 방법에 대한 논의가 이뤄지는 계기가 됐으면 한다"(『조선일보』, 2005. 11. 5)는 언급은 앞으로 소설의 위상을 위해서도 매우 필요한 것이다. 최근 연극을 각색한 영화 〈왕의 남자〉가 저작권 시비로 법정싸움으로 비화한 것 역시 같은 맥락으로 이해될 수 있다.

41) 요즈음 한국의 서점 판매대에서도 흔히 볼 수는 있다. 미국의 경우 이처럼 영화화될 것을 미리 의식하고 소설을 쓰는 경우가 많은데 이를 '스튜디오 소설'이라 한다. 마이클 글라이튼의 『쥬라기 공원』이나 토마스 해리스의 『양들의 침묵』 등이 대표적이다. 스튜디오 소설에 관한 자세한 내용은 이형식 외(2004:95-101) 참조.

설의 영상화가 "단순히 문사에서 영상으로 전달 수단만 바꾼다는 의미가 아니라 원작의 이야기를 대중적으로 소통시키고 그 공유의 범위를 확대할 수 있는 기회를 확보한다는 의미"[42]로서 "각색에서 발생하는 대중적 변모는 소설의 대중적 확산과 그 소통 공간의 확장으로서 의의"[43]를 과연 갖는 것일까. "영상 매체가 보유하는 대중 친화력과 그것이 발휘하는 대중 흡입력을 빌어 소설이 대중과 마주할 수 있는 유효하고 요긴한 하나의 방식"[44]일까.

대개 그간의 이러한 보편적 인식들은 "오늘날 영화의 정신적 위기는 무엇보다도 영화가 작가를 찾지 못하고 있다는 데 기인"(310쪽)하며 "대부분의 작가들이 영화와 관계를 맺지 못하고 있다"(310쪽)는 A. 하우저의 견해[45]에 근거한 듯 보인다. 20세기를 '영화의 시대'로 규정한 그의 분석은 일면 타당해 보인다. 그러나 이는 히틀러의 "'대중 민주주의'의 시대"(288쪽)만을 대상으로 한 인식이며, 그 모순은, 표현주의나 초현실주의 "예술이 자연과 갖는 관계는 일종의 폭력적인 것"(289쪽)으로 "부단한 자기기만"(294쪽)에 바탕 한다는 부정성이, 문학이 "막다른 골목에 다다랐다는 사실을, 그리고 삶과 완전히 절연된 문학형식의 불모성을 지적"(294쪽)했던 다다이즘과 초현실주의의 예술사적 의의를 드는 긍정성과 병치되어 있다는 분석에서 확연히 드러난다. 뿐만 아니라 영화를 회화나 문학보다 우위에 놓고 그 근거로 "소설은 18세기의 주도적 문학장르"(40쪽)라 이 "의사전달 형식은 오랫동안 그 장르 특유의 발전을 거치는 사이에 일종의 암호처럼 되어버려서 본질

42) 김중철(2004:276).
43) 위의 책. 276쪽.
44) 위의 책. 277쪽.
45) 아르놀트 하우 저/백낙청 · 염무웅 역(1999).

적으로 비대중적일 수밖에 없다"(315쪽)는 것이다. "오로지 젊은 예술만이 대중적"(315쪽)일 수 있다는 극단적인 신념이다. 20세기의 대중을 옹호하는 듯하면서도 "영화는 관중의 평균 수준이 소시민층"(316쪽)으로 "소시민적 인간형의 사회심리학적 범주는 실상 하나의 사회학적 범주로서의 중간계급보다 훨씬 넓은 것이다. 거기에는 상층계급과 하층계급의 일부가 포함되어 있다"(316쪽)며 "원망적 환상"(317쪽)을 원하는 "상류계급의 생활을 보여"(317쪽)주어야 한다며 그들이 "지적 평준화 작용의 근원이 되는 계층에 뿌리박"(316쪽)고 있다고 폄하하는 계급적이고 위계적인 시각(일단 이것이 하우저의 시각인지 번역자의 시각인지는 원전을 봐야 해결될 듯하다)을 견지한다. 또 영화는 "집단작업의 원칙을 포기함으로써 영화의 위기를 해결하는 길이 가능할 것"(312쪽)이라는 시대착오적 전략은 무엇인가. 한 세기를 거의 하나의 예술장르로 규격화하여 단정하면서 세계의 복합성을 외면한 한계도 드러내고 있다.

그러나 그간 이러한 외국 지성에는 무분별한 당위적 권력이 주어져 왔다. 이것은 현재 한국문학의 발전을 저해하는 가장 큰 '내면화된 적'일 수 있을 것이다. 시간을 두고 점진적으로 형성된 그 절대적 권위에 오히려 젊은 국문학 연구자들이 자긍심을 갖지 못하고 방황하게 되는 것은 아닌가. 우리는 이미 오래 전부터, 한국 사회와 문학장은 다를 것임이 분명할 것임에도, 영상에 대해 타자가 되도록 한국문학에 대해 열패감을 유포하는 외국의 인문학자들과 그 옹호자들로부터 훈육되었는지 모를 일이다. 한국과 미국에서 문학과 영화의 생산(창작)과 수용, 그 성장 교류의 문화적 지형은 엄청나게 다르다. 다만 이제까지 제대로 구명되지 못한 한계 때문에 무조건 적용되어야 하는 통계들은,

이론의 오용일 뿐이다.

> 아카데미상과 에이미상을 받은 대부분의 영화들은 각색 작품들이다. 다음의 놀라운 통계를 살펴보자.
> *모든 아카데미 작품상 수상작의 85퍼센트는 각색 작품이다.
> *모든 텔레비전 주간 영화의 45퍼센트가 각색 작품인데 그럼에도 에이미 수상작의 70퍼센트가 이 영화들에서 나온다.
> *모든 미니 시리즈의 83퍼센트가 각색 작품인데 에이미상 수상작의 95퍼센트를 이 영화들이 차지한다[46].

이형식 등은 "오늘날 모든 상업영화의 반 이상은 문학을 원작으로 하고 있으며 베스트셀러 소설의 80퍼센트 이상이 영화로 만들어진다고 한다. 또한 소설을 각색한 영화는 대부분 결국에는 텔레비전으로 보여"(105쪽)진다며 소설의 영화화에 관한 미국 내 연구, 즉 할리우드 통계를 위 예문으로 제시한다. 이 내용에 의하면 각색에 대한 남다른 환상을 꿈꿀 수도 있겠다. 그러나 우리의 현재 기대감과는 다르게, 앞의 예문에서 살펴본 그들의 말과도 다르게, 아쉽게도 이미 TV드라마는 소설이라는 '전통'적 원형과 '단절'한 듯 자발적으로 진화하고 있다. 영화 또한 마찬가지이다.

한국의 TV드라마는 환상적 현실(〈파리의 연인〉)과 실제적 현실(〈장밋빛 인생〉)을 넘나드는 편력을, 변호사의 세계(〈변호사들〉), 요리사의 세계(〈대장금〉, 〈내 이름은 김삼순〉), 미용사의 세계(〈군세어라 금순아〉), 패션 디자이너의 세계(〈패션 70s〉). 심지어 자신들의 방송계, 영화계까지 풍부하게 보여준다. 그래도 불만은 제기된다. "한국에선

46) 이형식 외(2004:105).

왜 'ER'이나 'CSI 수사대' 같은 전문적인 영역을 소재로 한 드라마를 보기 힘들까. 그렇고 그런 사랑 이야기라도, 경험해보지 못한 직업의 세계를 배경으로 펼쳐질 때 또 다른 색채를 입게 되는 법. 최근 요리사를 소재로 한 드라마들이 동시다발적으로 터져 나오다시피 한 것은 이런 시청자들의 갈증에 대한 대답이 아니었을까"[47]라는 기사는 많은 것을 시사한다. TV드라마는 이미 대중서사의 핵심에 대한 감을 잡고 '사랑과 욕망과 고난과 성공의 이니시에이션 스토리 구성'이라는 뼈대(구성의 공식)를 만들어 '옷만 갈아입혀 내보내는' 양산체제로 돌입한 듯 보인다.

영상매체에는 '상업성' '대중성' 그리고 '전문지식'에 기반 한 강력한 비판세력들이 호위해 있다. 네티즌들의 비난도 추가되었다. "시청자를 울리고 싶은데 정 안 되면 아이 이야기를 끌어내라는 게 예전에도 불문율 같았지만 지금처럼 남용하지는 않았다"[48]며 드라마에서 심각 관계와 불륜, 출생의 비밀, 복잡한 혈연 등 자극적인 소재가 관성적으로 사용되고 작가들이 자기 색깔을 가지지 못한 것을 안타까워하는 원로방송작가의 품위 있는 비판도 함께 한다. 이는 소설의 '주례사 비평' 관행으로 키워진 타성과 비교되는 부분이다. 영상매체의 경우 다양한 비판을 수렴하고 이러한 비판을 긍정적으로 승화하여 오히려 강한 경쟁력을 키워왔던 것 같다. 이것이 현재 한국문화산업의 주류를 만들었는지 모를 일이다.

특히 이러한 "문화산업은 고위험(high risk), 고수익(high return) 산업으로 위험에 도전하는 산업(risky business)"[49]이기에 철저히 경

47) 신동흔(2005).

48) 김미리 기자는 「젊은 작가들, 불륜, 출생의 비밀 남용한다」(『조선일보』, 2005. 10. 13.)에서 이희우 방송작가의 인터뷰를 기사화했다.

제 원리를 추종할 수밖에 없는 것[50]인데, 각색도 어렵고, 저작권료도 주어야 하고, 단편소설은 가져와 봐야 열 씬도 채 못 채울 것이 허다하니, 대작이나 장편을 선호하거나 아니면 아예 판권 계약 없이 많은 사료들에서 자료 수집[51]할 수 있는 역사소설 종류가 제격일 것이다.[52] 그래서 '퓨전 사극'이라는 이름으로 영화 〈형사〉, 드라마 〈서동요〉, 〈신돈〉, 〈태왕사신기〉 등이 제작되고 방영되는 것이다.

이미 한국의 영상 서사는 시나리오의 수요와 공급을 스스로 충당해 가고 있다. 그렇다면 이 '단절'[53]이 갖는 의미는 무엇인가. 결국은 '돈'이다. 저작권료를 과하게 지불할 필요가 없다는 입장일 것이다. 특별

---

49) 김덕수(2005:9).

50) 영화는 상품이 보유하고 있는 품질이라 할 수 있는 시나리오와 영상미, 그리고 배우의 연기와 기타 사운드 등에 따라 차별화된 상품이다. 또한 이렇게 차별화된 상품의 품질은 그 상품을 직접 소비하기 이전, 즉 영화를 보기 이전에는 분별할 수 없다는 특징을 가지고 있다. 경제학에서는 이렇게 구입 이전에 분별할 수 없는 재화들을 경험재(experience goods)로 분류한다. 소비자와 생산자간 비대칭적 정보(asymmetric information)가 존재하기에, 소비자는 피해를 줄이려 미디어를 통해 객관적 정보를 수집하거나 과거 소비 경험을 이용하여 구입에 나서는데, 이로 인해 폐쇄적 또는 고정적 수요를 보임으로 해서, 신인에게 진입 장벽(entry barrier)이 생기거나 고정 수요가 풍부한 스타 제도(star system)라는 부작용이 나타나게 된다. 김휴종(2001:227-228) 요약.

51) "'살아있는 백제사'를 구현해 내기 위해 각각 60권과 100여권의 책을 쌓아놓고 씨름했다"(『조선일보』, 2005. 8. 31)는 〈서동요〉 담당 드라마PD와 작가의 제작담이 있다.

52) 그래서 본 연구자는 요즘 한국문단의 역사인물 소설 쓰기 열풍에 대해, 신드롬을 일으킨 소설가를 제외하고는, '한국형 스튜디오 소설'의 혐의를 지울 수 없다. 관공서가 동원한 청계천 소설 시리즈도 비슷한 맥락이다.

53) 〈불멸의 이순신〉이나 〈MBC 소설극장-김약국의 딸들〉 이외에도 최근 MBC가 조정래의 소설 『태백산맥』의 판권 계약으로 드라마화를 시도하는 것을 보면, 단절이 아니라고 생각할 수도 있겠다. 그러나 한국에서 영화나 드라마 탄생 초기부터 각색된 모든 소설들의 분량과 비교하면서 동시에 관객점유율, 시청률까지 반영한다면 최근 급격히 줄어든 것을 알 수 있기에 편의상 '단절'이라는 용어를 선택하였다.

히 '문학'에 기생해야 할 필요성을 더 이상 느끼지 못할 만큼 소설의 아우라는 거세되고, 영상의 위력은 제국주의적 문화로 권력화 되어서인지도 모른다. 그간 수세(守勢)적 연구 태도가 이를 더욱 공고화시켰을 수도 있다. 그래서 장기적으로 내면화된 (긍정적으로 인식되었든 부정적으로 인식되었든)적에 의해 균열된 문학의 권위가 소설을 '각색'하여 산업화하려는 과정에 있어 또 하나의 커다란 장벽일 수 있다.

어쨌든 '각색'에 관련된 여러 과정의 경로를 살펴볼 때, 영상 매체의 군림으로 인한 보다 심각한 '훼손'의 여지는 잔존해 있다. 단지 소설 홍보[54]와 경제적 이익만으로 참아내기에는 많은 문제점이 연관되어 있다. 이 시장이 '승자독식 시장(winner-take-all)'임에도 수요에 비해 과잉 공급[55]되는 상황에서 이른바 무조건적인 '각색 환상 담론'은 또 다른 기만이 될 수도 있다는 점을 유의해야 한다. 그럼 과연 이 공생관계를 더 연장해야 하는가. 문화산업으로 확장해야만 한다면, '각색' 산업 현장에 투입되기 전에 숙지해야 할 유형・무형의 '훼손'과 '기만'에 대한 준비는 완벽한가. 그것이 아니라면 이제라도 한국의 소설은 사회적 생존법[56]을 다른 방향으로 치열하고 심각하게 연구해야만 할 것 같다.

---

54) 여기에서 인터넷 소설 등에 대한 내용은 제외한다. 인터넷 소설의 각색은 TV드라마 〈내 이름은 김삼순〉, 영화 〈B형 남자친구〉 등이 있다. 문자매체의 정통(혹은 본격, 순수)소설과 인터넷소설의 서사 비교, 혹은 각색 비교 연구는 고를 달리하여 논하기로 한다.

55) 이 원인에는 예술가가 갖는 불확실성에 대한 소박한 낙관주의가 있다. 예술가는 예술가 시장에 진입하기 전에 자신이 예술가로서 성공할 수 있을 가능성에 대해서 지나치게 과대평가하는 경향이 있다. 정기문(2001:162) 참조.

56) 2005년 12월 26일자 조선일보에서는 '한국소설이 추락한다'는 제목의 기사를 게재했다. 교보문고 판매자료를 바탕으로 25년간의 '베스트셀러 20'을 살폈다. 1986년 문학부문 13권 중 12권이 한국문학이었던데 비해, 2005년 문학부문의 8권 중 1권만이 한국문학이었다. 기사에 따르면, 최근 몇 년간의 베스트셀러는 외국의 번역소설이 대다수를 차지하였다. 큰 호응을 받은 작품은 "한 개인의 존재와 역사

3. 결론

지금까지 소설을 영상매체로 각색하는 데 수반되는 어려움을 고찰해 보았다. 소설이 영화나 TV드라마로 연결되어 문화산업으로서 당당히 경제적 수익모델이 될 수 있는가에 관한 분석을 병행하여 문제점을 살폈다.

과거부터 소설과 영상이라는 매체는 서로 강한 보완관계에 있었다. 많은 영화들이 소설로부터 소재와 주제와 모티프들을 받아들였고 소설 또한 영화로부터 몽타주 기법 등 많은 서술기법들을 배워왔으며 영향을 받았다. 따라서 한국 사회에서 소설의 각색은 '원 소스 멀티 유즈(OSMU)'라는 문화산업화의 가능성을 지닌 원형콘텐츠로서 기대하는 바가 클 수 있다. 그러나 문화산업에 대한 아도르노의 견해처럼 외부적으로 수용자에게 투사되는 부정성, 기만에 대한 비판적 논의도 존재한다. 본고에서는 수용자에게 끼치는 이데올로기적 영향의 부정적 관점이 아니라, 소비자에게 전달되기 전에 이루어지는 '내부적 기만'의 문제, 그 '훼손'을 중심으로 천착하여 각색의 과정을 분석하였다.

첫째로, 소설이 소설가 개인의 단독작업임에 비해 영상은 감독(작가)으로 대표되지만 실제 내부적으로는 여러 명의 작가가 개입하게 되는 문제가 있다. 둘째로, 원작 소설을 각색하여 영상물로 재현하는 촬

적·사회적 맥락을 밀접하게 연결하며 녹여내고 있"(20쪽)었다는 것이다. 영화가 "현실적인 소재와 시각적 상상력으로 큰 호응을 받고 있는 데 비해, 소설은 실제 생활인들의 정서와는 거리가 있는 현학적이고 재미없는 것으로 받아들여지고 있다"(20쪽)는 한 출판사 실장의 말은 의미 있다. '문화'라는 화두로 잃어가는 소설의 본질에 대한 재점검이 필요한 시점이다. 앞으로 소설의 경쟁력을 높이기 위해서라도, 현재 소설이 생활인들의 정서(사회문화적 감정구조)와 거리가 있다는 점에서, 일제시대의 문학과 반공시대의 문학, 현재의 문학에 대한 권위와 가치평가가 동일하게 이루어지는 현 연구 경향에 내부적으로 먼저 문제의식을 가질 필요가 있겠다.

영과 편집 과정에서 소설 원작 구성의 재배치는 필연적일 수 있다. 셋째로, 저작권의 경제성 문제로 인하여 오히려 영상매체 측이 전통적 원형에 기대기보다는 단절적 행보를 보이고 있었다.

이미 영상 산업은 소설 원작 혹은 전통 소설의 형태를 훼손하는 구조를 지니고 있다. 대화나 묘사 중심의 정통 소설보다 이미지 중심의 인터넷소설 등이 각광받는 것도 영상산업의 특성에 부합되기 때문이다. 더욱이 각색에 선택되는 작품의 수조차 역사적으로 감소해왔다. 현재 영상매체에 대하여 타자로 기능해 버린 소설의 문제는 텍스트만의 문제는 아닐 것이다. 내용적으로 뒤틀리고 형식적으로 억압되는 상황을 비판적으로 독해하려는 다양한 노력이 더욱 필요하다. 이제 소설 자체의 정신(내용)과 육체(형식)를 훼손하였고 그 본질을 훼손하게 될 수 있는 '폭력성'과 '내부적 기만'을 어느 부분까지 승인 혹은 이해하면서 비판의 수위를 조절해야 하는가에 대해 보다 구체적이고 진지한 성찰의, 텍스트 자체의 서사학(narratology)[57]을 포함한 비교 연구가 뒤따라야만 한다. 그래야만 소설이 영상에 종속되는 타자가 아니라 대등한 위치에서 서로 상생할 수 있는 문화적 시너지 효과를 기대할 수 있기 때문이다. 구체적인 작품을 예로 들어 비교하는 것은 차후로 미룬다.

---

57) 이에 관한 연구로는 S. 채트먼/ 한용환 외 역(2001), 앙드레 고드로 외(2001) 등이 있다.

[참고문헌]

곽노흥, 『드라마의 이해와 작법』, 한누리미디어, 1999.
권이상, 『TV드라마 만들기』, 나남출판, 1999.
김갑의, 『세계영화와 한국영화-무엇이 다른가』, 집문당, 1999.
김덕수, 「문화산업으로서의 문학산업」, 『현대문학이론연구』 25, 현대문학이론학회, 2005.
김성곤, 『영화 속의 문화』, 서울대학교 출판부, 2004.
김성원, 「헤밍웨이 소설의 각색 영화에 대한 연구」, 한양대 석사논문, 1991.
김성희, 『방송드라마 창작 실기론』, 연극과인간, 2001.
김수남, 『영화예술입문』, 새미, 2001.
김숙경, 「1980년대 한국 문예영화 연구」, 중앙대 석사논문, 1992.
김연진, 『TV드라마ABC』, 유림, 1995.
김용수, 『드라마 분석 방법론』, 집문당, 2004.
김중철, 「매체의 전이와 이야기 변형-'갯마을'을 중심으로」, 『대중서사연구』, 대중서사학회, 2004.
김태관, 「소설의 영화화 과정에 관한 서사학적 요소의 연구」, 동국대 석사논문, 1990.
김희경, 『흥행의 재구성-히트하는 영화의 진실 혹은 거짓』, 지안, 2005.
민병기 외, 『한국의 영상문학』, 문예마당, 1998.
민병선, 「오프시네마(Off-Cinema)연구」, 『영화 평론 제10호』, 한국영화평론가협회, 1998.
박상천, 「Culture Technology와 문화콘텐츠」, 『한국언어문화』, 한국언어문화학회, 2002.
박종원, 『시나리오에서 스크린까지-송어제작노트』, 집문당, 1999.
백문임, 『형언-문학과 영화의 원근법』, 평민사, 2004.
백선기, 『텔레비전 문화의 기호학』, 커뮤니케이션북스, 2001.
서정남, 『영화 서사학』, 생각의 나무, 2004.
신동흔, 「로펌에서 펼쳐지는 욕망의 줄다리기」, 『조선일보』, 2005.
오명환, 『텔레비전 드라마 사회학』, 나남, 1994.
유동훈 외편저, 『시나리오 창작기법』, 집문당, 2003.
유민영, 「소설의 드라마 · 영상으로의 확대」, 『소설과 사상』, 고려원, 1994.
윤석진, 『한국 멜로드라마의 근대적 상상력』, 푸른사상, 2004.
윤오순, 「각색된 텔레비전 드라마와 원작의 비교 연구」, 중앙대 석사논문, 1988.
이형식 외, 『문학텍스트에서 영화텍스트로』, 동인, 2004.
이환경, 『TV드라마작법』, 청하, 1996.
이흥재, 「문화산업총론」, 『문화경제학 만4기』, 김영사, 2001.

임훈아, 「소설의 영화화 과정에 따른 멜로드라마적 요소 연구」, 연세대 석사논문, 1993.
정경운, 「서사물의 디지털 콘텐츠화 전략 연구-문화원형 개발 사례를 중심으로」, 『한국문학이론과 비평』, 한국문학이론과비평학회, 2005.
정기문, 「예술가 시장의 경제학」, 『문화경제학 만나기』, 김영사, 2001.
정종화, 『자료로 본 한국영화사 1』, 열화당, 1997.
최상식, 『TV드라마작법』, 제삼기획, 1994.
한국영상자료원, 『한국영화의 풍경 1945-1959』, 문학사상사, 2003.
한명환, 「각색영화와의 비교를 통해 본 소설의 의미 재고-〈꿈〉, 〈우리들의 일그러진 영웅〉, 〈서편제〉를 중심으로」, 『현대문학이론연구』 24집, 현대문학이론학회, 2005.
더들리 앤드루/김시무 외역, 『영화 이론의 개념들』, 시각과 언어, 1995.
데이비드 하워드 · 에드워드 마블리/심산 역, 『시나리오 가이드』, 한겨레신문사, 1999.
로버트 랩슬리 외/이영재 외역, 『현대 영화이론의 이해』, 시각과 언어, 1995.
로버트 리처드슨/이형식 역, 『영화와 문학』, 동문선, 2000.
루이스 자네티/김진해 역, 『영화의 이해-이론과 실제』, 현암사, 1987.
벨라 발라즈/이형식 역, 『영화의 이론』, 동문선, 2003.
아르놀트 하우저/백낙청 · 염무웅 역, 『문학과 예술의 사회사4』, 창작과 비평사, 1999.
안 로슈 외/이용주 역, 『시나리오 쓰기의 이론과 실제』, 동문선, 2004.
앙드레 고드로 외/송지연 역, 『영화서술학』, 동문선, 2001.
S. 채트먼/한용환 외역, 『영화와 소설의 수사학』, 동국대학교출판부, 2001
요하임 패히/임정택 역, 『영화와 문학에 대하여』, 민음사, 1997.
웰스 루트/윤계정 외역, 『시나리오의 구성과 기법』, 현대미학사, 1997.
윌리엄 밀러/전규찬 역, 『드라마 구성론』, 나남출판, 1995.
이케가미 준 외/황현탁 역, 『문화경제학』, 나남출판, 1999.
자크 오몽/곽동준 역, 『영화감독들의 영화 이론』, 동문선, 2005.
자크 오몽 외/이용주 역, 『영화미학』, 동문선, 2003.
주디스 메인/강수영 외역, 『사적 소설/공적 영화』, 시각과 언어, 1994.
T. W. 아도르노 · M. 호르크하이머/김유동 역, 『계몽의 변증법』, 문학과 지성사, 2001.
피에르 부르디외/현택수 역, 『텔레비전에 대하여』, 동문선, 1998.
Philip Stevick ed., *The Theory of the Novel*, The Free Press(New York), 1967.
Susanne K. Langer, *Feeling and Forms-A Theory of Art*, Routledge & Kegan Paul(England), 1953.
__________________, *Problems of Art*, Charles Scribner's Sons New York, 1957.

애니메이션의 미디어 교육 활용 방안 연구
: 애니메이션 텍스트 읽기를 중심으로

•

박기수

1. 들어가는 말

애니메이션은 대중문화콘텐츠의 첨병으로 문화적 가치와 미적 가치는 물론 재화적 가치를 동시에 구현할 수 있다는 점에서 최근[1] 들어 더욱 주목 받고 있는 장르다. 애니메이션에 대한 관심은 1) 그 자체의 경제적 가치는 물론 다른 문화콘텐츠와 상호연동시스템을 구축함으로써 부가가치를 지속적으로 창출할 수 있다는 점과 2) 문화제국주의적 관점에서 자국중심 문화와 이데올로기의 전파가 용이하다는 점 등으로 집약될 수 있다. 전자는 애니메이션이 3H(High-cost, High-risk, High-return) 산업의 특성을 지니고 있는 까닭에 One Source Multi Use의 상호연동시스템을 통한 부가가치 창출을 전제로 기획되고 있으며, 이것을 작품의 내재적 요소로 적극 반영한고 있는 점에 주목한 것이다. 후자는 문화적 할인율이 적은 애니메이션의 특성을 극대

---

1) 1967년 최초의 극장용 애니메이션 「홍길동」에서 시작된 우리 애니메이션의 역사에도 불구하고 '최근'이라는 말을 붙이는 것은 애니메이션에 대한 장르적 인식, 산업적 마인드, 제작의 노하우 등이 일정 수준에 이르고 이를 바탕으로 한 논의가 본격적으로 시작된 것은 최근의 일이기 때문이다.

화시킴으로써 자국중심 문화와 이데올로기 전파를 위한 효과적인 매체로 활용할 수 있다는 점에 주목한 것이다. 특히, 디즈니 애니메이션의 미국, 기독교, 중산층, 백인, 남성중심의 이데올로기는 문화제국주의적 관점에서 여러 차례 지적된 바 있다. 뿐만 아니라 최근에는 일본 애니메이션이 국제적인 인정에 힘입어 일본중심의 이데올로기를 노골화하고 있다는 점에서 문화제국주의적 관점의 경계가 요구되고 있는 실정이다.

이와 같은 애니메이션에 대한 관심은 대부분 유효한 것들이었다. 더구나 애니메이션에 대한 깊이 있고 체계적인 논의가 부재한 현실을 고려할 때, 지금까지의 논의는 논의 그 자체만으로도 매우 의미 있는 것들이었다.

하지만 이러한 논의들은 생산자 중심이었다는 뚜렷한 한계를 지닌다. 문화제국주의적 관점의 경우, 텍스트 중심의 분석을 통해서 생산자들의 의도 찾기에 급급했을 뿐, 그것의 실현과 향유 양상에 대해서는 무관심했던 것이 사실이다. 더구나 애니메이션이 문화적 할인율이 작고 One Source Multi Use를 텍스트의 내재적 속성으로 상정하고 있다는 것뿐만 아니라 유·소년층을 집중적인 target으로 설정하고 있다는 점, 매체 접근도 및 이해도가 높다는 점 등을 고려할 때, 향유자 중심의 생산적이며 실천적인 논의는 때늦은 감이 없지 않다.

더구나 한국적인 특수성으로 인하여 애니메이션은 팬덤의 구체화가 가장 생산적이고 긍정적으로 이루어진 분야[2)]이며, 일본 오타쿠[3)]의 예

---

2) 일본 애니메이션이 부분적으로나마 정상적인 경로를 통해서 수입된 것은 얼마 되지 않은 일이다. 그럼에도 불구하고 PC통신이 보편화되면서부터 애니메이션 통신동호회 활동이 활발해졌다. 복사본을 공유(판매)하고, 관련 자료를 번역, 비평하는 등의 온라인상의 활동뿐만 아니라 코스프레 같은 오프라인의 활동을 전개하기

에서 보듯이 향유자들의 문화생산력도 지극히 높은 분야이기 때문이다. 이와 같은 뚜렷한 향유활동에도 불구하고 그동안 향유의 토대가 되었던 것은 미국과 일본의 텍스트와 관련 자료들이었기 때문에, 의도와 무관하게 향유 자체가 그들의 재화적, 문화적, 미적 가치를 확대재생산하는 결과를 가져왔다. 특히 문제가 되는 것은 향유대상의 편향에 의해 향유 방식이나 향유 취향마저도 종속되어 버리는 결과를 가져왔다는 점이다.[4] 더욱이 각종 인터넷 매체나 케이블TV 등을 통해 애니메이션과의 접촉 기회가 많아진 현실을 고려할 때, 애니메이션의 미디어 교육은 더욱 절실한 시점이다.

애니메이션의 미디어 교육 활용은 '미디어 제작을 통한 학습'보다는 '미디어를 이용한 교육'에 중점을 둘 수밖에 없다. 애니메이션은 전문인력들의 co-work를 필요로 하며, 오랜 제작기간을 요구하며[5], 대규

도 했다. 이것이 인터넷이 보편화되면서부터 좋아하는 작품에 대한 오마주 홈페이지 구축, 팬픽 등 보다 다양해진 양상으로 드러난다. 이 과정에서 향유자들의 향유 수준은 한층 높아졌으며, 잠재적인 생산자로서 기능하게 되는 결과를 가져왔다. 하지만 향유취향이 일본이나 미국 애니메이션에 제한됨으로써, 향유의 다양성을 확보하는 데에는 뚜렷한 한계를 보이게 된다.

3) 오다쿠들이 모여서 만든 가이낙스 그룹이 대표적인 예이다. 이들은 단지 향유에서 그치지 않고 향유한 내용을 바탕으로 한층 업그레이드 된 텍스트 생산을 시도한다. 20세기 최고의 걸작으로 꼽히는 「신세기 에반게리온」은 오다쿠들의 무한한 생산력을 여실히 보여준 작품이다.

4) TV시리즈인 「하얀 마음 백구」(2000), 「바다의 전설 장보고」(2002)와 극장용인 「마리이야기」(2002), 「원더플데이즈」(2003), 「오세암」(2003), 「엘리시움」(2003) 등의 예에서 보듯이 한국 애니메이션이 향유 Target 설정, 문화적 정체성 확보, 향유 전략 설정에 있어서 상당한 혼란을 겪고 있는 것도 이와 같은 맥락에서 설명할 수 있는 부분이다.

5) 최근에 캐릭터 산업의 promotion용으로 활용되면서 친근해진 플래시 애니메이션의 경우에도 일반 애니메이션에 비해서 제작 기간이나 비용은 물론 별다른 전문기술 없이도 제작이 가능하다지만, 최소한 플래시 애니메이션 제작 툴의 사용법은 익혀야 하며, 1분 내외의 서사를 짜임새 있게 만들기 위해서는 최소 300만원 정도

모 자본(High-cost)을 필요로 하기 때문에 제작을 통한 학습보다는 장르적 특성의 이해를 전제로 한 독법과 해석 등의 교육을 지향해야 할 것이다.

미디어 교육은 "미디어 산업의 구조·미디어 내용에 대한 정보 등 다양한 지적·미학적 지식의 습득과 미디어 메시지의 비판적 수용 외에 '힘을 가진 시민empowered citizen'의 양성, 민주주의 이념의 구현 등 정치적인 경향이 포함되기도 한다." 따라서 "미디어교육은 단지 미디어에 대한 올바른 이해와 향유이며 동시에 주체적인 창조활동이며, 인간성 함양을 위한 전인교육"이다. 이와 같이 미디어교육이 "미디어의 언어와 문법, 매스미디어의 본질과 기술 등을 가르치고, 매스미디어를 읽고 쓰는 교육과정을 통하여 각자가 속한 사회의 문화적·사회적·정치적·경제적 환경을 이해하고 평가할 수 있는 능력을 갖도록 하는 교육"임은 주지의 사실이다.(안정임 · 전경란, 1999:29-30)

때문에 미디어 교육은 "매스미디어 수용자의 적극적이고 비판적인 태도를 양성함"으로써 수준 높은 미디어를 제작 · 향유할 수 있는 안목과 비판력을 갖추는 데 그 목적이 있다. 즉, 미디어에 대한 이해와 판단능력을 신장시키고, 그 과정에서 미디어를 탈신비화(demystification)함으로써 미디어를 주도할 수 있도록 하는 것이다.(안정임 · 전경란, 1999:18-19)

이러한 미디어 교육의 목적을 달성하기 위해서 가장 우선적으로 해결해야하는 것인 미디어 해독(literacy) 능력의 제고다. 해당 미디어의 특성을 충분히 이해하고 그것의 내재적 문법 및 현실과의 상관성을

의 제작비가 투입되는 것을 고려할 때, 미디어 교육에서 활용하기는 매우 어렵기 때문이다.

고려하며 미디어와 생산적인 대화를 할 수 있는 능력인 미디어 해독(literacy)은 주체적이고 창조적인 애니메이션 향유의 핵심이다.

애니메이션은 이와 같은 미디어 교육의 특성을 실천적으로 살펴볼 수 있는 좋은 예이다. 산업적 특성이 어떻게 텍스트에 내재화되는가, 다양한 커뮤니케이션 형태가 생산적으로 어떻게 결합되어 있으며 그 기능은 무엇인가, 애니메이션을 매개로 한 One Source Multi Use의 양상과 그것이 텍스트에 미치는 영향은 어떠한가, 기존 텍스트와의 상호텍스트성은 어떤 식으로 구현해내는가 등등, 애니메이션을 통한 미디어 교육은 매우 효과적인 접근이 될 것이다. 또한 미국과 일본이 독점함으로써 드러나는 애니메이션 콘텐츠의 편향성, One Source Multi Use를 활성화시켜 수익창출을 기대하는 애니메이션의 기형적 상업화, 문화제국주의적 관점의 이데올로기 침투에 무방비로 노출된 점 등을 고려할 때, 미디어 교육을 통한 애니메이션의 현실적 문제를 해결할 수 있는 방안이 될 수 있다.

그래서 본고에서는 독립 애니메이션과 산업 애니메이션의 서사 분석을 통한 미디어 교육 방안에 대해서 모색해 볼 것이다.[6] 전자의 실험적인 요소들이 미적 가치와 사회적 가치를 확보하게 되면 후자의 영역에서 흡수함으로써 재화적 가치를 확보하게 되며, 흡수 이전에는 상업애니메이션에 대한 비판적 견제로서 기능하기 때문에 두 서사 구현 방식을 살펴보는 것은 매우 의미 있는 일이 될 것이다.

본고에서는 독립 애니메이션으로는 일본 애니메이션계의 영상시인으로 불리는 타무라 시게루(たむら しげる) 감독의「Glassy Ocean」을 텍스트로 삼는다.「Glassy Ocean」은 독립 애니메이션의 특성을 집약적으로 보여주고 있으며, 해독(literacy)을 통한 미디어 교육에

효과적인 텍스트이기 때문이다. 산업 애니메이션으로는 드림웍스의「개미」를 중심으로 디즈니의「벅스라이프」를 보조적 텍스트로 한다. 동일한 소재지만 미국을 대표하는 두 애니메이션 제작사의 상반되는 이데올로기를 중심으로 산업 애니메이션의 특성과 전략을 파악할 수 있고, 이를 활용한 미디어 교육의 확장이 용이하기 때문이다. 그래서 본고에서「Glassy Ocean」은 서사를 중심[7]으로 텍스트 읽기에 중점을 둘 것이다. 또한「개미」의 서사를 분석하고,「벅스라이프」와 상호 비교를 기반으로 미디어 교육에 활용할 수 있는 방안을 모색할 것이다.

〈표 38〉 산업 애니메이션과 독립 애니메이션의 경향(모린 퍼니스: 2002, 57)

전통적/산업적/헤게모니적 형식의 경향	실험적/독립적/전복적 형식의 경향
대규모 제작비	소규모 제작비
집단에 의한 제작	개인에 의해 제작
전통적 기술을 이용	전통적이지 않은 방법과 매체를 이용
주류관객 대상	개인적·소규모 상영 대상
마케팅적 이해에 의해 규정됨	미학적 이해에 의해 규정됨
서사적	비서사적
재현적	추상적
선형적	비선형적
서구적, 전통적 사회규범을 반영	대안적 삶의 방식을 반영
지배적 신념(체계) 옹호	지배적 신념(체계)에 도전
지배적 사회집단에 속한 작가들에 의해 제작되며 그들의 관심 반영	주변화 된 사회집단에 속한 작가들에 의해 제작되며 그들의 관심을 반영

6) 독립 애니메이션의 경우, 일반적으로 애니메이션 논의에서 생략하는 경우가 많다. 대중문화콘텐츠로서의 역할에만 주목하기 때문인데, 본고에서는 미디어 읽기 방안을 위해 논의에 포함시킨다. 다음은 산업 애니메이션과 독립 애니메이션의 차이를 구명한 것이다.

7) 논의의 효과적 수행을 위해서 애니메이션의 근간이라고 할 수 있는 서사(narrative)를 중심으로 분석을 수행할 것이며, 그 분석은 애니메이션의 특성과 애니메이션 서사의 특성을 전제로 시도될 것이다.

2. 독립 애니메이션의 경우; 「Glassy Ocean」

2.1. Text literacy; 병치적 서사의 개방성

「Glassy Ocean」(1985)은 타무라 시게루 감독의 독립 애니메이션으로 우리에게는 「고래의 도약」으로 알려진 작품이다. 본고에서 이 작품에 주목하는 것은 ① 비교적 짧은 시간의 텍스트(22분 28초)이기 때문에 분석이 용이하고[8], ② 철저하게 계열체적(paradigmatic) 서사의 병치를 통해 전개함으로써 통합체적(syntagmatic) 서사 전개에 익숙한 향유자들은 읽는데 어려움을 토로하며, 같은 이유로 ③ 다른 방식의 읽기[9]를 모색할 수 있기 때문이다.

먼저, 「Glassy Ocean」의 서사를 분석해보자. 행위자 중심으로 에피소드를 분류하면 〈그림1〉과 같다.

〈그림 1〉「Glassy Ocean」의 서사 전개도

A. 수면 위 船上의 아버지와 아이	55초
B. 수면 위 배와 바다 밑 노인의 병치	56초
C. 유리로 된 바다에서 날치를 잡는 노인	56초~3분
D. 워터피플의 노래	3분~4분39초
E. 노인의 과거회상 : 곤도아나호, 태엽감는 일, 작은 별을 반복적으로 오르내리는 로봇, 거대한 형해, 시조새, 배 이름을 기억 못함.	4분39초~8분3초
F. 수면 위의 船上. A와 유사한 상황	8분3초~8분17초
G. 수면 위 배와 바다 밑 노인의 병치. B와 유사	8분17초~8분25초
H. 노인의 꿈 : 거대한 건물의 대사	8분25초~9분15초

8) 미디어 교육은 학습자의 참여와 체험을 중심으로 학습이 전개되기 때문에, 학습자의 수준과 수행 능력 그리고 분석 시간 등의 고려가 매우 중요하게 된다.

9) 이 말은 서사보다는 색채의 대비, 상호텍스트성 여부, 상상력의 창조성 등에 주목하여 읽기를 시도하는 것을 말한다. 서사를 중심으로 작품을 분석하다보면 결과적으로 이러한 요소들이 계열체적 서사의 고리 역할을 하는 것을 발견할 수도 있다. 상세한 내용은 논의의 전개과정에서 드러날 것이다.

I. 화가 아르 : 바다기둥, 고래와 눈맞추기	9분15초~11분50초
J. 노인의 할아버지 회상 : 모험, 지팡이	11분50초~12분50초
K. 고래를 보는 노인과 아르	12분50초~13분22초
L. 수면 위 船上 : A, E와 병치적 중첩	13분22초~13분30초
M. 수중에서 도약하는 고래	13분30초~13분56초
N. 하늘에서 떨어진 별 회상	13분56초~14분37초
O. 고래의 도약과 악대 등장	14분37초~15분50초
P. 아랍복장 남자의 꿈	15분50초~17분7초
Q. 고래의 도약을 기억함	17분7초~17분52초
R. 물방울 위에서 고래를 보는 노인	17분52초~18분49초
S. 내레이션 : 추억, 그림/기억, 배, 여행의 끝	18분49초~20분52초
T. 수면 위 船上	20분52초~22분28초

「Glassy Ocean」은 크게 1) A, F, L, T와 2) I, K, M, O, P, Q와 3) C, E, H, J, N, R, S와 4) D, N 그리고 5) B, G로 분류할 수 있다.

1)은 수면 위의 선상에서 아버지와 아들이 바다를 바라보는 장면으로, 4번 반복되어 드러난다. 이 부분이 3)에 등장하는 노인의 어린시절인지, 고래의 도약을 수면 위에서 관찰하는 것인지는 명확하게 제시되어 있지 않다. 분명한 것은 1)이 2), 3), 4), 5)와는 다른 시간의 세계라는 것이다.

2)는 표면적으로 텍스트를 이끌어가는 이야기인 고래의 도약이 진행되어 가는 과정과 그 주변에서 사람들이 보이는 반응들의 낱낱이다. 이 텍스트에서 그나마 계기성이나 인과성을 따르고 있는 부분이지만, 2)의 중심이 고래가 도약하는 과정이기 때문에 표면적으로는 그것 자체가 나머지 이야기들을 수렴하거나 이끌지는 못한다.

3)은 이 텍스트의 중심 캐릭터 역할을 하는 노인의 회상, 꿈, 현실의 이야기다. 3)의 각각 역시 계기성(繼起性)으로 연결되었다기보다는 파편화된 기억들의 우연한 연쇄일 뿐이다. C에서 제시되었던 주제는

E에서 텍스트 전체를 압도할 만한 단서를 제공하면서 강화되고 있다는 점이 다른 것과 변별되는 부분이다.

4)의 C와 N은 시적 언어와 잠언투의 발화로 내적 논리나 뚜렷한 메시지를 찾기는 어렵다.

〈그림 2〉 B: 수면 위 배와 수면 아래 노인의 병치

5)는 바다 위의 세계와 바다 밑의 세계라는 공간적인 차이는 분명하지만 시간적으로는 매우 모호하게 제시되었다. B에서는 장면전환처럼 제시되었지만 G에서는 시간의 흐름과 함께 뚜렷한 장면으로 제시됨으로써 B를 반복·강화한다. 1)의 사건과 3)의 사건이 연쇄적인 것을 수도 독립적인 것일 수도 있는 가능성을 열어두고 있는 것이다. 5)를 1)과 3)의 연대기적 매개의 단서로 해석하려면 그것이 왜 하나의 장면 담길 수 있었는지를 해명해야 한다. 고래와 인간과 바다처럼 각 존재자의 시간이 다르다는 것을 위에서 확인한 바와 같이, 1)이 노인의 어렸을 때라고 해도, 무한 시간 속에서 5-60년의 시간은 한 순간과도

같다는 상대적 시간관을 응집한 것으로 볼 수 있다. 반면에 1)과 3)이 무관하다고 보아도 색채적 변별이나 상황의 전개 등에 의해 자연스럽게 수납할 수도 있다. 논자는 전자와 같이 해석하는 것이 텍스트의 의미생산을 보다 풍요롭게 할 수 있다고 본다.

1)에서 4)까지 살펴보면, 1)은 반복적인 병치를, 2) 고래가 도약하는 동안 각기 다른 주체들 반응이 병치되어 있고, 3)은 노인의 현실, 꿈, 회상의 상이한 이야기들이 내적인 필연성 없이 병치되어 있으며, 4) 각각의 이야기들이 병치되어 있고, 5)에서는 3)의 E처럼 주도적인 계열체의 반복으로 주제를 암시하고 있다. 시간의 경과를 중심으로 살펴보면 1)과 2)를 중심으로 서사가 진행되며 3)의 낱낱을 통해 주제가 구체화되는 양상을 보이며, 4)는 첨언하는 형식이며, 5)는 반복·강화하는 양상으로 주제를 암시·강화한다.

그러나 이상과 같은 다섯 개의 계열체 중심의 서사 분석은 행위자 중심의 분류기 때문에 계열체가 지니고 있는 ① 개별 에피소드의 독립성과 완결성을 제대로 부각시키지 못하고, ② 유사성을 기반으로 한 상관관계를 통해 새로운 의미가 창조된다는 특성 등을 제대로 규명하지 못한다.

이러한 한계를 극복하기 위해서 행위자 중심이 아닌 사건별 유사성을 중심으로 텍스트를 분류해보자. 그러면 유사성을 중심으로 한 분류가 매우 개방적으로 드러남을 알 수 있다. 그것은 각각의 에피소드가 뚜렷한 서사보다는 은유적인 대화와 장면처리로 일관하고 있어서 향유자의 취향이나 체험의 폭과 내용에 따라서 유사성의 접점을 다양하게 만들 수 있기 때문이다. 그래서 본고에서는 지배적인 은유가 'Glassy Ocean'이라는 어휘에 있다고 보고 공시적(共時的) 시간과 통시적(通時的) 시간의 교차라는 관점에서 논의를 풀어 가보도록 한다.

〈그림 3〉「Glassy Ocean」의 통시적 시간과 공시적 시간의 상관도

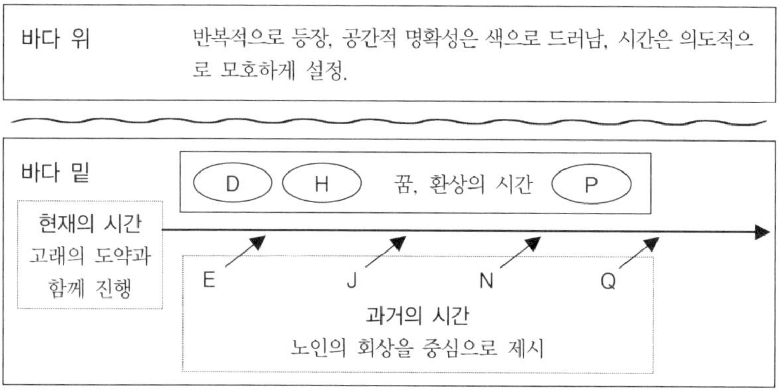

'Glassy Ocean'은 축자적인 의미로 유리질의 바다이다. "바다는 유리로 만들어져 있었다."라는 노인의 첫 대사 역시 매우 암시적이다. 바다가 유리로 만들어졌다는 것은 두 가지로 해석이 가능하다. 하나는 바다가 정말 유리로 만들어져 있다는 기발한 상상력의 결과로 보는 해석과 다른 하나는 바다가 유리로 만들어졌다는 것을 은유로 보고 해석하는 것이다. 논자는 후자 쪽을 택하는 것이 보다 생산적이라고 믿는다. 왜냐하면 전자를 택할 경우 텍스트 전체에 지속적으로 등장하는 낯선 체험들을 그저 기발한 상상력의 나열정도로 평가해야하기 때문이다. 바다가 유리로 만들어졌다는 것은 텍스트에 등장하는 모든 존재들의 시간이 상이(相異)함을 압축적으로 표현한 것이다. 바다가 유리처럼 느껴지는 것은 바다의 출렁임의 시간보다 인간의 시간이 빠르게 흐름으로써 그것을 정지상태로 느끼게 하는 것이라고 유추할 수 있다. 이러한 유추는 고래가 도약하는 시간이 바다 속 인간들에게는 반나절의 시간이지만 고래에게는 아주 짧은 시간이라는 점에서 더욱 힘을 얻는다. 각자의 존재론적 시간이 다르다는 점을 극대화하여 형상화한 것이다.

C에서 날치를 열매 따듯 잡는 노인의 모습, I에서 도약하는 고래와 눈을 맞추며 고래가 자신을 볼 수 있을지 되묻는 아르의 대사, P에서 술방울을 손으로 잡아서 먹는 모습, R에서 물방울 위에서 고래의 도약을 보는 노인의 장면 등이 바로 그러한 특성을 극대화 한 장면들이다. 이러한 존재론적 시간의 상이성을 공시적 시간의 상이성이라고 하자.

반면, 「Glassy Ocean」의 통시적 시간의 양상은 회상으로 이루어졌다. E, J, N, Q가 그것이다. E는 노인의 젊은 시절 회상인데, 그 회상의 곳곳에 태엽 감는 일, 작은 별을 반복적으로 오르내리는 로봇, 거대한 형해(形骸), 시계, 시조새 등의 은유가 반복적으로 제시되어 있다. J는 노인의 할아버지 회상이다. 모험을 좋아했던 할아버지와 그를 돕던 노인의 모습이다. 모험의 상징으로 할아버지의 지팡이가 남는다. N은 하늘에서 떨어진 별에 대한 회상으로, 별에 손을 대면 별의 마음이 느껴졌다는 서정적인 대사가 나온다. Q는 고래의 도약을 언젠가도 보았음을 깨닫는 장면이다. 이 장면은 A, F, L, T가 노인의 과거 모습이 아닐까 추측하게 하는 단서로서 기능한다. 주목할 것은 E, J, N, Q는 모두 각기 다른 시절에 대한 회상이라는 점이다. 바로 이와 같은 시간들이 고래의 도약을 지켜보는 노인의 '지금 이곳'의 시간을 구축하고 있다는 암시다. 또한 '지금 이곳'에서 벌어지는 고래의 도약도 E, J, N, Q처럼 사라질 기억에 지나지 않음을 보여주고 있다.

통시적 시간과 공시적 시간의 점이지대에 꿈이 있다. H, P는 아예 꿈의 형태로 등장하고, D는 환상적인 형태로 등장한다. 이것들의 특징은 대사의 내용이나 상황이 극히 모호하게 제시된다는 점이다.

D: 워터피플의 노래: 뚫어진 몸 안에 은색의 물고기에 끌려 춤추듯이

헤엄쳐요. 뚫어진 몸 안에 은색의 물고기에 끌려 이젠 더 이상 그 후로

H: 건물들의 구호: 우리들은 유리바다 끝의 육지를 향해서 육지 저편의 사막 위에 작은 호수가 된다. 우리는 사막을 목표로 사막 위에 작은 호수가 된다.

P: 아랍복장의 남자: 꿈속에서 하얀 모래사장을 걷고 있었어. 파도 소리가 나고 바다가 반짝반짝 빛났어. 야자나무! 큰 야자나무에 싹이 나서 단지 그것만으로 기뻐서…유리방울이 왜일까? 내 눈에서 이것 봐 하나 더 꿈에 본 바다의 색이다.

인용에서 보듯이 그들의 대사만 가지고서는 그 내용을 좀처럼 가늠할 수 없다. 꿈이거나 환상적인 상황을 몽환적인 영상과 모호한 대사로 처리함으로써 과거도 현재도 아닌 모호한 시간의 경계를 아우르고 있는 것이다.

이상에서 살펴본 바와 같이 「Glassy Ocean」은 계열체적 서사를 병치시킴으로써 텍스트의 완결된 의미나 생산자로부터의 의미 전달을 과감하게 포기하고, 텍스트와 향유자 간의 대화적 관계를 활성화시키려고 했다. 대화적 관계는 텍스트의 개방성으로 수렴되는 비종결성, 비결정성을 전제로 성립이 되는 관계이며, 상대성과 다원성을 중시하는 배제가 아닌 포괄의 시학을 통해서 구축될 수 있는 관계다.(김욱동, 1988:271 참고) 특히 대화적 관계가 전제로 하는 개방성은 생성 가능성에 대한 긍정에서 가능하기 때문에 텍스트의 의미지평을 끊임없이 열어가는 시적인 텍스트에서 주로 구사된다. 「Glassy Ocean」은 향유자가 텍스트 곳곳에 개입할 수 있게 통합체적 서사가 극히 이완되어

있으며, 계열체적 서사가 병치되어 있다는 서사적 특성을 지닌다.[10]

이런 맥락에서 계열체적 서사의 병치를 극대화함으로써 서사의 개방성을 높이고 창조적 의미의 생산을 용이하게 만든 텍스트라고 평할 수 있다. 특히 서사적 개방성이 높기 때문에 이것의 읽기 교육은 물론 이어쓰기나 채워 넣기 형식의 연쇄적 사고과정을 촉진할 수 있는 텍스트로서의 활용도가 매우 높다고 할 수 있다.

2.2 미디어 교육의 활용 방안

독립 애니메이션인「Glassy Ocean」을 활용한 미디어 교육은 텍스트 해독 능력의 제고와 창조적인 다시 쓰기 과정으로 나누어 볼 수 있다. 앞에서 살펴본 바와 같이 통합체적 서사에 익숙한 대부분의 향유자들에게는 몹시 낯설고 생경한 텍스트이기 때문에 해독 자체의 어려움을 겪는다. 향유자 스스로 능동적으로 텍스트 읽기에 임할 수 있도록 기초적인 텍스트 분석 방법, 분석 된 내용을 창조적으로 해석하는 방식 등을「Glassy Ocean」서사 분석과 해석을 통해서 학습하도록 한다. 그러기 위해서는 다음과 같은 네 단계의 접근이 효과적이다.

---

10) 따라서「Glassy Ocean」서사의 가장 큰 특징은 계열체적(paradigmatic) 서사의 극대화이다. 시간을 주제로 계열체적 관계에 있는 에피소드들을 내적 인과성 없이 나열함으로써 병치은유(diaphor)의 형태를 나타낸다. 병치은유는 "의미론적 전이가 신선한 방법으로 여러 경험의 특수성을 통과함으로써 오직 병치에 의해서만 새로운 의미를 획득하는 것"으로 모방적 인자를 탈각시키고 가장 순수한 의미를 추구하는 형식이다. 이승훈(1986:142). 병치은유는 기존의 타락한 언어를 가지고서는 순수한 의미를 담아낼 수 없기 때문에 병치된 두 사물로서의 언어가 새롭게 설정된 관계 속에서 의미를 생산하는 방식으로 비대상 음악, 추상화, 비대상시 등에서 주로 쓰인다.

〈표 1〉「Glassy Ocean」을 활용한 미디어 교육 과정

구분 단계	학습목표	분석대상	학습내용	기타
1단계	-계열체와 통합체를 이용한 서사 분석 -콘텍스트와의 상관에 따른 미적 가치, 문화적 가치의 성취 여부	광수생각, 일간지 보도사진, 신문광고	-일상 속에서 쉽게 접하는 짧은 서사물을 실제 분석·평가. -계열체와 통합체의 개념과 특성을 이해하고, 이를 이용해서 분석함.	첫 단계임을 고려하여 분석이 용이한 대상을 선정하고, 개념과 특성 파악에 주력
2단계	-계열체 서사와 통합체적 서사의 특성 파악 -서사의 개방성/완결성의 특성 파악	플래시 애니메이션(마시마로, 뿌까, 졸라맨), TV광고	-시간의 전개에 따른 서사의 진행 과정을 통해 계열체적 서사와 통합체적 서사의 특성을 이해함. -개방적 서사와 완결적 서사의 특성과 활용을 이해함	서사의 한 축인 시간의 진행에 따른 서사의 진행 양상에 주목할 수 있도록 유도함
3단계	-「Glassy Ocean」의 서사 특성 파악 -계열체의 병치 효과 이해 -독립 애니메이션의 표현 특성 이해 -「Glassy Ocean」의 서사 구현 방식을 활용할 수 있는 것들을 찾아봄	「Glassy Ocean」	-「Glassy Ocean」의 서사를 분석함. 분석결과를 바탕으로 해석하고 텍스트를 평가함. -계열체의 병치에 따른 서사의 개방성을 파악함 -독립 애니메이션의 표현 특성을 이해함. -「Glassy Ocean」의 서사 구현방식과 유사한 것들을 주변 장르에서 찾아봄	본 과정의 핵심에 해당되는 부분으로, 텍스트를 정치하게 분석할 것을 요구하고, 분석 결과를 어떻게 해석하는지, 유사한 서사 구현 방식을 찾아낼 수 있는지, 이와 같은 서사구현 방식의 한계를 지적할 수 있는지 파악.
4단계	-계열체적 서사를 중심으로 시의 구성원리를 파악함 -계열체적 서사를 중심으로 서사를 전개한 상업애니메이션의 예를 분석함	-김종삼, 「북치는 소년」 -「신세기에반게리온」	-김종삼의 「북치는 소년」의 서사를 분석하고, 병치은유의 의의와 효과를 이해함 -극장판 「신세기 에반게리온」의 서사 구성원리를 이해함	응용에 해당하는 부분으로 특히 시나 애니메이션 또는 영화 읽기에 활용할 수 있음을 보여주고, 활용의 실제를 체험하도록 유도함

우선 1단계는 가장 기초적인 분석 개념을 학습하는 과정으로, 신문만화, 보도 사진, 신문 광고 등을 계열체와 통합체에 따라 분석하고, 그 의미 생산 방식과 그것의 효과와 미적, 문화적 가치 여부를 판단하

는 학습을 수행한다. 예의 텍스트들은 짧은 서사를 담고 있기 때문에 군더더기 없이 압축적으로 표현되어 있고, 상대적으로 분량이 적기 때문에 분석의 효과를 극대화할 수 있다.

2단계는 1단계에서 학습한 내용에 시간적 전개를 더하여 학습하는 단계로서 분석 개념을 완전히 이해하고 익히는 과정이다. 2단계에서는「마시마로」,「뿌까」,「졸라맨」 등과 같은 플래시 애니메이션이나 TV광고 등을 같은 방식으로 분석한다. 즉, 동일성을 강조하는 계열체적 서사의 개방성과 비동일성을 강조하는 통합체적 서사의 완결성을 실제 텍스트 분석을 통해서 익힌다. 개방적 서사와 완결적 서사의 특성이 장르에 따라 어떻게 구사되며, 어떤 것이 더 효과적인지 이해하는 단계다. 플래시 애니메이션과 TV광고는 비록 1분 내외의 서사이지만 시간 개념이 들어간 서사라는 점에서 1단계의 텍스트보다는 발전된 형태의 텍스트라고 볼 수 있다. 더욱이 2단계의 텍스트들은 향유자들의 적극적인 호응이 이미 검증된 것들이기 때문에 학습자 스스로 거부감 없이 접근할 수 있고, 그것의 해독 결과에 학습자 스스로 대단히 만족하며 새로운 해독 대상에 대한 의욕을 키울 수 있다.

3단계는「Glassy Ocean」을 해독하는 단계이다. 매우 낯선 방식으로 서사가 구현되기 때문에 가급적 정치하게 분석하여 그 구현원리를 유추할 수 있도록 유도한다. 앞장에서 논자가 분석한 바처럼 계열체의 병치에 의한 개방적 서사라는 점을 고려하여, 이러한 방식의 서사의 특성을 이해하는 것도 학습 포인트가 될 수 있다. 이를 바탕으로 독립 애니메이션의 서사 구현 방식 및 특성도 함께 학습하도록 한다.

4단계는 응용단계이다. 3단계까지의 학습 내용을 바탕으로 유사한 서사 구현방식을 보이는 시와 애니메이션을 분석해봄으로써 학습내용을 완전히 체화시키는 단계다. 김종삼의 「북치는 소년」과 안노 히데야키 감독의 극장판 「신세기 에반게리온」등은 해당 장르에서도 무척 낯설어하는 텍스트들이다. 전자의 경우 서술어를 생략하고 직유의 세 번 반복으로 끝냄으로써 원관념인 제목과 상관하여 의미를 생산하기 때문에 향유자들은 의미를 생성시켜야 하는 어려움이 있고, 후자는 향유를 극대화하기 리좀적 구조를 지향(박기수, 2004:143)하고 있기 때문에 수목형 서사 구조에 익숙한 향유자들은 당혹스러울 수밖에 없는 텍스트다. 따라서 향유자들이 이 텍스트들의 구현 원리를 파악할 수 있다면, 이후 다른 서사 분석에서도 응용할 수 있을 것이다.

이러한 해독(literacy) 중심의 학습 외에도 학습자 스스로 참여적 수행을 통해서 텍스트를 다시 쓰는 방법도 텍스트 해독과 함께 병행해서 진행하는 것이 효과적이다. 계열체의 병치로 인하여 에피소드가 조각난 것처럼 여겨지는 점을 활용한 다양한 형태의 다시 쓰기가 가능하다. 특히, 몇몇 해독이 모호한 문제적 장면을 제시하고 학습자 스스로 의미를 부여하도록 하고, 각기 다른 해독이 나오게 된 이유와 과정을 함께 논의해 보는 것도 매우 생산적이고 흥미 있는 방법이 될 수 있다.

두 과정 모두 교수자의 일방적 해독이나 마치 모범답안이 있는 것처럼 정오판단을 내리는 방식의 지적은 지양해야 한다. 또한 수행과정에서 학습자의 연령, 취향, 지적 수준, 흥미 정도에 따라서 텍스트를 편집하여 사용하는 것도 효과적이다. 물론 이 과정에서 교수자 스스로 편집하여 몇몇 장면을 첨가하거나 반복적으로 삽입하는 것도 하나의 방법이 될 수 있다.

3. 산업 애니메이션의 경우 ; 「개미」

3.1. Text literacy ; 삼자적 관계의 활성화

「개미」와 「벅스라이프」는 개미라는 같은 소재로 1998년 같은 해에 발표됨으로써 드림웍스와 디즈니가 격돌하게 되었던 작품들이다. 흥행에서는 「벅스라이프」의 디즈니가 승리했지만 디즈니 애니메이션에 익숙한 향유자들에게 「개미」가 제기한 문제도 결코 만만한 것은 아니었다. 특히 디즈니 애니메이션과 대등한 위치에서 안티 디즈니 담론을 본격적으로 구현한 최초의 작품이 「개미」다. 따라서 본고에서는 「개미」의 서사를 중심으로 분석하고, 뒤에서 「벅스라이프」와 표를 통해 비교해 보겠다.

〈그림 4〉 「개미」의 캐릭터별 상관도

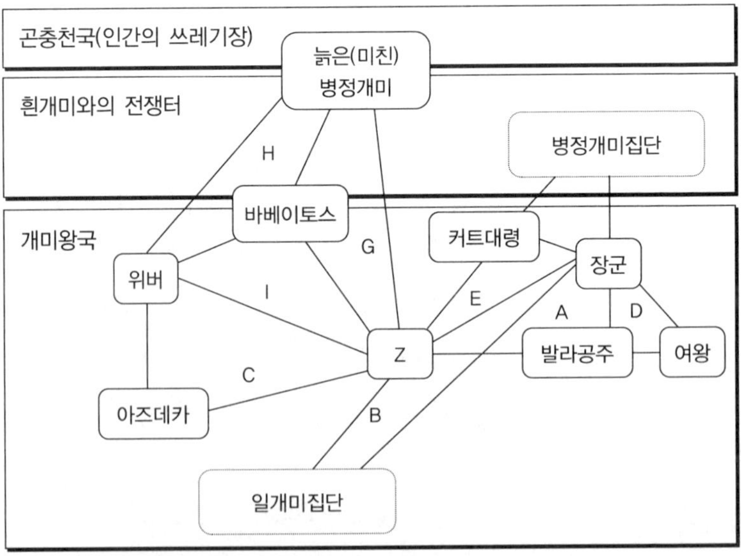

〈그림 4〉는 「개미」를 캐릭터별 상관관계를 나타낸 것이다. 이 그림을 보면, 디즈니 애니메이션에 비해 상당히 복잡한 상관관계가 드러나며, 상관관계를 통한 중심 캐릭터의 성격화 과정이 매우 역동적으로 이루어지고 있음을 발견할 수 있다. 좀더 구체적으로 살펴보자.

A는 Z-발라 공주-장군의 상관관계로서 이 작품의 중심 갈등이다. Z와 장군의 갈등은 ① 개인의 자유와 집단의 안위를 볼모로 인위적인 종족 개량을 시도하는 전체주의 폭력과의 갈등으로 볼 수 있다. 동시에 ② 발라 공주를 중간항으로 놓고서는 사랑 대 권력욕의 대립으로 성격화된다. 발라 공주 입장에서 개인적인 자유(Z)와 왕국의 안위를 위한 의무(장군) 사이에서 갈등하는 것이다. 여왕개미로 운명 지워진 발라 공주 입장에서는 Z를 선택하는 것은 운명을 거부하는 것이고, 장군을 선택하는 것은 운명에 순종하는 것이라고 볼 수 있다. 결말부에서 발라 공주는 위기에 빠진 왕국을 구하고 동시에 Z와의 사랑을 성취하는데, 이것은 카젠버그가 디즈니 시절에 만들었던 「알라딘」의 자스민 공주의 그것과 크게 다르지 않다. 개인적 욕망과 사회적 의무 중 하나를 선택하는 것이 아니라 캐릭터의 성장을 통해 둘 다 성취하는 이러한 결말은 디즈니식 결말과 크게 다르지 않은 것이다.

B는 A에서 Z와 장군의 갈등을 보다 노골화 시킨 관계다. 일개미를 열등한 존재로 보고 그들의 몰살 시킨 후 병정개미만으로 강건한 새 왕국을 세우겠다는 장군의 전체주의적 폭력을 극단적으로 부각시키는 부분이다. 반면 Z에게 일개미 집단은 자신의 정체성이라든지 왜 일을 해야 하는지 조차 모르면서 일만하는 맹목의 집단이지만, 열등하거나 사라져야할 집단이 아니라 스스로 자신들의 개인성을 자각해야 만하는 집단일 뿐이다. A가 발라 공주를 중심으로 한 사랑의 갈등이라면,

B는 전체주의와 개인주의의 갈등으로 단순화시킬 수 있다. A의 성취를 통해서 B의 갈등을 해결하는 것도 디즈니식 서사에서 자주 볼 수 있었던 구도이다.

C는 Z-위버-아즈데카의 관계다. 위버와 아즈데카는 병정개미와 일개미로서 자기 직분에 충실하다. Z-위버는 서로의 역할을 바꿀 정도로 친한 친구다. 이 역할 바꾸기를 통해 일개미와 병정개미의 구분이 매우 자의적인 것임을 알 수 있고, 이것은 일개미인 Z가 흰개미와의 전쟁에서 살아온 유일한 생존자라는 아이러니한 사실에서 더욱 강화된다. C는 B 갈등의 원인이 되는 신분제, 태생적인 역할 구분의 허위성을 드러내주는 역할을 한다.

D는 발라 공주-여왕-장군의 상관관계다. 발라 공주와 여왕은 여왕으로 지워진 운명에 저항하느냐 순종하느냐로 변별되며, 결말에서는 공주도 갈등의 성장과정을 거쳐 여왕으로서의 운명을 받아들인다. 여왕과 장군과의 관계는 의무와 자기임무에 충실한 캐릭터라는 면에서 서로 인정하지만, 왕국의 백성을 사랑의 대상이냐 통치의 대상으로 보느냐로 변별되는 관계다.

E는 Z-커트대령-장군의 상관관계인데, 여기서 주목할 것은 커트대령이다. 자기임무에 충실한 전형적인 군인으로 그려지고 있는데, 아쉬운 것은 결말부에서 장군에게 항명하며 Z를 돕는 행위동기가 불분명하고 성격 변화의 시점이 부적절하다는 약점이 있다.

F는 커트대령-병정개미-장군의 관계는 B와 동위소적 관계로 유추가 가능하며, E의 관계에서 커트대령의 행위동기가 될 수도 있는 부분이다. 그러나 실제로 일개미들을 제거한다는 사실을 병정개미들은 알아도 누구도 문제의식을 가지고 있지 않다는 문제점이 있다. 개미 사

회 전체가 전체주의 신화에 사로잡혀서 춤조차 정해진 시간에 정해진 방식대로 똑같이 추는 것처럼, 왕국을 위한 일이라는 신화에 맹목이 되었기 때문이라는 것이 가장 납득할만한 이유가 될 것이다. 그렇다면 F는 전체주의의 맹목과 폭력성을 극단화시킨 관계라고 볼 수 있다.

G는 바베이토스-Z-늙은 병정개미의 관계로서 바베이토스는 Z에게 새롭게 사는 방식(네가 선택하며 살아라)을 가르쳐주고, 늙은 병정개미는 곤충천국이 있다는 사실을 일러주는 기능을 한다. 이들은 Z에게 순차적으로 정보를 제공하는 기능으로서 구분되지만, 집단 전체에 종속되어 자신의 삶을 살지 못한 사람들의 모습이라는 점에서 서로 다르지 않다는 점에 주목하자.

H는 바베이토스-위버-늙은 병정개미의 관계다. 위버에게 예정된 두 미래의 모습이다. 전쟁터에서 비참한 죽음을 당하거나(바베이토스), 전쟁의 충격으로 약간은 정신이 나간 사람취급을 당하며 비참하게 늙어가는 모습(늙은 병정개미)이 그것이다. 이것은 왕국이라는 신화 속에서 개인이 매몰되어가는 모습을 극단화시키기 위한 것이다. 이것은 G에서의 두 인물의 성격과 매우 유사하다는 점을 알 수 있다. 이러한 맥락에서 보면 C에서 자기직분에 충실한 젊은 세 개미의 모습과 극명한 대조를 보이며 그 폭력성을 더욱 부각시킨다.

I는 위버-바베이토스-Z의 관계다. 위버와 바베이토스는 직접적인 관계는 없으나 왕국의 집단 신화에 충실한 위버의 미래 모습이 바베이토스와 같다는 점, 그러한 소임이라는 것이 위버와 Z가 그랬듯이 자의적이며 허구적이라는 사실을 집약적으로 드러내는 관계다.

이상에서 살펴본 바를 정리해 보면, 「개미」는 기호화된 개인(Z)이 왕국, 임무, 명령, 집단의 신화에 매몰되지 않고서 개인, 선택, 자율

등을 지향함으로서 진정 자유로운 개인으로서 공동체를 지향하는 과정의 이야기라고 볼 수 있다. 따라서 「개미」는 ① Z와 발라 공주의 성장을 통한 사랑의 성숙을 통해서 ② 일개미를 몰살시키려는 장군의 전체주의적 폭력을 제거하는 과정으로 동시에 진행되는 구조인 것이다. 특히 Z와 발라 공주가 생각과 권력으로부터의 '자유'를, 커터와 장군은 군인으로서의 '임무'를, 발라 공주와 여왕은 '의무'를, Z와 위버는 '우정'을 실천하고 지향한다는 점에 주목해보자. 또한 텍스트 전체가 Z를 중심으로 한 영웅신화에 다름 아니라는 것이다. Z가 집단의 신화에 대해서 회의한다는 점에 주목하여 디즈니의 그것과 다르다고 주장할 수 있지만, 이것은 서사 전체의 흐름을 놓친 결과다. Z가 저항하고자 했던 집단 신화는 자신의 삶에 스스로의 선택이 개입할 수 없다는 점이었다. 그렇다면 「개미」의 결말에서 이러한 선택의 문제가 해소되었는가? 그렇지 않다. 오히려 Z는 자신이 회의했던 집단의 신화 속에 영웅이 됨으로써 문제의식을 상실하는 '의식의 타락 과정'을 보여주고 있는 것이다. 따라서 Z가 디즈니식 영웅신화를 넘어섰다고 볼 수 없는 것이다. 이상에서 알 수 있듯이 「개미」는 다양하고 흥미로운 시도에도 불구하고 디즈니애니메이션의 그것과 크게 다르지 않다.[11)]

「개미」에서 가장 흥미로운 것은 크기에 대한 아이러니다. 식수대를 거대한 탑이라고 표현하고 있는 장면이나, 곤충천국이 고작 공원 쓰레기통에 불과하다거나, 운동화에 붙은 껌에 붙어서 공포에 질리는 모습, 물방울에 갇힌다거나, 성냥개비를 장작 대용으로 쓰는 것 등이 그것이다. 그러면서도 자신들이 먼지처럼 작은 존재이기 때문에 더 큰

---

11) 이와 같이 드림웍스가 초기에 여러 가지 면에서 디즈니를 견제하고 대적하기 위해 노력했지만, 여러 뚜렷한 성과에도 불구하고 텍스트의 궁극적 지향에서는 크게 다르지 않음을 확인할 수 있다. 이것은 뒤에 「슈렉」에 와서야 분명하게 털어지는 것이다.

존재가 있다는 것을 모르고 사는 것은 아니겠느냐고 의뭉을 떨면 웃지 않을 수 없는 것이다.

「개미」는 ① target 설정이 모호하다는 점, ② 색조와 캐릭터가 전반적으로 어둡고, 실사적 연출[12]에 가깝다는 점, ③ Z나 발라 공주의 의식 성장과정의 설득력이 약하다는 점, ④ 곤충천국에 대한 성찰이 부재한 것처럼 공간의 성격화가 약하다는 점 등을 그 한계로 지적할 수 있다. ③은 이야기의 설득력을 떨어뜨릴 수 있으며, ④는 개미왕국/흰개미와의 전쟁터/곤충의 천국으로 구분은 되어 있으나 개미왕국의 성격화에 노력이 집중됨으로써 특히 곤충천국의 성격화를 놓치고 있다. 「라이온 킹」의 '하쿠나 마타타'식으로 생활하는 공간으로 설정한 기획 의도는 보이는데, 회의나 성찰의 기회가 제공되지 않음으로써 표면적인 공간으로 전락해버린다. 애니메이션의 공간은 허구성을 강화하고 캐릭터의 성격을 형성하는 중심이라는 점에 주목할 때, 공간의 성격화 실패는 「개미」가 디즈니를 넘어서지 못한 결정적인 이유라고 볼 수 있다.

이상의 내용을 「벅스라이프」와 비교해보면, 다음 표와 같다.

〈표 41〉 「개미」와 「벅스라이프」 비견표

텍스트 / 구분	「벅스라이프」	「개미」
제작사	-디즈니사	-드림웍스사
Target	-유소년층	-청소년 이상(성인 포함)
색감, 분위기	-밝고 활기찬 느낌 -주로 지상 활동	-어둡고 무거운 느낌 -주로 지하 활동

12) 애니메이션에서 많은 비용을 들여가면서 구현하려는 실사적 연출은 환상을 낳을 때 비로소 제대로 기능한다. 현실의 것을 그대로 구현하는 것은 실사 영화로 찍으면 된다. 애니메이션만이 구현할 수 있는 환상 안에서 실사적 연출은 의미가 있는 것이다.

집단에 대한 인식	-공동체적 생활 -집단에 대한 회의 없음 -외부의 적만 없으면 평화 유지	-집단 내 역할 구분에 대한 회의 -개인의 자유에 대한 사고 시작 -공동체를 이루기 위해선 개인이 자유로운 선택이 가능해야함
전쟁에 대한 인식	-외부의 적과 맞서는 생존을 위한 싸움	-외부의 적과 싸움 -정치에 의한 의미 없는 싸움도 가능 -내부에 의해서 군이 움직일 수 있음
노동에 대한 인식	-생존을 위해 필수적인 행위 -회의나 성찰이 부재하는 노동	-왕국을 위해서 해야 할 일 -왜 하느냐에 대한 회의 -자신의 일을 선택해서 해야 한다고 강변
신분에 대한 인식	-개미들의 역할 분화가 보이지 않음 -개방적이고 수평적인 사회	-태어나면서부터 역할분화 -엄격한 신분사회 -폐쇄적 수직적 신분사회
선악의 구도 설정	-이분법적 구도로 선명한 선악구도	-불분명한 선악 구도 -상대적, 관계적 구도
다른 것에 대한 반응	-메뚜기를 적대적 존재로 가정 -메뚜기의 천적 새가 최종 갈등 해결(하퍼 죽임)	-소통 가능한 대상으로 파악 -내부적 신념의 문제에 따른 폭력행사 가능 시사
세계관	-약육강식의 논리 인정 -자신의 공동체 위주의 정의 -자신의 능력을 극대화하여 정체성도 찾고 행복 발견 가능	-개인의 성장을 통한 공동체 지향 -사회윤리에 대한 회의 -자유, 임무, 의무, 우정 등의 윤리 제시
특기사항	-「7인의 총잡이」 모티브 활용 -외부의 다른 것에 대한 거부 -미세한 소품을 이용한 스펙터클	-「A few Good man」 모티브 차용 -「신세기 에반게리온」의 신인류보완계획 -크기에 대한 아이러니 극대화

〈표 3〉에 드러난 바와 같이, 「개미」와 「벅스라이프」는 서로 의식해서 만든 작품이기 때문에 상사성(相似性)과 상이성(相異性)을 두루 갖추고 있다. 지향 이데올로기나 형상화 방식에서 상당한 차이를 보이지만, 그것이 지닌 자유, 임무, 의무, 우정 등의 내용은 디즈니의 그것과 크게 다르지 않다. 다만, 그 구현방식이 매우 다른데, 디즈니의 그것은 철저히 이분법적 사고를 기반으로 분명한 선악 구도를 설정하지만, 드림웍스는 삼자적 관계망에 의해 성격화가 진행된다.

디즈니의 경우에는 이분법적 선악 구도를 설정하기 때문에, 생산자가 이미 판단을 내려놓고, 향유자는 생산자가 만들어 놓은 놀이공원에서 즐기는 구조라고 할 수 있다. 이것은 선과 악에 대한 주체적인 사고나 그것의 판단을 위한 사고의 심화과정은 누락된다. 따라서 선과 악의 판단에 의한 동조와 거부만이 남게 되고, 그 결과를 바탕으로 한 계몽, 징벌, 포상 등의 과정이 강화되는데, 이 과정에서 징벌/포상의 스펙터클이 가미되고, 이 스펙터클을 즐기는 구조가 디즈니 애니메이션 캐릭터다. 혹은 선과 악의 판단이 이미 결정되어 있어서 서사의 전개는 예측 가능하고 안정적인 형태로 진행되기 때문에 비서사적 요소들의 자유로운 등장이 가능하다. 때문에 유희성을 강화할 수 있는 다양한 시도가 빈발한다.

반면에 일본 애니메이션의 경우, 특히 미야자키 하야오의 경우에는 선악의 구분이 명료하지 않다. 생산자는 갈등의 예가 되는 캐릭터 간의 자장만을 만들어줄 뿐, 선과 악의 판단은 철저히 향유자의 몫이 되도록 유도하기 위한 것이다. 이렇게 되면 향유자가 지지할 수 있는 캐릭터와 상호 향유과정이 활성화 될 수 있고, 캐릭터 간의 갈등 자장 안에서 갈등 내용에 대한 주체적인 사고와 사고의 심화를 유도할 수 있으며, 그러한 갈등을 해소 시키는 과정에서 향유자의 유희성을 강화할 수 있는 방안을 모색하게 된다.

이와 같이 확연히 다른 구도임에도 불구하고 선악구분 면에서 「개미」는 디즈니보다는 오히려 일본식 삼자구도를 활용하고 있다는 점이 성격화과정의 큰 특성이다. 그만큼 다수 캐릭터가 살아있는 캐릭터로서 기능하고 있다는 점도 주목할 만하다.

3.2. 미디어 교육의 활용 방안

산업 애니메이션의 미디어 교육 활용은 내용적인 차원에서 보다 풍부하게 접근할 수 있다. 독립 애니메이션이 해독 위주의 학습이었다면, 산업 애니메이션에서는 해독을 전제로 한 활용 학습에 중점을 두어 진행할 수 있다. 활용 학습은 대부분 「개미」 ① 텍스트의 내용을 단서로 사고를 지속적으로 전개할 수 있게 유도하는 방법, ② 텍스트에 대한 다양한 비판, ③ 콘텍스트의 정보를 바탕으로 한 학습 등이 가능하다.

먼저 학습자의 흥미를 끌기 위해서 교수자는 디즈니와 드림웍스의 차이를 설명해준다. 그리고 드림웍스의 안티디즈니적 요소가 반영된 것을 텍스트에서 찾아볼 수 있도록 한다. 그리고 여타의 안티디즈니 미학[13]과 비교해보고 드림웍스만의 특성을 정리하도록 한다.

「개미」의 주제는 무엇인가 하는 질문보다는 「개미」의 캐릭터, 색감, 분위기 등은 「벅스라이프」의 그것과 얼마나 어떻게 차이가 나느냐는 질문이 보다 생산적이다. 강의의 효율성을 고려하여 「벅스라이

13) 안티디즈니의 미학을 한창완(2001:200-201)은 리미티드의 미학, 비정형화 된 캐릭터라이징, 파격적인 스토리 라인, 배경의 완벽성과 서정성을 생략과 상징성으로 전환, 곡선위주의 캐릭터 계획에서 선 위주의 단조로움으로 전환, 자연의 미학에서 도시중심의 현실적 미학으로 전환, 극장용보다 TV시리즈에 주력, 도덕적, 교훈적, 설화적 주제에서 일상성과 상식성의 주제로 전환, 뮤지컬의 전달미학에서 유머스러움과 현란함의 대사 전달미학으로, 선과 악의 대결구조가 에피소드 내의 넌센스로 변환되어 파편화된 주제의식으로 표현, 1인 캐릭터 중심에서 집합체적인 2인 이상의 캐릭터로 전환, 복합적인 카메라 앵글과 테크닉을 단순한 기교와 앵글로 처리, 주시청자층을 어린이 대상에서 성인을 포함한 불특정 다수로 전환, 대형 영화제작사의 극장용 장편 제작 붐과 중소애니메이션 제작 스튜디오의 TV시리즈 전문제작 활성화, 작품의 소재를 설화, 신화, 민담에서 도시적인 미국적 일상생활로 전환하는 것 등을 들고 있다.

프」의 서사를 교수자가 먼저 분석해주는 것도 좋다.

텍스트의 내용을 단서로 활용하여 사고를 지속적으로 전개하기 위한 질문은 "일개미/병정개미/여왕개미의 구분은 선천적인 것인가 자의적인 것인가?", "곤충천국에서 개미왕국으로 돌아오지 않았다면 Z와 발라 공주는 어떻게 살고 있을까?", "위버와 Z가 신분을 바꾸지 않았다면 위버는 흰개미와의 전쟁에서 살아 돌아올 수 있었을까?", "Z가 공주가 아닌 수행 시녀와 눈이 맞았다면 그들은 이루어질 수 있을까?" 등등의 질문으로 텍스트에 대한 해독 정도를 파악할 수 있다.

텍스트를 비판할 수 있는 질문들은 이런 것들이 있다. "곤충나라는 결국 인간들의 쓰레기통인데 그곳에서 썩고 불결한 음료수를 마시면서도 과연 곤충들의 낙원이라고 할 수 있을까?", "이러한 결론은 디즈니식 낙관주의를 강화시키는 것 아닌가?", "그렇다면 디즈니 담론과 드림웍스의 차별점은 무엇인가?", "행위자 간의 관계는 잘 형성되어 있으나 그 관계들 사이의 유사성을 구축하는 데에는 실패한 것인가?" 등의 비판들을 제기한다.

콘텍스트와 관련하여, 「개미」는 다른 드림웍스 작품과 비교하면 어떤 결과가 나올 것인가? 드림웍스는 디즈니의 대안인가? 안티디즈니인가? 그 이유는? 등등의 질문이 가능하고 학습자 스스로 답을 찾을 수 있게 조별 활동을 유도한다. 미야자키 하야오의 「센과 치히로의 행방불명」에 나오는 캐릭터 간 상관망에 의한 서사 진행과 「개미」의 그것을 비교해보고 그 효과를 살펴보도록 한다.

장편 애니메이션의 경우 대규모 자본을 요구하기 때문에 고수익을 보장할 수 있는 요소들을 텍스트 안에 포함시켜야 한다. 수익을 보장하고 확대재생산 하기 위해서 삽입된 요소들을 텍스트 분석 과정에서 찾아보는 것도 매우 유익하다. 도한 그러한 서사적 장치들이 게임, 캐릭터, 완구 등으로 multi use될 때 어떻게 기능하는지 찾아보도록 유도한다.

이러한 과정을 통해서 장편 애니메이션 서사의 장르적 특성을 파악하고, 해독 과정에서도 도움을 얻는다. 뿐만 아니라 디즈니식으로 아름다운 동화에 은폐된 음험한 이데올로기를 분석 비판할 수 있는 능력을 기를 수 있다. 또한 디즈니식 담론에 대항담론의 수렴 가능성을 높일 수 있다.

4. 애니메이션을 활용한 미디어 교육의 전망

읽어야 쓸 수 있다는 자명한 이치를 신뢰하며, 애니메이션 서사를 분석해 보았다. 한국 애니메이션의 가장 큰 문제가 서사의 부재라는 것은 이미 주지의 사실이다. 한국 애니메이션이 이것을 극복할 수 있는 대안은 향유자가 보다 정확하면서도 창조적으로 서사를 읽으려는 적극적인 노력이 수반되어야 한다. 애니메이션을 활용한 미디어 교육은 애니메이션이기 때문에 할 수 있는 것이거나 다른 것보다 용이하게 활용할 수 있는 것이어야 한다. 향유자들의 이러한 창조적 읽기가 수행될 때, 비로소 애니메이션 서사 역량의 제고를 기대할 수 있을 것이다. 이러한 점에서 볼 때, 미디어교육의 역할은 아무리 강조해도 지나치지 않다. 아울러 애니메이션을 통한 미디어 literacy의 활성화도 애니메이션의 내재적 특성상 기대해볼 수 있는 부분이다. 특히 대중문화콘텐츠의 서사 읽기의 토대가 될 수 있으며, 또한 이 부분이 향후 개방적인 서사론의 특성상 서사론의 발전도 쉽게 예견할 수 있는 대목이다.

앞에서 살펴본 바와 같이 단편 애니메이션은 text literacy에 유용하고, 장편 애니메이션은 text literacy는 물론 콘텍스트와 상관하여 다양한 교육적 효과를 기대해볼 수 있는 장르다. 다양하고 보다 발달된 매체환경 속에서 애니메이션을 활용한 미디어 교육은 학습자들이 거부감 없이 참여할 수 있다는 장점이 있다.

다만, 논의의 대부분이 향유자와 상관된 것이기 때문에, 논의의 정확성을 높이기 위해서는 교육현장에서 다양한 실험을 통한 실증적 데이터를 추출해야할 것이다. 이러한 부분은 본 논의의 과제로 남긴다.

[참고문헌]

김욱동, 『대화적 상상력; 바흐친의 문학이론』, 문학과지성사, 1988.
모린 퍼니스 / 한창완 외 역, 『움직임의 미학』, 한울아카데미, 2002.
박기수, 『애니메이션 서사구조와 전략』, 논형, 2004.
안정임 · 전경란, 『미디어 교육의 이해』, 한나래, 1999.
이승훈, 『詩論』, 고려원, 1986.
한창완, 『저패니메이션과 디즈니메이션의 영상전략』, 한울아카데미, 2001.

매체 전환으로 변화된 정치성
: 희곡 「이(爾)」에서 영화 〈왕의 남자〉로

•

강윤주

1. 들어가며

이 글의 목적은 희곡 「이」가 영화 〈왕의 남자〉로 매체 전환되는 과정에서 작품이 지닌 정치성이 어떻게 변화되는지를 분석하는 데에 있다. 주지하다시피 영화 〈왕의 남자〉는 공식 집계 관객 수가 1,200만을 넘은, 역대 한국 영화 흥행 기록상 최고의 자리에 오른 작품으로 어린이와 노인 계층을 제외하면 한국의 거의 모든 남녀 성인들이 보았다고 말해도 될 작품이 되었다. 그러나 이 글에서 다루고자 하는 바는 이 작품의 흥행 요인이 아니라 희곡에서 영화로 변화되면서 작품의 정치성이 어떻게 달라졌는가를 밝히는 일이다. 예를 들어 희곡 「이」에서 직접적으로 드러나던 정치성은 영화 〈왕의 남자〉에서 아주 다른 방식으로 표현되거나 생략되고, 희곡 「이」에서 강조되지 않았던 정치성이 다시 〈왕의 남자〉를 통해 강화되기도 했다. 이 비교에서 특히 고려되어야 할 점은 영화 〈왕의 남자〉가 영화 속에 소극을 내포하고 있다는 사실이다. 희곡이 영화화되면서 무대 공연으로서의 특징이 많은 부분 상실된 전례(예를 들어 〈살인의 추억〉 등)와는 달리 〈왕의 남자〉는 극의 구성상 「이」에 존재하는 소극을 빼놓고 갈 수 없었고 그로 인해 결과적으로 연극적인 정치성 표현 방식과 영화적 정치성 표현 방식 모두를 보여주는 장점을 갖게 되었다.

이 글에서 쓰고 있는 정치성 개념은 일반적 의미의 정치, 곧 사회적, 경제적, 이데올로기적 대립의 항쟁관계 속에서 상대방을 복종시키고 스스로의 주장을 관철시키는 활동을 가리키며, 이 글에서는 특히 왕의 권력과 중신들의 권력, 그리고 광대들의 잠재적 문화 권력이 서로 어떻게 부딪치는지에 중점을 두어 정치성 분석이 이루어질 것이다.

미리 밝히고 들어갈 점은 이 글의 비교 대상이 연극과 영화가 아니라 희곡과 영화라는 사실이다. 박명진이 그의 글(2001: 144)에서 밝힌 것처럼 일회성의 운명을 지닌 연극과 필름으로 고정화된 영화를 비교한다는 것은, 연극에 대해 한정된 문자 기록이나 기억에 의존해 이야기할 수밖에 없다는 점에서 정확한 비교가 될 수 없다. 또한 영화는 연속적인 영상의 예술인 반면 연극은 대사의 예술이라고 할 수 있다. 다른 말로 하자면 연극은 대사가 나와 있는 희곡만으로도 무대 공연에 가까운 느낌이 전달될 수 있기 때문에 희곡과 영화의 비교는 무리한 비교가 아니라는 뜻이다.[1)]

희곡 작품이 영화로 전환되었을 때 갖게 되는 차이점 등에 대한 논문은 기존에도 많다. 그래서 필자는 이 글에서 아래와 같은 두 가지 사항만을 중점적으로 논의하고자 시도했다.

첫째로, 내러티브상의 변화가 어떠한 정치성의 변화를 가져오는가를 알아볼 것이다. 둘째로는, 희곡이나 연극과 달리 영화라는 매체에 있어 관객과 영화 사이의 매개체로서 결정적인 역할을 하는 카메라의

---

1) 김용수(1982:28) 참조.

각도와 앵글을 통한 공간 구조와 권력 관계의 표현 방식을 분석하고자 한다. 내러티브에 있어서 변화된 정치성을 분석하기 위해서는 우선 이야기의 구조가 어떻게 바뀌었는지에 중점을 두고 볼 것이다. 공간 구조상의 차이점을 비교함으로써 생긴 정치성 변화를 파악하기 위해서는 희곡에서 영화로 바뀌면서 확장된 공간들과 그 공간을 잡는 카메라의 각도 등에 초점을 맞출 것이다. 공간뿐 아니라 인물과 사물을 잡는 카메라의 각도는 대상이 가진 권력의 크기를 보여주는 데에 있어서도 중요한 역할을 하고 있다. 이러한 카메라 각도의 정밀 분석은 영화가 희곡 혹은 그 희곡으로 시각화된 연극과 구별되는 표현상의 특성을 가장 잘 보여주게 될 것이다.

2. 내러티브상의 변화

볼프강 가스트(Wolfgang Gast)는 문학 작품을 영화로 각색했을 때 발생하는 전환의 종류를 여덟 가지로 나누어 설명하고 있는데[2]

---

2) 여덟 가지의 전환은 아래와 같다.
1. 현재적 전환: 스토리나 소재를 현대로 이동시킴 2. 현재적-정치적 전환: 현재의 정치적 논의에 기여할 의도에서 원전의 '전환'을 시도한다면 이것은 '현재적' 전환 중에서도 특수한 경우에 속함 3. 이데올로기적 전환: 모든 전체주의적 국가에서의 일반화된 양식. 지배 세력의 이데올로기 작업에 이용되는 경우. 일종의 국책홍보용 영화 4. 역사적 전환: 문학 작품 고유의 역사성이 영화적 형상화 과정을 거쳐 수용자들의 현재적 의식에 다가갈 수 있는 경우. 이것은 문학 작품 고유의 역사성이 영화적 형상화 과정을 거쳐 수용자들의 현재적 의식에 다가갈 수 있게 한다. 5. 미학적 전환: 수용 과정에서 미학적으로도 고유의 영화 미학적 형상화를 시도하는 경우 6. 심리적 전환: 인물 배치나 갈등의 해결을 묘사하는 과정에서 원전을 초월하거나 경우에 따라서는 원전에 반해서 심리적 관점이 집중적으로 조명되는 경우. 이것은 영화를 탈역사화하고 심리적 지향성을 가진 현대 대중 관객의 독서 맥락 속으로 원작을 '번역 혹은 재배치'하는 것이다. 7. 대중적 전환: 문학

(Gast, 1999: 141 이하) 희곡 「이(爾)」[3]에서 영화 〈왕의 남자〉로의 전환은 대중적 전환에 해당된다고 볼 수 있다. 필자는 이에 더해 인물적 전환을 이야기하고 싶다. 「이」의 등장인물들이 가지고 있는 역할과 비중은 〈왕의 남자〉에서 많이 달라졌다. 이제부터 이러한 두 가지 전환을 각각 알아보고자 한다. 이해에 도움을 주기 위해 아래와 같이 도표로 극의 흐름을 정리해 보았다.

[표 1: 희곡 「이」의 공간과 사건]

「이」	
공간	**사건: 공길과 장생 등이 이미 연산의 궁으로 들어온 상황으로부터 시작한다.**
궁궐	벽사의식 (사악한 것을 쫓아내는 의식)
	관객에게 연산군의 아픔 (어머니 살해)을 일러줌
	공길이 본격적으로 권력을 잡아감 + 녹수의 출산
	윤지상의 죄를 폭로하는 진상놀이 장면
	장생은 궁을 나가자고 하고 공길은 남자고 함: 공길과 장생의 갈등
	공길과 녹수의 갈등: 공길의 옷 벗게 만드는 녹수
	녹수와 홍내관의 음모 꾸미기
	녹수는 공길을 모함하기 위한 사전 준비로 연산에게 장안에 퍼진 언문에 대해 이야기함
	공길이 비밀스럽게 자신의 글을 태우는 장면
	연산을 하야시키기 위한 음모에 장생 가담
	공길을 잡으러 온 연산과 녹수 앞에서 자신의 죄를 거짓 고하는 장생, 장생의 눈이 뽑힘
	감옥을 찾아온 공길, 연산에게 장생을 살려 달라 애원, 장생의 죽음
	강봉사 (어떤 우인)와 봉봉사 (공길)의 놀이, 녹수와 공길의 죽음, 연산군의 죽음 (암시)
	벽사의식 (사악한 것을 쫓아내는 의식)

원전의 수용 과정에서 요구되는 일정 수준의 교양 문제라든가 난해하고 때로는 장애가 되는 요소들을 제거하여 대중 관객들을 별다른 수고 없이도 이해할 수 있도록 만든 영화 8. 패러디적 전환: 진지한 의도를 가진 작품들과 대부분 통속적인 작품들이 패러디화 되며, 더러는 장중한 작품들도 패러디화 된다.

3) 김태웅, 「이(爾)」, 『김태웅 희곡집 「爾」』.

[표 2: 영화 〈왕의 남자〉[4]의 공간과 사건]

〈왕의 남자〉		
공간		**사건: 장생과 공길의 입성 과정까지를 자세히 보여주고 난 뒤 궁 안에서 일어나는 사건을 보여준다.**
대가집 마당		공길과 장생의 줄타기
		공길을 둘러싼 꼭두쇠와 장생의 갈등
		양반 수청 드는 공길을 빼돌려 도망치는 장생
무밭, 들길, 도성문, 무덤가		1. 들길에서 장님놀이 하는 공길과 장생 2. 무덤가 사건을 통해 드러나는 연산의 잔혹함
한양 저자거리		공길과 장생에게 헤어지라고 하는 점쟁이
저자거리 칠득이패 놀이판		칠득이패를 보기좋게 뭉개는 두 사람
주막과 투전판		의기투합하나 돈을 잃는 칠득이패, 이를 계기로 그 다음날부터는 본격적으로 함께 공연하기로 함.
저자거리		왕을 희롱하는 공연으로 큰 성공을 거두는 공길, 장생과 칠득이패
궁	의금부	왕을 희롱했다는 죄목으로 끌려옴. 왕을 웃게 하면 살려주기로 하여 공연 기회 얻음.
	연회장	왕을 웃게 하는데 성공. 공길에게 매혹된 왕. 희락원에 처소를 마련해주라는 왕의 명령
	어전	광대들이 궁내에서 묵게 된다는 데에 크게 반발하는 중신들, 왕은 이를 무시
	옥화당	낮의 공연을 재연해 보며 노는 연산과 녹수
	희락원	중신들의 반발에 화가 난 장생, 전국의 광대들을 모아 중신들의 기를 꺾고자 계획, 방을 붙이고 대회를 연다.
	연회장	뽑힌 광대들을 데리고 하는 공연에서 윤지상의 허물을 폭로
	연산 처소	공길을 불러들인 연산. 둘이서 손인형 놀이를 하며 논다.
	어전	중신들에게 윤지상의 예를 들며 호통치는 연산. 연산은 직언하는 성희안을 유배보낸다.
	연산 처소	공길과 인형 놀이를 하던 연산, 어머니를 죽게 한 아버지에 대한 회한에 어린다.
	녹수 처소	왕이 공길에 빠진 것에 분노하는 녹수, 음모를 꾸민다.
	희락원	장생이 공길에게 궁을 빠져나가자고 제안하나 공길은 이를 거부한다.

4) 영화 대본은 최석환, 〈왕의 남자〉 시나리오. 서울연극영화방송아카데미 대본자료실 http://www.talent1004.co.kr/mboard/mboard.asp?bid=story_board&mode=v&idx=174&page=1&keykind=&keyword= 참조

궁	내관원	처선이 장생에게 연산 어머니의 죽음을 패러디한 공연을 하라 하고 장생은 이를 흔쾌히 받아들인다.
	연회장	우인들은 왕의 어머니의 죽음을 다룬 공연을 하고 이를 보고 있던 연산은 격노하여 엄 귀인, 정 귀인을 죽이고 우발적으로 인수대비까지 죽음에 이르게 한다.
	종묘	연산이 어머니의 한을 풀어주는데 공과를 세웠다는 이유로 공길에게 벼슬을 내린다. 중신들은 공길 일당을 죽이기 위해 우인들을 사냥감으로 한 가짜 사냥을 제안한다.
	연산 처소	연산이 공길에게 도포를 입혀준다.
	녹수 처소	극에 달한 녹수의 질투
	후원	사냥 중에 칠득이 제일 먼저 중신들의 화살에 죽임을 당하고 공길과 나머지를 마저 제거해 버리려던 이극균과 성준은 왕의 화살에 죽임을 당한다.
	연산 처소	녹수가 공길의 옷을 벗기려 드는 장면. 공길은 왕에게 그만 자기를 놓아달라고 부탁하고 왕은 가지 말라고 애원한다.
	어전	왕을 비방하는 언문을 가지고 온 녹수. 공길의 필체를 발견하고 분노하는 연산.
	희락원	공길을 체포하러 온 왕과 일행. 장생이 자신이 썼다고 나서고 감옥으로 끌려간다.
	어느 문 앞	처선은 장생을 풀어주겠다 하나 장생은 다시 돌아와 연산과 공길 앞에서 줄을 타고 마침내 눈을 잃게 된다.
	감옥	예전부터 공길을 위해 자신을 희생해 왔던 장생의 사랑을 알 수 있게 해주는 장생의 넋두리
	연회장	마지막으로 줄을 타는 장생. 그에 짝맞추어 노는 공길. 반정군들이 들어오고 두 사람은 줄 위에서 높이 뛰어오른다.
들길		강봉사와 봉봉사의 소극으로 엔딩

1.1. 인물의 변화

매체 전환 과정에서 가장 크게 변화된 등장인물은 공길이다. 「이」에서의 공길은 권력의 단맛을 알고 즐기며 이를 확장해 갈 생각까지 하는 정치적이고 치밀한 인물로 그려진다. 다음에 나오는 도표에서 볼 수 있는 바와 같이 공길은 연산에게 절대 복종하며 때로 연민의 정을 느끼기는 하나 대사를 통해 표현된 바로는 연민보다는 절대 권력에 대한 지향 때문에 복종하는 성향이 훨씬 더 강하게 드러난다. 연산에 대한 절대 복종의 이유가 권력 때문이라는 점은 자신이 부리고 있는 아랫사람들과 장생에게 내뱉는 대사를 통해 잘 나타난다. 그 반면 영화에서 볼 수 있는 장생과의 절절한 감정은 「이」에서는 거의 찾아보기 힘들다.

희곡에서 왕이 가진 권력을 즐기는 광대 공길의 모습과 대조되어 강하게 드러나는 장생의 또다른 힘에 대한 희구는 영화에서 거의 제거되었다. 「이」에서 장생은 왕에게 빌붙어 있는 공길을 영화에서보다 훨씬 더 강하게 비판하고 나서며 광대로서의 자유혼을 역설한다.

> "애들 모아다 임금 똥구녕이나 핥으라고 고거이 되나? 이 천한 몸은 나가 술 한잔에 싼 웃음이나 팔겠습니다. 소인 냇가에 나가 마음 편히 버들피리나 불겠습니다.... 구차해도 남는 자에겐 힘이 생기고, 불안해도 뜨는 자에겐 거칠 게 없는 법."[5)]

또한 「이」에는 광대가 가진 정치성에 대한 분명한 언급도 볼 수 있다. 장생이 왕에 대한 반정을 준비하는 박원종을 찾아가 자기 자신도 '광대이기 때문에' 반정에 동참하겠다는 뜻을 밝히는 장면[6)]은 영화에서는 제거되었다. 박원종의 대사 "논다고 다 광대는 아니겠지. 일신우일신 판을 갈고 판을 열고 판을 키우는 게, 해서 세상을 바꾸는 것이 큰 광대 아니겠나?"[7)] 이 또한 부패한 정치판을 패러디하여 고발하고 비판하는 광대의 역할에 대한 암시로 읽힌다. 그리고 광대의 자유혼을

5) 희곡 「이(爾)」, 35쪽.
6) "이런 시절에 광대라고 어찌 놀기만 하겠습니까?", 희곡 「이(爾)」, 60쪽.
7) 희곡 「이(爾)」, 60쪽.

부정하고 권력을 지향하던 공길조차도 마지막에는 "아닙니다. 내가 마마를 버린 것이 아니라 내가 나를 버린 것입니다. 비단도포에 빠져 얼빠진 나를 버린 것이옵니다. 이제야 나를 찾은 것입니다."[8]와 같은 대사를 통해 광대로서의 자신의 정체성을 되찾는 자세를 보여주고 있다.

「이」에서 연산은 공길에 대한 강한 집착을 드러낸다. 공길과의 성적 접촉에 대한 대사 역시 미성년의 대중을 의식할 수밖에 없는 영화에서보다는 훨씬 노골적으로 사용되고 있다. 그 반면 영화에서 공길과 장생의 로맨스는 많은 언론에서 〈왕의 남자〉는 동성애 영화라고 떠들어댈 정도로 강화되었다. 희곡에서도 연산과 공길의 관계가 노골적인 성적 대사를 통해 연인 관계임이 분명히 드러났음에도 불구하고 이것이 동성애적 코드로 부각되지 않는 것은 두 사람이 명백한 권력 관계에 있기 때문이며 연산의 양성애적 성향, 곧 장녹수와의 관계와 공길과의 관계를 동시에 갖고 있는 연산의 성향 때문이라고 생각된다. 하지만 영화에서 공길과 장생은 연산과 같은 양성애자가 아니라 오로지 서로 상대방 한 사람만을 사랑하는 인물들이며, 동성애를 그린 이전의 한국 영화인 박재호 감독 작품 〈내일로 흐르는 강〉(1995)이나 김인식 감독의 〈로드 무비〉(2002)에서처럼 추하거나 절박한 관계가 아니다. 물론 그들의 상황은 절박하나 이 상황은 그들의 동성애적 사랑 때문이 아니다. 곧 동성애적 사랑이 두 사람을 위기에 빠뜨리는 위험 요인으로 기능하지 않는 것이다. 심지어 주변인들은 그들의 애정 관계를 자연스럽게 또는 더 나아가서 아름다운 로맨스로까지 승화시켜 받아들이고 있는 것처럼 보인다. (물론 이러한 수용 과정에는 공길 역의 이준기라는 배우, 이른바 '꽃미남'의 몫이 크다고 해야 할 것이다.) 동성애

---

8) 희곡 「이(爾)」, 83쪽.

적 코드의 대중적이고 자연스러운 수용, 이는 엄청난 성지적 변환이라고 할 수 있을 것이다.

이 사회에 만연해 있는 '호모포비아'는 끊임없는 노동력의 제공을 필요로 하는 자본주의의 작동 원리상 금지되어온 성적 관계이다. 유교적 전통이 강한 한국에서는 동성애에 대한 뿌리 깊은 반발이 서구 유럽이나 미국에 비해 훨씬 더 두드러진 것이 사실인데, 노골적으로 동성애적 관계를 아름답게 조명한 〈왕의 남자〉라는 영화가 1,200만 명이라는 한국 관객, 특히 남자 관객들에게 무리없이 받아들여졌다는 점은 성정치학상으로 볼 때 괄목할 만한 지점이다. 게다가 희곡에서보다 영화에서 공길은 훨씬 더 이른바 '여성적'인 캐릭터로 그려지고 있다. 영화에서의 공길은 희곡에서의 권력지향적인 공길과 달리 권력 때문이 아니라 연민 때문에 연산에게 복종하고 장생에게도 저항하거나 명령하지 않는다. 오로지 다소곳한 여자의 심성을 드러내고 있을 뿐이다.[9] 이에 대해 이상우(2006: 85)는 영화 속 공길은 장생이나 연산의 대상으로 스스로 주체적 의지를 가지고 있는 인물로 보기 힘들며 더 나아가 멜로드라마의 여성 인물처럼 남성 주인공의 욕망의 대상으로 전락되었다고 강조하기도 한다.

[표 3: 희곡 「이」의 공길의 성격]

「이」의 공길	
연산에 대한 태도	절대 복종:"미욱한 이놈 전하의 종입니다. 전하가 기꺼워하시는 것이 옳음이며 전하가 저어하는 것이 거짓입니다. 전하는 이놈의 주인입니다. 마마가 없으면 이놈도 없습니다."(17쪽)
권력에 대한 태도	권력의 단 맛을 알게 된 공길: "아뢰옵기 황송하오나, 우인들의 거처

9) "난 그냥 광대짓만 하고 살고 싶었어요. 그냥 그게 다예요. 그런데..." / "놔주세요. 절 놔주세요. 돌아갈래요." 영화 〈왕의 남자〉 68. 궁 연산 처소-밤, 공길의 대사.

	를 궐 안에 두시고 따로 관리하시는 게 어떻겠는지요?"(18쪽) 공길, 도포를 입고 좋아한다. (19쪽 지문) "언니라니? 대봉이라고 불러. 내가 대봉이다. 대봉!"(26쪽)
권력에 대한 태도	"누가 시키지도 않은 짓을 해? 앞으론 시키는 것만 해. 시키는 것만."(27쪽) "임금이 재밌어하는데 뭘 못해?"(33쪽) "승명패! 이걸 보이면 뭐든지 가질 수 있고 누구든지 부려. 오라면 와야 되고 가라면 가야 돼. 이게 뭐야? 힘이라는 거야. 내가 이제 이걸 가졌어."(34쪽)
광대로서의 태도	"내 반드시 커다란 집을 마련할 거다. 그리고 커다란 마당도 있어야 하겠지. 재주 있는 놈들 죄 모아다가…" "더 이상 떠돌지 않게. 더 이상 천하다는 소리 듣지 않게." (35쪽) "아닙니다. 내가 마마를 버린 것이 아니라 내가 나를 버린 것입니다. 비단도포에 빠져 얼빠진 나를 버린 것이옵니다. 이제야 나를 찾은 것입니다."(83쪽)

1.2. 대중적 전환

다음으로 살펴볼 것은 대중적 전환이다. 위에서 언급한 바와 같이 대중적 전환이란 일반 대중들이 쉽게 이해하는데 장애가 되는 요소들의 제거를 뜻하는데 「이」가 〈왕의 남자〉로 변하면서 제거된 난해한 요소는 무엇보다도 '이(爾)'라는 한자어 제목이다. 왕이 신하를 높여 부를 때 쓰는 호칭의 하나인 '이'는 영화의 핵심을 보다 정확하게 보여주며 동시에 사람들의 성적 상상력을 자극하는 〈왕의 남자〉로 변했다. 물론 〈왕의 남자〉라는 제목을 들으면 왕의 신하 혹은 절대 복종하는 심복 등을 떠올리는 사람들도 있었을 것이나 '꽃미남'들의 유행과 문화 생산물에 동성애적 코드가 심심치 않게 등장하는 이때 영화 제목을 지으면서 동성애적 해석이 배제되지는 않았으리라 본다.

영화는 그 사실적 표현력에 있어 연극보다 우월한 위치에 있다. 예를 들어 「이」에서 배우의 대사로만 처리되었던 윤비 살해 사건은 대중적 재미를 더하고 이해도를 높이기 위해 경극으로 묘사되었다. 윤비 살해 사건은 「이」에서 초반에 연산의 독백으로 처리된 반면에 영화에서는 소극으로 재현되는데, 이 소극은 사건의 진행을 매우 상세히 드러내준다. 영화 속에서 연극을 보는 이들, 곧 관객 중에는 그 사건에 실제 연루된 엄 귀인과 정 귀인, 그리고 인수대비가 있다. 연극의 결과로 광분한 연산은 엄 귀인과 정 귀인을 칼로 내려치고 또한 인수대비를 죽음에 이르게 한다. 이 윤비 살해 사건은 연산의 광기를 이해하게 하는 핵이 되기도 하거니와 이는 결국 후에 연산이 '갑자사화'를 일으켜 평소 자신을 반대하던 세력인 응교 권달수(權達手), 이행(李荇) 등과 윤필상(尹弼商), 이극균(李克均), 성준(成浚), 이세좌(李世佐), 권주(權柱), 김굉필(金宏弼), 이주(李胄) 등을 사형에 처하게 되는 계기가 된다. 영화에도 잠시 나오지만 연산은 이미 고인이 된 한치형(韓致亨), 한명회(韓明澮), 정창손(鄭昌孫), 어세겸(魚世謙), 심회(沈澮), 이파(李坡), 정여창(鄭汝昌), 남효온(南孝溫) 등의 무덤을 파헤쳐 다시 한번 처벌하는 부관참시(剖棺斬屍)를 행하고 이뿐 아니라 그들의 가족과 제자들까지도 처벌한다. 영화에서는 관객들로 하여금 연산의 광기를 쉽게 이해하게 하기 위해 이러한 정치적 배경을 하나의 극으로 응집하여 보여주고자 시도했다고 볼 수 있다.

또 영화에서 한 가지 첨가된 이야기는 희곡에서는 아예 언급되지도 않았던 사냥 장면이다. 윤비 살해 사건을 극화한 공연이 있은 직후 연산은 두 귀인과 할마마마를 죽음에 이르게 하여 국상을 치러야 하는 상황이 되었다. 하지만 연산은 공길에게 종4품 벼슬을 내리고 이를 기념하기 위해 연회를 베풀어야 한다고 주장한다. 이를 반대하던 신하들 중 한 명이 연회 대신 궁 안에서 사냥을 하자고 제의한다. 사냥감은 실제 동물이 아니라 희락원에 머무는 우인들로, 다시 말해 가짜 사냥을 하자고 제안한 것이다. 그 제안을 한 신하는 이 기회를 이용해 눈엣가시인 광대들과 공길을 제거하고자 하는데 이 장면에서 분명하게 드러나는 것은 정치인과 예술인의 대립이다.

희곡에서 주로 공길의 대사를 통해 표현되던 예술과 정치 권력의 관계는 영화에서 역동적인 화면 구성으로 대중적 전환에 성공한 이 사냥 장면을 통해 구체화되고 있다. 영화 속 공길의 캐릭터가 가지고 있는 정치성은 「이」와 비교하자면 거의 삭제되었다고 할 수 있음에도 불구하고 신하들은 공길을 비롯한 광대들이 하는 권력의 비리 드러내기, 자신들이 저지른 정치적 음모 뒤집기 등 권력에 대한 야유와 비판에 치를 떤다. 이들의 분노는 사냥 장면에서 실제로 화살을 겨누어 광대 한명을 죽이고 마침내 왕이 총애하는 공길까지 죽이고자 시도하는 데에서 드러난다. 왕 이외에는 아무도 건드릴 수 없는 절대 권력을 누리던 신하들은 왕의 신임 하에, 비록 연극이라는 허구적 표현 양식을 통해서이긴 하지만, 자신들을 공격하는 예술인들로부터 위기의식을 느끼는 것이다. 곧 희곡에서 대사를 통해 공길이 직접적으로 표현하고 있는 광대들의 권리 주장과 지위 상승에 대한 욕구는 영화에서는 현저히 약화되었으나 그에 반해 광대들의 풍자에 대한 신하들의 위기의식과 분노가 사냥 장면을 통해 훨씬 더 강력하게 표현되고 있다고 할 수 있겠다.

맥루한은 일찍이 그의 책 『미디어의 이해』(1965)에서 미디어를 '핫 미디어'와 '쿨 미디어'로 분류한 바 있다. 그에 따르자면 '핫 미디어'는 사진과 같이 시각적으로 높은 정밀도를 가진 매체로 이를 수용하는 사람이 메울 수 있는 부분이 매우 적고 '쿨 미디어'는 상대적으로 그 정밀도가 낮은 매체를 뜻한다. 연극이 대사의 예술이고 영화가 영상의 예술이라고 할 경우 연극은 '쿨 미디어'라고 할 수 있고 영화는 '핫 미디어'라고 볼 수 있을 것이다. '핫 미디어'인 영화 〈왕의 남자〉는 연극에서 대사로 처리된 몇몇 사건들을 영상화하여 대중적 전환을 꾀하면서 바로 그 결과로서 수용자인 관객들이 참여할 수 있는 여지를 잃을 수도 있었다. 그러나 이 영화는 다양한 정치적 사건을 다룬 극중 연극들을 삽입함으로 다시금 '쿨 미디어'로서 관객이 참여할 수 있는 가능성을 열었다. 다시 말하자면 〈왕의 남자〉는 '핫 미디어'이자 '쿨 미디어'인 셈이다.

이 부분을 더욱 구체적으로 들여다보자면 영화 〈왕의 남자〉가 갖춘 치밀함을 엿볼 수 있다. 곧 관객의 상상력을 자극해야 할 부분은 연극으로 처리하여 상상력의 극대화 효과를 꾀하고, 영상으로 구체화해야만 실감날 수 있는 부분은 시각화한 것이다. 예를 들어 이미 언급한 바 있는, 중신들이 공길을 죽이기 위해 마련한 사냥 놀이 장면은 중신들의 위기의식을 표현하고 영화에 박진감을 심어 주기 위해 삽입된 장면이다. 이를 통해 관객들은 중신들과 광대 세력의 극한 정치적 대립을 실감할 수 있게 되는 것이다. 그 반면, 아래와 같은 부분에서는 상상력의 극대화를 꾀하기 위해 소극의 형태를 취했다.

8. 어느 들길-낮
공길과 장생, 땅과 하늘이 맞닿은 길을 걷고 있다.

장생 저 만치 앞에 막대기를 발견하고 쪼르르 달려가 집어 든다.
공길을 돌아보더니 맹인처럼 막대기를 더듬어 짚으며 걸어온다.

공길, 장생을 멍하니 바라본다.
굳었던 표정에 옅은 미소가 번진다.

주위를 살피더니 막대기를 하나 집어 들고 맹인이 된다.
공길과 장생, 마주 걸어오다 부딪친다.
둘만의 맹인 소극(笑劇)을 한다.

공길　　아야! 아 이놈아, 눈 달아 뒀다 뭐해?
장생　　아 이놈아, 눈 달아 뒀다 뭐해?
공길　　눈이 삐었냐?
장생　　눈은 안 삐고 산 넘다가 다리를 삐끗했지.
　　　　근데 이 소리가 강 건너... 강봉사?
공길　　이 냄시 들 질러... 봉봉사?
장생　　아이고, 이거 반갑구만.

만나려고 하는데 자꾸 엇갈린다.

장생　　이봐, 나 여기 있고 너 거기 있어?

또 엇갈린다.

공길　　아, 나 여기 있고 너 거기 있지.

또 엇갈린다.

장생　　나 여기 있고 너 거기 있어?
공길　　아, 너 거기 없고 나 여기 있지.

"나 여기 있고 너 거기 있어?"라는 말은 작품에서 복선으로 기능하는 중요한 대사다. 공길과 장생의 엇갈리는 운명, 만나고자 하나 그러지 못하는 두 사람의 애환이 이 대사에 함축적으로 담겨 있는 것이다. 〈왕의 남자〉는 이 대사가 관객들에게 던져주는 궁금증과 여운 등을 그대로 담기 위해 희곡에서는 공길과 다른 광대가 하던 이 극을 공길과 장생의 극으로 바꾸어 영화의 맨 처음에 배치해 두었다.

3. 카메라 앵글과 각도로 드러낸 공간의 폐쇄성과 권력 관계

미국의 포스트모던 비평가 프레드릭 제임슨은 공간이라는 개념을 다양한 관점에서 바라보고 이를 자신의 영화 분석에 사용하고 있다. 물론 공간이라는 개념을 학문적으로 하나의 중요한 요소로 바라보는 입장은 제임슨 뿐 아니라 70년대 초반 막시스트 지리학자들에게서 찾을 수 있는 경향이다. '시간'과 '역사' 같은 개념들이 무엇보다도 서구 막시즘과 비판 이론가들 사이에서 상대적으로 특권적 위치를 차지해 온 것과 달리 공간은 오래 전부터 학문적 전통에서 정적이고 중성적인 카테고리, 혹은 무엇인가로 채워져야 비로소 그 의미가 생기는 빈 그릇으로 여겨져 왔다.[10] 이러한 경향은 60년대 후반과 70년대 초반 막시스트 지리학자들이 공간의 중성적 위치에 대해 문제 제기를 하면서 바뀌었는데 이때 제임슨의 공간 분석은, 다양한 의미에서 도시 공간에 대해 관심을 가지고 있던 지리학자나 사회학자, 그리고 정치경제학자들에게 영향력을 발휘해 왔다.[11]

제임슨(1991: 105)은 공간을 하나의 텍스트로 그리고 공간의 기호학을 문법으로 이해한다. 그래서 예를 들어 도시 공간을 하나의 텍스트로 보아, 건물을 문장으로, 그리고 복도나 현관 그리고 에스컬레이터를 부사로, 가구와 색깔을 형용사로 이해하곤 한다. 그래서 제임슨

10) Soja(1989:1) 참조.

11) Homer(1998:130) 및 Zukin(1988:432) 참조.

의 영화 분석에서는 공간들이 어떻게 보이는지, 가구들은 어떻게 배치되어 있는지 혹은 카메라가 그 공간에 놓인 사물들을 어떻게 보여주는지가 중요하다. 관객은 공간을 카메라의 눈을 통해 보게 되기 때문이다. 카메라의 각도가 어떠한가에 따라 관객들은 그 사물을 다르게 받아들인다. 예를 들어 〈대통령의 사람들(All the president's men)〉이라는 영화에서 닉슨 행정부는 매우 다양한 방식으로 '재현'되었는데, 카메라가 워터게이트 건물을 상황에 따라서 특별한 각도로 잡은 것이 그 좋은 예이다. 카메라의 각도에 따라 이 건물은 익명성을 보여주기도 하고 권력을 보여주기도 한다. 예를 들어, 카메라를 통해 영화 속에서 관객들은 거리 건너편에서 몇몇 층에만 불이 켜진 워터게이트 건물을 보거나 지하 주차장 건물에서 건물을 올려다보기도 하며 내부자의 입장에서 바라보기도 한다. 또한 건물의 앞면은 특별히 익명성과 권력, 공포스러운 위압과 공허의 결합을 느끼게 한다. 이러한 방식의 건물 보여주기는 어떤 식으로든 닉슨 시대의 미스테리를 암시한다. 그러나 워터게이트 건물과는 대조적으로 영화 속 또 하나의 중요한 장소인 "워싱턴 타임즈" 사무실은 진실의 장소로서, 카메라는 이 사무실을 언제나 밝고 열린 공간으로 연출한다.[12)]

영화 「대통령의 사람들」이 권력과 음모를 공간적으로 재현하기 위해 노력했다면, 대만 감독 에드워드 양의 영화 〈테러라이저〉는 억압된 삶의 공간을 보여주고 있다. 〈테러라이저〉에서 강조되는 것은 공중에서 바라보는, 곧 발코니에서 밑을 바라보는 거리 풍경에 의해 재확인되고 두드러지게 보이는 전반적인 폐쇄감이다. 그리고 그곳에 거주하는 사람들은 아파트 위층에 수감된 듯한 느낌을 주는 것이다.[13)]

---

12) Jameson(1992:75).

이 영화에서 카메라는 수도인 타이페이를 위에서 조감한다. 이러한 방식으로 비추면 매우 작은 집에 사는 이 도시의 거주자들은 꼭 갇혀 있는 것처럼 보인다. 이는 도시민들의 폐쇄된 상황과 세계에서 정치적으로 고립된 타이완의 상황을 보여주고 있는 것이기도 하다.

이런 방식의 제임슨적 공간 분석은 영화 〈왕의 남자〉의 공간 분석에 많은 시사점을 제공한다. 앞에 제시했던 표 1과 표 2를 비교해 보면, 희곡 「이」의 모든 사건은 궁 안에서 일어난다는 점을 알 수 있다. 곧, 궁이라는 하나의 공간에서 모든 사건이 벌어지는 것이다. 영화 〈왕의 남자〉가 궁을 자유롭게 넘나들며 공길과 장생의 남사당패 시절 양반댁에서의 공연이나 한양 장터에서의 공연 등을 보여주는 것과는 달리, 희곡 「이」는 궁 밖에서 벌어진 일들의 경우 오로지 등장인물들의 대사 등을 통해 처리한다.

물론 이러한 차이는 연극이 가지고 있는 공간적 한계에서 온 것이라고 볼 수도 있다. 패노프스키가 말했다시피 영화는 공간을 자유롭게 넘나들 수 있는 반면 연극은 정적인 공간 구성으로 인해 관객과 무대의 공간적 관계가 고정되어 있을 수밖에 없다.[14] 그렇지만 필자의 생각으로 「이」는 단순히 물리적 세팅의 어려움 때문에 이렇게 공간을 설정했다기보다는 연극에서 궁의 폐쇄성을 효과적으로 보여주기 위해 궁 이외의 장소는 생략하고 모든 사건이 궁에서 벌어지는 것으로 상정했다. 관객들은 모든 사건이 궁에서 벌어지는 탓에 보고 있는 자신들도 궁에 갇힌 것처럼 느끼게 되고 궁 안의 권력을 둘러싼 암투와 공길과 장생의 갈등, 연산과 공길의 종속 관계 등이 가져오는 숨 막히는

---

13) Jameson(1992:153).

14) Mast; Cohen(1979).

긴장감을 훨씬 더 생생하게 받아들일 수 있게 된다. 곧 희곡「이」는 연극이 가진 정치적 긴장감을 더욱 고조시키기 위해 궁이라는 폐쇄적 상황을 만들어 둔 것이다.

반면 〈왕의 남자〉가 공간을 보여주는 방식은 카메라의 움직임과 각도에 달려있다. 카메라 각도는 특정한 내용 전개의 의도 전달은 물론 작품의 미학적 상태와 감상의 심리적 태도에 결정적인 영향을 주게 된다. 이 영화의 많은 장면에서 관객은 위에서 아래를 내려다보는 상황에 처하게 된다. 영화에 자주 등장하는 줄타기 장면은 관객들에게 자연스럽게 줄 위의 위치를 제공하여 아래를 내려다보는 입장에 서게 한다. 앞에서 영화 〈테러라이저〉와 관련해 잠깐 언급한 바와 같이, 위에서 아래를 내려다볼 때 얻게 되는 것은 전반적 폐쇄감이며 줄 위에서 바라보는 궁뿐 아니라 끊임없이 등장하는, 위에서 아래를 내려다보는 부감샷은 궁이라는 공간의 폐쇄감을 강화한다. 사물을 새의 눈으로 바라본다는 뜻으로 90도 각도에서 피사체를 내려다보는 앵글인 '조안각 Bird's Eye View'과 그보다 약간 낮은 각도이기는 하나 여전히 피사체를 내려다보는 각도인 '부감 샷 High Angle Shot'의 변형 샷인 '크레인 샷 Crane Shot'을 극단적으로 자주 사용함으로써 궁이라는 물리적 배경에 갇혀 있는 등장인물들이 느끼는 폐쇄감을 무대화하고 있는 것이다.

김용수(1982: 14)는 뷰러와 메쯔의 견해를 인용하며 '심적 거리감'에 대해 이야기하고 있다. 그에 따르자면 '심적 거리감'은 예술 경험의 특징 중 하나로서 예술이 지닌 속성에 따라 그 형성 가능 여부가 결정된다는 것이다. 이 '심적 거리감'의 형성에 영향을 미치는 중요 요소 중 하나는 실제로 물리적, 공간적인 거리감과 그 매체의 물질성/비물질성이다. 곧 연극처럼 무대를 구성하는 요소들이 물질적일 경우 관객은 심적 거리감을 갖기가 상대적으로 어려우며 영화처럼 빛에 의해 쏘아진 이미지들, 곧 비물질적인 요소들로 이루어진 경우 관객은 심적 거리감을 가지기가 쉽다는 것이다. 그러나 영화 〈왕의 남자〉의 경우 영화를 보는 관객들은 영화 속 소극의 관객과 자신을 일치시키도록 하기 위해 소극 속 관객들을 매우 빈번하게 보여주고, 또한 거리감을 없앨 수 있는 가장 효과적 영화 장치인 클로즈업을 자주 사용함으로써 영화를 보는 관객들의 '심적 거리감'을 없애고 있다. 이러한 '심적 거리감'의 약화는 다시금 영화 속 각 소극에서 드러나는 정치적 성향을 강화하는 효과를 낳는다.

「이」와 〈왕의 남자〉가 보여주는 공간 구조상의 결정적인 차이 중 하나는 처음과 끝 장면의 장소이다. 두 작품 모두 공간상으로 일종의 수미쌍관식 구조를 가지고 있는데, 「이」는 사악한 것을 쫓는 벽사 의식으로 시작과 끝을 장식하고 있으며 〈왕의 남자〉는 줄 위에서 시작하여 줄 위에서 끝이 난다. 벽사 의식의 장소는 분명히 묘사되어 있지 않으나 종교적 의식을 치루는 장소라면 일상의 공간과는 구별되는 곳으로 상정해야 옳다. 희곡이 선과 악을 뚜렷이 구분하여 악을 쫓는 종교적 의식인 벽사 의식으로 시작과 끝을 맺는 반면, 영화에서의 시작과 끝을 이루는 허공 위로 공길과 장생이 타는 외줄은 "땅도 아니고 하늘도 아닌 반 허공"[15]이다. 영화 속에서 장생은 공길과 연산 때문에 눈을 잃고 마침내 목숨까지 잃게 되는 절박한 상황에 이르지만 희곡의 벽사 의식과 같은, 뚜렷한 적을 상정한 행위를 하지 않는다. 영화는 허공 위에 뜬 공길과 장생의 모습을 스톱 모션으로 잡고 그 뒤 에필로

15) 영화 〈왕의 남자〉 중 79. 궁 연산 처소-밤.

그처럼 덧붙인 장면에서 다시금 평화롭게 꽹과리와 북을 치며 멀어져 가는 공길과 장생, 그리고 칠득이패를 보여주며 끝난다. 악을 물리치기 위한 분명한 목적을 가진 벽사 의식과는 판이하게 다른 모습이다. 악이란 무엇이며 연산은 과연 폭군이었는가, 세상에 절대적 악이라는 것이 과연 있는가를 묻는 감독의 정치적 의식이 자연스럽게 묻어난 장면일 수도 있고 더 나아가 한국의 혼란스러운 현실 정치 상황에 대해 고민하는 당대 한국인들의 정치적 무의식을 반영한 결과일 수도 있다.

〈왕의 남자〉가 공간적 폐쇄감을 강화하기 위해 위에서 아래를 내려다보는 부감 샷을 많이 활용했다면 권력 관계를 드러내기 위해서 사용한 앙각은 이 영화의 또 다른 카메라 각도 사용의 특징이라고 할 수 있다. '앙각 Low Angle Shot'은 누군가를 우러러보는 느낌을 주는 각도로 대상의 눈높이보다 낮은 곳에서 찍는 것을 말한다. 결국 대상은 그 장면에서 실제보다 훨씬 더 과장되어 표현되며 보다 지배적이고 위협적이며 권력을 가지고 있는 듯이 보인다. 이 영화에서 앙각으로 가장 자주 잡힌 대상은 왕이다. 구체적인 장면들을 예로 들어보자면, 먼저 장생과 공길, 칠득이패가 궁에 끌려들어와 왕을 웃기면 살 수 있다는 전제하에 처음 공연을 벌인 뒤 왕이 이들을 궁내에 두겠다고 신하들에게 공포할 때이다. 천한 광대를 궁내에 둔다는 역사상 전무후무한 명을 내리는 왕의 절대 권력을 나타내기 위해 카메라는 왕을 앙각으로 잡고 있다. 또한 왕이 벼슬을 팔아먹었다고 윤지상에게 발길질을 해 댈 때나 왕의 어머니 폐비 윤씨를 독살한 이 귀인과 정 귀인 두 사람을 칼로 찌를 때, 사냥터에서 공길을 살해하려던 신하들을 죽일 때 등 왕이 자신의 권력을 휘두르는 결정적인 순간마다 영화는 앙각을 활용해 왕의 절대 권력을 표현하고 있다. 특히 이 귀인과 정 귀인 두 사람을 칼로

찔러 죽일 때 사용한 각도는 '극단적 앙각 Extreme Low Angle Shot'으로 관객들 자신이 칼에 맞아 죽는 듯한 생생한 느낌을 전달하고 있다.

예외적으로 왕이 아닌 이를 앙각으로 잡은 경우는 극의 끝부분에 공길과 장생이 마지막으로 줄타기를 하는 장면이다. 공길과 장생은 "너는 죽어 다시 태어나면 뭐가 되고프냐?"와 같은 질문을 서로에게 던지면서 자신들의 최후의 순간이 다가왔음을 이야기하고 있는데 두 사람의 대답은 한결같이 "난 광대로 다시 태어나련다"(장생), "나야 두말할 것 없이 광대! 광대지!"(공길)이다. 이들의 대답은 왕이어서 자유롭지 못한 연산에 대한 조롱이자 왕의 절대 권력에 대한 조롱이기도 하다. 광대로서의 자유혼을 역설하는 이 대화가 오가고 난 뒤 이들은 줄 위에서 한번 높게 뛰어오르고 이 장면에서 스톱 모션이 된다. 이 스톱 모션이 된 장면을 자세히 들여다보면 파란 하늘을 배경으로 연산군이 19세에 왕위에 등극했던 장소인 창덕궁 '인정전' 현판과 지붕 위로 두 다리를 넓게 벌리고 날아오른 두 사람을 역시 앙각으로 잡고 있다. 부감이나 익스트림 부감으로 궁을 잡을 때와는 정반대의 각도인 것이다. 곧 이들은 물리적으로도 폐쇄적 궁을 벗어났고 심리적으로도 궁의 정치권력에서 해방되었다. 땅에서 해방될 수 없다면 하늘을 통해 궁으로부터 자유로워진다는 식의 표현이라고 할 수 있을 터인데 이는 영화적 표현 방식을 적절히 활용한 경우라 할 수 있겠다. 이를 통해 관객들 역시 일시에 해방감을 맛볼 수 있고 이러한 카메라 각도의 채택은 앞서 언급한 두 사람의 정치권력에 대한 조롱과 결합하여 극적 효과를 누리고 있다.

4. 결론

이 글에서는 희곡 「이」가 영화 〈왕의 남자〉로 매체 전환되면서 변화된 정치성에 대해 살펴보았다. 매체가 전환되면서 변화된 정치성은 모두 크게 두 가지 측면에서 분석될 수 있는데 그 첫 번째 측면은 내러티브상의 변화이다. 희곡 「이」의 인물들은 영화 〈왕의 남자〉로 매체 전환되면서 그 성격에 있어 많은 변화를 보이게 되는데 그 중 가장 큰 변화를 보이는 인물은 공길이다. 공길의 성격은 희곡에서 분명하게 권력지향적이었던 반면 영화에서는 대중이 훨씬 더 수용하기 편안한 부드럽고 소극적인 캐릭터로 변화되었다. 한편 연산과 공길, 장생의 동성애적 코드는 대중들이 받아들이기 힘들지 않게 변이되면서도 동시에 자연스럽게 동성애 코드를 체화하게 한 효과를 발휘하여 한국 사회에서의 동성애 수용사에 있어 작으나마 하나의 방점을 찍었다고 말할 수 있다.

내러티브상의 변화를 살펴볼 때 「이」는 〈왕의 남자〉로 변하면서 '대중적 전환'을 한 바 이는 희곡 속의 많은 부분이 훨씬 설명적으로, 또한 시각적이고 구체적으로 형상화 되었다는 점에서 드러난다.

다음으로는 공간 구조 측면에서 드러난 정치성 변화이다. 희곡 「이」는 처음부터 끝까지 모든 사건이 궁에서 일어나도록 설정함으로써 궁의 폐쇄성을 관객들에게 전달하고자 한 반면, 영화 〈왕의 남자〉는 남사당패가 궁에 입성하기까지의 과정을 자세하게 보여줌으로써 공간의 폐쇄성이라는 면에서는 다소 약화된 면이 있다. 하지만 영화는 부감 샷과 크레인 샷의 빈번한 활용으로 등장인물들의 폐쇄된 상황을 효과적으로 표현해 주고 있다. 한편 앙각의 활용은 각 상황에서 왕과 장생, 공길 등의 권력의 크기를 보여주고 있는데 부감 샷과 앙각 샷의 적절한 조합은, 카메라를 활용하는 영화만의 장르적 특성을 살려 정치권력을 성공적으로 시각화해낸 예라고 할 수 있겠다.

끝으로 소극의 형태를 빌어 관객들의 참여를 유도한 〈왕의 남자〉의 구조는 관객들이 절대 권력에 대한 조롱과 일종의 카니발리즘을 경험하게 함으로써 결국 1200만이라는 역대 한국 영화사상 최고의 흥행기록을 낳을 수 있게 만들었다. 영화에서 강화된 것은 절대 권력에 대한 조롱이기도 하다. 절대 권력을 경시하는 듯한 연산의 행동, 곧 '익선관'을 벗어 광대에게 바치는 등의 행동뿐 아니라 영화 속에서 진행되는 소극을 통해 관객들은 "정치적 회의주의와 환멸의식을 광장에서의 웃음으로 승화"(장병원, 2006) 시키고 있다. 영화 〈왕의 남자〉는 반복 관람을 통한 관람객 수 증폭이 특징 중의 하나이거니와 포털사이트 네이버가 집계한 토막 영화평 기록에서도 2만 7천회라는 수치를 냈다. (참고로 이 분야에서 〈왕의 남자〉의 이전 기록은 〈웰컴 투 동막골〉인데 이는 8천회에 불과하다.) 반복 관람을 비롯하여 토막 영화평 기록에 이렇듯 높은 자발적 참여를 끌어낼 수 있었던 이유는 무엇일까? 그 이유는 이 영화가 가진 구조에 있다. 물론 연극에서도 극중극의 구조는 동일하나 영화는 영화 속 소극이 진행되고 있을 때 영화 속 소극을 보는 관객들의 반응을 클로즈업하여 영화를 보는 자신이 마치 영화 속 소극의 관객으로서 현장에 있는 듯한 착각을 준다. 영화 속 소극의 관객들이 '얼쑤', '그거 맞는 말일세' 하고 추임새를 넣듯이 스스로도 그런 추임새 한 마디쯤 하고 싶다는 자연스러운 욕구가 일어나고 이 추임새에 대한 욕구가 인터넷 상의 토막 영화평을 쓰게 하지 않았나 싶다. 이는 마치 요리 프로에서 실제 요리를 시식하는 리포터와 별도로 스튜디오에 앉아있는 패널들이 군침을 삼키는 표정들을 클로즈업함으로써 시청자들에게 그 음식을 먹고 싶다라는 욕구를 촉발시키는 것과 유사한 효과다. 이러한 클로즈업의 효과는 연극이 아닌 영화에서만 가능한 것으로서 소극 관람객의 위치가 된 영화 관객들은 장생과 공길이 칠득이패와 어울려 했던 첫 번 공연과 윤지상에 대한 패러디 등 절대 권력에 대한 조롱을 통해 쾌감을 얻게 된다. 이는 일종의 "카니발리즘"(장병원, 2006)이라 할 수 있을 것이다.

이 글에서 언급한 매체 전환으로 인한 정치성의 변화 양상을 간단히 요약하자면 다음과 같다. 희곡 「이」에서 드러나던 공길의 권력 지향적 성향은 영화에서는 대부분 삭제되었고 광대로서의 자유혼을 역설했던 장생의 성향 역시 영화에서는 많은 부분 사라졌다. 대신 동성애적 코드는 영화에서 훨씬 강화되었고 희곡 「이」에서 보이는, 주군 관계와 집착이 반반씩 섞인 것으로 보이던 공길과 연산의 관계는 영화에서는 상대적으로 보다 동등한 관계로 전이되었다. 또한 연산의 광기를 이해하게 해주는 중요한 사건인 갑자사화는 대중의 이해를 돕기 위해 영화 속 극으로 탄생했으며 예술과 정치 세력의 갈등을 극적으로 보여주기 위해 희곡에 없던 사냥 사건이 삽입되었다. 희곡은 극 전체에 정치적 긴장감을 주기 위해 사건이 진행되는 공간을 궁으로 한정시켰으나 영화는 공간적 제한을 풀어주는 대신 카메라의 각도와 앵글 등을 활용하여 궁의 폐쇄성과 궁 내부 인물들의 역학 관계를 보여주고 있다.

필자는 희곡이나 영화 어느 한 장르만이 정치성을 표현하는 데에 더 우월한 장르라고 주장하고 싶은 것이 아니다. 단지 희곡과 영화는 그 표현 방식에 있어 각각이 더 효과적으로 발현할 수 있는 부분이 다르며 그 다른 요소가 「이」와 〈왕의 남자〉에 있어 어떻게 드러났는가를 분석하는 것이 이 글의 목적이었다.

덧붙여 이 글이 연극에서 영화로의 매체 전환, 혹은 그 반대로의 매체 전환에 있어 각각의 장르적 장점을 효과적으로 활용하는 데에 도움이 될 수 있다면 더할 나위 없겠다.

[참고문헌]

김용수, 「영화와 연극의 표현양식: 매체의 미학적, 기술적 특성을 중심으로」, 서강대 신문방송학과 석사논문, 1982.

김태웅, 「이(爾)」, 『김태웅 희곡집 「爾」』, 평민사, 2006.

마샬 맥루한, 김성기 · 이한우 옮김, 『미디어의 이해』, 민음사, 2006.

박명진, 「희곡의 영화화에 나타난 의미 구조 변화 – 희곡 「칠수와 만수」, 「돌아서서 떠나라」와 영화 〈칠수와 만수〉, 〈약속〉을 중심으로」, 『한국극예술연구』 제13호, 2001.4, 103–149쪽.

볼프강 가스트, 조길예 옮김, 『영화 – 영화와 문학』, 문학과 지성사, 1999. 141– 150쪽.

이상우, 「영화 〈왕의 남자〉에 비춰본 연극 「이」 – 연극, 영화의 서사구조와 대중성」, 『연극평론』, 2006.2. 76–86쪽.

장병원, 「왕과 광대가 건드린 한국 사회의 무의식 – 〈왕의 남자〉의 흥행 뇌관」, 『필름 2.0』, 2006.2.20.

최석환, 〈왕의 남자〉 시나리오, 서울연극영화방송아카데미 대본자료실.

http://www.talent1004.co.kr/mboard/mboard.asp?bid=story_board&mode=v&idx=174&page=1&keykind=&keyword= (최종 검색일: 2006. 5.13)

Jameson, F., *Postmodernism or, the Cultural Logic of Late Capitalism*, Durham, 1991. 105쪽.

Jameson, F., *The Geopolitical Aesthetic: Cinema and Space in the World System*, Indiana, 1992. 75쪽, 153쪽.

Homer, S., *Fredric Jameson, Marxism, Hermeneutics, Postmodernism*, New York, 1998. 129–130쪽.

Mast, Gerald; Cohen, Marshall(Ed.), *Film Theory and Criticism, New York: Oxford University Press*, 1979. 246–247쪽.

Soja, Edward W., *Postmodern Geographies: The Reassertion of Space in Critical Theory*, London 1989. 1쪽.

Zukin, Sharon, "*The Postmodern Debate over Urban Form*", *Theory, Culture & Society*, Vol.5, 1988. 431–446쪽.

스팀펑크의 장르적 성격과 서사 담론
: 〈스팀보이〉와 〈신비한 바다의 나디아〉를 중심으로

•

박 진

1. SF 장르의 분화와 스팀펑크의 출현

SF(science fiction)는 무척 흥미로운 서사 장르이다. SF 장르는 우선 다른 서사물들과는 구별되는 독특한 시공간을 지닌다. '그리 멀지 않은 미래'의 뉴욕이나 도쿄 등이 SF적인 시공간의 대표적인 예이다. 따라서 SF는 '어느 먼 옛날', '어느 먼 마법의 나라' 등과 같이 연대기적 · 지리적으로 '지금-여기'와 무관한 시공간을 배경으로 하는 환상적인 이야기들과는 성격을 달리한다. SF는 환상적인 미래세계를 그려내면서도 마법담 판타지류에 비해 '지금-여기'의 현실과 보다 적극적으로 관련을 맺을 수 있는 조건을 지니고 있는 셈이다.

한편 SF는 시간의 이동이나 공간의 확장(우주나 심해로의 여행 등)을 통해 현실의 문제를 '다른 차원'(낯선 논리적 질서)으로 옮겨놓는다. SF의 독서 프로토콜(protocol)은 이 다른 차원을 '경험적'인 차원으로 번역해내기보다는 다른 차원 자체를 '경험'하는 일과 관련된다(박진, 2005:7). 그리고 이를 통해 궁극적으로 인식의 전환 또는 확산을 경험하게 하는 것이다.[1] 이를테면 SF는 우주론적이고 진화론적인 사유로써 우리가 절대적이라고 여겨왔던 현실을 상대화 · 조건화하고, 지구와 인간 중심의 사고에서 벗어나 인식의 한계와 존재의 의미를 다른 각도에서 문제 삼는다. SF 서사가 형식적 · 구조적인 측면에서만이 아니라 사유 방식과 담론의 층위에서도 의미를 지닐 수 있는 것은 그런 이유 때문이다.

SF의 특수성과 의의를 간략히 설명하기 위해 단순화를 무릅쓰고 말았지만, 사실상 SF라는 서사 장르를 구획 짓고 정의하고 일반화하기란 그리 쉬운 일이 아니다. SF의 장르 개념은 시대적으로 계속 변화해왔으며, 오늘날은 SF의 장(場) 자체가 다양한 하위장르들이 친족 유사성을 지닌 채로 공존하는 이질적인 공간으로 변모했기 때문이다(임종기, 2004:169). 1950년대 후반의 뉴 웨이브(New Wave)는 과학적인 논리의 정합성을 중시하던 이전의 경향에서 탈피하여 인간의 내(內)우주를 탐색하고 초현실주의적인 내용과 전위적인 실험을 추구함으로써 SF의 외연을 넓혀놓았다. 1980년대 이후 활발히 생산된 사이버펑크(Cyberpunk)는 인간과 과학에 대한 부정적인 비전으로 디스토피아를 그려내고, 전자적 · 기계적 · 생물학적 체계의 통제 과정에서 발생하는 억압의 문제에 주목한다. 특히 신체의 테크놀러지화, 기억과 정신의 전자정보화라는 테마를 통해 인간 존재의 정체성을 다시 묻는 이야기들은 사이버펑크적인 문제의식이 겨냥하는 바를 뚜렷하게 예시한다.

1990년대 이후에 SF는 스팀펑크(Steampunk), 리보펑크(Ribopunk), 슬립스트림(Slipstream) 등으로 분화된다. 스팀펑크는 근대적인 과학기술의 시발점인 '증기기관의 시대'를 무대로 삼는 일종의 대체 역사 SF이고, 리보펑크는 첨단 유전공학과 생체공학의 문제에 집중하여 인

1) 김상훈(2004:9, 23), 임형욱 외(2004:56) 참조.

간복제나 유전자 조작에 의한 신계급주의 사회의 모순을 그려내는 SF의 하위장르이다. 한편 슬립스트림은 주류소설 작가들이 SF 장르의 프로토콜을 차용해서 쓴 경계적인 작품들을 지칭하는 용어로서, 장르소설과 주류소설의 경계가 와해되는 현상을 징후적으로 보여준다. 이 같은 흐름은 SF 서사가 최근에 이루어진 과학 기술의 비약적인 발전과 여기에서 비롯되는 새로운 문제들에 눈을 돌리고, 급변하는 시대적·문화적 감수성을 반영하면서 진화해온 과정으로 이해될 수 있다.

이 가운데서도 스팀펑크는 따로 주목할 만하다. 스팀펑크는 전형적인 SF 장르의 시간성을 이탈하여 18-9세기의 연대기적 과거를 스토리상의 현재로 설정한다. SF는 근미래를 배경으로 하든, 독자와 동시대적인 시간대를 현재로 삼든 간에, 고도로 발달한 과학 기술을 상상력의 핵심 모티브로 하기 때문에 미래적인 분위기를 드리우게 마련이다. SF 일반의 이런 미래적인 시간성이 스팀펑크에서는 증기기관 시대라는 연대기적 과거와 충돌하여 교착된다. 달리 말하면 스팀펑크는 현재의 과학 기술이 극도로 진보한 가상의 상황을 상상하는 대신에 증기기관 시대의 과학 기술이 현재를 추월하여 미래적으로 여겨질 만큼 고도화된 상황을 상정해보는 것이다. 이 과정에서 과거, 현재, 미래의 연속성이 파기되고 서로 다른 시간대가 하나로 뒤엉킨다.

스팀펑크가 유독 증기기관 시대를 문제 삼는다는 사실도 의미심장하다. 여기에는 과학 기술과 기계 문명에 대한 근본적인 반성, 즉 오늘날 가시화된 문제들의 시발점으로 되돌아가서 처음부터 다시 생각해보려는 태도가 담겨 있다고 할 수 있다.[2] 이는 어디서부터 잘못된 건

2) 스팀펑크의 출현은 문화 연구의 차원에서 근대 형성기에 관심을 갖고 근대의 기원을 재구성하려는 90년대 이후의 전반적인 경향과도 깊은 관련이 있는 것으로 보인다.

지 따져보기 위해 과거로 거슬러올라가 상황을 되짚어보는 행위, 또는 "안 돼!"라고 외치며 시간을 되돌려 문제의 발단이 된 사건을 수정하고 싶은 욕망과도 무관하지 않다. 스팀펑크의 시간 구조는 1990년대 이후 SF적인 사유가 도달한 바로 이 같은 국면을 단적으로 암시하고 있는 것이다.

이러한 관점 아래 이 글에서는 스팀펑크의 대표작이라 할 만한 〈스팀보이(Steamboy)〉와 〈신비한 바다의 나디아(The Secret of Blue Water)〉를 살펴보고자 한다.[3] 제목이 시사하듯이 〈스팀보이〉가 스팀펑크의 장르적 관습에 고지식할 만큼 충실하다면, 〈신비한 바다의 나디아〉는 스팀펑크적 요소를 서사의 기본 골격으로 하면서도 SF의 전반적인 특징들을 풍부하게 보여주고 다른 장르(모험, 로맨스, 소년 소녀의 성장 드라마 등)와도 크로스오버 형식으로 결합되어 있어 스타일 면에서 한결 유연하고 개방적이다.[4] 〈스팀보이〉는 스팀펑크 장르의 전형을 정공법적으로 구현한다는 점에서, 〈신비한 바다의 나디아〉는

3) 〈스팀보이〉는 〈아키라(Akira)〉(1988)의 감독 오토모 가츠히로가 10년의 제작과정을 거쳐 발표한 극장판 애니메이션으로 2004년 일본에서, 2005년 국내에서 개봉되었다. 〈신비한 바다의 나디아〉는 〈신세기 에반게리온(Neon Genesis Evangelion)〉(1995)의 안노 히데아키가 감독한 TV 시리즈로, 총 39화로 구성되어 있다. 〈신비한 바다의 나디아〉는 1990년 4월부터 1991년 4월까지 NHK에서 방영되었고, 1997년과 2002년에 재방영되었다. 국내에서는 1992년 10월부터 1993년 4월까지, 1995년 12월부터 1996년 3월까지 MBC를 통해 두 차례 방영되었으며, 1996년 12월부터 1997년 2월까지 투니버스에서 방영되기도 했다.

4) SF 장르가 여타 장르와 크로스오버나 하이브리드 형식으로 결합되는 양상은 90년대 이후, 특히 TV 시리즈를 중심으로 하는 일본 애니메이션에서 두드러지게 나타나는 경향이다. TV 시리즈용 애니메이션은 에피소드들의 연결 형식으로 이루어지기 때문에 압축적이고 통일적인 극장판 애니메이션과 달리 스토리 면에서 개방적이고 비선형적이다. 〈신비한 바다의 나디아〉가 지닌 스팀펑크로서의 유연성은 TV 시리즈 애니메이션에 나타나는 전반적인 성격을 대변하는 것이기도 하다. 박인하(2003:148, 171) 참조.

스팀펑크의 양식과 담론이 상투성을 탈피하여 새롭게 나아갈 수 있는 지점을 예시한다는 점에서 흥미를 끈다.[5] 다음 장에서는 우선 두 텍스트의 시간 구조를 중심으로 스팀펑크의 서사적 특성을 검토하고, 이어서 과학 기술과 인간 문명을 바라보는 스팀펑크적인 인식의 구체적 양상과 그 의의에 관해 생각해보기로 한다.

2. 시간성의 착종과 예언자적인 목소리

〈스팀보이〉의 배경은 1866년의 영국 맨체스터로, 거대한 공장들과 매연에 둘러싸인 산업화된 도시의 전경이 전반부의 화면을 가득 메운다. 이보다 더욱 인상적인 것은 열기를 발산하며 뿜어져나오는 엄청난 증기(steam)의 이미지이다. 흥미롭게도 '스팀(Steam)'이란 성(姓)을 지닌 주인공 레이 스팀 일가는 발명가 집안으로, 오프닝 장면은 레이의 할아버지 로이드와 아버지 에디가 '스팀볼'(초고압 증기를 고밀도 상태로 압축한 동력원)을 연구하던 1863년 알래스카의 한 동굴을 보여준다. 여기저기서 증기가 새어나오는 숨막히는 동굴에서 아버지 에디는 실험 도중 초고압의 증기 속에 빠지는 사고를 당한다. 이어지는

5) 〈신비한 바다의 나디아〉는 방영 시기로 보면 〈스팀보이〉보다 10여년이나 앞서지만, 전형적인 스팀펑크가 연성화되고 풍부해지는 양상을 보여주는 예라고 할 만하다. 이는 감독 안노 히데아키와 제작사인 가이낙스(GAINAX)의 독특한 스타일을 일찌감치 예고한 것이었다고 하겠다. 한편 〈스팀보이〉는 2004년이라는 개봉 시기를 고려하면, 10년에 걸친 제작기간을 감안하더라도 다소 복고적이고 보수적인 스팀펑크라고 말할 수 있다. 이 애니메이션은 서사적으로나 SF적인 인식의 차원에서 오토모 가츠히로 감독의 1988년작인 〈아키라〉에 비해 퇴보했다는 평가를 받기도 하는데, 어쨌거나 스팀펑크 장르의 일반적인 특징을 예시하기에는 가장 적합한 텍스트임에 분명하다.

시퀀스에서 아들 레이는 목숨을 걸고 방직공장의 고장난 엔진을 멈추어 증기가 폭발하는 대형 참사를 막아낸다. 이 같은 사건들은 증기기관으로 대표되는 근대 과학의 위험성을 암시하지만, 강력한 증기의 시각적인 이미지 자체는 그 파괴력조차도 경탄어린 눈으로 바라보게 만드는 압도적인 매력을 지니고 있다.

스팀펑크의 세계는 이처럼 강렬한 증기의 아우라에 감싸여 있다. 〈스팀보이〉에서 역이나 항구로 진입하는 증기기관차와 증기선의 이미지는 육중하고 근대적인 기계에 대한 낭만적인 향수(鄕愁)의 정서를 자아낸다.[6] 한편 증기 병사와 자이언트 디스페어,[7] 스팀볼과 스팀성(城) 등과 같이 증기기관이 전기에 의해 대체되지 않고 끝없이 발전했다는 가정 아래 상상할 수 있는 진기한 발명품들은 과거적이면서도 미래적인 기묘한 인상을 불러일으킨다. 이런 방식으로, 스팀펑크에서 과거와 미래는 착종된다. 이는 과거의 시점(時點)에서 미래과학을 상상하는 하나의 시선과 현재의 관점에서 과거를 회고하는 또 하나의 시선이 중첩되고 교섭하면서 발생하는 효과이다. 이 같은 이중적인 시간 감각은 스팀볼을 동력원으로 하여 조종되는 스팀성이 거대한 로켓처럼 증기를 내뿜으며 공중으로 날아오르는 장면에서 극에 달한다.

〈신비한 바다의 나디아〉에서도 이와 유사한 시간 구조의 이중성을 발견할 수 있다. 스토리의 현재가 1889년으로 되어 있는 이 애니메이션에서 (초보적인 형태의) 비행기, 잠수함, 에스컬레이터, 냉방장치

---

6) 증기기관차와 증기선은 남성적인 힘과 진보의 상징으로 근대적인 세계관의 표상이기도 하다. 김행숙(2005:215-217) 참조.

7) 증기 병사는 증기 동력 장치를 장착한 아머(armor)를 입고 싸우는 인간 병기를 가리키고, 자이언트 디스페어는 황무지 개량용으로 만든 자동 증기기관으로 레이의 집을 파괴한 오하라 재단의 무기이다.

등 우리에게 친숙한 문명의 산물들은 시대를 앞서가는 발명품으로 경탄의 대상이 된다. 번번이 "대발명이야!"(제4화 「만능잠수함 노틸러스호」)를 외치고 "과학이 이렇게 발달한 시대에……"(제7화 「바벨탑」)라고 큰 소리를 치는 인물들의 순진한 시선과 그 시대를 과학 문명 초기의 아득한 옛날로 바라보는 수용자의 시선 사이에서 아이러니가 발생한다. 다른 한편 "백만 년이나 앞선 과학으로 만든 초과학의 절정"(제15화 「노틸러스 최대의 위기」)인 노틸러스호를 포함하여 인류의 한계를 넘어서는 아틀란티스의 과학력은 지금의 시점(時點)에서도 분명히 미래적인 성격을 띤다. 과거 속의 미래인 동시에 미래 속의 과거라고 할 만한 스팀펑크의 시간 구조는 이처럼 선조적인 시간성을 와해하고 수용자의 시간감각을 교란한다.

〈신비한 바다의 나디아〉를 원작인 『해저 2만리』(쥘 베른)와 비교해 보면 스팀펑크의 특수성이 더 분명히 드러난다. 1869년에 발표된 『해저 2만리』는 1866년을 배경으로 한 SF 소설이다. 이 소설은 발표 시기와 스토리-현재 사이에 별 차이가 없으므로 그 당시로서는 독자의 시대와 스토리의 시대가 일치하는 서사물이었다고 할 수 있다. 『해저 2만리』는 미래의 과학 기술(잠수함의 기술력)이 당시의 현재 시간 속에 구현되어 미래적인 인상을 주는, SF 서사의 한 전통적인 형식에서 벗어나지 않는다. 물론 이 소설을 오늘날의 독자가 읽게 되면 출판 당시와의 시간적 간격 때문에 과거적인 분위기를 느끼게 된다. 하지만 이 소설은 미래 독자의 시선을 의식할 수 없었으며, 당연히 과거를 돌아보는 향수나 회고의 관점을 포함하지 않는다. 이에 비해 〈신비한 바다의 나디아〉는, 말하자면 바로 지금 『해저 2만리』를 읽는 그 미래 독자의 시선을 텍스트 안에 통합시킨 것과 유사한 양상을 띤다고 할 수 있다.

〈신비한 바다의 나디아〉에서는 주인공들이 살던 시대 이후에 어떤 미래가 찾아올 것인지(혹은 찾아왔는지)를 '이미 알고 있는 자'(오늘날의 수용자)의 시선이 텍스트에 얽혀들어간다. 스팀펑크의 수용자는 자신들의 시대 안에 갇혀 있는 '순진한' 주인공들(쟝으로 대표됨)보다 정보량과 지식 면에서 우월한 지위를 점유하고 있다. 지금은 잘 알려진 과학적 지식이나 이론들이 마치 놀라운 선견지명처럼 묘사되는 것은 스팀펑크에서 종종 발견되는 장르적 관습 가운데 하나인데, 예를 들어 남극의 해안선 형태나 지구가 초록별이라는 사실 등이 밝혀질 때 주인공 쟝은 경이감을 감추지 못한다. 수용자는 이런 그를 초연한 거리를 두고 내려다볼 수 있으며, 여기에서 발생하는 아이러니가 스팀펑크 장르의 서사 담론을 구성한다.

반면에 자신들의 시대를 넘어선 주인공들(네모 선장으로 대표됨)의 경우에는 수용자와 대등하거나 또는 더 우월한 지위에서 발언할 수 있는 권위를 갖게 된다. 그들은 수용자와 마찬가지로 당대 사람들이 모르던 것을 '이미 알고 있는 자'일 뿐 아니라 수용자가 아직 모르고 있는 것들(수용자의 현재를 추월하는 과학 기술과 그 외의 여러 가지 서사적 정보들)까지 '다 알고 있는 자'이기 때문이다. "19세기의 과학 기술로는 대륙이동설을 설명할 수 없"지만 "언젠가 지각의 부분이동이 발견되고 증명될 날이 있을 것"(제19화 「네모의 친구」)이라는 네모 선장의 말이나, "20세기가 되면 인간은 (……) 스스로의 손으로 이루어낸 과학의 힘으로 여기[우주]까지 오게 될 거"(제38화 「우주로……」)라는 한 승무원의 말은 수용자가 이미 알고 있는 사실을 정확히 예측한 것이기 때문에 의심의 여지가 없다. 이런 신뢰감에 힘입어, 과학과 문명과 인간에 대해 발언하는 그들의 증명되지 않은 말들 또한 예언자적인 권위를 지니게 되는 것이다. 이런 권위는 스팀펑크 특유의 심각하고 엄숙한 분위기를 조성하는 주된 요인이 된다.

〈신비한 바다의 나디아〉는 고대 아틀란티스 문명이 240만 년 전 우주의 다른 별(M78 성운)에서 온 '우주인'[8]들에 의해 세워졌다거나 원숭이와 인간을 잇는 진화의 고리(미싱 링크)를 아틀란티스인들이 만들었다거나 하는 신화적인 상상력을 바탕으로 한다. 이런 비현실적인 설정들까지도 네모 선장과 그 일행에 의해 발설되면 진실을 폭로하는 듯한 묘한 권위를 지니게 된다. 스팀펑크 장르가 다른 대체 역사 판타지들과 구별되는 지점이 바로 여기에 있다. 스팀펑크는 일반적인 대체 역사 판타지들과 마찬가지로 '만일 ……라면'과 같은 철저한 가정의 상황에서 출발하면서도, 그 상상력이 경험적 현실을 이탈하는 정도와는 무관하게, 어딘지 우리의 실제 역사에 관한 숨겨진 비밀이나 진실을 누설하는 듯한 인상을 남기는 것이다.[9] '놀랍게도 알고 보니 ……였더라', '알고 보니 실은 ……였다더라'와 같은 식으로 말이다. 이런

8) 이 애니메이션에서 아틀란티스인은 '외계인'이 아니라 '우주인'이라 불린다. 이는 그 용어를 사용하는 사람들이 주로 지구인이 아니라 아틀란티스인들 자신이라는 점과 관련이 있다. '외계인'이라는 용어에는 이미 지구 바깥을 '외계'로 규정하는 지구 중심적, 인간중심적 관점이 새겨져 있기 때문이다. 이 애니메이션이 예외 없이 '외계인' 대신에 '우주인'이라는 용어를 사용하는 것은 '안/밖'의 이분법과 이에 결부된 인간중심주의적 가치 개념을 탈피하고자 하는 의도로도 해석된다.

9) 이런 현상은 〈신비한 바다의 나디아〉에서 특히 바르트적 개념의 해석학적 코드가 강력하게 작동하는 것과도 무관하지 않다. 이 애니메이션의 서사는 '바다괴물의 정체는 무엇인가?', '블루워터의 비밀은 무엇인가?', '나디아의 출생의 비밀은 무엇인가?', '네모선장의 정체는 무엇인가?', '네오아틀란티스의 정체는 무엇인가?' 등과 같은 수수께끼들의 해답을 찾아가는 과정으로 이루어져 있으며, 그 대답의 지연과 부분적 해답의 제시와 비밀의 폭로 등이 서사의 진행을 이끌어간다고 말할 수 있다. Roland Barthes(1970:27, 215-216) 참조. 수수께끼의 해답들이 주로 네모선장을 비롯하여 아틀란티스와 관련된 인물들('이미 알고 있는 자'들)의 입을 통해 전해지기 때문에, 그 비밀의 진실성은 더욱 강조되는 경향이 있다.

현상은 스팀펑크 담론 속에 이미 '다 알고 있는 자'로 합의된 인물이나 서술자의 존재가 간여하는 데서 비롯된다. 이들에 의해 '순진했던' 주인공들은 수용자들과 대등한 지위에 올라 동일시될 수 있을 때까지 각성의 과정을 거치게 된다.

그들이 얻게 되는 가장 전형적인 깨달음은 과학 기술이 엄청난 파괴력을 지니고 있으며 인류의 파멸과 같은 무서운 결과를 초래할 수도 있다는 사실이다. 이는 수용자들이 이미 알고 있는 사실로서, 1・2차 세계대전은 그 단적인 증거이다. 〈신비한 바다의 나디아〉의 오프닝 내레이션은 이에 대한 스팀펑크의 문제의식을 명시적으로 보여준다.

> 때는 서기 1889년, 전세계 바다 위에서 선박의 조난 사건이 잇달아 일어났습니다. 사람들은 고대에서부터 바다 속에서 사는 괴물의 짓이라고 말들을 했고 여러 나라의 수뇌들은 신무기에 의한 공격이라고 서로 비난하게 되어서 국제관계는 험악해지고 있었습니다. 그 무렵 산업혁명 이후 빠르게 산업과 과학이 발달하는 가운데 강대국들은 아시아와 아프리카의 식민지를 노리고 맞서서 충돌을 거듭하고 있었습니다. 19세기말 분별 있는 사람들은 다가오는 세계대전의 공포의 그림자에 겁먹고 있었습니다.

이 내레이션은 19세기말이 "세계대전의 공포의 그림자"가 다가오던 시기였으며, 그 식민지 쟁탈전의 근본 원인은 "산업혁명 이후 빠르게" 발달한 "산업과 과학"에 있었다는 사후적인 인식을 토대로 한다. 그 사실을 미처 깨닫지 못했던 시대에 울려퍼지는 이러한 목소리는 그 자체로 선각자적인 성격을 띤다. 특히 그 시대가 막 태동한 근대과학의 놀라운 힘에 매혹되어 그 무한한 가능성에 무조건적인 찬사를 보냈던 시기였음을 고려하면, 이 목소리는 세계대전을 거쳐간 미래(수용자의 현재)의 사람들이 과거(스토리의 현재)를 향해 발신하는 경고의 메시지라고도 할 수 있다. 〈스팀보이〉에서 "인간은 과학을 받아들일 마음의 준비가 안 됐어. 혼란과 전쟁이 세계를 지배하게 될 거다"라는 로이드의 말 또한 같은 맥락에서 이해된다.

〈스팀보이〉와 〈신비한 바다의 나디아〉가 모두 만국박람회를 전면에 내세우고 있다는 사실도 주목할 만하다. 〈스팀보이〉는 (실제로는 1851년에 개최되었던) 제1회 런던 박람회장을 스팀성 옆에 나란히 배치하며, 〈신비한 바다의 나디아〉는 1889년의 파리 박람회를 스토리의 출발점으로 설정한다. 각각 런던과 파리의 박람회장을 구경하는 레이와 쟝, 두 소년 발명가들의 감탄어린 시선에는 과학 기술에 대한 그 시대의 순진한 믿음과 기대가 그대로 투영되어 있다. 그러나 〈스팀보이〉에서 런던 박람회장은 오하라 재단의 신무기를 판매하는 국제 시장으로 전락하고, 신무기의 위력을 시연해 보이는 과정에서 대영제국 근대화의 상징인 수정궁은 무수한 유리 파편으로 산산이 조각나 부서져내린다. 〈신비한 바다의 나디아〉에서도 파리박람회의 상징물로 제작되었던 에펠탑은 가공할 과학력을 지닌 네오아틀란티스의 폭격에 의해 무참히 파괴된다. 이런 장면들은 근대적인 과학 문명에 대한 그 시기의 장밋빛 환상을 깨뜨리고 과학 기술의 위험성과 파괴력을 알리는 스팀펑크식의 경고라고 하겠다.

스팀펑크에는 그 경고의 목소리를 듣는 자들, 이를테면 두 어린 발명가들의 너무 늦지 않은 각성이 그들의 미래, 그리고 우리의 현재와 미래를 변화시켜주기를 고대하는 듯한 기원의 어조가 감돌고 있다. "넌 스팀 가문의 후계자로서 사악한 사람들로부터 과학을, 미래를 지켜라"(〈스팀보이〉)라는 로이드의 절박한 당부, "네모는 너희들에게 미래를 맡기려고 한다. 그의 소망을 이루어주길 바란다"(〈신비한 바다의 나디아〉, 「네모의 친구」)는 이리온[10]의 부탁 등은 이를 분명하게 드러낸다. 스팀펑크는 이렇게 우리 시대를 과거의 시간대와 접속시켜 근대 과학이 걸어온 길을 교정하고자 한다. 이는 마치 타임머신을 타고 과거로 돌아간 미래의 사람들이 과거 역사의 잘못된 부분을 수정함으로써 역사의 흐름을 바꾸어놓으려는 가상적인 시도와도 흡사할지 모른다. 이렇게 보면 스팀펑크적인 대체 역사의 허구적 설정은 좀 다른 의미에서 실제의 역사를 더 나은 것으로 대체하고자 하는 욕망의 반영일 수 있다. 스팀펑크에 나타나는 시간성의 착종은 형식적 장치로서의 성격을 넘어 스팀펑크의 문제의식을 구현하는 핵심 원리가 되는 것이다.

3. 양가적인 비전과 타자성의 개입

스팀펑크 담론을 내용 면에서 한 마디로 요약하자면 '과학 기술의 양면성'이라고 말할 수 있다. 이런 테마는 흔히 상반되는 입장을 지닌 인물들의 대립구도를 통해 서사화되는데, 〈스팀보이〉에서는 할아버지 로이드와 아버지 에디가 바로 그런 인물들이다. 로이드와 에디의 표면적인 입장 차이는 '진리 탐구로서의 과학의 순수성' 대 '과학 기술의 실용성'이다. 로이드는 "과학은 우주의 진리를 해명하기 위한 것"이며, "내 발명이 악용되는 걸 보느니 차라리 총 맞아 죽"는 게 낫다고 말하는 순수 과학의 신봉자이다. 이에 대해 에디는 "과학은 연금술 같

10) 이리온은 네모의 친구인 2만 살 된 고래로, 블루워터를 통해 나디아와 대화를 나눈다. 그는 나디아에게 네모의 생각을 대신 전해주는 네모의 대변자 역할을 한다.

은 신비주의"도 아니고 "고귀한 인간들을 위해 궁전이나 교회에서 비밀리에 행해지는" 것도 아니라고 반박한다. 아들 레이를 향한 에디의 말, "과학은 현실에 존재하고 실제로 이용할 수 있어. 많은 사람들을 위해 써야만 한다. 과학의 혜택을 원하는 사람들이 무수히 많지", "과학은 힘들고 길었던 노동에서 인간을 해방시키고 자연재해까지도 막을 수 있어. 우린 이 강대한 과학의 힘을 널리 세계에 전해주려는 거야"라는 설득의 말은 인간의 삶에 영향을 미치고 세상을 변혁할 수 있는 과학의 힘과 그 실제적인 효용성에 대한 낙관적인 전망을 대변해준다.

그러나 에디의 전망은 "병기도 과학의 일부"이며 "과학의 압도적인 힘" 앞에 "전 세계가 굴복"하는 순간이 오게 되리라는 맹목적인 도취감을 동반하고 있어 실은 위험하고 불길한 것이다. 로이드는 이런 에디의 모습에서 "광기에 휩싸인" 무시무시한 "망령"의 모습을 본다. 과학기술의 실용화에 대한 로이드의 반발은 자신의 연구가 "인간을 대량살상하기 위한 악마의 발명품"으로 전락하는 데 대한 거부이자, "이념도 철학도 없는 발명은 저주를 낳을 뿐"이라는 인식에서 비롯된 것이다. 그는 또한 과학 기술의 보급과 대중화 과정이 자본주의적인 상품화의 논리에 필연적으로 종속될 수밖에 없음을 알고 있다. 오하라 재단에 협력하기를 거절하는 그의 완강함은 "과학자의 혼을 자본가에게 팔아"넘길 수 없다는 의지의 표현이기도 하다. 이렇게 보면 로이드와 에디가 벌이는 논쟁은 그 시대를 넘어선 관점과 당대에 구속된 관점 사이의 좁혀지지 않는 간극을 암시하는 것으로서, 이 논쟁의 과정은 그것을 지켜보는 다음 세대의 과학자 레이로 하여금 깨우침을 얻게 하는 계기가 된다.

이 외에도 〈스팀보이〉에는 또 하나의 대립구도, 즉 영국 왕실에 소속된 과학자 스티븐슨과 오하라 재단 사이의 갈등이 중첩되어 있다. 스티븐슨이 지휘하는 영국군은 오하라 "재단의 과학 기술이 영국에 위협"이 된다는 이유로 신무기의 성능시범 현장을 공격하여 실전을 벌인다. 이들간의 대결은 국가주의[11]와 초국가적 자본주의 사이의 충돌로 해석될 수 있다. 그러나 이 사건을 빌미로 "개발 예산을 벌려는" 스티븐슨의 의도와 스팀성의 "광고" 효과를 등에 업고 레이에게 "함께 회사를 열자"고 권유하는 그의 조수 데이빗의 속셈을 고려하면, 국가주의의 명분 안에 감추어진 자본주의의 뿌리 깊은 욕망을 확인할 수 있다. 따라서 오하라 재단의 야욕을 막기 위해 스티븐슨과 협력하고자 했던 로이드의 선택은 그릇된 것이었음이 밝혀지는데, 로이드의 이 같은 한계는 자본주의의 굴레로부터 벗어난 순수 과학이란 그 시대에도 오늘날에도 존재할 수 없음을 시사하는 것이기도 하다. 이로 인해 〈스팀보이〉의 대립구도는 단순화된 이분법을 탈피하여 복합성을 띠게 된다. 이 점에 주목한다면 로이드와 에디 사이의 첨예한 갈등은 과학의 본성 자체에 내재한 모순과 분열을 외면화하고 극화한 것이라고 말해도 좋을 것이다.

〈스팀보이〉는 근대 과학 안에 잠재된 위험성을 날카롭게 경고하면서도 동시에 과학 기술의 놀라운 위력을 그 자체로 긍정하는 양가적인 태도를 보여준다. 과학의 엄청난 힘에 대한 긍정의 시각은 스팀성이 폭발하고 런던 시가지가 얼음으로 뒤덮이는 장면을 어떠한 비판도 개입하지 못할 만큼 매혹적인 영상으로 처리한 데서도 잘 나타난다. "과학은 바로 힘이다. 스팀성은 과학의 궁극"이며 "이 모습이야말로 궁극

---

11) 스티븐슨은 "인간의 행복"을 "위해선 국가를 지켜야만" 한다는 논리로 레이를 설득하여 스팀볼을 손에 넣기도 한다.

의 아름다움"이라고 하는 에디의 말은 로이드의 설득력 있는 논변이나 스팀성의 파국적인 종말에 의해서도 묻혀버리지 않고 마지막 장면까지 여운을 남긴다. 또한 어린 소년이 무심코 건드린 얼음 조각이 도미노 효과를 일으키며 거대한 얼음의 숲을 부서지는 눈가루의 향연으로 만들 때, 이 애니메이션이 지닌 미래에 대한 낙관적인 기대는 화면 전체를 압도한다. 이런 경향을 두고 듀나는 "이 영화의 스펙터클은 종종 주제와 심하게 충돌합니다. 거의 위선적으로 보일 지경이에요"라고 말하면서 "'과학 기술의 위험성에 대한 경고'를 주제로 깔고 있을 때는" 시각적인 스펙터클이 "정도를 지키는 게 좋"았을 것이라고 꼬집기도 했다. 영상미를 "침 흘리며 구경하는" 동안 "진지하게 깔아놓은 드라마나 주제"가 그 "틈 사이로 빠져"나가 버린다는 것이다.12)

하지만 영상 서사물, 특히 전적으로 시뮬라크르(simulacres)에 기초하는 애니메이션에서 영상이나 음향은 서사에 곧바로 종속되지 않고도 얼마든지 자율적으로 기능할 수 있다(박기수, 2004:102-107). 애니메이션의 영상이 스토리라인이나 명시적인 주제와 때때로 균열을 일으키는 현상은 멀티미디어 양식의 서사물만이 가지는 독특한 성격으로서, 오히려 언어 서사물과는 좀 다른 방식으로 다성성을 구현할 수 있는 매체적 가능성으로 보아야 할 것이다. 텍스트의 모든 요소가 단 하나의 주제를 향해 목적론적으로 기여해야 한다는 전통적인 미학의 가치 기준을 여전히 유일한 평가의 잣대로 여기지 않는다면 말이다. 특히 과학의 위험성을 경계하면서도 동시에 "과학은 인간의 행복을 위해 있는 거"라는 믿음을 끝까지 유지하는 〈스팀보이〉의 경우에, 이 같은 영상은 과학 기술에 대한 이중적 비전과 양가적인 태도를 한

---

12) http://djuna.nkino.com/movies/steamboy.html

층 부각시키는 효과를 낳는다. 하늘을 뒤덮는 얼음 가루의 장관을 응시하며 "과학의 시대는 지금 막 시작된 거야. 두 분은 꼭 돌아오실 거라고" 하며 결의에 찬 표정을 짓는 소년 과학자 레이는 과학 기술과 그 미래에 대한 이 애니메이션의 신뢰를 다시 한번 확인시켜준다.

〈스팀보이〉에 한계가 있다면, 그것은 하나의 목소리로 통합된 단일한 주제를 제시하지 못한다는 점이 아니라 근대 과학 자체를 전면적으로 회의하거나 그 바깥을 상상하지 않는다는 데 있다. 과학 기술에 대한 〈스팀보이〉의 양가적인 태도는 스팀펑크 담론의 전형을 모자람 없이 보여주지만, 여기에서 한 걸음도 더 나아가지 않는다. 〈스팀보이〉의 문제의식은 더 나은 미래를 위해 과학 기술을 어떻게 사용해야 할 것인가, 또는 과학자는 어떤 철학과 윤리를 지녀야 할 것인가 하는 질문을 던지는 데 머무른다. 스팀펑크가 우리에게는 더 이상 새로울 것이 없는 이런 문제를 반복적으로 제기하는 데 만족한다면, 너무 빨리 장르적인 매너리즘과 상투성에 빠지고 마는 결과를 초래할 것이다.

이런 관점에서 〈신비한 바다의 나디아〉는 좀더 주목할 만한 가치가 있다. 〈신비한 바다의 나디아〉 역시 과학 기술의 양면성에 대한 스팀펑크의 전형적인 인식을 표면에 내세우지만, 이를 넘어서서 문명의 타자(자연)와 인간의 타자(우주인)라는 외부적 시선을 통해 근대 과학을 바라본다. 또한 〈스팀보이〉에서는 레이의 각성이 수용자의 각성으로까지 나아가지 못하는 데 비해(레이는 각성의 과정을 거친 뒤에야 수용자와 동등한 수준에 이르게 된다) 〈신비한 바다의 나디아〉에서 쟝의 지속적인 깨달음과 성숙의 과정은 수용자 자신의 인식을 변화시키는 과정과도 만나게 된다. 이는 스팀펑크가 수용자들이 이미 알고 있는 뻔한 얘기를 반복하는 데 그치지 않고 새로운 담론과 문제의식을 향해 나아갈 수 있는 가능성을 보여준다는 점에서 의의를 갖는다고 하겠다.

우선 〈신비한 바다의 나디아〉에서 과학 기술의 이중성에 대한 인식은 주로 네모 선장의 발언을 통해 직접적으로 제시된다. 과학 기술을 "잘못 이용하면 지구를 송두리째 파괴하는 무기가 될 수 있다. 과학은 위대하다. 그러나 지혜의 열매를 따먹은 인간의 죄도 간직하고 있"는 것이다. 인간이 선한 마음과 악한 마음을 가지고 있듯이 "과학도 선과 악으로 갈라"질 수 있다(제11화 「노틸러스호의 신입생」)고 하는 네모 선장의 말에는 스팀펑크적인 인식이 압축적으로 담겨 있다. 이런 인식은 과학의 한계에 대한 겸허한 자각으로도 이어지는데, 노틸러스호는 "초과학의 절정"이지만 "전지전능한 신은 아니"(「노틸러스 최대의 위기」)라는 네모의 말은 이를 잘 대변해준다.

반면에 네오아틀란티스의 가고일은 "만물을 만들고 마음대로 없애버릴 수 있"으며 "자연의 섭리마저 조절"하는 과학의 힘에 의해 스스로 "신이 될 수 있"(「바벨탑」)다고 믿는다. 과학 기술을 맹신하고 그 힘에 도취되어 있는 가고일은 〈스팀보이〉의 에디와도 일면 유사한 모습을 보여준다. 또한 초과학 무기들을 이용한 네오아틀란티스의 세계 지배 야욕은 해양의 "통상 파괴"와 "무기 수출" 등을 통해 "전세계 통화량"을 좌지우지하는 자본주의적 전략과도 맞물려 있다는 점에서(제20화 「쟝의 실패」) 에디와 오하라 재단의 결탁을 연상시키는 바가 있다. 네모와 가고일의 대립구도는 로이드와 에디의 대립구도와 어느 정도 상동성을 지닌다고 할 수 있는데, 특히 네모와 가고일의 관계 역시 단순한 선악의 이분법으로 규정될 수 없다는 점에서 그 유사성은 더욱 강조된다.

네모는 그가 타르테소스 왕국(아틀란티스인이 지구에 세운 국가)의 마지막 왕이었을 때, 바벨탑을 가동시켜 엄청난 살상무기로서의 힘을 과시하려는 가고일의 시도를 멈추기 위해 그 "제동장치인 블루워터를 뽑아내어 자폭"시켰던 과거를 지니고 있다(제22화 「배신자 엘렉트라」). 그 결과로 무수한 타르테소스인들의 생명이 희생되었고, 네모는 그 죄의식을 짊어진 채 살아가고 있다. 그는 스팀성을 자신의 손으로 폭파시켜야 했던 로이드와 마찬가지로 과학의 무서운 파괴력에 대한 책임감과 죄의 굴레로부터 자유로울 수 없다. 그 굴레는 근대 과학 자체를 옭아매는 근원적인 속박이기 때문이다. '이미 알고 있는 자'들이 지닌 이런 한계는 권위 있는 인물의 발화가 명시적인 주제를 고스란히 대변할 때 나타나는 스팀펑크 장르의 일방적인 계몽성을 어느 정도 완화시켜주는 역할을 한다.

〈신비한 바다의 나디아〉에서 과학 기술에 대한 상이한 태도는 쟝과 나디아의 갈등으로도 구체화된다. 그들의 끊임없는 말다툼과 의견 충돌은 과학에 대한 신뢰와 근본적인 불신이라는 두 관점 사이의 대립을 보여준다. "과학을 공부해서 세상에 이바지하고 싶"(「노틸러스호의 신입생」)다는 소망으로 가득한 쟝 앞에서 나디아는 "이래서 과학이란 건 믿을 게 못된다구"(제23화 「작은 표류자」)를 연발한다. 무인도에 표류한 뒤에도 쟝은 발명을 거듭하여 생활의 불편을 줄이고자 최선을 다하지만, 나디아는 "과학이니 문명이니 하는 것들과 일체 인연을 끊"고 "자연과 더불어 살아"(제24화 「링컨섬」)가겠다고 선언하기까지 한다. 나디아가 종종 고집불통에다 불평불만이 많은 미성숙한 소녀의 모습으로 그려지기는 하지만, 그녀의 존재는 과학의 필요성과 당위성 자체에 당돌하게 의문을 던지는 SF 바깥의 시선으로 작용한다. 특히 그녀가 동물들과 대화를 나누고 자연과 교감하는 능력을 지닌 인물이라는 데 유의하면, 나디아는 단순히 과학을 불신하는 의심 많은 소녀가 아니라 과학과 문명의 타자인 자연의 존재를 스팀펑크 안으로 끌어들이는 문제적인 인물이라 할 수 있다. 사람이 살기 위해서는 고기도 먹어야 한다고 주장하는 쟝에게(나디아는 채식주의자이다) 동물을 잡아먹으면서까지 살고 싶지는 않다고 말하는 나디아에게서는 소박하나마 반(反)인간중심주의적인 태도가 엿보이기도 한다. 아무리 긍정적인 관점에서 바라본다 해도 과학이나 문명은 인간에게나 유익한 것이 아닌가?

쟝과 나디아가 서로를 이해하고 사랑하게 되는 과정은 서로의 상반되는 관점들을 수용하면서 성숙해가는 과정이기도 하다. 나디아가 "역시 자연 그 자체로 살아간다는 건 불가능"하다는 것을 인정하게 되는 것처럼, 쟝은 "과학의 힘을 너무 믿"으면 안 된다는 깨달음을 얻게 된다. 나디아를 통해 결국 쟝은 "자연과 인간이 서로 공존하기 위한 과학기술을 발전시켜야"(「링컨섬」) 한다는 생각에 도달한다. 쟝의 깨달음은 "대륙이 가라앉고 (……) 섬이 생겨나고 하는 일은 인간에게는 큰 사건이지만 지구로 볼 때는 아주 조그만 사건에 지나지 않"으며 "이 지구는 우리들 인간 같은 존재는 상상도 할 수 없을 만큼 커다란 생물"(제27화 「마녀가 있는 섬」)이라는 생각과도 관련된다.[13] 이런 인식은 스팀펑크 장르로서는 확실히 한 걸음 진전한 것이라 할 수 있다. 특히 "사람으로 태어나서 사람으로 살아가려면 스스로의 손으로 뭔가를 만들지 않으면"(「링컨섬」) 안 되었고, 그렇기 때문에 과학이나 문명이 필요했던 거라는 쟝의 자각은 인간 존재의 어찌할 수 없는 조건으로서 최소한의 과학 문명을 인정하는 신중하고 겸허한 태도를 암시하는 것

13) 이런 생각은 제임스 러브록(James Lovelock)의 가이아 이론을 연상시키는데, 환경 문제의 심각성이 대두되면서 관심을 모으고 있는 이런 견해가 스팀펑크에 도입되었다는 사실은 주목을 요한다.

처럼 보인다.

이렇게 자연이라는 타자성의 개입은 인간중심적인 사유를 넘어서게 함으로써 과학에 대한 더 근본적인 성찰을 가능하게 한다. 이런 측면은 진화론과 결합된 대체 역사 판타지와도 맞물려 있다. 이 애니메이션은 2억 년 전에 지구는 파충류의 전성시대였으며 “호모 다이나 소니쿠스”라는 공룡은 “인류보다 먼저 문명을 이룩”하고 “지상에 제국을 세웠던”(「네모의 친구」) 지구의 원시 생물이라고 주장함으로써 문명의 기원에 관한 우리의 상식을 뒤엎는다. 이런 상상력은 “지능을 가진 생물은 인간만이 아니”라는 발상을 통해 인간의 자리를 상대화한다. 한편 호모 다이나 소니쿠스가 “멸종해버린 건 살아가기 좋은 조건으로 환경을 바꿔버”린 탓에 “수가 엄청나게 불어났기 때문”(「링컨섬」)이라는 설명 역시 오늘날의 인간과 과학에 대해 의미 있는 시사점을 던져준다. 그것은 인간이라는 종(種) 또한 무차별적으로 지구 환경을 변화시키게 되면 그 반작용으로 인해 멸종의 위기에 처할 수 있다는 사실이다. 이런 깨달음은 근대 과학 초기의 소년 과학자 장에게 소중한 교훈이 될 뿐 아니라 지금의 수용자들에게도 여전히 의미심장하다.

〈신비한 바다의 나디아〉에서 인간중심주의의 결정적인 전복은 아틀란티스인과 인간의 관계로부터 파생된다. 인간의 이해력을 넘어서는 외계의 지성적 존재를 상정한다는 사실부터가 인간 중심의 세계관에 대한 도전이 되지만, 이 애니메이션에서 그 존재는 더구나 인간의 창조주로 등장한다. “240만 년 전에 지구에 도착한 아틀란티스인들은 충직한 하인을 만들려고” 원숭이를 이용하여 “인간의 유전자를 설계”(제37화 「네오황제」)했다는 것이다. 가고일이 “인간 박물관”에서 나디아에게 고대 아틀란티스인이 만든 최초의 인간 아담”과 인간을 만들다가 실패한 "기형의 샘플"들을 보여줄 때, 나디아와 마찬가지로 수용자들은 큰 충격을 받게 된다. 기독교의 창조론을 진화론적이고 유전공학적인 상상력으로 과격하게 전도(顚倒)시킨 이런 발상은 과학을 통해 신의 경지를 넘보는 인간에게 스스로의 한계를 각인시키는 강력한 경고일 것이다.

이 외에도 인간의 존엄성과 우월성에 대한 믿음은 가고일의 발언들 속에서 가차없이 무너진다. 가고일은 인간이 "야비한 속성을 지닌 동물"이자 "완전하지 않은 생물"이며 "개선의 여지"도 없고 "미래"도 없는(「네오황제」) "결점투성이 생물"(「우주로……」)이라고 말한다. 그에게 인간은 심지어 "주인의 필요에 의해 만들어진 (……) 가축들"(「네오황제」)에 불과한 존재들이다. 이를 근거로 가고일의 네오아틀란티스는 자신들의 세계 지배가 정당한 일이며 인간들은 여기에 절대 복종해야 한다고 주장한다. 반면에 구(舊)타르테소스 왕인 네모 선장은 인간과의 공존을 선택한다. 그는 가고일을 향해 "이 별은 이미 인간들의 것"이며 "인간은 네 놈이 생각하는 것만큼 어지석지 않다"(제39화 「별을 계승한 자」)고 역설한다. 그러나 네모의 이런 생각은 가고일이 보기에는 "허점투성이인 인간을 신뢰하"는 "나약한 아틀란티스인"의 "죄"(「우주로……」)일 뿐이다.

네모와 가고일의 상반되는 주장이 번갈아가며 울려퍼지면서, 〈신비한 바다의 나디아〉는 인간에 대해서도 이중적인 시선을 유지한다. 더욱 흥미로운 것은 최종회(제39화)에 가서야 가고일이 실은 인간이었다는 사실이 밝혀진다는 점이다. 이는 수용자뿐 아니라 가고일 자신도 모르고 있었던 사실로서, 그 동안 아틀란티스인의 관점이라 여겨졌던 가고일의 발언들은 모두 인간 자신의 목소리였던 셈이다.[14] 이 같은 폭로의 효과 또한 이중적이다. 한편으로는 가고일이라는 인물의 권위가 추락하고 그의 발언 전체가 모순적이고 허위적이었음이 드러나면서, 인간에 대한 그의 비난들도 기만적이고 믿을 수 없는 것으로 간주된다. 다른 한편으로는 그의 존재 자체가 인간의 거짓된 우월감을 증명하는 것이기에, 인간에 대한 믿음은 더욱 치명적으로 손상을 입는 것이다. 〈신비한 바다의 나디아〉는 상반되는 두 관점 사이에서 쉽사리 어느 한 쪽을 지지할 수 없게 만든다. 다만 인간에 대한 이 양가적인 시선과 '주체(인간)/타자(아틀란티스인)'의 이분법을 전복하고 와해시키는 극적인 결말이 인간중심주의적 관점을 통째로 뒤흔들어놓는 것만은 분명하다고 하겠다.15)

그럼에도 불구하고 〈신비한 바다의 나디아〉가 인간과 과학의 미래에 대한 한 가닥 희망을 끝까지 포기하지 않는 것은 참으로 스팀펑크다운 면모이다. 이 애니메이션은 인간의 '지성'과 '능력'을 믿는 대신에 '따뜻한 피'에 기대를 건다. 이런 관점은 "파충류의 피는 차갑지만 인간의 피는 따뜻하지. 나는 과학만이 아니라 과학을 창조한 인간을 믿고 싶어"(「링컨섬」)라는 쟝의 말에서 잘 드러난다. 가고일의 "제어장

---

14) 수용자들은 네모의 정체가 밝혀지기까지(제22화) 그가 아틀란티스인이라는 사실을 알지 못하다가 그 이후부터는 네모와 가고일 모두를 아틀란티스인으로 생각한다. 중반까지 네모와 가고일의 대결은 '인간 대 정체불명의 괴집단'으로 받아들여지고 중반 이후부터는 '(인간의 편인) 아틀란티스인 대 (인간의 적인) 네오아틀란티스인'으로 여겨지는데, 결말에 이르러서야 그것이 '아틀란티스인 대 인간'의 대결 구도였음이 드러나는 것이다. 이로써 인간과 우주인, 주체와 타자의 이분법은 극적으로 전도되고 붕괴된다.

15) 이 이분법이 최종적으로 무화되는 것은 에필로그 부분에서이다. 쟝과 나디아(나디아는 네모의 딸로서 네모의 죽음 이후 유일하게 살아남은 마지막 아틀란티스인이다)가 결혼을 하고, 엘렉트라(그녀는 타르테소스 왕국이 멸망할 때 가족들을 잃고 고아가 되어 네모에 의해 길러진 인간 여인이다)가 네모의 아이를 출산한다는 뒷이야기는 인간과 아틀란티스인이 하나로 융합하는 것을 의미하기 때문이다.

치"에 의해 조종을 당하여 네모에게 총격을 가하는 나디아를 장이 끝내 쏘지 못할 때, 인간의 그 비합리적이고 "비과학적"인 측면은 인간만이 지닌 "장점"(「별을 계승한 자」)이자 가능성으로 묘사된다. 초지성을 지닌 아틀란티스의 과학력은 파멸을 불러왔으나 여리고 따뜻한 마음을 지닌 인간은 과학의 미래를 지켜낼 것이라는 믿음은 이 애니메이션이 과거를 향해, 그리고 우리 시대를 향해 보내는 기원의 메시지일 것이다.

4. 한국적인 스팀펑크의 가능성과 필요성

지금까지 〈스팀보이〉와 〈신비한 바다의 나디아〉를 통해 스팀펑크의 장르적이고 서사적인 특성들을 살펴보았다. 이 같은 논의는 문화콘텐츠 개발의 중요성과 필요성이 강조되고 있는 오늘날, 한국 SF와 애니메이션이 나아갈 방향에 대해 시사하는 바가 있다. 한국 애니메이션, 특히 SF 애니메이션은 "'서사의 부재 내지 빈곤'이라는 가장 근본적인 문제를 안고 있"(박기수, 2004:29)다. 〈원더플 데이즈〉(2003)와 같은 의욕적인 애니메이션은 영상미와 그래픽 기술력의 차원에서 전혀 손색이 없었음에도 불구하고 멜로드라마적이고 상투적인 스토리로 인해 SF의 문제의식을 부각시키지 못했고, 수용자의 호응도 얻지 못했다. 한국에서는 아직 스팀펑크적인 서사를 활용한 SF가 제작되지 않았지만, 스팀펑크 장르는 서사의 빈곤이라는 한국 SF의 딜레마를 극복할 수 있는 하나의 훌륭한 타개책이 될 수 있을 것으로 보인다.

스팀펑크는 인물의 대립구도를 비롯한 뚜렷한 갈등 양상을 포함하고 있으며 시간성의 착종과 같은 서사의 기본 골격을 지니고 있다. 이 같은 단단한 서사 구조에 한국적인 특수성이나 시대적인 배경을 도입하면 개성적인 스팀펑크 서사를 개발할 수 있을 것으로 판단된다.[16] 특히 스팀펑크는 SF 가운데서도 교훈성과 계몽성을 강하게 지닌 장르로서 그런 특성은 우리의 서사적 관습이나 감각에 잘 들어맞을 것으로 생각된다. 교훈성과 계몽성이 지나쳐 서사를 향유하는 데 방해가 된다든지 주제의식이 상투성으로 흐른다든지 하는 문제점들에 주의한다면 스팀펑크 장르의 활용은 한국 SF 서사를 활성화하는 효과적인 방안이 될 수 있을 것이다. 최근 한국에서 활발하게 창작되고 있는 역사 서사물과 역사추리소설류를 스팀펑크 장르와 결합하여 SF 콘텐츠를 개발하는 방안도 충분히 고려해볼 만하다. SF 가운데 아직 그 가능성이 충분히 발현되지 않은 신생 장르인 스팀펑크에 대한 관심과 연구가 한국 SF 콘텐츠 개발에 활기를 불어넣을 수 있기를 기대해본다.

16) 물론 SF는 전반적으로 탈국적화 현상을 두드러지게 보여주고 있기 때문에 반드시 한국적인 배경을 포함해야만 성공을 거둘 수 있는 것은 아니다. 문제는 한국적인 색채를 도입하는 것 자체가 아니라 세계적으로 호응을 얻을 수 있는 스토리를 우리가 어떻게 개발할 수 있느냐 하는 점일 것이다.

[참고문헌]

김상훈, 「현대 SF의 진화-포스트고딕에서 슬립스트림으로」, 『Happy SF』 창간호, 행복한 책읽기, 2004. 9. 23쪽.

김행숙, 『문학이란 무엇이었는가』, 소명출판, 2005. 215-217쪽.

듀나, http://djuna.nkino.com/movies/steamboy.html

박기수, 『애니메이션 서사 구조와 전략』, 논형, 2004. 102-107쪽.

박인하, 『박인하의 아니메 미학 에세이』, 바다출판사, 2003. 148, 171쪽.

박 진, 「SF적인 인식의 전환과 문학의 새로운 영역」, 『한국문학연구』 제6호, 고려대학교 민족문화연구원 · 한국문학연구소, 2005. 12. 7쪽.

박 진, 「일본 SF 애니메이션의 서사적 혼종성과 의미론적 다중성」, 『문학과 영상』 제7권 1호, 문학과영상학회, 2006. 6. 169-186쪽.

안노 히데야키, 〈신비한 바다의 나디아〉, 마니아 엔터테인먼트, 2003.

오토모 가츠히로, 〈스팀보이〉, 대원 DVD, 2006.

임종기, 『SF 부족들의 새로운 문학 혁명, SF의 탄생과 비상』, 책세상, 2004. 169쪽.

임형욱 외, 좌담 「SF는 주류문학의 대안이 될 수 있는가?」, 『Happy SF』 창간호, 행복한 책읽기, 2004. 9. 56쪽.

제임스 러브록, 홍욱희 옮김, 『가이아: 살아 있는 생명체로서의 지구』, 갈라파고스, 2004.

쥘 베른, 김석희 옮김, 『해저 2만리』 1, 2권, 열림원, 2002.

Barthes, Roland, *S/Z*, Paris: Seuil, 1970. 27, 215-216쪽.

디지털 서사의 서사 구성 원리
: 99인의 최종전차

•

장노현

1. 들어가는 글 : 이야기 공간으로서의 인터넷

소설이라는 근대적 이야기 공간은 이제 인터넷이라는 새로운 이야기 공간과 힘을 겨루어야 하는 상황에 이르렀다. 뉴미디어로서 인터넷은 더 이상 낯설고 이질적인 매체가 아니다. 그것은 이제 정보의 검색과 열람이라는 중심 기능을 넘어서고 있다. 인터넷이 예술 작업의 도구와 공간으로서 지니는 잠재력이 점차 주목받기 시작하였다. 사람들은 인터넷을 도구로 삼아 인터넷 공간에다 다양한 형식의 예술작품을 만들어 가고 있다. 그중의 하나가 인터넷의 서사적 기능이다.

인터넷을 중심으로 하는 디지털 매체의 서사적 기능은 다양한 형태로 구체화되고 있다. 최근 들어 폭넓은 대중성은 물론 학문적 기반까지도 바쁘게 갖추어가는 게임 스토리텔링은 디지털 서사의 새로운 지평을 열어가는 선두에 서 있는 것으로 보인다. 게임 스토리텔링은 상호작용성과 화려한 영상성 등을 활용하면서 새로운 서사 패러다임의 만들어 가고 있다. 실제로 한국의 온라인 게임은 게임이라는 장르를 넘어 인류사에 존재했던 어떤 이야기 예술과도 다른, 전혀 새로운 서사 패러다임의 이야기를 출현[1]시킨 것으로 평가되고 있다. 뿐만 아니라 게임학(ludology)의 권위자인 에스펜 아세스는 한국의 다사용자 게임들을 두고 인간 커뮤니케이션의 미래에 영향을 미칠 수 있는 거대한 사회적 실험[2]이라고 평가했다.

디지털 매체의 네트워크 기능만을 주로 사용하는 네트워크 서사도 디지털 서사의 한 분야로 들 수 있다. 이 분야는 종래의 인쇄된 소설 텍스트와 별로 다르지 않으며, 팬픽 문학웹진 등의 문학현상으로 나타난다. 또한 인터랙티브 영화와 홀로그램도 디지털 서사의 한 분야로 들 수 있는데 이는 아직 완성되지 않은 미래적 형식에 가깝다. 홀로테크 테그놀로지의 기술을 활용함으로써 이용자가 강력한 몰입을 통해 사건이 일어나는 장소에서 가상 캐릭터들과 함께 하면서 직접 사건을 체험하는 형식의 이야기가 여기에 속한다 할 수 있다.[3]

마지막으로 이 글에서 다루게 될, 하이퍼텍스트 서사를 들 수 있다. 하이퍼텍스트 서사는 하이퍼텍스트 문학을 서사 분야에 국한시킨 용어이다. 이는 잘게 쪼개진 텍스트, 즉 단위텍스트들을 인터넷 매체의 작동방식인 하이퍼링크를 통해 연결해 가는 디지털 서사의 가장 전형적인 형식이다. 링크라는 인터넷 매체의 보편적인 특성을 서사의 전개에 주로 활용한다는 측면에서 가장 쉽게 자리잡을 수 있는 분야라고 생각되기도 했다. 하지만 아직껏 국내에서는『디지털 구보 2001』[4]

---

1) 이인화(2005:6-7).

2) Espen Aarseth(2004:54).

3) 최혜실(2005:37-38) 참조.

4)『디지털 구보 2001』, http://hyper.booktopia.com/contents/hypertext/ (북토피아)

한국에서 최초로 실험된, 그리고 아직까지는 유일한 본격 하이퍼서사물로 남아있는『디지털 구보』는 북토피아와 인터넷MBC가 공동으로 제작하여 각각의 서버를 통이외에는 이렇다 할 하이퍼서사 작품이 나오지 않고 있는 실정이다.

국내에서 하이퍼텍스트 서사 작품의 생산이 활발하지 않은 이유는 여러 가지일 수 있다. 그 중에서도 그동안 이야기 생산을 담당했던 기성 소설가들은 디지털 매체에 대한 이해가 여전히 부족하고 반면에 디지털 매체에 익숙한 세대는 아직 이야기 생산의 주된 담당층으로 성장하지 못한 점, 국내의 인터넷 서비스 공급자들이 하이퍼텍스트 서사를 창작할 수 있는 대용량 웹서비스 공간을 제공해 주지 않고 있다는 점[5], 창작에 활용할 수 있는 쉬운 창작 툴이 없다는 점[6] 등을 꼽아볼 수 있겠다. 하지만 보다 근본적인 것은 실제 작품에 대한 경험과 이를 바탕으로 한 이론적 연구가 부진한 상황에서 기인하는 것으로 볼 수 있다. 성공적인 디지털 서사를 만들어내는 창작원리나 프레임워크, 디지털 스토리를 평가하거나 분석하는 데 활용할 이론적 틀 등이 거의 연구된 바 없다. 서구에서 생산된 하이퍼서사 작품에 대한 간단한 요약 소개 정도로는 하이퍼텍스트 서사에 대한 경험을 일반화할 수 없을 뿐더러, 이론적 측면에서도 진전된 연구를 기대하기 어렵다고 할 수 있다.

이 글은 일본에서 생산된 하이퍼텍스트 서사 작품인 『99인의 최종전차』을 심층 분석하려 한다. 하이퍼텍스트 서사 작품에 대한 경험이

해 서비스했다. 그러나 2002년 들어 MBC가 서비스를 중단했고, 그 후 북토피아마저도 어느 시점부턴가 서비스를 중단함으로써 한때 웹상에서 완전히 자취를 감추었다. 2005년 들어 북토피아가 서비스를 재개함으로써 『디지털 구보 2001』은 하이퍼서사로서 생명력을 잠시 회복했으나, 2006년 현재는 다시 서비스가 끊긴 상태이다.

5) 인터넷 서비스 중에서 가장 보편적인 웹 서비스 공급자들, 예컨대 상업적인 포털사이트 업체들이나 문학 관련 주요 기관 사이트들이 하이퍼텍스트 서사의 창작 활동을 주도적이고 적극적으로 이끌려는 의지와 이를 뒷받침하는 웹공간을 확보해 주는 것이 하이퍼텍스트 서사의 창작 기반 확대에 가장 시급하게 과제라고 생각한다.

6) 통상적으로 웹페이지 작성에 사용하는 '나모'나 '드림위버' 같은 일반 웹에디터가 아니라 하이퍼텍스트 서사를 창작하기 위한 특수 용도의 서사에디터 개발이 필요하다.

일천한 국내적 상황에서 이웃한 일본의 서사 작품을 읽고 분석함으로써 하이퍼텍스트 서사에 대한 관심을 유도하고 이론적 틀을 만들어서, 하이퍼서사의 창작 기반 확대에 기여하고자 하는 목적을 갖는다.

2. 연구를 위한 전제 : 텍스트 확정하기

매체가 바뀌면서 서사물의 존재방식이 달라지게 되었다. 이에 따라 연구방법론 또한 달라지지 않을 수 없다. 근대소설은 물리적으로 존재하는 인쇄 제본된 책이 연구 대상으로 쉽게 확정될 수 있지만 하이퍼텍스트 서사의 경우에는 좀 더 복잡한 과정이 필요하다. 이 과정은 연구를 위한 전제로서, 연구 대상이 되는 서사물을 확인하고 텍스트의 경계를 확정하는 작업에 해당한다. 하이퍼서사물의 연구가 아직 고유의 방법론을 확립하지 못한 상황이기 때문에 이 글에서는 이를 자세히 다루어 보도록 하겠다.

먼저, 연구 대상이 되는 서사물의 존재 위치를 확인하는 과정이 필요하다. 이는 서사물이 저장된 곳의 URL과 그것을 관리 운영하는 주체를 밝히는 일이다. 온라인 하이퍼서사물(OHN, Online Hypertext Narrative)은 미러사이트의 형태로 여러 곳에서 서비스될 수도 있다. 이는 마치 판본이 서로 다른 인쇄본 소설과 같은 경우이다. 그러나 인쇄본 소설이 작가의 일점일획을 소중히 여겨 어떤 변경도 허용하지 않는 것과는 달리, OHN은 시간의 흐름에 따라 변화를 거듭하면서 서사가 확장되게 된다. 동일한 상태에서 출발한 미러사이트들도 시간이 흐르면서 전혀 다른 모습으로 성장해 갈 수 있다. 따라서 OHN의 URL을 정확히 확인하는 과정은 온라인 서사 연구의 첫발이 된다. URL과 더불어 그 URL을 유지하는 관리 주체를 함께 밝혀 주어야 한다. 관리 주체는 기관, 단체, 개인 혹은 업체 등으로 다양할 수 있다. 따라서 관리 주체의 성격에 대한 간단한 파악도 이루어져야 한다. 이는 인쇄본 소설의 출판사를 밝히는 것과 같은 의미가 된다. 또한 시간이 흐름에 따라 달라지는 하이퍼서사물의 특성 상, 대상 텍스트의 조사 시기에 대한 명시도 반드시 필요하다.

본 연구의 대상이 되는 『99인의 최종전차』[7])는 〈http://book.shinchosha.co. jp/99/top.htm〉에서 서비스되고 있다. 이 URL은 일본 출판업체인 신조사에서 유지 관리하는 서버 상에 위치한다. 『99인』은 1996년 4월부터 연재되기 시작하여 지속적인 업데이트가 이루어져 오다가 2005년 1월 6일 최종 업데이트를 통해 완결되었다. 연재 초기에는 모뎀을 이용하는 열악한 인터넷 환경 때문에 지금과는 많이 다른 인터페이스로 서비스되기도 했었다. 그 한 예로 현재는 프레임을 사용하고 있는 화면 구성이 처음에는 프레임 없는 화면으로 이루어져 있었다. 본 연구는 2006년 4월에서 7월 사이에 조사된 『99인』을 연구 대상 텍스트로 한정한다.[8]) 이에 따라 논프레임 상태의 인터페이스로 서비스되었던 초기 버전은 연구 대상에서 제외된다.

그러나 이와 같은 형식적인 문제를 해결했다고 해서, OHN의 경계가 분명해졌다고 할 수 없다. 두께가 정해져 있는 책이나 CD롬 등의 오프라인 매체와는 달리, OHN은 가시적이고 명확한 경계를 갖고 있지 않다. 이런 현상은 일차적으로는 인터넷의 끝없는 링크 때문에 생겨나는 문제로 보인다. 하지만 좀 더 근본적인 이유를 따지고 들면

---

7) 이하 『99인』으로 약칭함.
8) 하이퍼텍스트 서사물에 대한 연구에는 대상 텍스트의 위치와 시기라는 기본 전제가 필요하다. 이에 대해서는, 장노현(2005:194-196) 참조.

OHN 저자들의 서사 창작 의식의 변화와 만나게 된다. OHN 저자들은 포스트모던한 세계 속에서 디지털 매체를 통해 작업한다. 때문에 그들은 혼성모방이나 다시쓰기(일종의 패러디) 등의 포스트모던한 기법에 익숙하다.

예컨대, 목진요의 〈a Circular Story〉[9]는 다시쓰기로서의 하이퍼텍스트 문학의 속성을 보다 정교하게 만들어내고 있다.[10] 그는 17개의 픽션으로 구성된 보르헤스의 책을 구 단위까지 순서 없이 해체하여 그 요소들로 다시 짧은 소설을 만들었다. 처음 화면의 오른쪽에는 보르헤스의 〈FICTIONS〉이라는 책의 표지를 놓았고 왼쪽에는 〈a Circular Story〉라는 제목을 배치했다. 제목 아래에는 텍스트가 목진요에 의해 추출하고, 해체하고, 재분류되었다는 설명이 덧붙여져 있다. 이 처음 화면을 클릭해 들어가면 오른쪽에는 보르헤스의 작품의 원문이 있고 왼쪽에는 그 원문에서 뽑아낸 구들과 문장들로 만든 이야기가 있다. 왼쪽의 어떤 문장을 클릭하면 오른쪽에서는 그 문장이 포함된 보르헤스 책의 원문 페이지를 보여주는 인터페이스 구조를 구현하고 있다. 독자는 분명 목진요의 작품 속에서 보르헤스의 작품을 함께 보게 된다.

그렇다면 목진요의 〈a Circular Story〉의 경계는 어디까지인가 하는 문제가 발생한다. 왼쪽의 재구성된 문장들로 만들어진 이야기만 이 작품인가? 아니면 재구성된 문장들을 클릭하면 그에 따라 바뀌는 오른쪽의 보르헤스 〈FICTIONS〉까지도 목진요의 작품 안으로 흡수되는가? 우리가 왼쪽의 이야기만을 목진요의 작품으로 쉽게 한정해 버릴 수 없는 이유는 독서 과정에서 체험하게 되는 독서효과 때문이다. 왼

---

9) Jin-Yo Mok's personal medium, http://www.geneo.net/story/index.html

10) 최혜실(2002).

쪽의 이야기는 그것만을 단독으로 읽을 때보다는 오른쪽 보르헤스의 작품을 함께 읽을 때 훨씬 다양하고 깊은 느낌으로 다가온다. 이런 독서효과가 목진요의 의도한 바라면, 그의 텍스트는 보르헤스의 작품과 함께 할 때에 (혹은 그것에 기대거나 그 곁에서) 비로소 완성되어 간다는 창작의식에 기초하고 있다고 봐야 한다.[11] 이처럼 OHN 저자들은 근대소설 작가들에게 주어졌던 독창성에 기초한 창작의식과는 확연히 다른 창작의식을 갖는다. OHN 저자들의 변화된 서사 창작의식과 변화된 서사기법 등에서 하이퍼서사의 끝없는 확장 구조가 나타나게 된다. 연구자들이 그러한 확장 구조에서 허우적거리지 않기 위해서는 임의적 경계가 필요하다. 바로 이런 점 때문에 OHN 연구는 연구 대상 작품의 경계를 확정하는 것에서 출발하지 않으면 안 된다. 그러나 그것은 말처럼 쉽지 않다.

필자는 이미 다른 글에서 OHN의 경계를 확정하는 과정에서 '내부 텍스트'와 '외부 텍스트', 그리고 '서사 텍스트'와 '서사 밖 텍스트'라는 새로운 개념[12]의 사용을 제안한 바 있다. 내부 텍스트란 특정 작품 속에 링크된 수많은 다종의 텍스트들 중에서 하나의 서사적 경계 내에서 읽히거나 연구되어야 한다고 인정되는 텍스트들을 말한다. 다시 말하

---

11) 참고로, 보르헤스는 이탈리아 판본과 영어 번역본이 왼쪽과 오른쪽에 나란히 실린 어떤 책에 대한 자신의 독서법을 소개하면서 이와 비슷한 독서체험을 이야기한다. "나는 다음과 같은 독서법을 생각해냈습니다. 우선 영어 산문 3행으로 이루어진 한 개의 연을 읽고, 나중에 똑같이 3행으로 이루어진 한 개의 연을 이탈리아어로 읽는 방법이었습니다. 그렇게 한 개의 노래가 끝날 때까지 계속했습니다. 그런 다음 모든 노래를 영어로 읽고서 다시 이탈리아어로 읽었습니다. 이런 첫 번째 독서에서 나는 번역은 원작품의 대체물이 아니라는 것을 깨달았습니다." 보르헤스(2004:14) 참고.

12) 내부텍스트/외부텍스트, 서사텍스트/서사밖텍스트 등에 대한 자세한 설명은, 장노현(2005:212-215) 참조.

면 그것은 동일한 서사적 목적과 의도와 관련되는 텍스트들이다. 반면에 외부 텍스트란 어떤 하이퍼서사물 속에 링크되어 있지만 서사적 목적이나 의도 등이 원래 서사물과 확연히 다른 텍스트를 말한다. 내부 텍스트와 외부 텍스트는 링크 표지를 통해 서사물 속에 뒤섞여 있기 때문에 이를 구분하는 작업은 분명한 기준에 따라 이루어져야 한다.

그럼, 무엇이 합리적인 기준이 될 수 있을까? 우리는 우선 '처음 화면'[13]과 동일한 서버의 동일한 루트 디렉토리 안에 존재하는 일련의 텍스트인가 아닌가 하는 점을 기준으로 제시할 수 있다. 그리고 처음 화면에 표시된 저작권자 혹은 운영자와 동일인의 텍스트인지의 여부를 부가적인 판단 기준으로 삼을 수 있다. 큰 틀에서는 처음 화면과 동일 서버의 동일 디렉토리에 저장된 텍스트는 모두 내부 텍스트에 해당하며, 그렇지 않을 경우는 대부분 외부 텍스트라고 보아도 된다.

저장 공간을 내부/외부 텍스트를 나누는 우선적인 기준으로 삼는 이유는 OHN의 특성 때문이다. OHN은 근대소설처럼 한 사람의 작가에 의해 완성되기보다 여러 포괄적 원작자들의 협력을 통해 성장해 간다. 『99인』의 경우에도 이노우에 이외에 타케마루 아비코, 케이고 미사키, 켄지 쿠로다 등이 포괄적 원작자로서 텍스트 집필에 참여하고 있다. 그들은 등장인물 중에서 마츠도 마사오, 오오타키 쥰타, 미즈구치 테츠야, 사야마 미치코 등의 단위텍스트를 집필하였는데, 텍스트의 성격 상 이들도 내부 텍스트로 분류된다. 이처럼 포괄적 원작자들이 텍스트 생산에 협력하기 때문에 OHN은 한 명의 집필자에 의해 완성되

13) 하이퍼텍스트 서사물의 연구에서 '처음 화면'이라 함은 특정 하이퍼서사물의 맨 처음 페이지를 말하며, 통상적으로 제목, 관련 이미지, 저작권 등이 표시되게 된다. 인쇄본 소설의 겉표지에 해당하며, 일반적인 웹사이트에서는 인트로페이지, 혹은 메인페이지 혹은 톱페이지(top page) 등으로 불린다.

지 않는다. 즉 OHN은 어떤 집필자(저작권자)의 인격적 구분에 의해 경계 지어진다고 보기는 힘들다. 그렇다고 책처럼 물리적 경계가 있지도 않다. 지속적인 변화를 수반하는 OHN에서 그나마 일관성을 유지하는 것은 텍스트가 저장되는 서버공간이다. 뿐만 아니라 텍스트가 저장된 디렉토리가 같다는 것은 제작시기와 제작자가 같고, 제작시기와 제작자들이 같다는 것은 서사 목적과 의도에 어떤 공통점이 있다고 볼 수 있다. 따라서 저장 공간을 기준으로 내부/외부 텍스트의 경계를 나누는 것은 나름대로 합리적인 대안이 된다. 이런 기준에 따라 판단해 볼 때, 『99인』은 'book.shinchosha.co.jp'의 URL를 가진 신조사 서버의 '99' 루트 디렉토리에 저장된 단위텍스트들이 대부분 내부 텍스트로 분류될 수 있다.

한편 연구자의 판단이 필요한 좀 더 예외적인 경우도 있다. 처음 화면과 동일한 디렉토리에 저장된 텍스트가 아닌 경우라도 저작권자 혹은 운영자가 동일한 경우에는 내부 텍스트로 인정해야 하는 것들이 있을 수 있다. 예컨대 처음 화면에 링크되어 있는 〈독자담화실〉과 〈夢人.com〉 은 저장 위치가 다르다. 〈독자담화실〉은 'ww.linkerbell.com/ 99'이라는 URL를 가지고 있어서 처음 화면과는 다른 서버의 다른 루트 디렉토리에 저장되어 있지만 루트 디렉토리명이 '99'로 다른 내부텍스트와 동일한 형태이다. 또한 『99인』의 제작진 중 한 사람인 니시오 타쿠로우(별명 さる編)가 직접 관리 운영할 뿐 아니라, 독자들의 게시글이 다양한 형태로 서사의 창작과 독서에 직접 영향을 미치고 있다. 이런 이유들 때문에 〈독자담화실〉은 내부 텍스트로 분류하여 연구의 직접 대상으로 삼아야 할 필요가 있다. 반면 〈夢人.com〉에 링크된 자료들은 이노우에의 개인 홈페이지로서 연구에 참고할 만한 외부 텍스트가 된다.

『99인』에 링크된 여러 종류의 단위텍스트들을 내부 텍스트/외부 텍스트로 구분함으로써 작품의 경계를 확정하였다. 그런데 확정된 내부텍스트는 다시 '서사 텍스트'와 '서사 밖 텍스트'로 나눠지며, 서사 텍스트는 다시 '기능성 서사 텍스트'와 '이야기성 서사 텍스트'로 나뉠 수 있다. 우선 서사 밖 텍스트란 순수 서사 텍스트를 제외한 주해, 후기, 편집자의 개입 등을 일컫는다. 『99인』의 처음 화면 〈소설읽기〉에 링크된 텍스트들은 서사 텍스트이며, 이를 제외한 다른 내부 텍스트는 서사 밖 텍스트에 해당한다. 또 기능성 서사 텍스트란 주로 서사적 전개에 영향 미치는 모든 인터페이스를 말한다. 『99인』에서는 지하철 노선도, 시계 등의 시간 표지들, 등장인물의 캐리커처 등이 기능성 서사 텍스트에 속한다. 이들은 주로 왼쪽 프레임에 위치하면서 독자들이 독서 순서를 제어하게 함으로써 독서 행위를 통한 이야기의 완성에 영향을 미치게 된다. 특히 103명의 등장인물 캐리커처는 독자들로 하여금 읽고자 하는 인물의 이야기를 예상하도록 유도하는 역할을 함으로써, 기능성 서사 텍스트가 단순히 페이지를 넘기는 기능적 행위를 넘어 이야기의 완성에 직접 관여하게 됨을 보여준다. 독서행위에 직접 영향을 미치는 '이야기성 서사 텍스트'는 '기능성 서사 텍스트'의 제어를 통해 독자가 읽게 되는 이야기 자체를 말한다.

내부텍스트-서사텍스트를 중심으로 『99인』을 감상하려면 우선 처음 화면에서 〈소설읽기〉를 클릭한다. 상하 3단으로 분할된 화면이 열린다. 처음 화면을 심도1로 볼 때, 이 화면은 심도2에 해당하는 것으로 항행 아이콘, 긴자센 노선도, 차안과 플랫폼 약도 등의 기능성 서사 텍스트들이 주로 배치되어 있다. 현재 전차는 아사쿠사역과 시부야역에 멈춰서 있는데 독자는 역(장소)과 시간을 선택할 수도 있고, 인물을 선택할 수도 있다. 그리고 인물인덱스 화면과 장소/시간 인덱스 화면으로 바로 전환하기 위해 가장 위쪽의 항행 아이콘을 클릭할 수도 있다. 심도2의 화면들은 2개의 프레임을 조합한 화면으로, 모두 루트 디렉토리(99) 아래의 "inde" 디렉토리에 저장되어 있다.

심도2에서 한 단계 더 클릭해 들어가면 심도3에 해당하는 서사 텍스트가 열린다. 『99인』의 핵심 부분으로, 103명의 이야기가 시간/장소별로 전개된다. 역시 좌우 2개의 프레임을 조합한 화면 구성을 보여준다. 왼쪽 프레임은 기능성 서사 텍스트들이 배치된 공간이고, 오른쪽은 이야기성 서사 텍스트들이 배치된 공간이다. 왼쪽 프레임에서는 인물인덱스와 장소/시간인덱스를 번갈아 펼쳐 볼 수 있다. 오른쪽 프레임에는 상하 3단으로 텍스트 공간이 분리되어 있다. 위쪽부터 시간/장소·인물명·인물캐리커처 공간, 중심서사 텍스트 공간, 관련 인물 링크 공간으로 구성되어 있다. 그리고 상하에 앞뒤 시간대로 이동할 수 있는 항행 아이콘이 놓여 있다.

연구의 전제로서 대상 작품을 확정하는 마지막 과정으로 저자 문제를 간단히 살펴보자. 모든 디지털 서사는 창조적이고 고독한 개인보다는 그러한 개인들의 협동 작업을 통해 만들어진다. 여러 명의 개발자들에 의해 개발되며 무수히 많은 사용자들의 참여로 완성되는 게임서사는 협동 작업의 산물이라는 디지털 서사의 특성을 잘 보여준다. 하이퍼서사물의 경우도 이와 다르지 않다. 필자는 이전 글[14]에서 이를 '포괄적 원작자' 개념으로 설명한 바 있다. 포괄적 원작자란 디지털 서사물을 생산하는 데 관여하게 되는 텍스트 집필자, 서사 구성자, 사이

14) 장노현(2005:196-204) 참조.

트 기획자 등을 두루 포함하는 말이다. 한편 이인화는 '집합 지능(collective Intelligence)'[15] 개념으로 디지털 서사의 저자문제를 설명했다. 그는 디지털 시대의 사회적 조건이 인간의 창조성을 격려하면서 집합지능에 의한 새로운 삶의 비전들을 만들어낼 것이며, 그 결과 정보화시대의 디지털 스토리텔링은 단일한 작가, 단일한 화자의 통일된 목소리와 결별한다고 말한다. 그리고 사용자들을, 네트워크화된 개인주의 사회 속에서 개인의 정체성 인식보다는 아름다움에 대한 취향과 진리와 정의에 대한 자기 윤리를 네트워크 속에서 구현하고 공유하는 데 더 중요한 가치를 두는 새로운 개인들로 설명한다.

이런 관점에서 볼 때, 『99인』을 이노우에 유메히토[16]라는 단일 저자에 의한 작품이라고 말하는 것은 타당한가? 처음 화면의 저작권 표시란에는 이노우에만을 유일한 저작권자로 표시하고 있지만 이는 지난날 소설가가 누리던 권위에 의존하고 있는 방식일 뿐이다. 왜냐하면 소설가들에 의한 문자의 연속적 배열만으로 이야기와 그것의 의미를 만들어내던 인쇄서사와는 달리, 하이퍼서사물의 의미는 다양한 곳－텍스트 자체, 인터페이스 구조, 캐릭터, 심지어는 편집과정까지도－으로부터 생산되고 조합된다. 이에 따라 의미 생산의 주체도 다양화되게 된다.

---

15) 이인화(2005:12-15) 참조.

16) 1950년 후쿠오카현 출생. 본명은 이노우에 이즈미(井上泉). 德山諄一와 함께 '岡嶋二人'라는 필명으로 데뷔했다. 82년 데뷔작 「짙은 갈색의 파스텔」로 에도가와란포상(江戸川亂歩賞)을 수상했고, 85년 「초콜릿 게임」으로 일본추리작가협회상을 수상했다. 89년의 「클라인의 단지」를 마지막으로 德山諄一과의 공동작업을 끝내고, 이후는 이노우에 유메히토(井上夢人)라는 필명을 사용하기 시작했다. 『ダレカガナカニイル…』 『パワー・オフ』 『もつれっぱなし』 『オルファクトグラム』 등을 발표했다. 2000년부터는 소설가들이 직접 운영하는 웹 사이트 「e-NOVELS」에서도 활동하고 있다.

『99인』의 경우 이노우에와 함께 의미의 생산과 조합에 관여하는 주체로는 누구를 거론할 수 있을까? 우선 이야기성 서사 텍스트와 관련하여, 분량으로 치면 이노우에게 크게 못 미치지만 타케마루 아비코, 케이고 미사키, 켄지 쿠로다 등이 포괄적 원작자의 범주에 포함시키는 데는 별다른 이견이 없을 것이다. 이들이 쓴 단위텍스트들의 하단에는 저작권자로 이들의 이름이 명시되어 있다. 그런데 기능성 서사 텍스트 창작에 관여한 두 사람, 인터페이스 디자인을 기획하고 이를 실현한 무카이 유우이치(向井裕一)와 등장인물의 일러스트를 그린 타니구치 쥰베이(谷口純平)는 어떤가? 타니구치 쥰베이의 다음과 같은 언급은 『99인』이 결코 한 사람에 의해 완결되지 않음을 보여준다.

> 처음 수십 명은 이노우에 씨의 문장을 보면서 일러스트를 그렸지만 차츰 그렇게 되지 않았습니다. 그리는 사이에 처음과는 캐릭터의 그리는 방법이 달라졌습니다.……이노우에 씨가 소설을 쓰기 전에, 일러스트의 얼굴을 보고 다소라도 영감을 받았다면 아주 기쁘겠습니다.[17)]

이러한 언급을 통해서, 멀티미디어를 지향하는 하이퍼서사의 특성상 시각적인 일러스트가 작품 생산과 소비의 과정에서 의미에 어떤 형태로라도 가담하게 됨을 확인한다. 인터페이스 디자인을 포함한 다양한 기능성 서사 텍스트가 문자의 선형적 배열만을 중요시 하던 관습에 유의미한 저항을 하고 있는 것이다.

그밖에, 편집자인 니시오 타쿠로우(西尾琢郎)의 경우는 어떤가? 그도 역시 『99인』의 제작에 큰 영향을 미치고 있다. 그는 독자게시판을

---

17) 〈文學的實驗、メディアと小說〉,
http://book.shinchosha.co.jp/99/special/special02.html

운영하면서 독자들의 의견이 작품에 반영되도록 하는 역할을 하고 있다. 더욱 흥미로운 점은 그가 등장인물의 한 명으로 작품 속에 등장하여 자기반영적이며 자동기술적인 텍스트를 집필하고 있다는 점이다.

> 내가 하는 일은 유메히토(夢人)가 보내온 원고의 체재를 정돈하고, 웹에 올리는 것이겠지?……(중략)……좋아, 이렇게 되면, 작자의 이름을 고쳐 써 버리자. 이 소설을 쓰고 있는 것은 바로 나이기 때문에, 내 이름을 당당히 톱 페이지에 기록하는 것이다. 그렇게 한다고 뭐가 나쁜가? 이것은 내 작품이다.(니시오 타쿠로우, 24:07)

인용문에서 볼 수 있듯이 OHN의 편집자의 역할은 단순하지 않다. 편집자에게 저자의 역할마저 요구하는 상황을 작품 내적으로 다루고 있어서 흥미롭다.[18] 편집자가 저자의 이름을 탐할 만큼 편집자가 작품에 큰 영향을 미치는 만큼, 니시오 타쿠로우 역시 포괄적 원작자에 포함된다.

3. 이야기를 다루는 방식의 변화

서사 구성 요소들은 개별 서사물에서 여러 상이한 방식으로 다루어

---

18) 『99인』의 포괄적 원작자에 대한 이러한 논의에도 불구하고, 여전히 현재로서는 하나의 서사물이 한 명의 작가에 의해 창작된다는 문학적 관습에 저항하기는 힘겹다. 따라서 OHN의 창작과 유통이 확대되고 이에 대한 연구가 자리잡아서 저자에 대한 문학적 관습과 인식에 변화가 생겨날 때까지 한 명의 작가를 중심으로 서사물을 이해하는 전통을 인정하지 않을 수 없다. 필자는 이를 대표저자 혹은 핵심저자로 이름붙이고, 『99인』의 경우에는 이노우에 유메히토를 대표저자로 불러 무방하다고 생각한다.

진다. 특히 매체가 바뀌면 그 상이함은 더욱 커진다. 디지털 서사에서 서사 구성 요소들을 다루는 방식은 인쇄서사와 다를 수밖에 없다. 이야기가 야기하게 될 의미나 암시의 폭도 달라지고, 서사가가 역점을 두게 되는 이야기의 국면도 달라지게 될 것이다. 『99인』을 통해 하이퍼텍스트 서사에서 이야기를 다루는 방식이 어떻게 변화하고 있는지 분석해 보기로 하자.

3.1. 전통적인 서사 구성 원리

하이퍼텍스트 서사만의 특징적인 서사 구성 원리를 분석해 내기 위해서는 우선 전통적인 서사 구성 원리를 정식화해야 한다. 『99인』은 103명에 이르는 개별인물에 관한 이야기들이다. 각 이야기들은 서로 다른 인물, 서로 다른 내용이나 주제를 다룬다. 완결성이 다르고 장르가 상호 이질적인 이야기들이 아주 낯선 방식으로 한데 어울려 있다. 가정 폭력에 시달리다 가출하는 주부의 이야기, 유아 납치범 이야기, 외계의 별에서 파견된 지구 정찰대원 이야기, 몸 안에 핵연로를 탑재한 인조인간형 살인기계 이야기, 젊은 직장 동료들 간의 얽히고설킨 사랑이야기 등등. 어떤 독자는 『99인』에서 연애소설이나 범죄소설을 발견할 수도 있고, 어떤 독자는 공상과학이나 미래소설을 읽게 될 수도 있다.

이처럼 다양한 등장인물과 이질적인 이야기들로 구성된 『99인』은 『용재총화』[19] 등과 같은 전통시대의 야담집에 실린 인물이야기들을

19) 『용재총화』에서 이야기의 대상으로 삼은 인물들은 왕세가(王世家)와 양반 관료는 물론이고, 유학자, 서화가, 음악인, 문인 또는 당시 사회에서 천대받던 과부나 중, 복서(卜筮), 기생, 탕녀(蕩女)들까지도 포함하고 있다. 결국 초점인물 등장하는 이들이 유명인들에서 일반 대중이나 천인에 이르기까지 다양하며, 이야기의 내용도

연상시킨다. 『용재총화』는 저마다 독립된 즉 개체화된 이야기들을 병렬적으로 늘어놓는 구성 방식을 취하고 있다. 이 이야기들은 책이라는 형태 속에서 선형성을 취하는 것처럼 보이지만 사실은 연속적으로 나열되어 있는 앞뒤 이야기들이 별다른 상관성을 갖지 않는다. 따라서 독자가 어느 곳을 먼저 읽어도 문제되지 않기 때문에 병렬적이다. 이것을 개체적 구성 원리라고 부를 수 있다.

『99인』은 일차적으로는 『용재총화』의 이야기들과 몇 가지 점에서 닮은 점이 있다. 여러 인물에 관한 이야기들을 순서 없이 제시하고 있다는 점, 등장하는 인물의 삶 전체를 두텁게 다루지 않고 한 순간만을 부각시켜 일화처럼 짧게 다룬다는 점, 현실적인 소재에서부터 합리적으로 이해되지 않는 기이한 주제까지를 두루 포괄하고 있다는 점 등은 양자에서 동일하게 확인된다. 그러나 『용재총화』와 『99인』이 동일한 방식으로 이야기를 다룬다고 할 수는 없다. 개체적 구성 방식에서 모든 이야기는 스스로 중심에 위치한다. 그러면서도 다른 이야기를 주변으로 밀어내지도 않는다. 그것이 가능한 것은 모든 이야기들이 서로 간에 아무런 관계도 맺지 않기 때문이다. 관계 맺음을 위한 어떠한 고려도 발견되지 않는다. 이야기의 나열은 이야기 자체의 의미를 최대한 배제한 상태에서 편자의 이야기 외적인 의도만 반영되어 있을 뿐이다. 따라서 이야기 자체로는 무의미한 순서가 있을 뿐이다.

근대소설은 전통시대의 야담집이 보여주는 개체적 구성 방식을 탈피하여 구성요소들 간에 긴밀한 인과적 연관성을 중시한다. 과학적 세계관의 영향으로 현실의 사건들은 인과적 연관의 고리 안에서 발생한다고 여겨졌다. 그에 따라 인과적 질서에서 벗어나는 우연적 요소는 서사

단순한 일화에서 해학담(諧謔譚), 소화(笑話)에 이르기까지 다양하다.

의 세계에서도 축출되었다. 이야기에 채택된 구성요소는 어느 것 하나 빠지지 않고, 합리적인 설명이 가능한 인과적 선후에 따라 연결되어야 했다. 그리고 그 연결은 선형적인 모습으로 나타나게 된다. 인쇄매체를 기반으로 하는 근대소설의 이러한 서사 구성 방식을 선형적 구성 원리라고 단순화해 볼 수 있다. 선형적 구성 원리는 모든 곁가지들을 쳐내거나 중심 서사에 삽입시킴으로서 서사의 초점을 하나의 축선 상에 배치하는 방식이다. 축선 상에서 먼 이야기는 주변적이고 부수적인 이야기로 격하되기 때문에 이야기들은 중심과 주변이 나누어진다. 이른바 여담이란 이야기의 축선 상에서 빗겨나 있는 이야기들을 말한다.

그럼 디지털 매체를 기반으로 하는 OHN의 하나인 『99인』이 보여주는 서사 구성 원리는 무엇인가? 전통시대의 야담집이 보여주는 개체적 구성 방식과도 다르고, 나아가 근대소설의 선형적 구성 방식과도 다른 하이퍼텍스트 서사만의 서사 구성 원리는 무엇인가? 그것은 이야기의 여러 요소들을 클러스터로 묶고, 각 클러스터들이 상호 계열체를 이루도록 구성하는 방식이다. 이야기 요소들은 클러스터 내에서도 상호 병렬적인 계열체를 형성한다. 이를 클러스터 구성 원리라 부르고자 한다.

3.2. 다양하고 가변적인 결속들

『99인』은 인물 중심의 103개 이야기로 구성되어 있다. 『99인』에서 제공되는 시공간 인덱스나 인물 인덱스 등의 시각적인 화면은 모든 인물들(을 포함하는 모든 이야기들)이 상호 등거리에서 동일한 결속성을 갖는 것처럼 표현되어 있다. 그리고 1분 단위로 나누어진 모든 단위텍스트들도 서로 같은 정도의 결속력을 갖는 것처럼 서술되고 있다. 어떤 인물이 어떤 인물과 더 가깝고, 어떤 단위텍스트가 어떤 단위텍스트와 더 밀접한 관련성이 있는지 잘 알기 어렵다. 『99인』의 포괄적 원작자들은 등장인물 간에, 혹은 이야기들 간에 존재하는 거리의 멀고 가까움을 인터페이스 구조에 신중히 반영하려 애쓰지 않았다.

그렇다고 등장인물들이 등거리 상태에서 동일한 결속력으로 연결되어 있는 것은 아니다. 그들은 어머니와 아들, 회사 동료, 납치범과 경찰, 살인 기계와 타켓 등의 다양한 관계로 등장하기 때문에 결속력이 서로 다를 수밖에 없다. 관계에 따라 결속의 양상은 무수하고 결속의 정도도 많이 다르다. 결속의 양상을 밝히고 결속의 정도를 수치화한다면 실로 다양하고 흥미로운 자료가 될 것이다. 그러나 그것은 현실적으로 불가능해 보인다.

더구나 『99인』에서는 지속적인 재초점화가 이루어진다. 모든 인물들은 스스로 초점화자가 되어 다른 인물을 초점화 대상으로 만든다. 초점화자와 초점화대상이 끊임없이 교체된다. 이에 따라 인물들의 관계는 어떤 경우도 고정적이지 않다. 누가 초점 화자가 되느냐에 따라 인물들 간의 결속은 달라진다. 즉 A라는 인물이 초점화자로서 B, C, D라는 인물을 초점화 대상으로 삼는다 해도, 이들 네 명의 인물이 언제나 같은 관계망 속에 고정되어 있지 않는다. B라는 인물을 중심으로 재초점화가 이루어지면 그들의 간에 존재하던 결속 관계는 무너지거나 변한다. 대신 또 다른 E, F가 B와 새로운 관계 속으로 들어올 수도 있다.

야마와키 유코(山脇祐子)는 아들인 에이스케(山脇英介)를 데리고 긴자센 마지막 열차를 탔다. 유코는 남편의 폭력을 견디다 못해 가출하였고 친정으로 가는 중이다. 그러나 우에노역에 내렸을 때 남편이 그들을 기다리고 있다가 에이스케를 안고 가버린다. 에이스케는 아무런 영문을 모른 채 남편의 품에 안겨 좋아한다. 남편과 아들이 안 보이게 되자 유코는 간신히 다리를 옮겨 그들을 따른다. 유코를 중심(결속양상 1)으로 볼 때, 유코와 아들인 에이스케, 그리고 남편은 가정 폭력에 얽힌 현대인의 삶의 편린을 보여주는 이야기를 구성한다. 그들은 상호행위적 인물들로서 한 이야기를 만들어낸다.

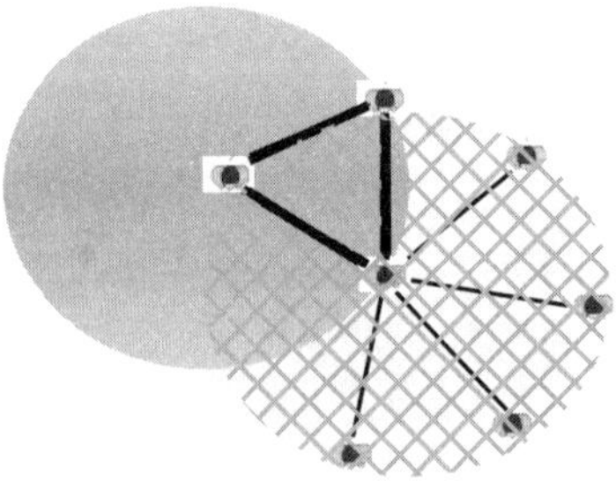
결속양상 1 : 유코 중심

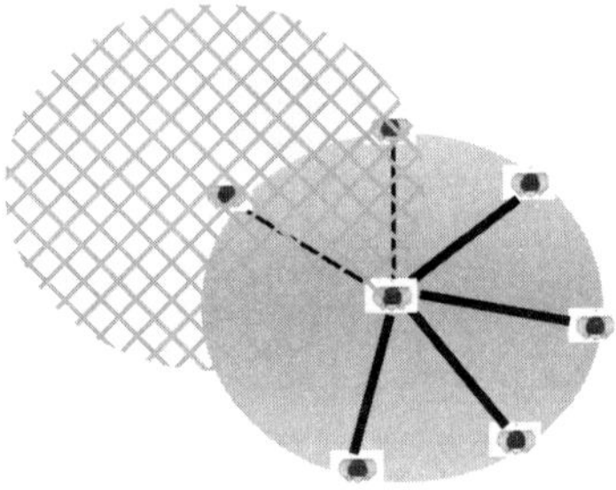
결속양상 2 : 에이스케 중심

그런데 아들인 에이스케를 중심(결속양상 2)으로 이야기를 읽어나가면, 에이스케는 전혀 다른 이야기를 구성하는 이질적인 인물들에 둘러싸여 있다. 엄마의 손에 이끌려 지하철에 오른 에이스케는 피곤에 지쳐 잠 속으로 빠져든다. 그는 반수면 상태에서, 창밖 지하철 벽면의 파이프들이 뱀처럼 꿈틀거리는 것을 보고, 뱀을 쏘아 죽이는 환영의 세계와 만난다. 또한 보라색 연기와 오렌지색 연기에 휩싸인 여자와 남자를 본다. 교통사고로 죽은 히토미와 90년 전에 죽은 토시로우의 유령이다. 다른 승객들이 눈치 채지 못하는 유령들의 말을 듣고 움직임을 하나하나 살펴보고 있다. 히토미 유령은 머리를 쓰다듬어 주고 에이스케는 그녀에게 웃어 보인다. 또한 빨강과 초록의 양복을 입은 탑승자에게서 도마뱀 인상을 받게 되자, 친구인 타카시와 도마뱀 꼬리 자르기 경기에

열중하는 꿈의 세계로 진입한다. 이 대목에서 에이스케는 엄마인 유코와의 서사 구성적 결속력이 오히려 약화된다. 즉 유코와 에이스케 사이의 의미적 연결이 둔화된다. 대신 유령인 히토미와 토시로우, 빨강과 초록의 양복 입은 도마뱀(그는 먼 별에서 온 우주인이다), 친구인 타카시와는 서사 구성적 측면에서 친밀한 결속력을 보여준다.

유코를 중심으로 형성된 그룹은 에이스케에게서 해체되고 새로워진다. 유코 그룹 속에서 에이스케는 가정 폭력의 피해자이다. 그는 밤늦은 시간에 엄마의 손에 이끌려 지하철을 타서 꾸벅꾸벅 졸거나 학교 걱정을 해야 한다. 그들의 이야기는 도쿄에서 일어나는 현재의 이야기이다. 그런데 에이스케가 유령과 도마뱀 등에게 에워싸이게 되면 시간은 증발해 버리고 공간도 사라져버린다. 이야기는 충분히 몽상적이고 환상적인 것으로 변질되어 버린다. 유령과의 교감도 그렇지만, 어린이들을 대상으로 하는 에니메이션 서사에서나 볼 수 있는 도마뱀 꼬리 자르기 경기 등과 같은 것은 환몽적인 꿈의 세계 그 자체이다.

에이스케의 경우에서 볼 수 있는 것처럼, 개개의 인물들은 한 이야기 내에 갇혀 있지 않는다. 각 인물들은 자기를 중심으로 다른 인물들을 불러 모아 새로운 이야기를 만들어낸다. 즉 인물들은 서로간의 서사적 결속력을 변화시켜 가면서 새로운 이야기를 창출해내게 된다. 이러한 가변적인 서사적 결속력에 의해 만들어지는 가변적인 그룹을 '클러스터'라고 부르기로 하자. 클러스터(cluster)란 이미 여러 분야에서 사용되는 용어로, 어떤 요소들이 모여서 상호작용을 통하여 새로운 지식과 기술 혹은 의미 등을 창출해내는 것을 말한다.[20] 여기서 말하는

20) 서사물의 분석 과정에서는 다양한 이야기 클러스터를 상정해 볼 수 있다. 앞의 경우 같은 인물 클러스터 외에, 시간 클러스터, 공간 클러스터 등이 있을 수 있다. 여기서는 인물 클러스터를 중심으로 논의를 심화시켜 보기도 하겠다.

'이야기 클러스터'란 다양한 서사 구성 요소들의 집합으로, 이 구성 요소들은 상호작용을 통해 이야기 효과와 의미를 새롭게 할 수 있다.

3.3. 클러스터 구성 원리

인물 간의 다양하고 가변적인 서사적 결속의 양상은 크게 직접적 결속과 간접적 결속의 양상으로 구분된다. 직접적 결속은 상호 대화나 감정 교류가 가능한 사이에서 발생하는 결속의 양상이다. 이들이 수행하는 행위의 의도나 목표는 상대에게 직접 영향을 미치며, 또한 이들의 심리적 변화도 상대와 직접적으로 연관되어 있게 된다. 이처럼 인물들 간의 상호행위적인 관계를 직접적 결속으로 볼 때, 이는 서사적으로 의미 있는 이야기를 구성하는 요소가 된다. 따라서 직접적 결속은 서사 구성력을 확보한 결속 상태를 의미하며, 여기서 이야기 클러스터가 형성된다. 이야기 클러스터는 직접적 결속이 상호 복잡하게 얽혀진 관계망이다.

『99인』에는 수많은 이야기 클러스터가 등장한다. 이 클러스터들은 도쿄 지하철에서 만날 수 있는 다양한 관계로 얽힌 사람들의 모임이다. 클러스터는 특별한 사정과 상황 속에서 빚어지는 이야기를 창출한다. 이미 앞에서 살펴본 바 있듯이, 가정 폭력에 얽힌 현대인의 삶의 편린을 보여주는 유코와 아들, 남편으로 얽혀진 클러스터도 있고, 반수면 상태의 에이스케가 친구인 타카시, 유령인 히토미와 토시로우, 그리고 우주인 등과 얽혀진 클러스터도 있다. 이밖에도 다양하고 많은 클러스터가 구성된다.

새로운 사업 계약을 따내고 축하 모임을 가진 후 늦게 귀가하는 직장 동료들인 마키 유리코(牧百合子), 후나야마 신키치(舟山新吉), 야스에 스토무(安江務), 나미우치 카스미(浪內勝己)의 클러스터. 잘 나가는 직장 여성인 마키는 사실은 육아 문제와 젠체하기 좋아하는 남편 문제로 늘 골치가 아픈데 동료들은 그런 사정을 모른다. 마키의 부하 직원인 후나야마는 그녀의 업무 능력과 외모에 흠뻑 빠져 있다. 반면 무능력한 선배인 야스에를 비웃거나 불쌍하게 여긴다. 야스에는 모든 일에 불평불만이 많다. 마키에게 아첨하는 후나야마를 싫어하며 어떻게든지 그에게 상처를 주려 한다. 나미우치는 동료들 뒤에 한발 뒤처져 걸으면서 전화로 아내와 다툰다. 아내가 구입한 5년치의 콘돔 때문이다. 이 클러스터는 직장 동료들 간의 감정 마찰을 통해 현대인의 일상에 맞닿은 이야기를 만들어낸다. 특히 마키의 육아에 대한 마찰과 후나야마의 아내와의 사소한 싸움 등은 직장 동료와 있을 때조차 개인사를 떨쳐버리지 못하는 현대적 삶의 복잡한, 그러면서 지극히 사소한 삶을 이야기로 잘 들려준다.

다른 클러스터의 경우. 유괴한 아이의 몸값을 받으러 긴자역으로 가는 아리마 나오토(有馬直人), 요네무사 마사노리(米村正紀), 히라오카 메이(平岡芽衣)로 구성되는 클러스터가 있다. 이 클러스터에서는 이들 3명의 범인 외에 형사들, 유괴된 아이의 아버지 등이 유괴사건이라는 귀속적 주제를 중심으로 직접적 결속 양상을 드러낸다. 그런데 특이하게도 유괴범들은 사건의 주도적 인물이면서도 한편으로는 사건에 무관심한 것처럼 보인다. 아리마는 유괴사건의 주범으로 보다는 책읽는 남자로 훨씬 비중있게 서술된다. 그는 문고본을 읽는데 집중할 뿐 주변에 관심이 없다. 심지어는 공범인 요네무라가 도중에 지하철을 내리는 것도 알지 못할 정도다. 요네무라는 우연치 않게 쓰러진 승객을 돕고 고맙다는 인사를 받는다. 세상에 대한 불평과 증오만 가득해서 세상과 소통하지 못하던 그로서는 처음 듣는 호감이 섞인 말이다. 그 순간 몸값을 받으러 가던 길이라는 것도 잊어버린다. 히라오카 메이도 남자친구의 부탁으로 유괴사건에 간접 가담하고 있지만 관심은 다른 데 있다. 유괴범들은 주변과 소통하지 못하는 사람들이라는 공통점이 있다. 이들은 유괴사건과는 다른, 소통이라는 문제로 또 하나의 클러스터를 구성하게 된다.

어떤 경우에는 링크로 연결되지 않은 인물들이 서사 구성이라는 측면에서 상호 협력적 관계를 만들어내기도 한다. 이는 저자의 서사적 의도가 개입되지 않은 상태에서 독자가 임의적 연결을 선택함으로써 의미를 구성해 내는 경우이다. 지하철 긴자센을 배회하는 일군의 인물들, 교통사고로 죽은 에노모토 히토미(榎本ひとみ)와 90년 전에 죽은 쿠사카베 토시로우(日下部敏郎)의 유령, 반투명의 유체 상태로 배회하는 오오타키 쥰타(大瀧旬太), 초소형 핵연료를 탑재한 인조인간형 살인기계인 P13AX, 어느 날 갑자기 여자가 된 남자 미즈구치 테츠야(水口徹也), 또 남자가 된 여자 사야마 미치코(佐山美智子), 천재 과학자의 꿈을 안고 투명화 장치를 실험 중인 마츠도 마사오(松戸征夫), 먼 별에서 파견된 지구 정찰대원 에치고야 토미(越後屋トミー). 환타지소설이나 공상과학소설 등에 등장할 것 같은 이들은 존재 방식의 비현실적이라는 점에서 닮았다. 그들은 따로따로 존재하지만 반복적으로 임의적 링크가 연결되면서 어느 순간부터 하나의 클러스터로 인식된다. 인물들이 서로 직접적인 결속을 맺는 방식은, 대화 등의 직접적 교류를 통해서 항상 암시되는 것은 아니다. 이번 경우처럼 결속성은 해석을 통해서 추론되는 경우도 많다. 서사 속에서 그들은 여러 시간의 공존이나 현실에 덧입혀진 비현실적 세계에 대한 인식을 확산시키

는 공통의 역할을 수행한다. 이를 통해 『99인』의 서사적 의미는 훨씬 풍부해진다. 그들은 서사적 의미의 생산이라는 측면에서 직접적 결속력을 갖고 있다. 『99인』에서 직접적 결속은 대개 이름이나 그들 간의 정확한 관계(엄마 등)를 지칭하는 연결표지를 수반한다.

같은 클러스터 내에서 직접적 결속을 맺는 인물들은, 동시에 다른 클러스터에 속한 인물과도 일정한 연결이 닿아 있다. 클러스터 밖으로 향하는 이런 연결은 대개 간접적 결속 양상에 속한다. 간접적 결속은 바라보기나 관찰하기 등의 약한 결속 양상이다. 간접적 결속은 일정한 거리가 떨어져 있는 인물들 간에서 일방향적인 시선으로 구성된다. 어떤 초점 화자의 입장에서 보더라도, 직접적 결속 관계와 간접적 결속 관계는 대개 분명하게 드러난다. 『99인』에서는 중심 서사텍스트 하단에 배치된 수많은 링크에서 간접적 결속의 표지를 쉽게 발견할 수 있다. 간접적 결속은 '벤치의 남자', '장발의 젊은 남자', '중년 아줌마', '빨간 차이나 드레스를 입은 여자', '초록과 빨강의 양복을 입은 도마뱀' 같은 간접적인 링크표지를 수반한다. 당연히 두 인물 사이에 직접적인 교감이 없기 때문에 상대인물은 눈에 비친 겉모습일 뿐이고, 그에 대한 서사적 정체성은 아직 드러나지 않은 상태가 된다.

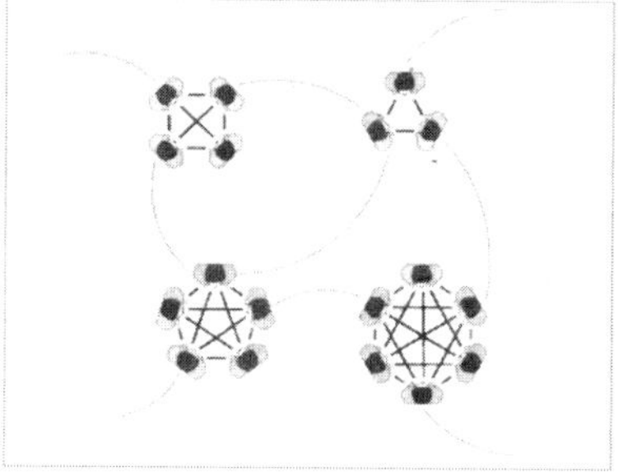
그라노베터의 강한 연결과 약한 연결

클러스터 내부의 직접적 결속과 클러스터 밖으로 향하는 간접적 결속이라는 『99인』의 이중적 관계 맺기는 현실 사회를 대상으로 조사한 인간 관계망과 아주 유사한 형태를 보인다. 마크 그라노베터(Mark Granovetter)는 사람들이 어떻게 직업을 얻게 되는가의 문제를 사회학적으로 규명하는 과정에서, '강한 연결'과 '약간 연결'에 의해 연결된 네트워크 클러스터 구조를 얻게 되었다.

마크 그라노베터는 보통 사람 주변의 사회적 네트워크의 구조를 이렇게 설명한다. "자아는 여러 명의 가까운 친구들을 갖고 있는데, 이들의 대부분은 상호 간에 잘 알고 자주 접촉하는 밀도 높은 사회적 덩어리를 이루고 있다. 자아는 또한 그냥 아는 사람들을 여럿 갖고 있는데 이들은 상호 간에 잘 모르는 사이인 경우가 많다. 그런데 이 그냥 아는 사람들 하나 하나는 자신의 친한 친구들을 갖고 있어서 긴밀하게 짜여진 사회적 덩어리를 이루고 있다."[21] 즉 사회는 몇 개의 클러스터로 구성되어 있는데, 각 클러스터 내부는 모두가 모두를 서로 잘 아는 긴밀한 친구들이 서클을 이루고 있다. 외부로는 몇 개 안 되는 링크들이 있어서 그것이 클러스터들이 외부 세계로부터 격리되는 것을 막아주고 있다. 이처럼 클러스터화된 사회 네트워크는 내부적으로 강한 끈으로 완전하게 연결되어 있는 작은 서클들로 이루어져 있다. 그리고 이 서클들 간은 약한 끈으로 이어져 있으며, 약간 연결은 소문의 전파나 직장을 구하는 것과 같은 많은 경우에 오히려 더 중요한 역할을 한다. 결국 그라노베터가 그리는 사회상은 내부적으로는 완전하게 연결된 클러스터들이 상호 간에 몇몇 약한 연결들을 통해 연결되어 있는 분절화된 그물망의 모습을 하고 있는 것이다.

그라노베터가 밝혀낸 현실 사회의 강한 연결과 약한 연결의 클러스터 구조는 하이퍼텍스트 서사물『99인』의 이야기 클러스터 구조와

---

21) A.L.바라바시(2002:75). 바라바시는 이 책에서 마크 그라노베터의 〈약한 연결의 힘 The Strength of Weak Ties〉이라는 논문을 소개하는데, 이 논문은 역사상 가장 많은 영향을 끼친 사회학 논문 중 하나로 평가된다고 한다. 이하 관련 논의들은 바라바시의 책을 참고함.

매우 흡사하게 닮았다. 현실 클러스터과 이야기 클러스터의 구조적 상동성이 확인된다. 현실을 닮은 서사 구조가 가능해진 것은 하이퍼텍스트의 다중 링크 기능에 의해서이다. 그것을 통해 우리는 훨씬 더 쉽게 현실 세계를 이야기로 재구성해 낼 수 있게 되었다.

3.4. 이야기 클러스터의 서사적 역할

『99인』에서 이야기 클러스터는 서사적 인물의 정체성을 구성하는 역할을 맡는다. 일반적으로 정체성은 시간적 지속성을 바탕으로 하는 개인의 단일성과 관련된다. 서사적 인물의 정체성이란 서사물 속의 인물이 가질 수 있는 품성, 성격, 그리고 행위적 성향 등의 단일성이다. 이는 인물의 경험이나 인물에게 일어난 과거의 사건들의 의미 관련성 안에서만 구성된다. 인물의 개인사의 축적이 없다면 정체성은 구성되지 않는다. 서사작가는 사건을 통해 인물의 개인사를 축적해 나간다. 정체성 문제에서 중요한 것은 지나간 시간과 그 속에서의 경험이다. 그런데 『99인』은 어떤가? 그것은 단지 하루 중에서 18분 동안에 벌어지는 일을 다룰 뿐이다. 『99인』에는 축적된 시간이 없고, 인물들은 과거가 없다. 따라서 그들에게는 정체성을 구성하는 사건들도 없었다. 그들에게 있어서 정체성이란 과거의 경험 등과 같은 시간적 지속성에 바탕을 두고 있지 않다.

『99인』에서 어떤 인물이 초점대상이 되는 시간은 짧으면 2-3분, 길어야 10여분 정도이다. 한 인물을 말하거나 보여주기에는 너무 짧은 시간이다. 이런 짧은 시간 동안에 어떻게 한 인물의 정체성이 구성되는가? 『99인』의 인물들은 여러 초점 화자들에 의해 반복 서술된다. 동일한 클러스터 내의 인물들 사이에서는 상호 초점화가 이루어진다.

즉 한 인물이 동일 클러스터의 다른 인물들에 의해 여러 차례 초점 대상이 된다. 이를 통해 반복 서술의 효과가 생겨난다. 반복 서술은 인물을 입체적으로 바라볼 수 있는 여러 시선을 의미한다. 여러 시선에 의한 입체적 조망은 시간적 지속성을 대체하는 정체성 구성의 요소가 된다. 여러 다양한 시선이 하나로 결속되면서 한 인물의 정체성이 발생하게 된다. 이렇게 상호구성적인 모든 인물들의 서사적 정체성은, 마치 입체파 화가 조르주 브라크의 회화에서 모든 공간이 질적으로 평등한 것처럼, 질적으로 평등하다.

『99인』의 스즈키 미도리(鈴木みどり)라는 인물의 정체성 형성과정을 예로 들어보자. 미도리에 대해 서술하는 단위텍스트들은 그녀가 유카와 쥰(湯川潤)과 결혼을 약속한 평범한 직장 여성임을 알려준다. 그녀는 동료들이 모두 자기를 부러워한다고 확신한다. 그러나 정작 결혼 상대인 쥰은 청혼한 기억이 없다고 하고, 미도리는 이 믿기지 않는 상황에 눈물을 흐린다. 바람둥이에게 속아 상처를 받은 미도리의 모습이다. 그러나 쥰을 서술하는 단위텍스트들은 읽는 순간, 미도리에 대한 독자의 연민은 의심스러운 상황에 빠진다. 쥰은 미도리가 아닌 카노우치 마키(嘉野內眞紀)를 사랑한다. 그는 미도리와의 결혼은 생각조차 없었으며 단지 몇 번 만나 식사를 했을 뿐이다. 마키에게 아무리 그런 마음을 호소하지만 마키는 믿어주지 않는다. 이제 독자는 미도리와 쥰 중 어느 쪽이 더 진실한지 고민하지 않을 수 없게 된다.

그러나 미도리의 다른 남자들의 단위텍스트를 읽게 된 독자는 미도리의 서사적 정체성이 무엇인지 확신하게 된다. 테가 테츠야(手賀徹矢)는 미도리와 쥰의 결혼 발표를 인정할 수 없다. 자신의 방에 와서 자고 간 게 3일 전이다. 자꾸만 매달리던 미도리를 이제는 자신의 여자라고 생각하고 부모에게 인사시키려 하던 중이다. 카가미 쿠니히코(鏡國彦)는 미도리에게 어떻게 이별을 고할지 내내 고민 중이었는데 그녀가 쥰과 결혼한다니 이렇게 예쁜 이별은 다시 없을 것이라고 생각한다. 또 바람둥이 나라오카 히로키(奈良岡裕基)도 미도리가 즐기기 위한 상대였기 때문에 그녀의 결혼 발표에 미련 같은 것은 없다. 쥰을 비롯하여 테츠야, 쿠니히코, 히로키 등은 각자의 입장에서 미도리를 초점 대상화한다. 이를 통해서 미도리는 반복 서술되며, 서사적으로 흥미로운 인물이 된다. 남성 편력이 심한 미도리는 남성에 대한 병적 집착을 보이는 건강하지 못한 서사적 정체성을 지닌 인물로 구성된다.

미도리의 단위텍스트들은 그녀의 서사적 정체성 형성에 미흡하다. 단지 한 순간의 스냅샷과 같은 평면적 인물에 지나지 않던 그녀는 클러스터 내에 위치하면서 흥미로운 서사적 정체성을 갖기 시작한다. 그녀의 성장은 바로 이야기 클러스터라는 자장 내에서 이루어진다. 클러스터 내에서 인물은 의미 있는 정체성을 부여받는다. 이처럼 클러스터는 결국 개별인물들의 정체성이 마련되는 장이다.

근대소설의 선형적인 서사 구성에서도 어떤 인물들은 좀 더 가깝고, 어떤 인물들은 좀 더 먼 거리를 유지한다. 거리가 가까운 인물들은 이야기의 구성상 특정한 그룹을 형성할 수 있으며, 이는 하이퍼서사물의 이야기 클러스터와 비슷해 보일 수도 있다. 하지만 이들 사이에는 중요한 차이가 있다. 선형적 구성에서는 특정한 그룹이나 개인에게 서술이 집중되고 서사적 의미가 모여든다. 이러한 초점은 이야기가 진행되면서 지속될 수도 있고, 변할 수도 있다. 어떤 경우이든 그것을 결정하는 것은 작가의 몫이다.

반면, 하이퍼서사물에서는 이야기 클러스터들이 각기 비슷한 중요성을 갖고 경쟁하며, 클러스터 내의 인물들 역시 상호 대등한 중요도를 갖고 서사에 참여한다. 즉 클러스터는 상호 연관성 속에서 병렬 배치된 독립된 이야기들이다. 이들의 서사적 의미와 가치를 결정하는 것은 작가가 아닌 독자들이다. 독자의 선택에 의해 비로소 이야기의 초점이 실현되며, 이 순간이 바로 하나의 이야기가 완성되는 순간이다. 그리고 클러스터 간의 계열체적 조합이 끊임없이 달라짐에 따라 이야기는 늘 새로운 이야기로 재탄생하게 된다.

4. 마무리

스테판 코올은 리얼리즘이 기존의 문학적 관습이나 사회적 관념을 벗어나 현실 그 자체를 인식하고자 하는 것이라고 말한 바 있다. 그의 말대로 리얼리즘은 형식 면에서, 그리고 내용 면에서 관습적인 것들을 거부한다. 관습이란 복잡다단한 현실의 여러 측면을 하나의 관점이나 형식으로 파악하여, 역동적인 현실을 평면적으로 고착화시키는 경향이 있다. 문학의 사명은, 리얼리즘이 그랬던 것처럼, 관습의 유혹을 벗어나 당대의 현실을 보다 생생하게 드러내는 것이다.

하이퍼텍스트 서사는 인쇄매체를 바탕으로 하던 근대소설의 고착화된 서사 관습에 제동을 걸고 서사를 새롭게 만들어 줄 잠재력을 지니고 있다. 본 논문에서는 이런 관점에서 하이퍼텍스트 서사물인 『99인』을 연구하였다. 우선 작품의 경계를 확인하고 저자 문제를 검토하였다. 하이퍼텍스트 서사물은 책으로 된 근대소설과는 다르다. 이는 지속적으로 확장하는, 끝나지 않는 이야기 형식이다. 따라서 물리적 존재감이 느껴지는 근대소설과는 달리 연구의 시작점에 연구의 대상이

되는 작품의 경계를 확실하게 해 둘 필요가 있다. 이는 고소설의 판본을 확정하는 것과 유사한 작업이다.

이렇게 확정된 연구 대상을 중심으로 하이퍼서사물에서는 이야기가 어떻게 다루어지는지 연구하였다. 이를 통해 하이퍼텍스트 서사물의 서사 구성 방식이 "클러스터 구성 원리"라는 것을 알아냈다. 단위텍스트들이 모여서 개별 인물 이야기가 되고, 계열체를 이루는 개별 인물 이야기가 모여서 이야기 클러스터를 형성한다. 그리고 상호 약한 연결을 유지하는 클러스터들은 또한 스스로도 계열체를 형성하면서 좀 더 큰 하이퍼텍스트 서사물을 구성하게 된다.

물론 『99인』이 보여주는 서사 구성 원리가 모든 하이퍼텍스트 서사물에 공통적으로 적용된다고 볼 수는 없다. 그것은 하이퍼텍스트 서사에서 이야기를 다루는 한 가지 방식일 따름이다. 앞으로 만들어질 하이퍼서사물들은 이런 구성 방식을 적용할 수도 있고, 이를 변형하거나 혹은 완전히 다른 구성 방식을 취할 수도 있다. 그러나 클러스터 구성 원리는 향후 OHN에 지속적으로 나타나는 서사 구성 방식의 하나가 될 것으로 보인다.

[참고문헌]

가브리엘레 루치우스-회네 · 아르놀프 데퍼만, 박용익 역, 『이야기 분석』, 역락, 2006.
김종회 편, 『사이버 문화, 하이퍼텍스트 문학』(작품편), 국학자료원, 2005.
란다 사브리, 이충민 역, 『담화의 놀이들』, 새물결, 2003.
롤랑 부르뇌프 · 레알 월레, 김화영 편역, 『현대소설론』, 현대문학, 1996.
A.L. 바라바시, 강병남 김기훈 역, 『LINKED : The New Science of Networks』, 동아시아, 2002.
보르헤스, 송병선 옮김, 『칠일 밤』, 현대문학, 2004.
오카다 도모요키, 「디지털 미디어 속의 문학」, 가메야마 요시아키 외, 최샛별 옮김, 『문화사회학으로의 초대 : 예술에서 사회학으로』, 이화여대출판부, 2004.
오탁번 · 이남호, 『서사문학의 이해』, 고려대출판부, 2001.
이인화, 『한국형 디지털 스토리텔링』, 살림, 2005.
장노현, 『하이퍼텍스트 서사』, 예림기획, 2005.
장노현, 「하이퍼텍스트 서사에서의 시간과 공간」, 『한민족문화연구』 제19집, 한민족문화학회, 2006.
최혜실, 「통합의 시대의 혼란 : 하이퍼텍스트 문학인가, 넷아트인가」, 한국문화예술진흥원, 『문예연감 2002』, http://artsonline.arko.or.kr/yearbook/ 2002/ilban/7-02. html, 2002.
최혜실, 「새로운 기술과 탈근대의 세계관의 만남」, 김성곤 편저, 『21세기 문예이론』, 문학사상사, 2005.
Aarseth, Espen. "Genre Trouble: Narrativism and the Art of Simulation" in *First Person* edited by Noah Wardrip-Fruin and Pat Harrigan. Cambridge: The MIT Press, 2004.

• 필진 •

신호철 고려대학교 민족문화연구원 연구원
전은진 한양대학교 국어교육과 강사
손세모돌 대진대학교 국어국문학과 교수
이복규 서경대학교 국어국문학과 교수
신경숙 한성대학교 한국어문학부 교수
이상원 조선대학교 국어국문학과 교수
최호석 고려대학교 민족문화연구원 연구교수
최민성 한신대학교 디지털문화콘텐츠전공 초빙교수
이영미 아주대학교 국어국문학과 강사
박기수 한양대학교 문화콘텐츠학과 교수
강윤주 경희사이버대학교 문화예술경영학과 교수
박 진 숭실대학교 국어국문학과 교수
장노현 한국학중앙연구원 연구교수

국어국문학 연구의 문화론적 전망

초판 1쇄 발행 _ 2007년 5월 11일

집필진 _ 국제어문학회
발행인 _ 김흥국
펴낸곳 _ 도서출판 보고사
등 록 _ 제6-0429
주 소 _ 서울시 성북구 보문동7가 11번지 2층
전화 922-5120~1(편집) 922-2246(영업)
팩스 922-6990
메일 kanapub3@chol.com
www.bogosabooks.co.kr

정 가 _ 15,000원
ISBN _ 978-89-8433-562-2